DÉSORDRE

Penny Hancock est née à Blackheath au sud-est de Londres. Après avoir fait ses études à Newcastle, elle est partie vivre en Italie, en Grèce et au Maroc pour y enseigner l'anglais. Elle vit aujourd'hui à Londres. *Désordre* est son premier roman.

PENNY HANCOCK

Désordre

TRADUIT DE L'ANGLAIS PAR JULIE SIBONY

ÉDITIONS SONATINE

Titre original :

TIDELINE
publié par Simon & Schuster UK Ltd.

ISBN : 978-2-253-16492-0 – 1re publication LGF

Pour Pauline et Peter

1

Vendredi

Sonia

Il vient à moi après que les bavardages des écoliers le long du quai se sont tus. Plus tard, la troupe des buveurs défilera en sens inverse en direction du pub, le bateau-bus du soir remontera le courant pour son dernier trajet vers le centre-ville, faisant s'entrechoquer les chaînes et grincer le ponton. Mais à présent l'heure est au silence, comme si le fleuve et moi attendions quelque chose.

Il vient sonner à la porte de la cour.

« Pardon, dit-il en tortillant maladroitement ce corps infiniment gracieux dont il ne sait pas encore trop quoi faire. C'est juste que, l'autre jour, à la fête, votre mari m'a parlé de ce disque. »

Je laisse mon regard se perdre derrière lui. Début février, la lumière du ciel commence à se délier. Je perçois les relents de levure que la brise apporte de la brasserie en aval ; les oranges amères de la marmelade qui est en train de cuire dans la cuisine. J'entends les bulles monter dans la bassine en cuivre et Cat Stevens chanter « *Wild World* » à la radio. Le temps trébuche et s'emmêle dans ma tête.

Je scrute son visage.

« Viens, entre, dis-je. Bien sûr. Rappelle-moi juste…

— C'est un album de Tim Buckley. Il est devenu introuvable, même sur le Net. Votre mari m'a dit que vous l'aviez en vinyle. Vous vous souvenez ? Je le copie et je vous le rapporte.

— Ça marche. Cool. »

Je parle comme si j'avais son âge, et soudain je me crispe en imaginant la réaction de Kit : « Pitié, maman, n'essaie pas de parler comme une ado de 16 ans, c'est pathétique. »

Il entre. Il franchit la porte dans le mur de la cour. La glycine ressemble à un gribouillis d'acier noir comme les fils barbelés qu'ils entortillent sur le haut des murs des prisons. Il me suit à travers la cour, jusqu'au perron, dans le vestibule. En plus des oranges, il y a aussi l'odeur de la cire que Judy utilise pour le parquet. Il pénètre dans la cuisine. S'approche de la fenêtre, contemple le fleuve. Puis se retourne vers moi. Je ne vais pas le nier, l'idée me traverse qu'il est peut-être venu parce que je lui plais. Un jeune garçon et une femme mûre, ça s'est déjà vu. Mais je me ressaisis.

« J'allais justement me servir un verre, dis-je en baissant le feu sous la marmelade, qui désormais bouillonne furieusement et doit avoir atteint son degré d'épaississement. Tu m'accompagnes ? »

En général, je ne bois jamais avant 18 heures, mais là je me retrouve à lui passer tout un tas de bouteilles sous le nez ; de la vodka – je sais que les ados en raffolent –, les bières de Greg, je brandis même une bouteille de vin rouge que nous avons mise de côté il y a des années pour la laisser vieillir et la boire à l'occasion des 21 ans de Kit.

« D'accord, répond-il avec un haussement d'épaules. Si vous ouvrez quelque chose.

— Mais qu'est-ce qui te ferait plaisir ? Choisis.

— Plutôt du vin rouge, alors. »

Ce qu'il y a, avec les garçons de cet âge, c'est qu'ils veulent bien parler mais qu'il faut les y amener en douceur. Je le sais à cause de tous les copains de Kit qui ont défilé ici jour et nuit pendant des années avant qu'elle ne quitte la maison. Des boutons plein la figure, les cheveux dans les yeux et des pieds démesurés. Qui ne décrochaient pas un mot, à part les s'il-vous-plaît-merci que leur avaient serinés leurs parents. Il fallait ruser et les appâter avec des noms de groupes à la mode pour réussir à leur arracher deux phrases. Jez n'est pas pareil. Avec Jez, je n'ai pas besoin de forcer. Il est de compagnie facile. Plutôt à l'aise, pour un ado. C'est sans doute dû au fait qu'il vit en France. Ou peut-être parce qu'on a l'impression de se connaître, lui et moi, bien qu'on ait rarement eu l'occasion de discuter.

Il s'écarte de la fenêtre et s'assied à la table de la cuisine, un pied croisé sur sa très longue cuisse, l'énorme semelle de sa basket presque sous mon nez. Ces garçons d'aujourd'hui, ces hommes-enfants, n'existaient pas du temps de ma jeunesse. Ils ont évolué depuis.

Avec leurs gènes bien mélangés, ils sont mieux adaptés au monde moderne. Plus grands et plus costauds. Plus doux. Plus tendres.

« Elle est mortelle, cette baraque. Juste au bord du fleuve. Je serais vous, je ne la vendrais pas. »

Il avale la moitié de son vin en une gorgée avant d'ajouter :

« Quoiqu'elle doive valoir une fortune.

— Oh, tu sais, je n'ai aucune idée de ce qu'elle peut valoir ! C'est une maison de famille. Mes parents y ont vécu des années, pendant tout leur mariage, en gros. J'en ai hérité à la mort de mon père.

— Cool. »

Encore une gorgée et il a sifflé son vin. Je le ressers.

« C'est le genre d'endroit où j'adorerais vivre, dit-il. Sur la Tamise, un pub à deux cents mètres, le marché tout près. Vous avez tout ce qu'il faut, ici. Des magasins de musique. Des salles de concert. Pourquoi est-ce que vous voulez déménager ?

— Je n'ai pas l'intention de bouger d'ici.

— Mais votre mari, à la fête, il…

— Je ne quitterai jamais les Berges ! »

Ça m'est sorti plus sèchement que je n'aurais voulu. Mais j'entends dire des choses qui ne me plaisent pas. Greg pense qu'on devrait déménager, certes, mais je n'ai pas dit que j'étais d'accord.

« Jamais je ne partirai, je ne pourrais pas », j'ajoute, sur un ton plus posé.

Il hoche la tête.

« Moi non plus, je n'avais pas envie de quitter ce quartier. Mais maman dit que Londres, surtout Greenwich, n'est pas bon pour mon asthme. C'est une des raisons pour lesquelles on est partis vivre à Paris. »

Sa frange brune lui est retombée sur un œil. Il la rejette en arrière et me regarde sous ses longs sourcils noirs impeccablement dessinés. Je remarque son cou sinueux et sa pomme d'Adam toute lisse. Il y a une dépression triangulaire à l'endroit où sa gorge plonge vers son sternum. Sa peau luit d'un éclat qui me donne envie de la toucher. Il a une corpulence d'adulte, pourtant tout chez lui est encore neuf et rutilant.

Je voudrais lui dire que je dois rester dans la maison des Berges pour être près de Seb. Quelque part dans les ondulations du fleuve, dans le va-et-vient quotidien des marées, il est toujours là, comme un miroitement d'huile iridescent à la surface. Une ride, une bulle, un clapotis et il revient. Je n'en ai jamais parlé à personne. Peu de gens comprendraient et, pour employer un cliché, tellement d'eau a coulé sous les ponts depuis… Une vie entière. Je suis convaincue que Jez comprendrait ce que je veux dire. Mais je laisse passer le moment. Quelque chose me retient de lui en parler. Quelque chose qui est si près de moi que je n'arrive pas à faire la mise au point dessus. À la place, je dis :

« Vivre à Paris. Ça doit être excitant, non ?

— Ça va. Mais il y a des trucs qui me manquent : mes potes, mon groupe. De toute façon, je vais bientôt rentrer à Londres. Je me suis renseigné sur les lycées ici. Les premières option musique, tout ça.

— Ta tante me l'a dit.

— Helen ?

— Oui. »

Je frémis d'agacement en l'entendant l'appeler comme ça. Devant cette marque d'intimité. Ce qui est idiot de ma part. Plus personne n'appelle sa tante « tatie ». Qu'est-ce que j'aurais voulu ?

« Tu as trouvé où tu pourrais t'inscrire ? »

Il fait une moue et je comprends qu'il n'a pas envie d'avoir cette conversation, celle où les adultes vous demandent ce que vous allez faire de votre vie. Il est trop malin pour ce genre de discussion. Pourtant, je suis sûre que je pourrais l'aider. Le théâtre, la musique, c'est mon domaine.

« Tout le monde fait : "Ouah, Paris", mais en fait c'est nul, une ville où t'as pas de potes. Je préfère Londres. J'ai l'impression que personne ne capte quand je dis ça.

— Moi, si. »

Je suis consciente que la marmelade est en train de durcir lentement sur la gazinière. Il faudrait que j'attrape l'entonnoir pour commencer à remplir les pots, mais je suis incapable de bouger de ma chaise, de son champ de vision.

« Tu peux monter chercher le disque, si tu veux. Il est dans le studio de musique, au dernier étage.

— La pièce où il y a le synthé ? »

Bien sûr. Il est déjà venu ici, maintenant je m'en souviens. Avec Helen et Barney, il y a un ou deux ans. C'était l'été. Il avait la voix une octave plus haut, les joues toutes roses. Une fille collée à ses basques. Alicia. Je l'avais à peine remarqué alors.

Il ne bouge pas.

« Vous faites toujours vos trucs avec les acteurs et tout ça ? demande-t-il. C'est ouf.

— Quoi ? »

Quand il sourit, sa bouche est bien plus large que je ne pensais. Je suis obligée de m'agripper au rebord de ma chaise pour garder ma contenance.

« C'est ouf. C'est cool. Tous ces acteurs que vous rencontrez. Tous ces gens de la télé. Vous faites quoi, déjà, comme boulot ? »

Des cours de placement de voix, je lui réponds. Il veut savoir ce que ça veut dire, en quoi ça consiste. J'essaie de lui expliquer comment la voix peut éclairer le sens quand les mots sont mal choisis. Ou, au contraire, contredire ce qui est effectivement dit. Ce qui est utile pour les acteurs, bien sûr, mais aussi dans la vie de tous les jours.

Il a une façon très particulière de m'écouter parler. C'est ce que je trouve le plus troublant chez lui. Il m'écoute comme le faisait Seb, les yeux mi-clos. Rechignant à montrer son intérêt. Un demi-sourire aux lèvres.

La bouteille de vin est presque vide. La marmelade doit s'être solidifiée dans la bassine à confiture.

« Vous devez connaître plein de gens célèbres, non ? Des rock-stars ? Des guitaristes ?

— Aucune rock-star à proprement parler, non. Mais je connais des gens… bien placés. Des gens qui sont toujours à la recherche de nouveaux talents. »

Il se penche un peu vers moi et ses yeux s'agrandissent. S'éclairent.

J'ai visé juste.

« J'aimerais devenir guitariste professionnel, un jour, me confie-t-il. C'est ma passion.

— Alors, écoute, quand tu monteras chercher le disque, tu n'as qu'à redescendre une des guitares de Greg. Il en a toute une collection, là-haut.

— Je vais devoir y aller », répond-il.

Bien sûr qu'il va devoir y aller. C'est un garçon de 15 ans. Il a rendez-vous avec sa copine avant de reprendre le train pour Paris à la gare de Saint-Pancras demain matin.

« Elle m'oblige à la retrouver dans le tunnel piétonnier de Greenwich, pile à mi-chemin entre la rive nord et la rive sud.

— Elle *t'oblige* ?

— Enfin… »

Il me regarde, et soudain ce n'est finalement qu'un adolescent mal à l'aise.

« On a mesuré le milieu en comptant les dalles de la chaussée, m'explique-t-il. On voulait compter les carreaux blancs sur le mur, mais il y en avait trop.

— Quel âge a-t-elle ?

— Alicia ? Quinze ans. »

Quinze ans. Oui. Donc elle ne peut pas se douter que rien ne sera plus jamais comme maintenant.

« Je vais chercher le disque », déclare-t-il en titubant un peu.

Le vin lui est monté directement à la tête, c'est ce que Kit appellerait un « petit joueur ».

« Reprends un dernier verre. Vas-y, monte, je te sers pendant que tu y vas. »

J'écoute le bruit de ses pas qui grimpent les marches deux à deux et j'ouvre une autre bouteille. Quelque chose de moins raffiné, cette fois-ci, mais Jez ne s'en rendra pas compte. Je remplis son verre et j'y ajoute une goutte de whisky. Dehors, un nuage glisse sur le fleuve. Un dernier rayon de soleil ricoche sur la table. L'espace d'un instant, les verres, la bouteille et la coupe de fruits sont nimbés d'une riche lueur ambrée.

Je repense à la marmelade mais je ne bouge pas pour autant.

Le téléphone sonne et je décroche machinalement. C'est Greg. Il se lance aussitôt, comme si nous venions d'être interrompus.

« J'ai appelé Burnett Shaws.

— Qui ça ?

— L'agence immobilière. Je veux qu'ils nous fassent une estimation. Ça ne nous engage à rien. Mais j'ai besoin d'avoir un ordre de grandeur, à la louche, pour savoir ce qu'on peut visiter ailleurs. »

Je ne peux pas parler. Jez est revenu dans la cuisine avec la guitare acoustique de Greg. Il la cogne contre la table en s'asseyant et les cordes résonnent un peu.

« Qu'est-ce que c'est ? demande Greg. Tu as du monde ?

— Non. Personne. Mais je ne veux pas parler de ça maintenant. Tu connais mon point de vue. Tu ne peux pas prendre des dispositions derrière mon dos.

— Si on pouvait avoir une discussion raisonnable sur la question, je n'y serais pas obligé. »

Je me mords la lèvre. C'est toujours l'arme ultime de Greg : m'accuser d'être irrationnelle.

Je voudrais protester, mais il a raccroché.

« Je n'ai pas réussi à trouver le disque, annonce Jez. Mais j'ai repéré cette guitare. Je peux l'essayer avant de partir ? »

Sa voix dissipe aussitôt la tension que Greg a fait monter en moi.

« Bien sûr. Sans problème. »

Rien ne me paraît plus naturel à cet instant.

L'heure qui suit est ma préférée de cette soirée. Avant que l'alcool ne le mette dans l'incapacité de partir, même s'il le souhaitait. On reste assis dans la cuisine, on bavarde et il joue. Il me parle de Tim Buckley. Pour lui, dit-il, faire de la musique était « comme discuter ».

« Pour moi aussi, c'est pareil, ajoute-t-il. Vous, vous apprenez aux gens à s'exprimer avec leur voix. Moi, je joue de la guitare pour la même raison. »

Et il est bon. Je savais qu'il serait bon. Il entame un morceau classique, du John Williams peut-être, quelque chose qui ondule et se propage comme de l'eau. La guitare est un prolongement de lui-même, la musique jaillit de son âme et coule dans son corps. Ses doigts semblent à peine bouger sur les cordes. Ses cheveux noirs lui tombent dans les yeux. Quand l'alcool commence à faire effet et qu'il n'arrive plus à jouer, il repose l'instrument par terre, le manche contre sa cuisse.

Il me redit à quel point il adore ma maison. Le fleuve juste devant. Les odeurs ! La lumière. Les sons. Écoutez ça ! Alors nous restons immobiles à essayer d'identifier les bruits que j'ai fini par ne même plus remarquer. Le fracas intermittent des vagues contre la paroi du quai, les cliquetis et les chocs sourds de l'ancien débarcadère à charbon, le vrombissement des hélicoptères. La mélodie urbaine, Jez appelle ça.

« Je rêve d'une vie comme la vôtre, dit-il. De la musique, du vin, une maison sur la Tamise. »

Moi aussi, à présent, je suis un peu saoule. Je voudrais que cette soirée ne s'arrête jamais.

« Ça ne fait rien, tu sais, Seb. Tu n'es pas obligé de partir.

— Jez, dit-il.

— Hein ?

— Je m'appelle Jez, pas Seb. »

Il est tard quand il finit par se lever et manque de perdre l'équilibre. Il se rattrape à la chaise.

« Vous voulez que je reste vous tenir compagnie ? » bredouille-t-il.

Je rougis presque.

« Je crois, lui réponds-je de ma voix de maman, que ce serait mieux si tu dormais un peu. »

Il s'écroule pratiquement avant que j'aie le temps de l'installer dans le vieux lit en fer forgé du studio de musique. Je remarque ses chaussettes pendant que je l'allonge. Il a un trou au pouce du pied droit et je repense à l'œuf à repriser en forme de champignon qu'avait ma mère, aux soirées qu'elle passait à recoudre nos chaussettes avec. Je me demande s'il existe encore quelque part dans le monde des champignons à repriser. Quelle drôle d'idée de penser à ça alors que je lui enlève ses chaussettes puis tire sur les manches de son sweat à capuche pour dégager ses bras !

J'hésite à lui ôter son jean, qui flotte autour de ses hanches étroites, les muscles de son bas-ventre plongeant en un triangle doré vers les boutons de sa braguette. Il serait plus à l'aise sans. Mais je ne veux pas l'humilier, donc je le lui laisse. Je remplis un verre d'eau dans le cabinet de toilette attenant, que je pose sur la table de chevet pour qu'il sache, au cas où il se réveillerait plus tôt que prévu, que je prends soin de lui.

Avant de sortir de la pièce, je me penche et promène mon nez au-dessus de sa tête, dont se dégagent des effluves de shampoing, puis vers son cou, où je détecte son odeur virile, un mélange de cèdre et de sel. Il porte à l'oreille un piercing noir en forme de corne. Ses cheveux s'éparpillent en boucles liquides sur ses épaules. Je les soulève délicatement pour pouvoir approcher mon nez de la zone pâle et délicate sous son oreille. Là, je m'arrête net.

Dans son cou, juste à la naissance des cheveux, se trouve la marque rouge incontestable d'une morsure amoureuse. Un suçon, dirait Kit. De petits points écarlates répartis autour d'une vilaine lésion centrale. Alicia ? Qui lui aurait aspiré la chair entre ses lèvres jusqu'à faire éclater ses vaisseaux capillaires ? Une ecchymose rougeâtre sur sa peau parfaite. Et brusquement j'ai sous les yeux la balafre violacée laissée par la morsure d'une corde sur une autre gorge laiteuse. L'espace de quelques minutes, je suis incapable d'en détacher mon regard.

Finalement, je me penche pour embrasser tendrement la blessure.

« Ça va aller, je murmure. Je vais te protéger, promis. »

Puis je remonte la couette sur lui, je borde les côtés et sors de la pièce en silence.

2

Samedi

Sonia

À force de vivre au bord de la Tamise, on s'habitue à ses bruits et à ses secrets. Les canots de sauvetage qui filent dans un sens ou dans l'autre, traînant derrière eux un sillage d'écume. On s'habitue au nombre de cadavres repêchés de ses profondeurs. À la façon dont elle coule à sens unique, sans retour, bien qu'elle se remplisse et se vide deux fois par jour. Quand on s'en éloigne, on se sent coupé de l'essence des choses.

Les années passées à la campagne avec Greg et Kit furent des années mortes. La ville me manquait, sa crasse, son anonymat. Loin de Londres, je me réveillais souvent en pleine nuit, persuadée que le fleuve coulait encore sous mes pieds. Il me fallait toujours un temps pour m'orienter, même après avoir vécu là-bas des années ; pour me souvenir que j'étais une femme adulte avec mari et enfant, vivant en zone rurale. Puis la réalité me rattrapait brusquement et des hectares de vide s'ouvraient à l'intérieur de moi.

Quand nous sommes revenus aux Berges, il y a cinq ans, les meubles étaient recouverts de housses. Ma mère est une experte de la conservation. Elle plie les vêtements dans des valises pour l'hiver, en y intercalant des couches de papier de soie. C'est d'elle que j'ai hérité la tradition de faire mes propres marmelades, mes conserves, mes condiments marinés. Pourtant, j'ai toujours eu l'impression que ces housses étaient moins une façon de protéger ses meubles qu'un signe de sa réticence tacite à me léguer la maison.

En hériter selon la volonté de mon père m'avait semblé une bénédiction. Mais toute bénédiction a un prix. Désormais, ma mère a besoin de moi à ses côtés pour que je lui serve de bonne à tout faire, que je l'écoute et que je la supporte. Mais elle n'a jamais vraiment voulu de moi dans sa maison, comme elle s'emploie à me le rappeler régulièrement.

Il ne fait pas encore tout à fait jour lorsque j'ouvre un œil le lendemain matin. Je perçois le *teuf teuf teuf* d'une vedette sur le fleuve. J'ai envie de rester là et de savourer cette sensation. Une sorte de plénitude. Un accomplissement. Comme la nuit après avoir accouché, quand vous contemplez le bébé que vous venez de mettre au monde. Comme le moment où vous prenez conscience que vous avez tous les deux les mêmes sentiments l'un pour l'autre. Ils sont d'autant plus précieux, ces instants, maintenant que vous savez combien ils sont rares.

J'entends résonner sur le quai les pas des premiers maraîchers qui se pressent en direction du marché. Une douce lumière grise filtre derrière les bords des rideaux. Je vais à la fenêtre pour les ouvrir. Au loin, les hautes tours de Canary Wharf sont pâles, leurs parois de verre reflétant la couleur nacrée du ciel, qui laisse apparaître une lueur rosée à l'endroit où le soleil va se lever, derrière le quartier de Blackwall. Il fait très froid dehors.

L'odeur du fleuve est forte, cette profonde puanteur de boue mazoutée qui indique que c'est marée basse. Le butin du jour va être dévoilé. La nouvelle fournée sera exposée sur la grève : boîtes, pneus, roues de bicyclettes. Je connais la cargaison habituelle, mais il y aura aussi les imprévus. Cependant, je n'ai pas le temps de jouer les chasseurs de trésors aujourd'hui. J'enfile mon kimono et vais jeter un œil dans le studio.

Il a le visage blafard dans la lumière du petit matin et, l'espace d'une seconde, je suis saisie de terreur à l'idée que j'aie pu forcer la dose. Il a parlé d'asthme. L'alcool, ai-je lu un jour quelque part, peut provoquer une crise. Je me penche sur lui et sens avec soulagement son souffle sur ma joue.

Comme il ne bouge pas, je soulève une de ses mains. J'observe ses doigts effilés, ses ongles suffisamment longs pour pincer les cordes de guitare. Il en a un légèrement arraché. La peau rose sur la pulpe de ses doigts, comme un enfant. Pas de poils noirs épais sur le dos de ses mains, à peine quelques filaments dorés qui accrochent la lumière. Sur son avant-bras, une veine bleutée protubérante. Je la parcours du bout de l'index, regardant le sang battre alors que j'appuie dessus. Le bras de Seb avait la même veine, encore plus saillante lorsqu'il exerçait sa force, quand il s'agrippait à une corde qu'il avait passée dans un anneau d'amarrage.

Quand il grimpait aux pilotis. Ou quand sa main de fer se refermait sur mes poignets.

Je lâche le bras de Jez et regarde son visage. Il doit avoir hérité son teint mat de son père franco-algérien. Un menton carré, un peu en galoche, recouvert d'un duvet infiniment doux, infiniment léger, juste un saupoudrage de petits points noirs sous sa peau. En passant mes lèvres dessus, je le sens à peine. Je suis de nouveau avec Seb. Mon nez, enfoui dans son cou, renifle ce mélange de tabac et de transpiration masculine ; sent les crêtes et les vallées de son corps à travers son tee-shirt.

Quand j'ai eu ma dose, je dois reprendre le cours normal des choses. Ma mère attend sa visite du samedi matin et risque de me faire une histoire si je la rate. Si j'y vais tout de suite, je peux être rentrée avant que Jez se réveille. Il dort profondément et, connaissant les ados, il y a des chances que ça dure toute la matinée. Je le contemple une minute encore pendant qu'il se tourne, change de position. Puis, à contrecœur, je m'éclipse.

Dehors, le soleil du matin est vif, bien que l'air soit si froid qu'il me brûle la gorge quand je respire. Le givre scintille sur les murs le long du quai et je sens la glace crisser sous mes pas ; un résidu de la marée qui a dû monter si haut dans la nuit qu'elle a inondé la promenade.

Il y a seulement une semaine, le sol était encore tout blanc. J'avais jeté un coup d'œil à travers la grille de l'hospice pour vieux du Trinity Hospital : une touffe de perce-neige avait germé au milieu d'un petit rond de pelouse là où la neige avait fondu. Le blanc éclatant de leurs têtes courbées sur ce vert inattendu m'avait coupé le souffle et j'avais couru à la maison chercher mon appareil photo. Le temps que je revienne, il n'y avait plus de lumière, et le lendemain la neige s'était changée en gadoue. J'avais peur que la perte de cette image ne m'obsède. C'est une chose contre laquelle je dois me prémunir. Les regrets qui se terrent dans mon cerveau et me rongent.

La maison de retraite de ma mère est à dix minutes en bus. Elle est partie y habiter quand elle ne pouvait plus rester seule aux Berges, quand son esprit a commencé à déraper, son corps à la trahir. Je presse le pas sur la moquette moelleuse du couloir en essayant de ne pas inhaler le mélange d'odeurs de cuisine qui s'échappent des différents appartements. Max, qui lui aussi a sa mère ici et qui est presque devenu un ami, sort du numéro 10. Il m'adresse un joyeux coucou de la main que je lui retourne. Parfois, je me demande si Max pense que je suis célibataire et n'aimerait pas faire plus ample connaissance. D'un certain côté, ce serait sympa de flirter un peu, mais j'ai Greg. Mon mari. Quel que soit le sens de ce mot.

« Je t'ai apporté ton journal et du gin. »

Je tends à ma mère un sac qui contient aussi les couches pour incontinence que je lui achète. Par pudeur, nous n'en faisons jamais mention.

Je pose brièvement les lèvres sur ses cheveux ébouriffés façon boule de pissenlit. Que je doive me pencher pour embrasser ma propre mère m'attriste, cette femme autrefois vaillante qui faisait une demi-tête de plus que moi. Elle ne me dit pas bonjour quand j'entre mais tourne la tête vers moi et me demande si je veux du café. Puis elle se lance dans sa rengaine sur les autres résidents.

« Ils ont créé un ciné-club dans la salle commune. Mais tu verrais les films qu'ils passent… Des navets.

— Pourquoi tu ne leur fais pas tes propres suggestions ?

— Ils ne m'écouteraient pas. Je vois bien ce qu'ils aiment à la télé. Ils préfèrent regarder le thé dansant qu'un téléfilm potable.

— Et Oliver ? Il a l'air sympathique.

— Oh, c'est un vieux raseur, et puis tellement efféminé ! »

Il me semble que, si elle rencontrait un homme avec qui partager sa vie, ma mère deviendrait peut-être plus clémente. Qu'on pourrait parler davantage, comme j'imagine que d'autres mères et leurs filles le font.

Je m'installe dans un des fauteuils en laissant le soleil qui pénètre par la baie vitrée me réchauffer les jambes, décongeler mes lèvres glacées. Ma mère s'approche du buffet sur lequel elle a disposé des tasses et une cafetière électrique, s'agrippant d'une main ridée au dossier du canapé, de l'autre prenant appui sur le mur pour garder l'équilibre.

« Il est tôt, tu n'as pas dû prendre ton petit déjeuner. Je n'ai rien d'autre que du café à t'offrir. À moins que tu veuilles des Weetabix, mais je connais ton mépris pour les Weetabix.

— Ça va aller, merci. Je prendrai quelque chose sur le chemin en rentrant.

— C'est ton père qui m'a fait connaître les Weetabix. Il recommandait de les laisser tremper au moins une demi-heure dans le lait avant de les manger.

— Oui. Je me souviens.

— Si j'avais un congélateur de taille décente comme celui que j'avais aux Berges, je pourrais faire des stocks de pâtisseries. Mais là je ne vais pas pouvoir te proposer autre chose que des biscuits aux raisins secs. »

Il est temps de changer de sujet.

« Tu prends un nouveau traitement, maman ? »

Il y a sur le plateau où elle range ses médicaments une boîte à pilules argentée que je n'ai jamais vue là.

« Le médecin m'a donné ça pour dormir. Le Di-Antalvic, c'est bien pour la douleur, mais je passe des nuits épouvantables.

— Oui, c'est ce que tu m'avais dit.

— Tu n'as pas idée de ce que c'est que d'être réveillée aux aurores et de ne pas pouvoir se rendormir. »

Si, je le sais très bien. Ces nuits interminables, quand rien ne peut apaiser l'âme. Elles ont recommencé, récemment, depuis que Kit est partie et que Greg passe tellement de temps en voyage. Je reste allongée à me ronger les sangs. Je me fais du souci pour toi, maman : comment vais-je gérer ta dégradation alors qu'il y a si peu d'amour entre nous pour nous soutenir ? Je me fais du souci pour Kit, toute seule dans la nature. Et l'angoisse m'étreint quand je pense que tu vas laisser Greg gagner et m'enlever les Berges.

Ma mère nous sert le café, le dos tourné. Je sens ses épaules se raidir. Sa permanente blanche tangue doucement. Je me crispe. Je sais déjà ce qui va suivre.

« Je ne dors plus parce que je m'inquiète pour la maison. Il faut refaire les fenêtres. Le toit aussi. Et puis il y a tes consultations vocales.

— Comment ça ?

— Greg n'est sûrement pas d'accord avec ces séances que tu organises aux Berges.

— Bien sûr qu'il est d'accord. Il m'a aidée à les mettre en place ! Tu le sais très bien.

— Je ne sais pas ce que ton père aurait dit. Ces allées et venues jour et nuit. Ce n'est pas une façon de monter une affaire, laisser des gens venir fourrer leur nez chez toi.

— À vrai dire, j'ai perdu pas mal de clients avec la crise. Les affaires risquent de tourner au ralenti. »

Elle revient vers moi, une assiette en porcelaine en équilibre si précaire dans sa main que les biscuits menacent de glisser par terre. Je me lève pour venir à leur secours mais elle s'écarte d'un geste agacé. Je me rassieds.

« Alors pourquoi est-ce que tu tiens absolument à rester là-bas ? reprend-elle. Alors que tout le monde a envie d'avancer. Pourquoi est-ce que tu fais toujours des histoires, Sonia ? Greg pense que la maison peut valoir… combien, déjà ? Un million et quelques ? Non, ce n'est pas possible. Oh, pauvre de moi, je me trompe toujours dans les zéros ! Mais c'est une mine d'or ! Et pourtant tu refuses d'en bouger.

— Tu as parlé avec Greg ? »

Je perçois une dureté dans ma propre voix.

« Oui, il m'appelle de temps en temps. On discute. Tu sais bien qu'on discute. Les Berges sont un boulet à mon cou. Il est temps d'avancer, et il le comprend. Il n'y a que toi qui te braques, Sonia. »

Je suis à deux doigts de perdre mon sang-froid. Alors je me lève en disant que j'ai besoin d'aller faire pipi. Dans la salle de bains, je m'agrippe au rebord du lavabo et compte jusqu'à dix pour tenter de dominer ma fureur. Elle sait à quel point ce sujet me contrarie. Et pourtant elle persiste. Je pense à tout ce que je fais pour elle. Les petits sacrifices auxquels je consens constamment pour la rendre heureuse, et malgré cela elle ne peut pas me laisser vivre où j'ai envie de vivre. Maintenant que Jez dort paisiblement dans le studio, ça me heurte encore plus. J'ai renoncé à être avec lui pour elle. Et s'il partait avant que je rentre ? Si je le perdais juste pour qu'elle ait droit à ses journaux et son gin ?

De retour au salon, je m'excuse et déclare que je ne vais pouvoir rester que vingt minutes, ce matin. Heureusement, ma mère semble avoir oublié la question des Berges. Elle me tend mon café et passe le reste de ma visite à se remémorer la fois où sa professeur de chant lui avait jeté des morceaux de craie depuis l'autre bout de la classe quand elle était petite. Elle se souvient de la couleur et de la texture de son rouge à lèvres. Et même du cantique qu'elles avaient chanté ce jour-là.

« *Romps l'appel fatal de la tentation*, gazouille-t-elle, le bleu pâle de ses yeux se délavant alors qu'elle remonte dans le temps. *Protège-nous, Seigneur, et nos âmes légères, Protège-nous de ta bienveillante attention, Contre l'oisiveté et les pièges de la chair…* »

C'est ce qui arrive quand on atteint le crépuscule de sa vie, ce glissement du présent vers le passé, je songe en reprenant enfin le couloir en sens inverse. Ce qui est curieux, c'est que ça m'est arrivé récemment, depuis que Kit a quitté la maison.

Les souvenirs m'assaillent par surprise. Viennent se frotter à moi comme un chat se frotte à votre jambe en ronronnant, refusant qu'on l'ignore. Les émotions me submergent sans prévenir. Il y a de la nostalgie, parfois. Le plus souvent, un brusque accès de culpabilité, de honte, de regrets. J'aimerais pouvoir en parler à ma mère, mais ses réactions sont toujours teintées de reproches, d'accusations. Il y a tellement de choses que je n'ose pas aborder avec elle.

Greg, et même Kit maintenant qu'elle a l'âge que j'avais quand je suis partie de chez mes parents, prétendent que le passé est derrière nous. Qu'il faut avancer. Pendant longtemps, j'ai été d'accord avec eux. Après tout, j'avais fait des études, travaillé comme comédienne, épousé Greg, eu une fille et monté ma propre entreprise. Le passé avait été effacé. Parfois, je suis prise de vertige quand je me rends compte du nombre d'années qui se sont écoulées.

Mais, dernièrement, j'ai compris que le temps ne passe pas, il se plie. Comme la Tamise fait une boucle sur elle-même au niveau de Greenwich, ainsi certaines années lointaines me semblent-elles plus proches que celles que je viens de vivre, et des moments oubliés remontent de force à la surface. C'est par exemple un choc, un choc merveilleux, de m'être réveillée ce matin avec la même sensation que j'ai eue à 13 ans la première fois que Seb et moi nous sommes embrassés. La révélation que le désir que j'éprouvais à l'époque – sentir ses cils contre mes doigts, ma langue sur ses lèvres – vibre encore en moi. Le temps s'est escamoté, une housse de protection glissant au sol pour révéler ce qu'il y a toujours eu dessous.

3

Samedi

Sonia

Dans le bus, un souvenir me revient alors qu'on passe devant le café Starbucks qui était jadis notre magasin de bonbons.

Un jour d'été. En pleine canicule. J'avais 13 ans. Où était ma mère ce jour-là ? Elle avait déjà dû reprendre la classe, car j'avais une sensation de liberté comme jamais quand elle était à la maison.

Je sens encore la façon dont le coton de ma robe légère me frôlait les cuisses tandis que je marchais le long du quai en revenant du magasin. Je suçais un bâtonnet de sorbet à l'orange. La semelle de mes sandales collait aux pavés, gluants des glaces et des sodas renversés par d'autres. L'odeur du fleuve était proche et intense. Métallique, avec un mélange de goudron et d'alcool. Et toujours des effluves résiduels de bière, dans ce coin-là, que la brise rapportait des pubs, des flaques laissées par ceux qui venaient boire assis sur le parapet. La marée était basse. Arrivée près de la maison au niveau des marches en pierre escarpées qui piquaient vers la grève, je les descendis rêveusement, suçant toujours mon bâtonnet glacé. La mousse qui les rendait souvent glissantes avait séché. En bas, je me débarrassai de mes sandales et m'approchai de l'eau. Le fleuve me léchait les pieds, rafraîchissant. De la vase suintait entre mes orteils, que je recroquevillais autour de petits objets durs enfouis là.

« Sonia ! Soniaaaaaa ! »

Brusquement tirée de ma rêverie, je relevai les yeux. Perchés en équilibre sur le bord d'un groupe de vieilles péniches amarrées au milieu du fleuve se trouvaient Seb et son copain Mark, nus à l'exception de leur slip complètement détrempé. Mark poussa Seb d'un coup sec.

« Sonia, au secoooours ! » cria Seb.

Il fit de grands moulinets avec les bras, mima une expression de terreur, bascula dans l'eau de côté et disparut dans ses profondeurs. Mark s'écroula de rire. Au bout d'un moment, comme Seb n'avait pas réémergé, Mark plongea à son tour. À présent, ils étaient tous les deux dans cette soupe marronnasse, un infâme magma si dense qu'il reflétait à peine la lumière du soleil. Des secondes passèrent. Des minutes. Rien ne venait percer l'épaisse surface. Mon cœur se mit à tambouriner, ma bouche se dessécha, l'Esquimau collait à ma langue.

Enfin un splash. Une tête. Mark. Il se hissa tant bien que mal sur une des péniches et disparut dans ses entrailles.

Toujours pas trace de Seb.

Je m'avançai dans l'eau, les yeux rivés sur le fleuve immobile, une brume de chaleur enveloppant les quais de Blackwall, en aval. Il n'y avait pas un bruit.

Soudain, un canot à moteur passa, provoquant une onde de vaguelettes qui se précipitèrent vers moi pour me laper les mollets avant que le silence retombe. Mon cœur se figea. Je n'arrivais plus à respirer. Le monde s'était arrêté.

Et puis, enfin, *fluiiish* !

Seb réapparut à quelques mètres de moi, dégoulinant d'essence et de gadoue. Il bondit dans ma direction, m'agrippa le bras et me tira vers lui. Je résistai un temps. Lâchai le reste de mon Esquimau, enfonçai mes ongles dans la chair de ses épaules. Il riait. Je voulus lui donner des coups de pied, mais c'était peine perdue, il était bien plus fort que moi. Bientôt j'avais de l'eau jusqu'aux cuisses, la robe plaquée contre ma peau. Il tira de plus belle et je perdis l'équilibre. Le courant froid était un soulagement après cette chaleur. Je me mis à battre frénétiquement des pieds et des mains, et il se moqua de moi : « Ouh, la trouillarde ! »

Mark nous rejoignit. Ils me grimpèrent dessus et m'enfoncèrent la tête sous l'eau. Seb me bloqua les jambes. Je me débattis, essayai en vain de leur tirer les cheveux, mordis le bras de Mark de toutes mes forces. Il poussa un hurlement, me lâcha, et j'inspirai des bouffées d'air moite à pleins poumons alors que mon visage revenait à la lumière.

Le tissu trempé de ma robe qui claquait contre mon corps dans l'eau froide et boueuse. Les puissantes mains de Seb autour de mes chevilles. Le soleil qui dardait ses rayons sur nous.

« C'est l'heure de l'apéro ! » s'écria Seb en lâchant prise.

Et Mark et lui s'éloignèrent en nageant le crawl, fonçant vers les péniches au lieu de revenir vers la berge. Je les suivis à la nage en faisant de mon mieux pour ne pas boire la tasse. J'avais entendu dire qu'il y avait dans l'eau des poisons qui pouvaient vous paralyser. Elle était épaisse et gluante, je la sentais glisser sur ma peau. Je ne voyais rien sous sa surface fétide. On pouvait développer des photos en les plongeant dedans, à ce que disaient les gens ; c'était un bain chimique, plus de l'eau. Tout en nageant, je sentais des choses m'effleurer les jambes. La caresse chatouilleuse d'un sac en plastique, le contact plus appuyé d'un gros objet vaseux. Je m'efforçais de ne pas penser à tout ce qui pourrait encore me toucher, me lécher. Me manger, même.

Un bateau-bus me dépassa, ses passagers agitant joyeusement la main. Sur la rive d'en face, les quais de l'île aux Chiens étaient noyés dans d'épaisses vapeurs grises. Arrivée à la péniche, je voulus l'escalader comme les garçons l'avaient fait mais glissai sur son flanc tapissé d'algues. Je me plantai des échardes dans les doigts et me cassai un ongle en essayant de m'agripper à la paroi.

« Quelle nulle ! cria Mark. Elle est pathétique, pas vrai, Seb ?

— T'occupe pas d'elle », répliqua Seb, et mon cœur se gonfla.

Je trouvai une prise vers l'arrière du bateau, où un pneu était accroché : en y posant le pied, je réussis à atteindre le pont. Les garçons s'étaient fabriqué un balluchon à l'aide d'un vieux filet de pêche qu'ils avaient noué au bout d'une corde et dans lequel ils avaient apporté des canettes de bière et des paquets de chips. Ils avaient pendu le filet par-dessus bord afin de garder la bière au frais dans l'eau. Nous nous étendîmes sur le plancher en bois chaud, à l'abri des regards, pour laisser le soleil sécher nos vêtements. Il y avait un léger *clanc clanc clanc* alors que les péniches se heurtaient doucement les unes aux autres. Puis une vedette de la police passa, provoquant de forts remous qui les firent tanguer, craquer et se tamponner violemment, si bien que nous valdinguions comme en pleine tempête.

Quand la houle retomba, il n'y avait plus à nouveau que le soleil, le bois brûlant et nous.

« Fais comme ça », me dit Seb en formant un O avec sa bouche.

Je m'exécutai. Il prit une gorgée de bière, se pencha sur moi, pressa ses lèvres contre les miennes et laissa lentement couler le liquide froid dans ma bouche. Ça avait un goût métallique et frais comparé à la tiédeur de sa peau. Je ressentis une sensation étrange, comme si mes jambes étaient en train de fondre au soleil. Alors il se tourna vers Mark et fit la même chose avec lui. Il me demanda ensuite de le leur faire à tous les deux. Il voulait voir l'effet que ça faisait, disait-il. Il se demandait toujours l'effet que les choses faisaient. C'était délicieux, le froid du liquide qui sortait d'une bouche chaude, aussi nous continuâmes ainsi encore un moment, à boire aux lèvres des uns et des autres, jusqu'à ce que la bière soit devenue tiède.

« Touche ma langue avec la tienne », me demanda alors Seb.

J'obéis. Mark nous regardait. Seb enroula sa langue autour de la mienne, et m'embrassa fort et longtemps. Il avait un goût de bière et de vase.

« Berk ! t'es dégueulasse », lui lança Mark.

Alors Seb se détacha de ma bouche et se mit à embrasser Mark à la place, ce qui eut pour effet de le faire taire.

« Je vais passer sous les péniches à la nage, déclara Seb.

— Ne fais pas ça, Seb. À quoi ça sert ?

— Ça ou autre chose, à quoi ça sert ? Juste à voir si j'y arrive.

— Et si tu te retrouves au milieu à court de respiration ?

— Ne sois pas ridicule.

— T'es vraiment con », lança Mark en riant alors que Seb plongeait dans l'eau et disparaissait sous la coque du bateau.

« Quel débile mental ! » reprit-il tandis que nous attendions que Seb réapparaisse de l'autre côté.

J'aurais voulu qu'il se taise. J'aurais voulu retenir mon souffle jusqu'à ce que Seb revienne, pour vérifier que c'était possible. Pour vérifier qu'il survivrait.

Il mit une éternité à émerger, secouant la tête pour faire sortir l'eau de ses oreilles. Puis il posa les mains sur le bord de la péniche et s'y hissa en un clin d'œil.

« Vas-y, à toi », dit-il à Mark.

Ce dernier, qui n'était pas aussi courageux que Seb, s'inventa alors une excuse pour pouvoir rentrer chez lui. Nous le regardâmes rejoindre la rive à la nage. Et puis Seb me força à m'allonger sur lui.

« Enlève ta robe », dit-il.

Je lui donnai une gifle.

« Aïe ! s'exclama-t-il en riant et en détournant la tête. Allez, vas-y.

— Seulement si tu enlèves ton slip.

— Marché conclu. »

Il ôta son slip, moi ma robe. Je n'avais pas encore assez de poitrine pour porter un soutien-gorge, je m'allongeai donc torse nu contre lui et nos deux corps semblèrent se mouler l'un dans l'autre, s'emboîtant à merveille. Nous étions comme deux pièces d'un puzzle en 3D, chacune ayant besoin de l'autre pour former un tout complet, sans défaut. C'est cette sensation que je me remémore le plus clairement à présent, alors que je rentre à la maison en empruntant le même chemin le long du quai. Nos deux corps, chauffés par le soleil, légèrement collants à cause des mucosités du fleuve, sentant la vase, imbriqués l'un dans l'autre.

J'aimais Seb, cela va sans dire. Je trouvais que c'était la plus belle créature qui ait jamais foulé le sol de la terre. Ce jour-là, sur la péniche, je contemplai son visage de tout près en me demandant comment une telle perfection pouvait exister. Il avait de longs yeux bleus en amande, des lèvres qui semblaient en permanence rouges et gonflées comme s'il avait sucé un bâtonnet de sorbet à la fraise. Les coins de sa bouche rebiquaient vers le bas, on aurait dit qu'il jugeait tout le monde décevant et qu'il attendait que quelqu'un se montre enfin à sa hauteur. Je sentais les os saillants de son bassin s'enfoncer dans le creux de mon aine, la peau tiède de ses côtes se loger entre les miennes, et ma poitrine, qui commençait à peine à s'arrondir, plaquée contre la sienne.

« Viens sous moi », dit-il au bout d'un moment, si bien que nous roulâmes sur nous-mêmes pour inverser la position.

J'avais vaguement l'idée que j'étais peut-être censée dire stop. Je me mis à gigoter sous lui en essayant de le repousser. Mais ce dont je me souviens maintenant, c'est la sensation du bois tiède qui cognait dans mon dos tandis qu'il me maintenait au sol, et le souffle de sa respiration dans mon oreille.

J'arrive aux Berges pétrie d'angoisse. Et si Jez s'est déjà réveillé ? S'il est parti avant que je puisse lui dire au revoir dignement ? Je n'aurais jamais dû le laisser seul.

Je tripote le Rohypnol de ma mère au fond de ma poche, caressant du pouce les petites cloques en aluminium. Je monte l'escalier quatre à quatre jusqu'au premier étage, puis la volée de marches raides qui mènent au studio de musique. Le palier est éclairé par la lumière qui pénètre à travers les étroits vasistas en haut des murs. Je tourne la poignée et pousse la porte, osant à peine espérer.

Il est là. Encore groggy. Mais il a les yeux ouverts.

Je vais droit vers lui, m'assieds sur le lit.

« Tu t'es écroulé.

— Quoi ?

— Hier soir. Tu avais bu quelques verres de trop. »

Je le contemple. Un prince émergeant d'un sommeil de cent ans. Il essaie de soulever la tête, grimace, renonce.

« Tout va bien. Tu es à la maison des Berges. Tu te souviens, maintenant ?

— Oh, merde !

— Ne t'inquiète pas. Tu n'es pas le premier à forcer un peu sur l'alcool, crois-moi. Ça arrive à tout le monde.

— Quelle heure est-il ? Je dois prendre le train de 10 h 30 pour Paris.

— Oh, tu l'as raté depuis longtemps ! Mais il y en a plein d'autres. On préviendra tout le monde en temps voulu.

— Je ne me sens pas bien. »

Il se hisse sur un coude, les yeux plissés pour se protéger de la lumière.

« Il faut que tu te réhydrates. Tiens. »

J'attrape le verre sur la table de chevet et l'approche de ses lèvres, que je regarde s'humecter tandis qu'il avale une gorgée. Une perle d'eau s'accroche au duvet juvénile au-dessus de sa bouche. Elle reste suspendue une seconde, scintillante, avant qu'il l'efface d'un coup de langue.

« La vache ! Qu'est-ce qu'on a bu hier soir ? »

Sa voix n'est pas tout à fait mûre, bien qu'elle ait clairement fini de muer. Elle possède encore une sorte de clarté enfantine. Il ferme les yeux et repose la tête sur l'oreiller.

« Tu te sentiras mieux dans un petit moment. Je vais t'apporter des bagels et du café d'ici une demi-heure. En attendant, tu peux prendre une douche. Là, je précise en lui indiquant le cabinet de toilette attenant. Comment tu aimes ton café ? »

Il rouvre les yeux, le visage tout chiffonné, mais la peau toujours aussi fine, comme de la soie plissée. Les lèvres charnues. La bouche de Mick Jagger. Une bouche de chanteur. Un jour, je peux déjà le voir, il aura ces rides entre le nez et les lèvres qu'ont les rock-stars. Seb les aurait eues, lui aussi.

« Fort. Pas trop de lait. Deux sucres. »

C'est très agréable de rester là à le regarder, mais je ne veux pas l'affoler.

« Je vais préparer un petit déjeuner.

— J'ai oublié d'envoyer un texto à Alicia. Ou de téléphoner à ma mère », dit-il au moment où j'arrive à la porte.

Je suis contente qu'il en ait parlé car ça me rappelle que son portable est toujours dans la poche de sa veste en cuir, qu'il a laissée sur le dossier d'une chaise de la cuisine.

« Chaque chose en son temps, je réponds. Il faut d'abord que tu reprennes des forces. »

Je tire la porte derrière moi et reste là quelques secondes jusqu'à ce que je l'entende aller dans la douche et faire couler l'eau.

Une fois dans la cuisine, je ne réfléchis pas. Je récupère le portable dans sa poche, sors dans la cour, franchis la porte qui donne sur le quai et le traverse en direction du fleuve. Par chance, la marée monte et il n'y a plus de grève, rien que l'eau brunâtre qui clapote contre le parapet. Je m'y appuie et fais mine de contempler les péniches qui dodelinent et se cognent mollement les unes contre les autres tandis qu'un groupe de touristes passe derrière moi. J'attends qu'ils aient disparu et laisse le téléphone plonger dans les profondeurs.

Quand je remonte voir Jez avec le petit déjeuner, il est debout, vêtu de son jean mais sans son tee-shirt, en train de se sécher les cheveux avec une serviette. Je reconnais l'odeur du savon à la citronnelle que je laisse toujours dans la douche. Il jette un œil par-dessous sa serviette en direction du plateau que je lui ai préparé. Il y a du café dans le petit machin italien à expresso dont je me sers pour les connaisseurs, des tartines grillées de pain bio, des bagels et une coupelle de ma marmelade maison.

« Assieds-toi, lui dis-je. Il faut que tu manges. »

Il se laisse tomber sur le lit. Ses épaules sont larges, mais les os encore délicats. Il lui reste de la marge pour épaissir. La plissure de son ventre dessine une minuscule ligne blanche sur sa peau.

Il colle l'une contre l'autre deux moitiés de bagel dans lesquelles il mord à pleines dents. Puis il se radosse à l'oreiller, avale son café à grandes lapées et finit le bagel en deux autres bouchées. Il fait bon dans la pièce, avec le soleil qui entre par les hautes lucarnes au-dessus des étagères de livres. C'est agréable. Plus qu'agréable. Douillet. Il est bien tombé, avec moi.

« Tu n'es pas obligé de partir, tu sais. Je n'ai rien à faire aujourd'hui. Tu es le bienvenu si tu veux rester. Tu peux jouer de la guitare, traîner, et je te prendrai un billet d'Eurostar pour plus tard. Mais c'est comme tu as envie, bien sûr. »

Il lève les yeux vers moi, soupesant les diverses possibilités.

« C'est vrai que je ne me sens pas trop en état de voyager, mais est-ce que je ne vais pas vous gêner ? »

Je souris.

« Pas du tout.

— Alicia doit être furieuse que je lui aie posé un lapin hier. Et il faut que je prévienne maman, j'avais dit que je rentrerais aujourd'hui.

— Quel garçon attentionné ! » je rétorque.

Je suis réellement surprise. Au même âge, j'étais obligée de supplier Kit pour qu'elle me dise où elle était, ce qu'elle ne faisait jamais. Si j'essayais de l'appeler, son portable était systématiquement éteint ou déchargé. Et quand je me plaignais en disant qu'elle aurait pu me contacter, elle me répondait qu'elle n'avait plus de forfait.

« Je vais descendre chercher mon téléphone », déclare-t-il.

Il est trop tard pour l'en dissuader, et puis je ne veux pas lui faire peur. Je n'ai pas d'autre choix que de le regarder quitter la pièce et se diriger vers l'escalier. J'accepte de prendre un risque énorme afin de gagner sa confiance. Rien ne l'empêche de sortir tout droit de la maison et de m'échapper pour toujours. Je décide de l'envisager comme un test, histoire de savoir où j'en suis avec lui. J'ai besoin d'être sûre qu'il a envie d'être ici, autant que j'ai envie qu'il reste.

Ces quelques minutes sont une torture. Je peux à peine bouger. Je suis consciente des moindres bruits en bas tandis qu'il cherche son téléphone partout. Je l'entendrai s'il tente d'ouvrir la porte et de s'en aller sans dire au revoir. Dans ce cas, je me précipiterai pour le rattraper, je lui demanderai s'il peut m'aider à déplacer un meuble avant de partir et, en garçon si bien élevé, il n'osera pas me le refuser. Je ne peux pas me permettre de le perdre.

Je m'appuie contre le chambranle, paralysée alors qu'un autre souvenir reprend vie sous mes yeux. Un autre départ. Nous étions dans un garage. Il y avait une odeur d'essence, d'huile et de transpiration d'adulte.

Quelqu'un jeta une valise dans le coffre. Je revois nettement le visage de Seb, c'est comme s'il était là, avec moi, maintenant. Un sourire narquois aux lèvres. Une expression que je lui connaissais si bien, le dédain de l'autorité, voilé d'un charme hautain.

« C'est l'heure de partir. En voiture, Seb. »

Il rit en voyant ma rage alors qu'il grimpait sur le siège passager. Puis il me regarda avec un haussement d'épaules qui me signifiait qu'il ne partirait pas si ça ne tenait qu'à lui.

« Alors n'y va pas, Seb, répliquai-je. N'y va pas. Ne te laisse pas faire. »

Le claquement des portières. Je m'agrippai à la poignée mais elle était déjà verrouillée et Seb attachait sa ceinture. Quand il releva les yeux, je pus constater qu'il avait déjà changé, qu'il était déjà en train de se résigner et, même, bien qu'il me fût insupportable de l'admettre, qu'il paraissait un peu excité par ce qui l'attendait.

« Non, Seb ! Ne renonce pas !

— Mon Dieu, mais calmez-la ! Elle va finir par se blesser ou blesser quelqu'un d'autre. Retenez-la. Il faut qu'on parte. »

Je savais qu'il ne servirait à rien de crier ni de me débattre, mais j'avais épuisé tous les autres recours. Une main m'empoigna par le bras et me tira en arrière. Puis le moteur démarra et ils sortirent du garage en reculant. Seb n'eut pas un regard pour moi. Il avait les yeux rivés droit devant vers son avenir, comme s'il m'avait oubliée à la seconde où la voiture s'était mise en branle.

Ce n'était pas juste son départ qui m'était insupportable, c'était la sensation terrible que si seulement je m'étais comportée différemment, si je n'avais pas étalé mon désespoir, si j'avais mieux joué, cela ne se serait pas produit.

Quand enfin j'entends des pas sur les lattes en bois nu de l'escalier, je me sens submergée par une vague de soulagement et de gratitude. Jez revient de son plein gré. Je fais le tour de la pièce. Remarque la clé du côté intérieur de la porte. La glisse dans ma poche.

J'entreprends de mettre un peu d'ordre, vérifie qu'il reste du savon dans le cabinet de toilette, une serviette propre, du papier hygiénique. Un invité avait laissé des rasoirs Bic jetables il y a quelques années et je les pose sur la tablette pour qu'il sache qu'il peut s'en servir. Il entre dans la pièce, s'assied sur le lit et j'ai du mal à me retenir d'aller le prendre dans mes bras pour le remercier de ne pas m'avoir abandonnée.

« Je ne le trouve pas, dit-il. C'est bizarre, je suis sûr que je l'avais hier. J'espère qu'on ne me l'a pas piqué.

— Tu veux utiliser le mien ?

— Je ne connais pas le numéro d'Alicia, je l'avais dans mon téléphone, répond-il, comme je m'y attendais. Mais je pourrais peut-être appeler ma mère si ça ne vous embête pas.

— Qui pourrait te donner le numéro d'Alicia ?

— J'imagine que Barney doit l'avoir.

— Alors, écoute, je vais passer un coup de fil à Helen et elle pourra prévenir tout le monde. Y compris ta mère.

— Super », dit-il.

Il me sourit. Il a les dents d'une blancheur éclatante et les yeux du marron tendre des châtaignes.

« Comme je te l'ai déjà dit hier soir, sens-toi libre de tester le matériel si tu en as envie. Tu peux t'enregistrer si tu veux et il y a trois guitares. Tu devrais essayer la douze cordes.

— Une douze cordes ! Je viens juste de commencer à en jouer.

— Il y a aussi un ampli pour brancher la guitare électrique. »

Je balaie la pièce d'un geste circulaire pour lui indiquer la merveilleuse palette d'instruments à sa disposition. Greg a passé des années à aménager son studio, entretenant ainsi son ambition ratée de devenir musicien professionnel tout en gravissant un à un les échelons de sa carrière médicale, jusqu'à avoir tout l'argent qu'il voulait pour s'acheter les derniers gadgets musicaux mais plus aucun temps pour en jouer. Il a même fait insonoriser la pièce, à ma demande. En tant que jeune guitariste de talent, Jez n'aurait pas pu rêver mieux.

« Et, si tu veux, je pourrai téléphoner à certains des contacts dont je t'ai parlé. Voir s'ils ne peuvent pas te dégoter un contrat avec un label.

— Merde alors ! La gueule de Barney et Theo quand ils vont savoir ça ! »

Je souris. Jez a besoin de moi, exactement comme Seb avait besoin de moi, bien qu'il n'ait jamais voulu l'admettre.

« Quand est-ce qu'ils seront joignables ?

— Qui ?

— Ces contacts que vous dites. Ils font quoi, au juste ? C'est des managers ?

— Le premier auquel je pense est chanteur d'opéra. Mais il connaît tout le monde dans le show-biz. Y compris des managers de groupes. Fais-moi confiance.

— Mortel, dit-il avec un grand sourire. Et votre mari, au fait, il est où ?

— Greg ? Il est en déplacement. Pour son boulot.

— Ça doit être un bon musicien.

— Oh, ça, c'est une autre histoire ! Il n'a plus trop le temps de jouer, dernièrement.

— Alors personne ne se sert de tout ça ? Ça reste là pour rien ?

— Il y a aussi Kit, bien sûr. Mais elle est à la fac, maintenant.

— Ah, ouais, Kit ! Elle était dans la classe de Theo avant qu'on déménage à Paris.

— Exact. »

Il y a un moment de silence pendant lequel il se lève, s'approche de l'ampli, tripote un des boutons. Puis il se retourne.

« Et du coup vous êtes là toute seule ? »

J'hésite un peu avant de répondre.

« De temps en temps, oui. Je n'aime pas trop partir d'ici. Même si Greg me propose souvent de l'accompagner.

— Tu m'étonnes ! Moi non plus, je n'aurais jamais envie de partir. C'est du délire, cette pièce, dit-il en s'avançant vers les fenêtres. On voit tout, d'ici. C'est mieux que la grande roue ! Canary Wharf, les Docklands, le Dôme du millénaire. C'est trop cool. »

Il dit ça comme si je n'avais moi-même jamais regardé. Comme si j'avais besoin de lui pour m'en rendre compte. Je trouve ça touchant. Je ramasse les restes du petit déjeuner sur le plateau. Il est en train de compulser la collection de 33 tours de Greg au moment où je me lève pour partir.

« Sonia, dit-il alors que j'arrive à la porte, et je me retourne vers lui. Merci. »

On se sourit.

Je sors. Je reste quelques secondes debout à contempler la porte avant de me décider. Puis je la pousse et tourne la clé dans la serrure avant de m'engager dans l'escalier.

4

Samedi soir

Sonia

Un des inconvénients de la maison des Berges, dont Kit s'est plainte abondamment quand nous sommes revenus nous installer ici, est l'absence de jardin. La cour entre la porte de la cuisine et le mur d'enceinte qui la sépare du quai est pavée et trop petite pour mériter une telle appellation. J'ai bien tenté d'y faire pousser quelques fleurs en pots mais je suis en train de perdre la bataille contre le manque de lumière. Ma mère s'occupait fort bien de ses plantes grimpantes, dans les plates-bandes qu'elle avait fabriquées avec des briques récupérées. La plupart de ces briques ont depuis été fendues par le gel. En plus de la glycine, une vigne vierge et un hortensia grimpant se disputent le terrain, sous la menace hégémonique d'un lierre à feuillage foncé persistant. À vrai dire, toute la maison souffre presque en permanence d'un manque de lumière, à l'exception du studio dont les tabatières en hauteur sont constamment éclairées par le ciel.

Nous n'utilisons jamais la porte principale sur la façade avant, côté rue. De toute façon, elle est désormais bloquée par le bureau de Greg et son vieil ordinateur. À la place, nous entrons et sortons par la porte de la cour qui donne sur le quai de la Tamise.

Quand nous sommes revenus vivre aux Berges, Kit a pris la grande chambre sur l'avant, au-dessus de la rue, tandis que Greg et moi partagions la chambre légèrement plus petite à l'arrière qui a l'avantage d'attraper la lumière du fleuve le matin. C'était la mienne quand j'étais enfant. Il y en a une autre dont nous ne nous servons pas. En montant encore une volée de marches, on arrive au studio. Mes parents auraient voulu aménager tout l'espace du grenier, mais la trop faible pente du toit ne le permettait pas. Les combles, auxquels on accède depuis ma chambre, sont si bas qu'on ne peut pas y entrer. Aussi ont-ils fait construire cette étrange tourelle carrée qui, avec ses vasistas en hauteur, donne, pour peu qu'on grimpe sur une chaise, une vue panoramique sur le fleuve, jusqu'à l'île aux Chiens sur la rive d'en face et ce qui est devenu le quartier d'affaires de Canary Wharf. Il fallait bien que cette nouvelle pièce prenne appui sur un côté du toit, ce qui crée un drôle de surplomb vu de l'extérieur. D'autres fenêtres furent ajoutées pour apporter de la lumière dans l'escalier, qui sans ça serait totalement aveugle. Ce qui veut dire que je peux, depuis le palier, regarder dans le studio et voir Jez sans qu'il me voie.

Je l'observe. Je suis subjuguée par sa façon de bouger. Il a remarqué que la porte était fermée à clé depuis un moment déjà. Il a frappé de toutes ses forces. Il l'a secouée. Il m'a appelée. J'ai été tentée d'accourir aussitôt, pour le calmer. La dernière chose que je souhaite, c'est de l'affoler.

Au bout de quelques minutes, il renonce à crier et se promène dans la pièce en ramassant des objets, à la recherche de quelque chose qui pourrait lui servir à crocheter la serrure. Il trouve une épingle à cheveux que je le regarde introduire maladroitement dans le trou. Ses efforts sont vains, c'en est presque déchirant.

Résigné, il s'avance jusqu'au mur, s'accroche au rebord d'un des vasistas et se hisse à la force de ses bras. J'adore voir comme ses biceps se contractent quand il fait ça. Comme son tee-shirt remonte sur son dos, révélant les deux fossettes dorées à la base de sa colonne vertébrale. Il s'aperçoit qu'il est impossible de s'évader par ces étroites lucarnes. Elles ne s'ouvrent pas.

Il revient à la porte, tape, crie mon nom. Il m'est pénible de résister, mais j'ai peur que, si j'entre sans être totalement préparée, il ne tente de s'enfuir. J'ai peur de le perdre.

Il reste assis un moment sur le lit, la tête entre les mains. Puis il prend la guitare. La guitare acoustique de Greg, celle qu'il avait achetée pendant nos vacances en Espagne. L'année du grand silence ; l'année où on a failli se séparer. Mais je n'ai pas envie de repenser à ça maintenant. Jez s'est mis à jouer. Cette fois avec une sorte de férocité survoltée. Je le vois gratter frénétiquement les cordes et frapper la caisse de la guitare. Évidemment, je n'entends pas très bien à cause de l'insonorisation, mais je n'ai pas besoin d'entendre toutes les notes pour apprécier les nuances entre les passages rapides et lents, forts et doux, percussifs et mélodiques. Je n'écoute même pas vraiment, en fait ; j'observe la concentration sur son visage, l'intensité, l'émotion. C'est comme s'il venait d'une autre dimension. Il est doué, mais aussi connecté. À quelque chose de plus vaste, à quelque chose d'autre. Je vais adorer le regarder jouer de la guitare, la tête penchée sur le corps verni de l'instrument, l'émotion passant de son âme à ses doigts avant de s'exprimer sous la forme de ces notes. Il tient la guitare comme il tiendra les femmes, avec une telle tendresse et un tel rythme, avec un sens instinctif de la modulation, sachant quand se retenir et quand tout lâcher. Jusque-là, la seule personne à qui j'aie connu un tel instinct était Seb.

Quand je remonte le voir avec un plateau de thé fraîchement infusé, la surface du fleuve s'est teintée de cuivre, les buildings de la rive en face sont baignés d'une lumière cireuse. Il dresse la tête en m'entendant entrer, pose la guitare.

« J'ai frappé comme un fou, je vous ai appelée. Pourquoi c'était fermé à clé ? »

Il se lève, les yeux braqués sur moi, fait un pas vers la porte. Je ne bouge pas de là où je suis, histoire de lui barrer le passage. Au cas où.

« Je suis désolée, Jez. Quelle idiote je fais ! C'est par habitude. Greg a tellement de matériel ici qu'il insiste pour qu'on ferme toujours à clé.

— J'ai un peu flippé. Il faut que j'y aille. Il doit être tard, non ?

— Tu as le temps, calme-toi. Regarde, je t'ai apporté…

— Vous avez demandé à Helen ? De dire à Alicia d'appeler ici ?

— Ah, ça ! Oui, bien sûr. C'est vrai qu'elles auraient pu téléphoner. Mais, je ne sais pas pourquoi, j'ajoute avec un haussement d'épaules avant de poser le plateau sur la table de chevet, elles ne l'ont pas fait. »

Il me fixe du regard, légèrement hébété, semble-t-il.

« J'ai toujours une migraine d'enfer, dit-il.

— Oui, ça ne m'étonne pas. Je t'ai préparé du thé. Il faut que tu t'hydrates. Et, plus tard, il faudra que tu manges quelque chose. J'ai des *arancini*. Je les ai achetés chez l'italien au marché.

— Quoi ?

— Des *arancini*. Des boulettes de riz farcies de viande hachée ou de mozzarella, un délice. Et puis j'ai un rioja blanc qui devrait te plaire. »

Parler de vin est une erreur. Il grimace.

« Ça ne te fait peut-être pas envie maintenant, mais tu sais que c'est le meilleur remède contre la gueule de bois : soigner le mal par le mal.

— Merci. Pour tout ça. Mais il faut vraiment que j'y aille. »

Il commence à ramasser ses affaires, qui sont éparpillées aux quatre coins de la pièce : son sweat à capuche, un badge qui s'en est décroché, un paquet de chewing-gums. J'ai l'impression que quelqu'un me piétine le cœur, je n'arrive plus à respirer. Je sais ce qu'il est en train de faire et ça m'est insupportable.

« Ne pars pas.

— Je suis obligé. Ils doivent tous se demander où je suis passé depuis vingt-quatre heures.

— Laisse-les penser ce qu'ils veulent. Reste.

— Je m'en veux. Alicia n'a rien dû y comprendre. Il faut que je leur explique pourquoi je n'ai pas pu prendre le train. Ma mère va se faire du souci.

— Jez, dis-je sans pouvoir m'en empêcher, en regrettant aussitôt le ton suppliant dans ma voix. Tu as pensé à ce que *moi* je ressentais ? »

Il me dévisage avec pour la première fois une expression inquiète.

J'ai rompu une règle de base en laissant mon désespoir transparaître. Il faut que je me serve de mes techniques professionnelles. Rendre ma voix sereine. Cacher l'océan de détresse qui menace de m'engloutir.

« J'ai annulé un rendez-vous ce soir parce que je pensais que tu voudrais rester. Reste, s'il te plaît, dîne avec moi. On peut manger une pizza, si tu préfères. Des hamburgers, tout ce que tu veux. Et je vais te retrouver le numéro de mon ami chanteur d'opéra.

— Merci. Sincèrement. Mais je dois y aller, maintenant. Il faut que je rentre. Vous n'aurez qu'à m'envoyer ses coordonnées par texto. Je vais acheter un nouveau téléphone. »

Je le regarde, je plonge mes yeux dans les siens en pensant le plus fort possible : *ne fais pas ça, ne m'oblige pas à user de la force*. Mais il continue à vérifier le contenu de ses poches, à faire ses lacets.

« Tu ne peux pas rentrer chez toi avec une gueule de bois pareille. Qu'est-ce que va dire Helen ?

— Je veux bien prendre un petit thé rapide, ensuite j'y vais. »

Je ne voulais pas en arriver là, mais je n'ai pas le choix. Je m'approche du plateau, dos à lui, et verse une des pilules de ma mère dans sa tasse.

« Du sucre ?

— Deux, merci. »

Par mesure de sécurité, j'ajoute une deuxième pilule en même temps que le sucre. Je remue soigneusement son thé avant de le lui servir.

On s'assied côte à côte sur le lit pour siroter nos tasses. Ça devrait être un moment agréable, comme ceux que nous avons partagés hier soir, mais il est gâché par les coups d'œil répétés qu'il lance en direction de la porte, comme s'il était nerveux, comme s'il avait hâte d'en finir et de pouvoir filer.

Il ne faut pas bien longtemps avant que les médicaments produisent leur effet. Leur efficacité me surprend. Je me demandais vaguement si ça ferait quelque chose, si je n'allais pas devoir me résoudre à le laisser partir. Mais, assez vite, ses paupières deviennent lourdes, il murmure qu'il est trop fatigué pour terminer son thé, repose sa tasse et se radosse à l'oreiller. Je l'observe. Il lutte pour garder les yeux ouverts, ses cils papillonnent. Sa bouche tente de former un mot. Il lève le bras, comme pour attraper un objet qu'il s'imagine que je lui tends, mais il le laisse aussitôt retomber, c'est trop d'effort. Ses yeux se ferment et sa tête plonge sur le côté. Je suis affolée par ma propre audace. Pourtant, je sens un calme incroyable m'envahir en voyant que j'ai réussi à le garder. Qu'il est à moi.

Je repose ma tasse et me penche sur lui. Dehors, il n'y a presque plus de lumière. On dirait un personnage d'un film en noir et blanc, le crépuscule accentuant les ombres de son visage. Il est encore plus beau que je ne l'avais cru.

Je m'approche de lui et l'embrasse. Pas un baiser appuyé ; mes lèvres ne font que se poser délicatement sur les siennes et sentir leur tendre jeunesse. Je n'exerce presque aucune pression, je laisse seulement nos bouches se toucher, sans bouger ni faire de bruit, et je savoure cette exquise douceur. Je suis de retour avec Seb, à l'époque où le monde s'étalait devant nous comme un immense et éternel terrain de jeu.

Je soulève un de ses pieds. Il est tellement lourd que je dois le saisir à deux mains. Je lui enlève ses baskets et ses chaussettes. Même là, il n'y a rien de désagréable. Je croyais que seuls les bébés avaient cette bonne odeur naturelle. Je m'émerveille devant la délicatesse de sa peau. J'aimerais pouvoir prendre un par un dans ma bouche chacun de ses orteils frais et roses. J'imagine la sensation de ces petites boules de chair sur ma langue, la légère éraflure de ses ongles contre mon palais. Mais le goût serait quelque chose de neuf et de tendre.

Cependant, il y a un plaisir à se réserver certaines choses pour plus tard. À savourer l'attente. Maintenant que Jez est là, dans le studio, j'ai à nouveau tout le temps devant moi.

5

Samedi soir

Helen

Des troncs de femmes enceintes sans tête ni jambes étaient posés ici et là sur des socles dans la galerie. Helen s'appuya contre un pilier, un verre de vin à la main. Elle ajusta sa contenance, s'efforçant d'avoir l'air naturelle, et but une gorgée. Elle avait les mains moites.

Il y avait, en plus des troncs, une pièce centrale : un bassin rempli d'eau sur la surface duquel étaient projetées des échographies de fœtus. Ainsi qu'une série de tableaux orange vif intitulés « Variations sur le Svadhisthana ».

« C'est pour évoquer le deuxième chakra, celui du nombril. Le centre de la fertilité et de la créativité. »

La voix de Nadia dans son oreille fit sursauter Helen.

« Je suis persuadée que l'agate orange est ce qui m'a aidée à tomber enceinte, poursuivit-elle. C'est pour ça que j'ai utilisé cette couleur avec autant de profusion. »

À 45 ans, Nadia arrivait au terme de sa première grossesse, et c'était comme si personne n'avait jamais eu d'enfant avant.

« Je vois, répondit Helen. Mais pourquoi les moulages ?

— Pas très original, je sais, reconnut Nadia. Tout le monde s'en fait faire, de nos jours. Mais je voulais représenter toutes les étapes. Je me sers de bandes Biplatrix que je commande directement sur Internet. C'est un matériau incroyablement polyvalent.

— Ils sont très réalistes, commenta Helen. On peut voir la moindre petite ride, la moindre petite aspérité de la peau. »

Elle remarqua que sa paume humide avait laissé une trace foncée là où elle était restée posée sur sa jupe. Elle changea de position pour la cacher. Jeta un coup d'œil à Pierre, le compagnon de Nadia, qui passait parmi les convives avec un plateau de vin.

« Tu ne connais personne ? demanda Nadia. Tu veux que je te présente ? »

Helen ouvrit la bouche, la referma, prit une inspiration.

« Tu n'as pas invité Ben et Miranda ? demanda-t-elle d'une voix qui lui parut forcée, trop forte.

— Oh, non ! Ils sont en voyage je ne sais où. Madagascar, je crois. Une petite escapade hivernale. »

Helen digéra cette information, se sentit soulagée qu'il ne soit pas là, choquée qu'il soit encore avec sa femme. Elle avala sa salive.

« Et Greg et Sonia ? Je pensais qu'ils viendraient, dit-elle d'un ton jovial.

— Je leur ai donné l'invitation à ta fête pour les 50 ans de Mick, répondit Nadia en observant par-dessus l'épaule d'Helen un groupe de femmes qui venait d'arriver. J'ai trouvé Sonia sublimissime. Malgré tout ce que Greg peut en dire. Je ne sais pas comment elle fait. Même si, pour ma part, je n'ai jamais été aussi bien dans mon corps qu'en ce moment. »

Elle ferma les yeux et posa les mains sous la bosse de son ventre avec un sourire béat.

« J'ai entendu un des ados de la bande la qualifier de "MILF", reprit-elle. Une mère bonne à baiser, ajouta-t-elle, au cas où Helen aurait eu besoin de la traduction.

— Comment ça, "malgré tout ce que Greg peut en dire" ? demanda Helen.

— Il a encore confié ses inquiétudes à Pierre. Il la trouve… comment il disait ? Insondable, je crois que c'était le mot.

— Ah bon ?

— Il estime que, depuis que Kit a quitté le nid et que lui travaille de plus en plus à Genève, ils n'ont plus aucune raison de rester dans la maison d'enfance de Sonia. Mais elle refuse de déménager.

— Elle adore les Berges, rétorqua Helen. Et ça se comprend. C'est un emplacement tellement exceptionnel.

— Il n'y a pas que ça. Greg pense qu'elle fait une dépression. Il faut bien reconnaître qu'elle n'était pas très pêchue lors de la fête, l'autre soir, non ?

— Pour être honnête, elle ne me donne plus trop de nouvelles depuis que les enfants sont grands. On dirait qu'elle ne s'intéresse plus vraiment à moi, maintenant que Kit est partie à la fac. J'ai supposé que j'avais baissé dans son estime vu qu'aucun de mes deux fils n'a continué ses études. Mais sa compagnie me manque. À une époque, on serait sorties toutes les deux s'en griller une sur le trottoir.

— Écoute, je ne fais que répéter ce que Greg a raconté à Pierre. C'est vrai, regarde, pourquoi elle n'est pas là ce soir ?

— Peut-être que ce n'est pas à moi de dire ça, mais je vais quand même le dire, commença Helen tout en acceptant le verre de vin que lui proposait Pierre. C'est bien le genre de Greg d'aller s'imaginer que Sonia va mal juste sous prétexte qu'elle n'est pas d'accord avec lui. Il a toujours fait ça. Il ne supporte pas de ne pas tout régenter.

— Et puis tu ne l'as jamais aimé, renchérit Nadia en souriant.

— Pas spécialement, en effet, si tu veux savoir », admit Helen.

Nadia salua de la tête la poignée de femmes qui venait d'entrer, et Helen fut envahie par une bouffée de honte d'avoir évoqué son antipathie pour Greg. C'était un ami de Pierre. Elle n'avait jamais su tenir sa langue. Alors, comme ça, Sonia était une « MILF ». Ben était à Madagascar avec Miranda. Helen sentit ses nerfs lâcher, son humeur sombrer. Des « oh ! » et des « ah ! » élogieux s'élevèrent du groupe de nouvelles arrivantes près de la porte. Nadia se laissa kidnapper par une de ses admiratrices et Helen constata qu'il ne restait plus de vin sur le plateau. L'heure de partir.

Elle s'attarda quelques instants devant la galerie, resserrant son manteau à capuche bleu autour d'elle et enfilant les gants de cuir bordeaux qu'elle avait dans les poches. Tapant ses pieds chaussés de bottines en daim contre le bitume qui commençait déjà à scintiller de givre. Elle se mit à marcher vers l'endroit où était garée sa voiture. Sur le trottoir d'en face, des garçons se déversaient d'un taxi pour s'engouffrer dans un entrepôt victorien reconverti en club, semant de petits nuages blancs de respiration sur leur passage. Helen avait été entourée toute la semaine d'ados de sexe masculin. Ceux qu'elle côtoyait dans son travail, ses deux fils et son neveu Jez à la maison. Leurs longues jambes noueuses et leurs épaules voûtées lui semblaient toujours prendre trop de place. Elle regrettait qu'il n'y ait pas davantage de femmes dans sa vie. Des gens avec qui elle aurait pu vraiment parler, partager ses sentiments. Nadia était bien trop obnubilée par sa grossesse, Sonia préférait visiblement la solitude ces derniers temps et la sœur d'Helen, Maria, était dans un rapport beaucoup trop compétitif avec les enfants. Helen n'aurait jamais pu se confier à elle.

Certains invités du vernissage commençaient eux aussi à se redéployer vers l'entrepôt. Des vieux qui essayaient de faire jeunes, songea Helen, avant de se rendre compte qu'ils étaient plus jeunes qu'elle. Vieux mais plus jeunes qu'elle. Comment était-ce possible, tout d'un coup ? Elle poussa un soupir, prit une profonde inspiration. Ça aurait été sympa de se joindre à eux, de boire encore quelques verres, de prolonger la soirée, mais elle était fatiguée et puis elle conduisait. Sans compter que Mick avait sans doute préparé à manger. Il devait l'attendre.

Dans la voiture, elle attacha sa ceinture, sachant qu'elle avait sûrement dépassé la limite d'alcoolémie, même si elle n'avait jamais soufflé dans le ballon une seule fois depuis qu'elle avait son permis. *Je n'ai pas la tête d'une nana qui picole*, pensa-t-elle. Les flics arrêtaient plutôt les jeunes. Les copains de Barney et Theo se faisaient régulièrement contrôler bien qu'ils ne conduisent jamais en état d'ébriété.

Elle venait juste de démarrer lorsqu'elle aperçut Alicia, la petite amie de Jez, qui venait de quitter la galerie et remontait la rue. Elle était seule et paraissait un peu perdue. Helen baissa sa vitre et se pencha dehors.

« Je te dépose quelque part, Alicia ? »

La jeune fille releva la tête.

« Ah ! Cool. »

Helen lui ouvrit la portière passager, et Alicia grimpa à bord.

« Tu rentres chez toi ?

— Ben, je crois. Je pensais croiser Jez au vernissage de Nadia. Je suis venue avec les gens de mon cours de dessin. On l'avait invité aussi. Vous ne savez pas où il est ? Je ne l'ai pas revu depuis jeudi.

— Je pensais qu'il était avec toi, à vrai dire. »

Quand avait-elle vu son neveu pour la dernière fois ? Pas la veille, en tout cas. Peut-être était-ce aussi jeudi, quand Alicia était venue à la maison et qu'ils avaient fabriqué ces badges sur l'ordinateur.

Elle jeta un coup d'œil à sa passagère. Alicia était passée chez eux plusieurs fois depuis que Jez avait débarqué le samedi précédent, mais Helen ne l'avait pas bien observée. À présent, elle put constater que c'était une jolie fille, aux traits fins et à la peau claire. Une enfant, en fait. Elle gardait les yeux rivés droit devant elle, le front légèrement plissé.

« Ça va ? demanda Helen en prenant le rond-point de Old Street un peu trop vite et en appuyant brusquement sur la pédale de frein.

— Non. Il ne répond pas au téléphone ni à mes textos.

— Il était censé rentrer à Paris ce week-end. Je lui ai demandé de nous dire quel train il comptait prendre, mais je n'étais pas beaucoup là. Les garçons doivent savoir.

— Il n'a pas pu partir hier. On avait rendez-vous dans le tunnel. Il n'est pas venu et ça m'inquiète. Ça ne lui ressemble pas.

— Le tunnel ?

— Le tunnel piétonnier. C'est toujours là qu'on se retrouve. Quand il loge chez vous à Greenwich. Parce que c'est genre à mi-chemin et puis c'est un peu… notre endroit à nous. »

Mon Dieu, songea Helen, comment pouvait-on, même en étant un ado éperdument amoureux, trouver à ce tunnel quoi que ce soit de romantique ? Le sol humide, comme si l'eau du fleuve remontait par en dessous. Les carreaux blancs et les câbles électriques apparents. L'horrible odeur d'urine. Les ascenseurs cessaient de fonctionner à 19 heures, si bien que vous étiez obligé de monter des centaines de marches à pied pour regagner l'air libre en espérant que personne ne soit tapi dans les ombres et les recoins.

« Fais quand même attention quand tu traînes dans le tunnel, répondit Helen. Tu veux que je te dépose où ? Je peux te ramener chez toi si ça ne me fait pas faire un trop grand détour. Ou bien au métro ?

— J'habite à Docklands. »

Helen repensa à Mick en train de cuisiner à la maison. Les steaks de thon accompagnés de nouilles *udon* étaient une de ses spécialités, il faisait souvent ça le samedi soir. Une bouteille de blanc bien frais et un bon dîner devant la télé. Que demander de plus ? Elle n'aurait même pas dû venir au vernissage de Nadia.

« Ça me prend la tête, dit Alicia, visiblement au bord des larmes. Il doit me faire la gueule.

— Jez ? Je suis sûre que non. Il est rentré à Paris, ou bien il est avec son groupe. Tu sais comment ils sont quand ils jouent ensemble. Ils oublient complètement qu'il y a d'autres gens sur terre. »

Alicia haussa les épaules.

« C'est le meilleur guitariste de tous les groupes que je connais. Mes copines sont trop vertes que je sois avec lui. Mais il n'a pas conscience d'être un canon et c'est la première fois qu'il me snobe comme ça. C'est bizarre. »

Un coursier à moto coupa la route d'Helen alors qu'elles arrivaient sur Commercial Street et elle fut obligée de piler. Devant elle, le feu passa au rouge. Elle sentit monter des palpitations. Qu'est-ce qu'ils avaient tous avec Jez ? Maria avait téléphoné tous les soirs de la semaine pour savoir comment s'étaient passés les entretiens de son fils, vérifier ce qu'il avait mangé, rappeler à Helen combien il avait du talent. Maria traitait Jez comme un animal de concours. Et voilà que sa petite copine exprimait le même genre d'adulation, ça finissait par être agaçant. Les effets du vin commençaient à s'estomper et elle sentait poindre une migraine. Helen mourait d'envie d'un verre. Elle n'aurait pas dû proposer à Alicia de la raccompagner jusqu'à chez elle, elle aurait dû simplement dire : « Je te laisse là si ça ne t'ennuie pas, je dois rentrer. » Vous donniez ça, et…

« Je lui dirai de t'appeler, promis », dit Helen.

Alors qu'elle faisait demi-tour après avoir déposé Alicia à bon port, elle se demanda si elle était si soulagée que ça de ne pas avoir croisé Ben au vernissage, finalement. Elle n'avait plus à subir le genre de tumulte émotionnel qu'Alicia semblait traverser. Plus d'attente interminable jusqu'au prochain mail dans sa boîte de réception, jusqu'au prochain ding-dong d'un texto sur son téléphone. Plus de nœud au ventre à l'idée de revoir quelqu'un. Plus de rendez-vous romantiques insensés dans des endroits inaccessibles. Le tunnel piétonnier, franchement ! Elle avait évacué une fois pour toutes cet aspect des choses. Pourquoi voudrait-elle rouvrir une blessure récemment cicatrisée ?

« Pense à tout ce que Mick et toi allez pouvoir faire maintenant que cette histoire est derrière toi, se disait Helen alors que la voiture descendait entre deux immenses murs marron pour s'engouffrer dans la bouche noire du tunnel de Blackwall. Vous allez faire plus de choses ensemble que jamais : des théâtres, des week-ends, des bons petits dîners. Vous avez tous les deux accepté de vous recentrer sur votre relation. Vous avez fait le bon choix. »

Le temps qu'elle arrive à la maison et qu'elle tourne la clé dans la serrure, elle s'était préparée à être accueillie par l'odeur tiède d'un repas qui l'attendrait sur la table de la cuisine. Mick était debout dans l'encadrement de la porte du salon, un journal roulé sous le bras, la mine grave. Aucune odeur alléchante ne s'échappait de la cuisine. Le feu n'était pas allumé dans la cheminée et le vestibule était froid.

« Maria a téléphoné, dit-il. Jez était censé rentrer à Paris aujourd'hui. Il n'est pas arrivé. »

6

Samedi soir

Helen

Helen suivit Mick au salon et déboucha la bouteille de pinot grigio qu'il avait posée pour elle sur la table basse.

« Maria est sûre qu'il devait rentrer aujourd'hui ? s'enquit-elle. Je lui avais demandé de nous dire quel train il comptait prendre, mais il ne m'a rien dit. Il doit encore être ici.

— Quand est-ce que tu l'as vu pour la dernière fois ? Moi, je ne crois pas l'avoir revu depuis jeudi. »

Helen s'assit. La pièce lui parut terne. Ça manquait de fleurs. Elle se pencha pour allumer la lampe sur la cheminée.

« Jeudi, moi aussi, je crois. Non, attends, je l'ai vu hier à l'heure du déjeuner. Mais oui, il était là quand je suis rentrée du boulot. Tu as prévu quelque chose pour dîner ?

— Helen. Il faut qu'on résolve cette histoire. Et maintenant, il est où ?

— Pas avec Alicia. Je viens de la raccompagner chez elle après le vernissage. Elle dit qu'il lui a posé un lapin dans le tunnel piétonnier hier. Il doit être avec les garçons.

— Le tunnel piétonnier ?

— Apparemment, ils ont l'habitude de se donner rendez-vous à mi-chemin entre le nord et le sud. C'est plutôt mignon. »

Mick bondit de son fauteuil et se passa les mains dans les cheveux.

« Il faut qu'on sache où est passé ce gamin ! Qu'est-ce qu'on va dire à Maria quand elle va rappeler ? »

Helen se servit un verre.

Mick la fusilla du regard.

« C'est urgent, insista-t-il. Maria était dans tous ses états.

— Ma sœur dans tous ses états. Ça nous change, rétorqua Helen en levant les sourcils vers son mari dont elle attendait la connivence sur ce genre de blague entendue.

— Il ne s'agit pas de Maria. Il s'agit de Jez. Ça m'inquiète.

— Hé ! Ce n'est pas ton genre de te faire du souci. Maintenant, tu me fais peur. »

Quand leurs fils étaient plus petits, c'était toujours Helen qui se préoccupait de leur sécurité, vérifiait les sièges auto dans la voiture, les obligeait à porter des casques à vélo, des protège-tibias, des brassards gonflables. C'était elle qui allait s'assurer qu'ils respiraient encore pendant la nuit. Mick ne s'était jamais inquiété, à ce qu'elle avait pu voir. Mais là il ne tenait pas en place et elle se demanda s'il y avait autre chose derrière cette anxiété.

« Tu as essayé sur son portable ?

— Bien sûr.

— Et tu as vu les garçons, aujourd'hui ?

— Non. Ils n'étaient pas levés quand je suis sorti et ils n'étaient plus là quand je suis revenu.

— Alors Jez doit être avec eux. Calme-toi, Mick, s'il te plaît. Écoute, prends-toi un verre de vin, je vais préparer à manger. Ils ne vont pas tarder à rentrer et on pourra appeler Maria. »

Ben et Miranda tous les deux à Madagascar. Elle ne voulait pas y penser. Mais c'était plus fort qu'elle.

« Tu as les numéros de portable des garçons quelque part ? demanda Mick.

— Dans mon téléphone. Dans mon sac. »

Helen poussa son sac du bout du pied en direction de Mick. Il lui jeta un drôle de regard avant de commencer à fouiller dedans. Après avoir trouvé le téléphone, il se mit à appuyer sur les touches.

« Évidemment, putain ! Ils sont sur répondeur tous les deux », déclara-t-il.

Il était minuit passé quand ils entendirent la porte s'ouvrir en grand et cogner contre le mur de l'entrée. Mick se leva d'un bond au moment où Barney pénétrait dans le salon, les cheveux dans les yeux comme d'habitude, le dos voûté, titubant légèrement. Il traînait derrière lui un souffle d'air glacé.

« Ferme la porte, dit Helen. Il fait un froid de canard. Jez est avec vous ?

— Hein ?

— Barney ! Réveille-toi ! s'agaça Mick. Jez n'est pas rentré à Paris. Et Alicia n'a pas de nouvelles de lui. Tu ne sais pas où il peut être ?

— Demandez à Theo. »

Theo apparut dans l'embrasure de la porte, les yeux brillants, le visage tout rose.

« Theo. Où est Jez ?

— Jez ? »

Helen voyait la mâchoire de Mick se crisper d'exaspération. Elle savait exactement ce qu'il devait penser : il aurait voulu attraper son fils par la capuche crasseuse de son sweat-shirt dégueulasse et le secouer pour lui faire entrer un peu de plomb dans la cervelle. Le sentiment de déception de Mick à l'égard de ses deux fils était devenu palpable depuis l'arrivée de Jez. Theo prit la télécommande et alluma la télé. Mick lui ordonna de l'éteindre. Helen demanda à Barney de filer à l'étage monter le thermostat du chauffage. Elle avait renoncé à l'idée de dîner et se resservit à la place un autre verre de vin.

« Je croyais qu'il était reparti, reprit Theo. Il avait dit qu'il devait rentrer samedi.

— À Paris ?

— Ben ouais, où veux-tu qu'il rentre ?

— Il n'y est pas. Est-ce qu'au moins il était avec vous pour le concert d'hier soir ? »

Helen observait avec détachement cette nouvelle facette anxieuse chez son mari. Il avait le visage chiffonné et rougeaud. Ses sourcils aussi faisaient des choses bizarres, on aurait dit qu'ils étaient plus touffus qu'avant, et en quelque sorte plus mobiles. Elle se demanda quand elle l'avait réellement regardé pour la dernière fois.

« On a pensé qu'il était avec Alicia, disait Barney.

— Alicia ne l'a pas vu, intervint Helen. Il était censé la retrouver dans le tunnel piétonnier hier après-midi et il n'est pas venu. »

Barney et Theo s'échangèrent un coup d'œil.

« Quoi ? s'enquit Helen. Qu'est-ce que ça veut dire, ce petit regard ?

— Rien, dit Theo. C'est juste qu'on trouve ça marrant qu'Alicia veuille absolument lui donner rendez-vous là-bas, comme si c'était le top du romantisme. Il a toujours peur de lui dire non. Même quand il préférerait venir avec nous.

— Il fait le canard, murmura Barney, et Theo pouffa.

— Le *canard* ?

— Ça veut dire qu'il fait tout ce qu'elle lui dit, expliqua Barney.

— Esclave de la petite Alicia, renchérit Theo. Je vais essayer de l'appeler. »

C'étaient peut-être des fainéants mollassons et bons à rien, songea Helen à travers la brume réconfortante de l'alcool, mais rien de tel qu'un fils pour vous regonfler le moral. Que deux fils.

« J'imagine qu'il n'y a aucune chance pour qu'il soit chez son père, suggéra Mick. Vous pensez qu'il peut être à Marseille ? Il ne vous a rien dit à ce sujet ? Plutôt que d'être rentré à Paris, je veux dire.

— Non, il n'a pas parlé de Marseille, répondit Barney.

— Ça ne sonne même pas, indiqua Theo. Il doit être éteint.

— Et donc ? se désola Mick. Qu'est-ce qu'on fait, maintenant, par pitié ? »

Le coup de fil avec Maria fut long et pénible. Helen s'efforça de paraître détendue.

« Sans doute qu'il est dans le train à la minute où on parle, en route pour Paris. Il a dû s'arrêter en ville faire du shopping en allant à la gare. Il y a forcément une explication.

— Tu veux dire qu'il a pris ses affaires ? » demanda Maria.

Il n'était pas venu à l'esprit d'Helen de vérifier si les affaires de Jez étaient toujours là-haut dans la chambre d'amis. Elle fit un geste à Barney qui était affalé devant la télé à l'autre bout du salon pour lui signifier d'aller voir.

« Quoi ? » dit-il en détachant à peine les yeux du film qu'il était en train de regarder.

Helen couvrit le combiné d'une main.

« Les affaires de Jez sont encore là-haut ? souffla-t-elle. Monte voir.

— Tu crois que je devrais prendre un train et venir le plus vite possible ? demanda Maria d'une voix qui s'était envolée dans des aigus hystériques.

— Bien sûr que non. Et s'il arrive à Paris demain matin ? Ce qui sera sans doute le cas, j'en suis sûre.

— Je n'arrive pas à croire que tu ne te sois pas rendu compte qu'il repartait aujourd'hui. Tu ne l'as pas aidé à faire sa valise ?

— Maria, Jez a presque 16 ans. Il n'a pas envie d'avoir sa tante sur le dos tout le temps. Je lui ai demandé de nous dire quel train il allait prendre, mais je l'ai laissé s'en occuper tout seul. »

Il y eut une longue pause.

« Quoi ? fit Helen. À quoi tu penses ?

— Je pense que je n'aurais jamais dû le laisser venir chez toi. On a une conception de l'éducation radicalement différente, toi et moi. La tienne frise la négligence.

— Maria ! Je te prierais de rester polie, s'il…

— D'accord. Je n'aurais pas dû dire ça. Je crois que le terme approprié est plutôt une certaine *autonomie*. Mais Jez n'a pas l'habitude de ça. Il n'a pas toute cette liberté, ici. Il a l'habitude d'un emploi du temps strict, de se faire conduire en voiture. Il ne sait même pas comment fonctionne le métro parisien ! Alors celui de Londres doit lui sembler un labyrinthe. Oh, mon Dieu, qu'est-ce qui a bien pu lui arriver, Helen ?

— Il doit y avoir une explication toute bête. Pour l'instant, tu as juste besoin d'un bon petit remontant et d'aller te coucher.

— Un bon petit remontant, c'est ton unique réponse à tout. »

Il y eut un silence chargé tandis qu'Helen prenait sur elle pour ne pas relever.

« J'appelle Nadim, reprit Maria. Je n'ai pas le choix. Il faut qu'il sache que son fils a disparu. »

Helen sentit des picotements d'indignation.

« Jez a découché un soir. Ça ne veut pas dire qu'il a *disparu*. Et on fait tout ce qu'on peut de notre côté pour le retrouver. »

Elle raccrocha et se retourna vers les autres. Les larmes lui étaient montées aux yeux ; la rage devant la culpabilité et la nullité que sa sœur lui faisait ressentir, mêlée à l'angoisse grandissante qu'il soit bel et bien arrivé quelque chose de grave à Jez.

« Elle a toujours été surprotectrice avec Jez, dit-elle. D'ailleurs, c'est sûrement pour ça qu'on en est arrivés à cette terrible situation.

— T'inquiète, maman, rétorqua Theo. Ça va aller. Il est pas débile. »

Barney revint dans le salon et se rassit devant la télé.

« Alors ? demanda Helen.

— Quoi ?

— Ses affaires. Elles sont là ?

— Ah ! Ben ouais. Toujours là. Il n'a pas fait sa valise. Y a des fringues partout. »

Helen ferma les yeux. S'assit. Pencha la tête entre ses mains.

« À quel moment on prévient la police dans les cas comme ça ? » demanda-t-elle entre ses doigts.

7

Dimanche

Sonia

L'harmonica de Seb est rangé avec d'autres objets précieux dans une boîte à chaussures que je garde dans la chambre d'amis. Je suis un peu nerveuse en tournant la grosse poignée de verre, ça fait tellement longtemps que je ne suis pas entrée dans cette pièce. Nous n'invitons pas souvent des gens à dormir, je ne sais pas pourquoi. Ça sent le renfermé, la poussière et le vieux papier. Une lumière grise pénètre par une petite fenêtre qui donne sur le côté de la maison, dominée par la masse sombre des toits de l'hospice du Trinity Hospital et des hautes cheminées brunes de la centrale électrique un peu plus loin. Nous n'avons même pas enlevé les draps qui protégeaient les meubles depuis notre emménagement. Quel aurait été l'intérêt de découvrir la commode en acajou que nous n'utilisons jamais, ou l'ottomane sous la fenêtre ?

La boîte à chaussures est posée sur une étagère de la penderie. Je la sors avec précaution, soulève le keffieh palestinien de Seb, révélant des objets que je n'ai pas regardés depuis des années.

Je suis venue chercher l'harmonica pour apaiser Jez. Il était agité et un peu désorienté par l'effet des somnifères quand je suis allée le voir ce matin et j'ai eu besoin de le calmer. Il pensait avoir encore trop bu et se sentait honteux. Il est beaucoup trop bien élevé pour s'imaginer que l'amie de sa tante a pu mettre quelque chose de bizarre dans son thé, ce qui me le rend d'autant plus attendrissant. Je l'ai rassuré en lui disant qu'il n'avait rien fait de mal et que je lui apporterais tout ce qu'il voudrait tant qu'il serait mon invité. Il a fini par me demander timidement si j'avais un harmonica.

Alors que je fouille dans la boîte, je tombe sur une lettre qui était cachée sous le keffieh. Elle m'est adressée, comme l'étaient toutes les lettres de Seb, c/o Mark, Vanburgh Hill. Mark me les faisait passer en les dissimulant au fond d'une petite cavité dans le mur du quai dont nous avions décidé d'un commun accord que c'était la meilleure cachette.

Je regarde l'enveloppe. Elle porte un timbre à 9 pence et un tampon daté du 1er février. L'année n'est plus lisible. J'oublie l'harmonica un instant et m'autorise à écarter les bords déchirés de l'enveloppe pour en extraire la lettre. L'écriture donne une fausse image de la personnalité de Seb. Petite, soignée, tenue. C'est la première fois que je la relis.

Sonia !!!!!!!

Je ne tiendrai pas un mois de plus dans ce trou. Pas une seule nana. Même pas une dingo comme toi pour m'obéir au doigt et à l'œil ! En fait, c'est toute l'ambiance qui est en train de me rendre cinglé à petit feu, et putain, je commence tout juste à me rendre compte à quel point je suis loin de la Tamise ici.

Il faut que tu m'aides. J'ai un plan. La cuisinière laisse toujours son vélo dehors sans l'attacher. Je vais le lui emprunter. Il faudra que ce soit le 12 février. J'ai bien étudié les marées et tout ça. Je partirai à l'heure du déjeuner quand ils seront tous trop occupés à s'en mettre plein la lampe pour rien remarquer. Je pédalerai jusqu'à l'île aux Chiens. Tu m'attendras là-bas. Amène Tamasa *! On pourra se faire un petit coup de radeau jusqu'à la maison. Je te ferai signe en morse. Vers 16 heures. Ne traîne pas : à la minute où tu vois les lumières, il faut que tu viennes. Tu rameras un peu à contre-courant, mais je ferai en sorte que ce soit pile au moment du changement de marée. Tu accosteras au ponton et c'est là que je t'attendrai. Une fois que je serai revenu de notre côté du fleuve, je me cacherai un moment. N'oublie pas de venir !*

Je ferme les yeux. Replie lentement la main sur le papier tout fin jusqu'à ce qu'il se froisse dans ma paume, j'en fais une petite boule compacte.

Depuis combien de temps Seb était-il parti, à ce moment-là ? Ça ne pouvait pas être plus d'un ou deux mois. Pourtant, ça paraissait des siècles. Nous aurions attendu un mois de plus et c'étaient les vacances. Mais le temps est une chose si insaisissable, si élastique, même un jour à l'époque nous semblait une éternité. J'étais plus impatiente de le retrouver que lui de s'enfuir de cette école qu'il haïssait. Je lui étais complètement asservie. J'aurais fait n'importe quoi pour lui. Ce n'était pas comme si j'avais le choix. Et c'est la même chose avec Jez à présent. Je ferai n'importe quoi pour lui.

Je trouve l'harmonica dans son petit étui rouge. En caressant du bout des doigts la grille qu'a traversée le souffle de Seb, j'éprouve une vive satisfaction à l'idée que celui de Jez en fasse autant.

Je monte l'instrument à Jez sur un plateau où j'ai également préparé un bol de soupe tiède, un petit pain et une grande carafe d'eau glacée. Je le pose par terre devant la porte du studio pendant que je tourne la clé dans la serrure. Alors que je pénètre dans la pièce, quelque chose me fonce dessus sur la droite, et l'impact me projette contre la bibliothèque, laissant la porte grande ouverte derrière moi. Je m'agrippe aux étagères pour essayer de me retenir mais je n'arrive pas à trouver de prise sur les livres, qui m'échappent des doigts. Je titube et finis par tomber par terre.

« Jez, non, s'il te plaît. »

Il a filé par la porte avant que j'aie le temps de me redresser.

« Je t'ai apporté l'harmonica ! Attends-moi ! »

Même moi je suis consciente du ton pathétique dans ma voix tandis que je me débats parmi les livres qui me sont dégringolés dessus. J'ai l'impression que le monde est en train de se vider de ses couleurs, que ma tête et mon cœur s'emplissent de désarroi.

« S'il te plaît, ne pars pas, je ferai tout pour toi. Ne pars pas. »

Et puis soudain un grand fracas, un bruit de verre brisé et quelque chose qui dévale la volée de marches suivi d'un hurlement. Je réussis enfin à me relever et, repoussant les livres, je fonce vers la porte.

Jez est recroquevillé au sommet de l'escalier. Il y a de l'eau et des morceaux de verre partout sur le palier. Il pivote sur lui-même pour me regarder alors que je m'approche de lui. Et c'est l'expression de son visage qui me blesse plus que tout le reste.

De la terreur pure.

Il essaie de s'éloigner de moi en rampant et en se tenant la cheville droite d'une main. De l'autre, je vois qu'il a ramassé le bol de soupe et le brandit au-dessus de sa tête, comme s'il s'apprêtait à me le jeter dessus. Je lui attrape le poignet juste au moment où il lance le bol, qui me passe à côté et va s'écraser contre le montant de la porte.

Après quelques secondes de silence, je vais m'accroupir devant lui en le regardant avec toute la bonté attendrie dont je suis capable.

« Jez, tu t'es fait mal. Il faut que tu me laisses t'aider.

— Je veux rentrer chez moi, dit-il avec un mouvement de recul qui lui arrache un gémissement.

— Tu vas rentrer chez toi. Mais d'abord il faut que tu me laisses regarder ta cheville. J'ai du baume et une bande dans la salle de bains. Occupons-nous d'abord de ça et on verra la suite après.

— Ça fait super mal, putain. »

Je vois bien qu'il fait des efforts pour être courageux. Je lui explique qu'il doit mettre son pied en hauteur sur un coussin, que ce serait mieux pour lui de retourner dans le lit.

« Jez. Allez. Laisse-moi regarder. »

Il tente de se lever, grimace à nouveau.

« Jez, je répète en essayant de croiser son regard. Tu n'avais pas besoin de faire ça. J'étais en train de t'apporter les choses que tu m'avais demandées. Je n'ai qu'une envie, c'est de te protéger, de te rendre heureux.

— Je n'aime pas ça, rétorque-t-il. Je n'aime pas rester enfermé là-dedans. »

Son visage se tord de douleur ou, peut-être, bien que ça me brise le cœur d'y penser, de peur.

« De toute façon, tu ne pourras aller nulle part dans cet état. Il va falloir que tu me laisses te soigner. »

Il accepte que je l'aide à se relever et à retourner en boitant jusqu'au studio, finissant par admettre qu'en réalité il n'a absolument pas le choix.

Une fois qu'il est installé sur le lit, je remonte la jambe de son jean. Sa cheville est toute gonflée et elle est en train de prendre une vilaine couleur. À ce que je peux voir, il n'y a pas de fracture, mais je soupçonne une grosse entorse.

Je ferme la porte à clé et descends chercher la trousse à pharmacie et de l'ibuprofène contre la douleur. J'ai les mains qui tremblent en préparant tout le nécessaire. Je remplis un deuxième bol de soupe, lui reconstitue un déjeuner et remonte avec le nouveau plateau en poussant du pied sur les marches les fragments de la carafe et du bol cassés que je nettoierai plus tard. Je fais attention de me glisser de biais par la porte, tous les sens en éveil. Mais cette fois il est consentant, il souffre trop – ou peut-être qu'il a trop honte – pour retenter une bêtise. Il me laisse soulever son pied, lui ôter sa chaussette et appliquer le baume calmant sur la bosse. Je le fais pénétrer tout en douceur, en prenant mon temps, en étant aussi précautionneuse que possible. Je prends la bande et l'enroule très délicatement autour de sa cheville, jusqu'à ce qu'elle soit emmaillotée de gaze blanche.

« C'est mieux comme ça ? » je lui demande.

Il laisse échapper un soupir, retombe contre l'oreiller et acquiesce d'un hochement de tête. Il avale les comprimés avec un peu d'eau. Nous ne nous parlons pas.

Je tremble encore alors que je referme la porte à clé et redescends au rez-de-chaussée. Ce qui est arrivé me contrarie, car cela montre que Jez ne me fait pas totalement confiance, en vérité. Dans la cuisine, je reste appuyée un moment contre le rebord de la fenêtre. Je contemple le fleuve en essayant de me laisser apaiser par ses douces ondulations. Mais ma poitrine se soulève et je sens un sanglot me monter dans la gorge.

Il faut un certain temps avant que mes larmes ne se tarissent. Je m'essuie les yeux puis m'emmitoufle dans mon manteau et sors.

C'est encore la période des grandes marées et, bien qu'elle soit désormais en train de baisser, l'eau a recouvert le quai par endroits. Les touristes marchent sur la pointe des pieds le long des grilles de l'université en essayant de ne pas mouiller leurs chaussures. Il me paraît stupéfiant qu'ils puissent bavarder et rire ensemble comme si de rien n'était alors que je viens de traverser une épreuve émotionnelle qui m'a laissée hagarde et flageolante.

Mais, malgré ça, ou peut-être à cause de ça, je veux m'assurer que Jez ait un bon repas nourrissant pour ce soir.

Je vais au marché où je me dépêche de remplir mon panier de focaccia, de fromages et de quelques autres bricoles que je trouve chez l'italien et le grec, puis je me hâte de revenir en longeant le fleuve. Le soleil est très bas dans le ciel derrière moi. Mon ombre s'étire vers l'est, depuis mes pieds qui battent les pavés sombres et presque jusqu'au sommet du débarcadère à charbon, dont ma tête effleure les fils barbelés. Je suis devenue une géante.

Je décide de continuer à marcher encore un moment, dépassant les Berges. Devant moi, les lumières scintillent autour du Dôme du millénaire et je laisse l'odeur du fleuve emporter mes pensées avec la marée descendante avant que le crépuscule grandissant ne me ramène à la petite porte de la cour.

8

Dimanche soir

Sonia

Le temps que je rentre, le soir est complètement tombé. Je prends garde de jeter un œil à travers le vasistas avant de pénétrer dans le studio : Jez est assis sur le lit, l'harmonica aux lèvres, son pied blessé surélevé sur un coussin, si bien que je peux sans risque ouvrir la porte et me glisser à l'intérieur en la reverrouillant derrière moi et en enfouissant la clé au fond de la poche de mon pantalon. Je m'attends à des larmes, une bouderie ou même de la colère, et je suis donc surprise quand il se met à parler.

« J'ai réfléchi, dit-il dès la minute où il me voit entrer. À la façon dont vous vous occupez de moi. Au fait que vous fermez la porte à clé, que vous êtes une amie d'Helen et tout ça. Je pense que vous êtes en train de mijoter un truc entre vous pour mon anniversaire mercredi. »

Il me regarde avec un demi-sourire triomphal et je comprends qu'il présume que je ne lâcherai rien. Qu'il s'imagine que j'ai fait serment à Helen de garder le secret. Je me contente donc de lui répondre par un petit sourire entendu. Il hausse les épaules, la mine hilare.

« Je ne dirai rien », m'assure-t-il.

Je le dévisage en pensant : *Je ne veux pas te mentir. Mais quand tu es venu à moi à cette même heure par un après-midi de février, alors que le jour tombait, comme si c'était écrit d'avance, tu m'as fait ressentir au plus profond de moi un calme étrange que j'avais perdu depuis si longtemps que je ne savais même plus qu'il existait. J'ai besoin de te garder ici, à l'abri dans ce studio, je ne peux pas encore te laisser repartir.*

Je m'arrête. Je relève les yeux, attendant la réaction de Jez, et je me rends compte alors que je n'ai pas prononcé ces mots à haute voix, même si ma pensée était aussi lucide que si je les avais formulés.

Je lui pose son repas sur la table de chevet. C'est un bon dîner, bien que le jus de fruits soit cette fois encore assaisonné de quelques somnifères. Je n'en éprouve aucun remords, je sais que ces médicaments aideront Jez à se détendre, à dormir.

« On va te requinquer, dis-je. Écoute, je te prête mon ordinateur portable. Quel film aurais-tu envie de voir ? »

Une fois qu'il est bien installé, satisfait de l'explication qu'il s'est trouvée et assommé par les pilules, je descends m'allonger sur mon lit. Écrasée de fatigue, j'écoute les bruits du dehors.

Il y a la toux rêche d'une vedette de police bondissant sur le fleuve en direction de l'est, le vrombissement d'un avion à l'approche de l'aéroport de Londres-City. Le hurlement d'une alarme de voiture dans la rue. Comme je regrette les doux mugissements gutturaux des cornes de brume. On les entendait au loin, les soirs d'hiver, longs et graves, se répondant l'un après l'autre, comme un dialogue, comme si ces énormes navires s'amusaient ensemble. Je me sentais à l'abri dans la maison quand j'entendais ce bruit. Un havre à l'écart des tempêtes et des divagations du monde extérieur.

L'évocation des cornes de brume fait remonter en moi un souvenir. Je ne sais plus très bien, alors que cette scène me revient, si elle s'est produite une ou plusieurs fois. Ce dont je suis sûre, c'est de la sensation. Le contact de la soie autour de mes chevilles et de mes poignets, accompagné par la basse profonde des cornes de brume sur le fleuve qui résonne dans la pièce, jusque dans les ressorts du vieux lit en fer.

À l'origine, ma mère utilisait le studio comme un dressing. C'est pour cette raison qu'il a son propre cabinet de toilette attenant, avec douche et bidet (très chic dans les années 1970, au moment de son aménagement). À l'époque, la pièce était remplie de portants, de boîtes à chapeaux, de foulards, et il y avait une armoire pleine des robes, des manteaux et des étoles en fourrure de ma mère.

Ce soir-là, mes parents étaient sortis. Je devais avoir 14 ans. Seb était là. Nous étions tous les deux perchés sur des chaises pour regarder par les hautes lucarnes les bateaux, illuminés dans la nuit, remonter lugubrement le courant en direction du Tower Bridge. La lumière déclinait, il y avait une brume terne. De temps en temps, une corne grondait sur le fleuve, longue, profonde et mélancolique. Un feu brûlait dans le poêle à bois. À un moment, j'ai dû agacer Seb. Je ne me rappelle pas ce que j'ai dit, mais je me souviens de la punition qu'il m'infligea, attrapant mon avant-bras entre ses deux mains et tournant chacune en sens opposé pour me pincer la peau jusqu'à ce que la douleur m'arrache un petit cri. Puis il me tordit le bras en équerre dans le dos, me tira violemment vers lui et fourra sa langue dans ma bouche. Au bout d'un moment, il me poussa de force sur le lit installé là pour pouvoir recevoir de rares invités. Il m'ordonna de me déshabiller. Je lui obéis. Je finissais toujours par obéir à Seb même si je commençais d'abord par faire mine de protester. Pendant que je quittais mon jean et me débattais avec les boutons de mon corsage en étamine, il se mit à fouiller dans une des boîtes à chapeaux dont il sortit une pile de foulards en soie.

« Complètement, dit-il. Allez, enlève tout. »

Un poignet après l'autre, il m'attacha les mains au cadre du lit au-dessus de ma tête. Puis il noua des foulards autour de mes chevilles et en fit autant. Je luttais, je l'injuriais, et il me rétorqua en riant que je l'avais bien cherché.

« À demain, lança-t-il en se dirigeant vers la porte.

— Il fait froid. Tu ne peux pas me laisser comme ça. »

À ce stade, je ne pensais pas vraiment qu'il le ferait. Je m'amusais de ce petit jeu.

« Désolé, dit-il, je dois y aller.

— Et comment je fais s'ils reviennent ? Détache-moi ! »

Il haussa les épaules.

« Seb ! »

Arrivé à la porte, il se retourna, un grand sourire aux lèvres.

« Bonne nuit », fit-il.

Puis il tourna la poignée, sortit et referma derrière lui. J'entendis ses pas sur les marches en bois escarpées qui descendaient jusqu'au palier du premier étage. Je commençai à me débattre. À paniquer. Et si Seb partait et me laissait comme ça toute la nuit ? Si mes parents rentraient et que ma mère voulait prendre une douche et se changer ? Je m'efforçai d'écouter ce qu'il était en train de faire dans la maison. Je perçus un bruit venant du rez-de-chaussée : le claquement de la porte qui donnait sur la cour.

Des pas dans l'escalier. Je tentai péniblement de me redresser. De tendre l'oreille pour essayer de deviner qui c'était. Quand la porte s'ouvrit, je rassemblai tout mon courage, cherchant déjà mes mots pour une explication.

« Qu'est-ce que tu fais comme ça, toute nue sur le lit ? demanda Seb.

— Espèce de salaud ! soufflai-je. Connard. Détache-moi.

— Qu'est-ce que tu as dit ? Je n'ai pas bien entendu.

— Seb, ça ne me fait plus rire. J'ai eu peur.

— Tu veux que je te détache ?

— Oui, s'il te plaît, oui. »

Alors il se pencha sur moi et je me débattis, me contorsionnai en tous sens jusqu'à réussir à l'atteindre et à le mordre violemment dans le cou.

« Aïe ! Méchante ! » dit-il en riant et en repoussant mon visage avec sa main.

Puis il baissa son jean, me détacha les chevilles et s'allongea sur moi.

Je me retourne. Je ne peux pas m'arrêter de penser à Jez, juste au-dessus de moi, drogué à nouveau et endormi sur le vieux lit en fer. Je n'arrive pas à me détendre. Je me souviens des foulards en soie dans ma penderie.

Je me lève, enfile mon kimono, en attrape une poignée et remonte dans le studio.

Je profite de l'occasion pour l'étudier méticuleusement. Je retire la couette. Il s'est déshabillé seulement à moitié : il est en caleçon et tee-shirt. Il a dû s'endormir pendant qu'il enlevait son sweat car il a encore un bras dans la manche. Je regarde sa pomme d'Adam monter et descendre au rythme de sa respiration, sa cage thoracique se gonfler et se dégonfler. Il n'a pas le nombril enfoncé, mais serti dans un petit creux parfait au milieu de ses muscles abdominaux, trois coussinets séparés par deux sillons minuscules. L'élastique de son caleçon flotte autour de son bassin étroit, il a de longues jambes lisses et musclées comme celles d'un cheval. Je voudrais pouvoir le figer ainsi, de la même manière que Seb est figé exactement à cet âge dans ma mémoire.

À la place, je prends un premier foulard que j'attache fermement autour de son poignet droit. Puis je l'enroule très serré autour du cadre de lit en fer, comme Seb avait fait avec moi. Je connais par cœur les gestes, les nœuds précis pour bien l'arrimer. Je répète l'opération avec sa main gauche et son pied valide. Quand il est complètement ligoté, je m'allonge à côté de lui, je tends le bras en travers de son pelvis et pose ma main sur l'os de sa hanche. Je sens la chaleur de sa peau sous ma paume.

Il ne bouge pas. Je me tortille pour descendre un peu plus bas sur le lit et lui déposer un baiser sur le ventre. Je ne peux pas m'en empêcher. Il est tellement parfait : la couleur, les contours, la texture. Il a la peau si tendue qu'elle se remet aussitôt en place quand on la pince. Elle a un goût salé, un goût de mer, très naturel. Même de près, elle n'a aucun défaut. Je scrute attentivement sa surface virginale, je l'examine pour voir si j'arrive à y déceler une seule imperfection. Pas une. Je me mets à la lécher, comme si c'était un bol de chocolat chaud bien épais, me laissant aller à savourer cet instant pendant qu'il dort paisiblement, son souffle tiède et régulier me caressant le haut du crâne.

Le silence est rompu par la sonnerie ridiculement stridente du téléphone en bas. Je sens les choses riper, se brouiller légèrement. Je me vois de l'extérieur, blottie contre le corps de ce garçon, les cheveux éparpillés sur ses hanches. Choquée par cette image, je laisse Jez tout seul, encore attaché au lit.

L'escalier me paraît sombre après la lumière tamisée du clair de lune dans le studio. Je descends tout doucement en me tenant à la rampe, un peu tremblante. Je reste plantée au milieu du salon, l'oreille tendue. Le téléphone continue à sonner. Je ne vais pas répondre. J'ai peur de me trahir, vu mon état de fébrilité. Le répondeur s'enclenche. Après le signal sonore résonne la voix désincarnée d'une femme adulte. L'enfant que j'ai mise au monde me semble presque une inconnue.

« Mam', c'est moi. Tu n'as pas répondu à mon texto. J'espère que ça va. Je vais rentrer d'ici quelques jours.

On a une semaine de vacances. J'ai eu papa et il m'a dit qu'il rentrait aussi jeudi soir. Il veut qu'on parle de déménager. Hourra ! Enfin ! Oh ! et je vais venir avec Harry parce qu'il est crevé. Je lui ai promis un week-end au calme sur la Tamise. Passe-nous un coup de fil quand tu peux. Bisou. »

Je reste quelques minutes près du téléphone après qu'elle a raccroché, et je me remets à frissonner.

Il fait toujours froid, au salon. Je n'ai jamais réussi à y trouver mes marques depuis que nous sommes revenus habiter ici. Du coup, j'en ai laissé la jouissance à Kit et à ses amis. Je l'ai souvent encouragée à inviter des copains aux Berges. Je voulais qu'elle soit une enfant comme les autres, contrairement à moi. Mes parents ne me laissaient jamais ramener des amis à la maison ni aller chez eux. C'est en ayant Kit que je me suis rendu compte à quel point j'avais eu une enfance solitaire. J'ai tout fait pour que la sienne soit différente.

Je l'autorise donc à avoir au salon un lecteur DVD, une télé écran large, un ordinateur portable et une platine CD. On a descendu de sa chambre des poufs et des coussins, j'ai accepté qu'elle colle ses posters aux murs et même qu'elle entrepose tout un attirail à cocktail dans le vieux buffet. Avec ses amis, elle avait acheté dans une boutique sur Creek Road des affiches et des sous-bocks rétros. Ils ont fait ici des dizaines de soirées ou de petites réunions improvisées auxquelles j'étais ardemment priée de ne pas me mêler. Ce qui me convenait parfaitement. Maintenant que Kit est partie, la pièce est non seulement trop froide, mais trop immobile. Quand il est là, Greg s'installe le soir sur le canapé avec son journal, ou devant la télé, avant de monter se coucher, mais il trouve aussi qu'on se gèle toujours, même avec le chauffage allumé et un feu dans la cheminée.

Cette maison a sa vie propre. Elle respire et s'ébroue. Et elle a ses bruits à elle. Le *whooof* du chauffage qui se met en route, le *ping ping ping* des tuyaux quand on fait couler un bain, le craquement des ardoises sur le toit par une nuit venteuse. Mais le salon est silencieux. Je passe le plus clair de mon temps à la cuisine. C'est quasiment là que je vis, et non pas au « living » qui, malgré son nom, n'a précisément rien de « vivant ». C'est un espace mort. Pourtant, ce n'est pas une pièce affreuse, loin de là. Les visiteurs ne manquent jamais de s'extasier sur sa beauté, avec d'un côté la vue sur le fleuve, de l'autre la cheminée ; le parquet ciré et les grands tapis persans qui sont là depuis aussi longtemps qu'il m'en souvienne. Je n'aime pas le buffet, mais, à part ça, les meubles sont discrets, de bon goût. Non, ce n'est pas un problème esthétique qui m'empêche de me détendre dans cette pièce, c'est autre chose, une ombre dans le coin de mon champ de vision qui s'échappe chaque fois que j'essaie de poser le regard dessus.

Je baisse les yeux vers le téléphone en me demandant si je ferais mieux de rappeler Kit tout de suite ou si je peux remettre ça à demain. J'opte pour la seconde solution. J'ai besoin de me concentrer avant de pouvoir dire, comme je l'aurais fait autrefois, que oui, bien sûr, pas de problème, invite Harry, ma chérie, invite qui tu veux.

Je pousse la porte de ma chambre et retourne m'allonger sur mon lit. Pendant quelques minutes, j'hésite à monter au studio pour détacher Jez de façon qu'il ne s'en rende jamais compte et ne prenne pas peur. Mais, chaque fois que je me décide à bouger, une nouvelle vague de fatigue me cloue sur place.

Quand je rouvre les yeux, l'aube est déjà là, un ciel gris s'impatiente derrière mes fenêtres et j'ai laissé Jez toute la nuit les mains levées derrière la tête, attaché au lit dans le studio, tout comme Seb m'avait retenue prisonnière, mon amour pour lui s'intensifiant à chacun de mes soubresauts pour tenter de me libérer de ses liens.

9

Dimanche matin

Helen

Helen décolla sa langue pâteuse de son palais. Plissa les yeux pour se protéger de la lumière. Il était arrivé quelque chose d'épouvantable et elle se sentait dévastée. Elle tendit un pied pour se rassurer en le frottant contre le mollet de Mick mais ne trouva qu'un vide. Elle s'assit dans le lit. Mick était habillé en tenue de jogging, en train de faire les lacets de ses baskets.

« Qu'est-ce qui se passe ? marmonna-t-elle.

— C'est Jez, dit-il. Je n'ai pas dormi de la nuit.

— Tu es allé voir dans sa chambre ?

— Il n'y est pas.

— Oh, merde ! »

Mick avait décidé la veille au soir qu'ils feraient mieux de prévenir la police tout de suite. Il avait eu quelqu'un au téléphone qui lui avait posé plusieurs questions. Au bout du compte, Mick avait raccroché en disant que les flics lui avaient conseillé de les rappeler dans la matinée s'ils étaient toujours sans nouvelles de Jez.

« Vous dites qu'il a 16 ans, qu'il a passé la semaine à sortir et rentrer à des heures improbables, donc ce n'est pas complètement inhabituel de sa part », avait conclu le policier.

« Bon, eh bien, c'est plutôt encourageant », avait commenté Helen, mais Mick s'était levé, avait quitté la pièce et était monté se coucher sans lui adresser la parole.

À présent, il descendait l'escalier en courant. Les fenêtres vibrèrent quand la porte d'entrée claqua derrière lui. Helen jeta un coup d'œil au réveil. 6 h 45 ! Il ne se levait jamais aussi tôt le dimanche. Il faisait à peine jour dehors. Et un froid de canard. Elle songea à aller se chercher un verre d'eau ou de jus de fruits, mais fut submergée par une vague de fatigue et de nausée. Finalement, elle profita de la place qu'il avait laissée dans le lit, roula sur le ventre et s'étendit de tout son long en travers du matelas, les bras étirés au-dessus de la tête. Le visage de Ben, bronzé et souriant, flotta dans son cerveau alors qu'elle se laissait de nouveau gagner par le sommeil.

Il n'était encore que 8 heures quand Mick revint dans la chambre, en sueur, les joues rougies. Il fila directement dans la salle de bains attenante. Helen pouvait le voir depuis le lit se contempler dans le miroir, lisser en arrière ses cheveux blond vénitien, observer son visage sous différents angles, puis son ventre, qu'il se mit à tâter du bout des doigts. Sentant son regard sur lui, il poussa la porte et elle entendit le chuintement de l'eau. Helen aurait adoré qu'il revienne se coucher, qu'ils puissent partager le genre d'ébats tendres et vieux jeu du dimanche matin qui l'avaient toujours aidée à soulager une gueule de bois.

Quand Mick ressortit de la douche, il ne vint pas vers elle mais s'avança jusqu'à la fenêtre en se frottant les cheveux dans sa serviette. Il se pencha sur le radiateur, le regard perdu au loin, pianotant sur le rebord. Helen ouvrit la bouche pour lui demander à quoi il pensait mais se ravisa. Elle regrettait qu'ils n'arrivent plus à se parler comme avant, sans réfléchir, simplement en disant tout haut ce qui leur passait par la tête. Helen contempla l'homme avec qui elle vivait depuis tellement d'années qu'elle connaissait chaque grain de beauté de son dos, chaque plombage de ses dents, et se demanda qui il était réellement.

« À quelle heure ils ont dit de les rappeler ?

— Pas avant 10 heures. Au plus tôt.

— Je te parie qu'il sera ici pour le déjeuner, s'il n'est pas rentré à Paris.

— Les flics pourraient nous prendre plus au sérieux, dit-il d'une voix étouffée à travers la serviette. Combien de temps il leur faut avant de considérer que quelqu'un a disparu, bon sang ? »

Il y eut le tintement de la vaisselle pendant que Mick vidait la machine, le claquement des portes des placards qu'il ouvrait et fermait. Plus tard, Helen trouva la poubelle remplie d'emballages de biscuits au chocolat, de paquets de chips, et même de canettes de bière vides.

Mick finit par remonter dans la chambre avec un plateau de petit déjeuner juste au moment où le téléphone se mit à sonner. Il courut à l'autre bout de la pièce pour décrocher. Au ton de sa voix, Helen comprit que c'était Maria.

« Non, non. Je sais. Moi non plus, je n'ai pas fermé l'œil. Bien sûr qu'elle s'excuse, mais… Évidemment, bien sûr, on se sent *tous les deux* responsables, c'est juste qu'elle pense qu'il est assez grand pour… Non, je ne voulais pas dire que… Oui, bien sûr. Je viendrai te chercher. À tout à l'heure. »

Il raccrocha et se tourna vers Helen avec une telle détresse dans les yeux qu'elle tendit les bras pour lui faire un câlin. Il ne bougea pas.

« Il n'était pas dans le train de nuit, dit-il. Elle a réservé un vol, elle arrive cet après-midi.

— Ah bon ?

— Elle a prévenu Nadim. Il est en reportage au Moyen-Orient mais il débarque à Londres dès demain si on n'a pas eu de nouvelles d'ici là.

— Elle pense toujours que c'est de ma faute, d'après ce que je t'ai entendu dire.

— Ce n'est pas seulement toi. C'est aussi de ma faute. Je n'arrive pas à croire qu'on en soit là. On aurait dû le surveiller de plus près.

— Non, Mick ! Elle l'a élevé dans du coton ! Jamais il n'arriverait un truc pareil à nos enfants, parce qu'on les a responsabilisés depuis tout jeunes. Mais Jez ! Il a été couvé et surprotégé par Maria toute sa vie. S'il s'est mis dans je ne sais quel pétrin, elle ferait bien de commencer par se poser des questions avant de tout nous mettre sur le dos.

— Elle m'a demandé pourquoi on ne l'avait pas accompagné en voiture à son dernier entretien.

— Celui à Greenwich ? Mais Barney y est allé aussi et on n'a pas eu besoin de l'escorter ! Ils ont des jambes, non ?

— Tu sais très bien ce que je veux dire, rétorqua Mick. On aurait dû garder un œil sur lui.

— Si quelqu'un est pris dans ce lycée, ce sera Jez, pas Barney. C'est lui le guitariste de génie, et elle le sait.

— Ne nous laissons pas polluer par cette rivalité débile avec ta sœur. C'est de Jez qu'il s'agit. »

À 10 heures tapantes, Mick décrocha le téléphone de leur chambre pour appeler la police.

« Alors ? s'enquit Helen quand il eut raccroché.

— Ça les intéresse davantage maintenant qu'il a disparu une deuxième nuit d'affilée. Le type m'a dit qu'ils nous enverraient quelqu'un avant la fin de la journée. »

Helen laissa échapper un soupir et repoussa la couverture.

« Bon, je crois qu'il faut que je me lève, dit-elle. Maria va devoir dormir dans la chambre de Jez. Et s'il est de retour avant ce soir, eh bien, ils se démerderont pour partager, tant pis. »

Après déjeuner, Mick se mit en route pour aller chercher Maria à l'aéroport de Stansted. Helen eut un choc en apercevant son reflet dans le miroir. Ses cheveux courts, qu'elle teignait d'un châtain clair caramel, laissaient voir des racines grises ; elle avait les yeux bouffis et de la couperose sur les joues. Comment cela avait-il pu se produire en une nuit ?

Il était hors de question que Maria la voie comme ça. Elle sortit en vitesse s'acheter de la teinture à la supérette Tesco Express et resta assise en robe de chambre sur le lit pendant que le produit agissait. Une fois les cheveux rincés et séchés, elle passa une minijupe en laine verte, un pull en cachemire, des collants opaques violets et des bottines en daim marron. Elle se sentait déjà mieux.

Elle savait qu'elle avait encore au moins une heure à attendre avant que Mick et Maria ne reviennent. Elle avait besoin de se changer les idées. Elle décida de sortir faire un tour pour boire un café et acheter deux ou trois bricoles, histoire de leur préparer un bon dîner. Et puis elle achèterait des fleurs. Ça plairait à Mick, avec ses nouvelles lubies de vie saine, et ça rassurerait Maria sur le fait qu'ils savaient s'occuper d'eux-mêmes et de la maison dans laquelle ils avaient accueilli Jez.

« Vous restez là cet après-midi ? demanda-t-elle à Barney, qui se préparait une tasse de thé dans la cuisine, à moitié endormi. Au cas où Jez réapparaîtrait. Je veux que vous m'appeliez immédiatement si vous entendez quoi que ce soit.

— T'inquiète pas, maman », répondit Barney en lui passant un bras autour du cou.

Helen aurait préféré qu'il s'abstienne, car ce geste lui fit monter les larmes aux yeux. Il lui fit prendre conscience à quel point elle se sentait seule et terrorisée, en réalité.

Un peu plus tard, elle sirotait un cappuccino à la terrasse de son café préféré au marché couvert de Greenwich. Cela ne fit rien pour atténuer sa gueule de bois et elle résolut une fois de plus de freiner sur le vin. Un soleil faiblard filtrait à travers le toit en tôle de plastique ondulée et la réchauffait. Elle se demanda où en étaient les projets de rénovation du marché. Elle n'était pas sûre d'aimer l'idée que ça devienne un endroit bobo. Le week-end, d'accord, c'était ultrabranché, avec ces stands qui vendaient tout et n'importe quoi, depuis les fontaines pour jardin jusqu'aux corsages en velours, en passant par les savons artisanaux et les objets en bois sculpté. Mais, les jours de semaine, quand toutes ces marchandises futiles disparaissaient comme si on les avait passées au crible, il ne restait que les vieux habitants du quartier pour papoter en buvant un thé et gagner à peine de quoi vivre en exerçant le métier qu'ils avaient toujours exercé. Certains étaient là aussi ce dimanche ; on aurait dit qu'ils s'étaient habillés avec des vêtements pêchés au fond des piles de vieilles nippes qu'ils vendaient. Beaucoup d'entre eux, songea Helen, devaient déjà être là à l'époque où ça avait commencé comme une brocante, des années plus tôt, tous les dimanches sur le parking de l'autre côté de la rue. Leurs stands ressemblaient plutôt à des collections de musée, avec leurs chausse-pieds, leurs figurines militaires, leurs jeux de quilles, leurs vieux patins à glace en cuir, leurs têtes de sangliers et autres animaux empaillés dans des boîtes en verre. Ils faisaient partie de l'histoire locale. Ce serait triste de les perdre.

En promenant son regard, elle aperçut Sonia enroulée dans une écharpe à l'autre bout de la halle, près des étals alimentaires. Nadia avait raison, elle était splendide. Plus svelte que jamais, avec cette étole en cachemire grise drapée sur les cheveux. Plus élégante que n'importe qui d'autre sur ce marché animé. Elle était clairement pressée, montrant du doigt des produits qu'elle fourrait impatiemment dans un grand cabas. Helen se souvint que Greg se faisait du souci sur son état psychique.

Elle finit son cappuccino et se leva. Elle voulait lui dire bonjour. S'assurer qu'elle allait bien. Elle ajusta sa propre écharpe, ferma les gros boutons de son manteau en laine et rentra dans le café pour payer. La queue n'avançait pas ; la fille au comptoir était clairement nouvelle, elle ne savait pas se servir de la caisse. Le temps qu'Helen ait réglé sa note et ressorte, Sonia avait disparu.

Helen songea à la rattraper puis renonça et se rassit. Les boutiques le long des côtés de la halle ne désemplissaient pas, comme d'habitude. Celle qui vendait des tee-shirts lui fit penser à Jez. À Alicia et lui qui téléchargeaient cette photo de… qui, déjà ? Deux musiciens des années 1970. Jeff quelque chose. Et Tim ? Ils étaient père et fils, lui avait raconté Jez. Helen n'écoutait pas vraiment. Un soir, le fils s'était noyé dans un fleuve, tout habillé. Il n'avait que 30 ans. Juste deux ans de plus que l'âge auquel était mort son père, trop jeune aussi. Tragique.

Jez avait expliqué à Helen qu'ils allaient rétrécir une des images pour en faire des badges, tandis qu'Alicia voulait faire fabriquer des tee-shirts pour eux deux. Après avoir téléchargé la photo, Jez avait dégoté un programme grâce auquel on pouvait coller sa tête sur le corps d'un lutin qui dansait la gigue. Alicia et lui trouvaient ça tordant. C'était assez drôle, en effet, mais c'était plutôt le rire contagieux de Jez qui avait déclenché l'hilarité d'Helen. Ça remontait à la soirée de jeudi.

Mais qu'est-ce qui la titillait autant au sujet de Jez ? Qui l'avait rendue si irascible quand Alicia s'était mise à parler de lui et que tout le monde s'était excité comme ça la veille au soir ? Quelque chose dans la dernière conversation qu'elle avait eue avec lui avant que toute cette histoire n'éclate. Elle essaya de s'en souvenir en détail. C'était vendredi à l'heure du déjeuner. Elle était rentrée à la maison sans s'attendre à y trouver quelqu'un. Jez avait branché sa guitare sur l'ampli et en jouait très fort (mais assez brillamment, il fallait bien l'admettre). Elle se rappelait avoir monté l'escalier d'un pas furieux et ouvert brusquement sa porte.

« Si tu as l'intention de venir habiter chez nous quand tu iras au lycée ici, il faudra que tu sois un peu plus respectueux, lui avait-elle dit. On a des voisins, figure-toi. »

Son irritation était disproportionnée, elle le savait. Ses fils mettaient toujours la musique à fond dans leur chambre et ça ne l'avait jamais dérangée. Mais Jez était tellement doué pour tout, comme Maria ne manquait pas de le lui répéter au téléphone tous les soirs, et puis Helen avait mal à la tête. Une gueule de bois phénoménale, pour être honnête.

Jez avait paru surpris par son accès de colère et s'était excusé, ce qui l'avait épatée : Barney et Theo n'auraient jamais demandé pardon, ils étaient plutôt du genre à lui répondre d'aller se faire foutre. Elle avait quitté la pièce sans un mot de plus, et à présent elle s'en voulait de ce manque d'indulgence.

Jez n'avait quand même pas pu prendre ses paroles au pied de la lettre et partir en se croyant rejeté ! Est-ce que ça pouvait être quelque chose d'aussi bête ? La veille, l'anxiété de Mick, combinée à l'hystérie de sa sœur, avait contraint Helen à rester calme. Mais là elle sentait monter en elle une terreur sourde.

Peut-être que Maria avait raison. Elle avait été trop relax. Et pas seulement relax, mais, sur certains côtés, carrément négligente. Elle ne lui avait pas demandé où il allait quand il sortait. Ne s'était pas inquiétée de l'heure à laquelle il rentrait. Elle l'avait traité comme ses propres fils alors qu'il n'était pas son fils. Il était jeune, innocent, naïf et d'un naturel gentil. Toutes ces pensées la mettaient si mal à l'aise qu'elle eut besoin de se lever et de bouger. Elle retraversa le parc d'un pas pressé, la tête basse, redoutant ce qui l'attendait.

« Vous avez contacté toutes les personnes qu'il connaissait ? » demanda l'inspectrice Kirwin en les dévisageant tour à tour.

Petite et rondouillette, elle avait l'air trop bon enfant pour être flic, songea Helen. À côté d'elle était assis un gamin, un simple agent de police qu'elle avait présenté sous le nom de Josh et qui paraissait avoir à peine l'âge de Barney.

Helen et Mick échangèrent un regard. Ils étaient installés devant un thé à la table de la cuisine. Maria, impeccablement habillée, comme toujours, avait pourtant une mine défaite. Il était clair qu'elle n'avait pas dormi de la nuit. Elle se rongeait l'ongle du pouce, incapable de tenir en place.

« On pourrait appeler un par un les contacts dans les téléphones de Barney et Theo, et puis continuer par notre agenda, suggéra Mick.

— Vous ne l'avez pas encore fait ? s'indigna Maria en se levant brusquement, livide.

— C'est seulement hier soir qu'on a commencé à penser qu'il y avait quelque chose d'anormal, répondit Helen. Il était tard. On ne pouvait quand même pas appeler les gens à cette heure-là. »

Elle chercha confirmation dans les yeux de l'inspectrice Kirwin en face d'elle.

« Vous avez eu toute la matinée, enchaîna Maria. Je n'arrive pas à le croire.

— Ça va peut-être t'étonner, mais on a d'autres choses dans la vie que Jez ! éructa Helen avant de pouvoir se retenir.

— Helen ! s'exclama Mick en la fusillant du regard.

— Nous sommes aussi inquiets et bouleversés que toi, Maria, reprit Helen. C'est notre neveu. Mais s'il faut répartir les torts…

— Personne n'a dit que quelqu'un avait tort, la coupa Mick.

— D'après ce que vous m'avez dit, intervint Kirwin, il y a encore de fortes possibilités pour qu'il soit en route vers Paris. Vous dites qu'il devait rentrer ce week-end mais qu'il n'avait pas précisé exactement quand.

— Il avait dit samedi, indiqua Maria. Mais il a laissé ses affaires ici. Je connais Jez. Il m'aurait avertie s'il avait changé ses plans. Il sait que je me fais du souci quand il est en retard. Il me prévient toujours par téléphone ou par texto.

— Contrairement aux nôtres, ne put s'empêcher de marmonner Helen.

— Pardon ?

— Je disais, contrairement à Barney et Theo. »

Helen ne voulait pas paraître amère mais elle se rendit compte à la seconde où elle entendit ses propres mots sortir de sa bouche que c'était précisément l'impression qu'elle donnait.

Mick la dévisagea fixement.

« Arrête avec ça », dit-il.

Le regard de Kirwin passa de l'un à l'autre.

« Y avait-il un quelconque sentiment d'animosité à l'égard de votre neveu ? demanda-t-elle. Est-ce qu'il y a eu des conflits pendant qu'il logeait chez vous ? »

Mick secoua la tête.

« Pas du tout, dit-il.

— Il est adorable, renchérit Helen. C'était un plaisir de l'avoir à la maison.

— Lequel d'entre vous l'a vu en dernier ? »

Mick se tourna vers Helen avec un haussement d'épaules.

« Je suis parti au boulot vendredi matin vers, oh ! 7 h 30. J'ai supposé qu'il était encore au lit.

— En effet, confirma Helen. Il est descendu prendre un verre d'eau à la cuisine juste avant que je parte. Vers 7 h 45. Je suis partie travailler comme d'habitude. Le vendredi, je ne fais qu'une demi-journée, donc je suis rentrée à l'heure du déjeuner. Il a dû ressortir aux environs de 15 h 30, je dirais.

— Vous ne savez pas où il allait ? »

Helen décida qu'il valait mieux ne pas faire mention des reproches hargneux qu'elle lui avait adressés juste avant qu'il parte.

« Je ne m'en souviens pas. Il passait son temps à faire des allées et venues. Entre les répétitions avec le groupe de Barney et Theo et ses entretiens de candidature pour les écoles de musique.

— Mais vendredi il en avait terminé avec ça ! s'exclama Maria. Ce n'est pas possible que tu ne le saches pas !

— Bien sûr que je le sais. Mais il a presque 16 ans, Maria. Il se débrouillait très bien tout seul pour être là où il fallait à l'heure où il fallait. Il faut faire un peu confiance aux enfants, on ne peut pas être tout le temps sur leur dos. »

Quelle mère étouffante était Maria ! Pas étonnant qu'il ait préféré partir faire sa vie quelque temps plutôt que de rentrer chez lui. Helen remua sur sa chaise et changea de sujet.

« Je suis tombée par hasard sur sa copine, hier soir. Elle dit qu'ils étaient censés se retrouver dans le tunnel piétonnier vendredi après-midi mais qu'il n'est pas venu.

— Le tunnel piétonnier ? blêmit Maria. Le tunnel de Greenwich ? Vous les laissez traîner là-bas ?

— Ce n'est plus ce que c'était, précisa Mick. Maintenant, c'est truffé de caméras de surveillance.

— C'est vrai, confirma le jeune policier, prenant la parole pour la première fois.

— Il faut qu'on parle à la copine, déclara Kirwin. Est-ce que quelqu'un d'autre a vu Jez ce jour-là ? Dans la famille, je veux dire. Évidemment, on va aussi poser la question à vos fils. »

Tout le monde secoua la tête.

« Donc, pour résumer, vous êtes rentrée à la maison vendredi à l'heure du déjeuner et vous l'avez vu sortir vers 15 h 30, reprit l'inspectrice en regardant fixement Helen avec une certaine insistance.

— Oui, c'est ça », répondit Helen.

Elle se sentit rougir et espéra que personne ne le remarquerait.

« Très bien, merci, conclut Kirwin. Si vous voulez bien nous montrer tout ce qui pourrait nous aider. Un ordinateur ou un téléphone qu'il a pu utiliser avant de disparaître. Et puis il nous faudra une photo récente de Jez si possible, pour l'avis de recherche. Et enfin, si ça ne vous embête pas, il y a un journaliste qui s'intéresse à cette affaire. Je sais que ça peut paraître voyeur, mais souvent ça aide de faire circuler l'information au plus vite. Vous seriez d'accord pour lui parler s'il passe vous voir un peu plus tard ?

— Bien sûr, s'empressa de répondre Mick.

— J'ai une très jolie photo de lui, indiqua Maria. Sur mon téléphone. Je pourrai l'imprimer, Mick ?

— Évidemment. Viens, on va faire ça tout de suite. »

L'inspectrice sourit.

« Vous pouvez nous l'envoyer directement par e-mail au commissariat, dit-elle. Je vais vous donner l'adresse. »

Alors qu'ils étaient tous en train de se lever, le téléphone sonna. Helen décrocha.

« Helen, c'est Simon.

— Simon, un ami », leur murmura Helen en couvrant le combiné d'une main tandis qu'ils la regardaient tous avec espoir.

Ils sortirent de la pièce. Helen était soulagée d'avoir un prétexte pour rester en retrait.

« Écoute, j'ai une place en plus pour la générale de *Tosca* vendredi prochain. Ça t'intéresse ?

— Oh, Simon, ça ne pouvait pas mieux tomber ! J'ai passé un week-end épouvantable. Merci. Tu es sûr que personne d'autre ne la voulait ?

— J'allais proposer à Sonia, mais Greg a souvent des places et puis j'ai pensé que tu apprécierais plus.

— Avec plaisir. »

Comme elle raccrochait, Helen entendit Mick et Maria s'affairer dans le bureau pour régler cette histoire de photo. Elle ouvrit le frigo. Elle mourait d'envie d'un grand verre de vin.

10

Lundi

Sonia

Je laisse glisser entre mes doigts une extrémité du foulard en soie. Je m'apprête à le détacher pour que Jez ne s'aperçoive de rien, mais soudain il ouvre les yeux. Me regarde en clignant des paupières.

« Qu'est-ce que vous faites ?

— Rien. Ça va, Jez. Tout va bien. J'ai quelqu'un qui va passer ce matin et que ça intéresse de t'entendre jouer. Mon ami chanteur d'opéra. Tu sais, je t'avais dit qu'il pourrait t'aider.

— Je ne veux pas d'aide. Je m'en vais. »

Il se débat, tire sur ses liens, ce qui bien sûr ne fait que les resserrer. Ses poignets rougissent.

« Laissez-moi partir. Je veux partir tout de suite.

— S'il te plaît, arrête, Jez. Ne dis pas que tu veux partir. Ça me blesse.

— Mais vous m'avez attaché. »

Je me lève.

« C'était juste un petit jeu. Écoute, je vais faire un tour dehors pour acheter de quoi manger. Je peux te rapporter des croissants, des bagels, ce que tu préfères. De quoi tu as envie ?

— Je veux juste que vous me laissiez partir. C'est du délire, là. Du délire ! »

Je me rassieds sur le lit, écarte une mèche de cheveux de son front moite.

« Tu seras content d'avoir un contact dans la musique, non ? Ensuite, libre à toi d'y donner suite en temps et en heure. »

Il me dévisage un long moment en gardant le silence. Puis il dit :

« Si c'est une fête surprise pour mon anniversaire mercredi, je trouve que vous allez un peu loin.

— Comment ça ?

— M'attacher au lit ! M'enfermer à clé ! Vous pourriez juste me demander de rester ici, maintenant que j'ai deviné. Je ne dirai pas à Helen que j'étais au courant. Juré.

— D'accord. Mais je voudrais que ta cheville se rétablisse et je n'ai pas envie que tu fasses une bêtise. »

Quand vais-je le laisser partir, en fait ? Je n'y ai pas vraiment réfléchi, à vrai dire. Peut-être le jour de son anniversaire, comme il se l'imagine. Bientôt, en tout cas, avant que Greg et Kit ne rentrent à la maison. Avant qu'il ne soit devenu encore un peu plus adulte. Mais, aujourd'hui, je veux savourer chaque seconde qu'il me reste avec lui, et je le veux détendu et heureux, pas anxieux comme là.

« Dis-moi ce que tu veux que je te rapporte, Jez. Je te le répète : tout ce qui peut te faire plaisir. »

Après un temps, il finit par laisser sa tête retomber en arrière sur l'oreiller.

« Je fumerais bien un joint. J'ai de l'herbe dans la poche de ma veste.

— Je vais te la chercher.

— Mais j'ai besoin d'avoir les mains libres. J'ai envie de pisser, Sonia ! Comment voulez-vous que j'aille pisser, là ? Il faut que j'y aille ! »

Je le regarde, étendu en croix sur le lit en fer ; son pied souffrant qui pendouille sur le côté, enroulé dans son bandage. Il ne pourra pas aller bien loin avec la cheville dans cet état.

« D'accord, je veux bien t'enlever ces foulards à la noix si tu me promets de ne rien tenter de bêta comme hier.

— Non, non, promis. »

Il dit ça comme s'il était las de jouer le jeu mais qu'il avait compris que son intérêt était de continuer.

Nous échangeons un sourire et je défais les nœuds lentement, sans jamais le quitter du regard. Je passe le pouce sur les marques rouges que les foulards lui ont laissées sur les poignets.

« Je ne t'ai pas fait mal, j'espère ? Je ne voulais pas te faire mal.

— Non, répond-il en agitant les mains tandis que je lui retire les liens. Non, ça va. C'est beaucoup mieux. Merci.

— Parfait, alors je reviens bientôt. Avec de l'herbe et des croissants. Et je t'amène Simon. »

Beaucoup d'animation, ce matin, alors que je longe le quai en direction des commerces. Un vif vent printanier soulève de fortes ondulations sur le fleuve, si bien que les bateaux qui filent dans les deux sens tanguent sur l'eau clapoteuse. Des étudiants emmitouflés dans leurs écharpes et leurs capuches se rassemblent par petits groupes dans les jardins de l'université, des gamins sautillent deux par deux sur le chemin de l'école. Les gens se pressent vers l'embarcadère pour attraper le bateau-bus qui les amènera dans le centre. Tout le monde est en route pour quelque part. Moi, je vais acheter des croissants chez Rhodes Bakery pour Jez et moi, et puis pour Simon qui doit passer plus tard. Je prendrai peut-être aussi quelques-uns de leurs délicieux paninis pour le déjeuner de Jez. Il aura faim, d'ici là. Et puis, pendant que j'y suis, je vais lui offrir un brownie au chocolat. C'est le genre de boutique, disait toujours Kit, dont on ne peut pas repartir avec une seule chose, aussi déterminé qu'on soit en y entrant. Elle me réclamait tout le temps de lui acheter une part de leur gâteau « Princesse », avec son glaçage à la pâte d'amandes, dont elle mangeait les couches l'une après l'autre en léchant soigneusement la crème pâtissière entre chaque.

J'ai le pas plein d'allant, ce matin. Michael le remarque en me voyant passer. Il travaille au pub The Anchor et il est dehors en train de balayer les pavés devant sa porte.

« Tu m'as l'air toute guillerette, aujourd'hui, Sonia », lance-t-il.

Je lui fais bonjour de la main et continue ma route. Je traverse la rue, sur le point de dépasser le marchand de journaux, quand quelque chose m'arrête net.

Là, sur le présentoir réservé à la presse locale, c'est lui, avec son beau visage. Qu'est-ce qu'il fait là, en une ? Il sourit vers sa droite, photographié à son insu, la bouche entrouverte, comme s'il venait de remarquer quelqu'un. Qui ? Je jette un coup d'œil à la légende sous la photo :

Jez Mahfoud, qui a disparu ce vendredi.

J'achète un exemplaire et me précipite vers les marches en face du *Cutty Sark*, qui a été recouvert d'un immense linceul blanc depuis qu'un incendie a quasiment détruit ce clipper historique. Le vent ne cesse de soulever le coin du journal pendant que j'essaie de lire, et je suis obligée de le rabattre en tapant dessus. Les bâches blanches claquent autour de la carcasse du navire en restauration, et les lattes bleues de la palissade vibrent et s'entrechoquent. Le vent me perturbe. Je mets plus de temps que je ne devrais à saisir le sens des mots.

> **L'inquiétude est de plus en plus vive** concernant le sort de Jez Mahfoud, qui n'a plus été vu depuis qu'il a quitté la maison de sa tante à Greenwich pour aller retrouver sa petite amie vendredi après-midi. La dernière personne à avoir vu le jeune homme vendredi à l'heure du déjeuner est sa tante, Helen Whitehorn, chez qui il était venu de Paris passer une semaine de vacances.
> L'inspectrice Hailey Kirwin a déclaré qu'il n'était pas du genre à rester si longtemps sans donner de nouvelles à sa famille ni à sa petite amie.

C'est tellement prématuré ! Mais enfin, bon sang, ça arrive tout le temps que des gamins ne rentrent pas chez eux après un week-end entre copains, pour peu qu'ils aient un peu trop bu ou trop fumé ! Pourquoi cet affolement ? Une bourrasque soulève la première page et me l'arrache des mains. Je bondis pour la rattraper et me cogne contre une dame qui se retourne en me jetant un regard noir. En posant un pied sur la page pour la coincer, je manque de perdre l'équilibre. Je me rassieds et la plaque fermement sur mes genoux.

La disparition de cet adolescent de 15 ans a été signalée vingt-quatre heures après un concert où il devait jouer avec son groupe et auquel il ne s'est pas présenté. Il avait prévu de retrouver sa petite amie dans le tunnel piétonnier de Greenwich le vendredi soir mais n'y est pas allé non plus. Sa mère, qui vit à Paris, attendait son retour pendant le week-end mais ne l'a pas vu revenir.

Un autre petit encart photo montre Jez, à peine reconnaissable, en plein saut périlleux. La légende dit :

Jez Mahfoud en train de faire du base jump sur la péninsule de Greenwich la semaine dernière. Photo prise au téléphone portable.

L'article se poursuit :

« L'hypothèse d'un accident lié au fleuve n'a pas été écartée, affirme l'inspectrice Kirwin. La brigade fluviale de la police londonienne est en train de mener des recherches approfondies dans la portion comprise entre Greenwich et le barrage de la

Tamise. » La police a également contacté le père de Mahfoud, un journaliste franco-algérien résidant à Marseille.

La police invite toute personne ayant aperçu Jez Mahfoud à se faire connaître. Il est décrit comme mesurant environ un mètre quatre-vingts, avec des cheveux bruns qui lui tombent dans les yeux, et il portait une veste en cuir, un jean et des baskets Adidas au moment de sa disparition.

Je ne peux m'empêcher de sourire devant l'imprécision de ce dernier détail. Jez porte des baskets Nike, celles qui remontent un peu sur la cheville. Je regarde à nouveau la photo et constate qu'il était plus jeune, à l'époque. Encore un enfant. Il s'est épaissi depuis, et ses cheveux ont poussé. Un frisson de plaisir me parcourt à l'idée qu'il m'appartient. Mais, en me levant, j'ai les genoux qui flageolent. Je trébuche. C'est idiot. Cette façon de présenter les choses laisse penser qu'il lui est arrivé du mal. Mais Jez est à l'abri. Il a tout ce qu'il veut, même plus. Est-ce que j'ai besoin d'appeler tout le monde pour les prévenir que Jez est venu me voir et qu'il va rester chez moi quelque temps ? Que je m'occupe de lui ? Pourquoi devrais-je le faire ? Il ne manque de rien. À vrai dire, il baigne même dans le plus grand luxe.

Je jette le journal dans la première poubelle et me dirige vers la boulangerie dans un état d'hébétement. J'ai l'impression que les gens dans la queue se retournent pour me dévisager, alors je baisse la tête en réglant mes viennoiseries et mes sandwichs. J'ai les mains qui tremblent, des pièces tombent de mon portemonnaie et s'éparpillent partout sur le sol, si bien que je suis obligée de ramper entre les pieds des clients pour les ramasser. Personne ne m'aide, et je sens un mélange de colère et de honte monter en moi.

Alors que je me dépêche de retourner vers les Berges éclate un soudain tumulte. Le vrombissement d'un hélicoptère de police, les grincements du ponton, les borborygmes métalliques des grues, le tout qui monte crescendo au même moment, comme un chant de supporters démarrant à l'unisson dans un stade de foot. C'est un phénomène propre au fleuve auquel je devrais être habituée depuis le temps, mais là ça tombe mal. J'ai l'impression que tout est dirigé contre moi, une sorte de raillerie collective. Je m'arrête et m'appuie contre une grille pour reprendre mon souffle.

J'arrive enfin sur la promenade et le bruit s'estompe. Le soleil a tourné et le quai est maintenant dans l'ombre. Je frissonne, mais je ne suis pas sûre que ce soit de froid. Je presse le pas en passant devant The Anchor. Michael est rentré, ayant fini de balayer son bout de trottoir. Il a écrit quelque chose sur l'ardoise posée dehors : ils proposent un menu spécial mardi gras, avec plateau de fruits de mer et crêpes au citron en dessert. J'aperçois déjà quelques buveurs précoces accoudés au comptoir en ce début de journée, et je renifle par la porte ouverte l'odeur du désinfectant. Depuis l'interdiction de fumer, les pubs ne sentent plus le pub mais les produits ménagers, âpres et accusateurs. Comme je regrette le temps où tous nos péchés étaient noyés par la fumée de cigarette ! Je serre le sachet de viennoiseries contre mon cœur meurtri. Le bruit de mes pas ricoche sur les murs. J'ai le souffle court, haletant. Et un besoin pressant de courir. Mais courir où ? Pour quoi faire ?

Helen, bien sûr ! Je pourrais lui téléphoner, lui expliquer. Mais je ne lui ai pas parlé depuis une éternité. Elle voudra savoir pourquoi je ne l'ai pas contactée plus tôt. Elle trouvera ça bizarre.

D'autres pensées se bousculent dans ma tête. On est aujourd'hui lundi. De leur point de vue, Jez a disparu depuis vendredi. Ça fait trois nuits. Je ne peux pas leur dire qu'il est avec moi depuis tout ce temps. Personne ne comprendrait. Ça ne collera pas avec leur conception du monde. *Ça* ne colle pas, ce qui ne veut pas dire que c'est mal. Et les journalistes qui ont déjà eu vent de cette histoire en feront quelque chose de dégueulasse. Ça se saura, et ils saliront tout.

Ce que l'imbécile qui a écrit cet article ignore, c'est que désormais il m'a mise dans l'impossibilité de relâcher Jez. Si je le fais, son visage sera placardé en une de tous les tabloïds du pays. Il deviendra l'attraction de toute cette presse de caniveau, des paparazzis. On lui offrira de l'argent en échange de son histoire. Cet article ne me laisse pas le choix : je vais devoir le garder un peu plus longtemps que prévu, au moins jusqu'à ce que le scandale retombe.

Je suis devant la porte de la cour. J'ai les mains qui tremblent en mettant la clé dans la serrure. Simon doit venir. Je comptais le présenter à Jez. Mais s'il le reconnaît d'après sa photo dans le journal, d'après les posters qui tapissent tout le sud-est de Londres ? Je vais être obligée de cantonner Simon au rez-de-chaussée pour cette séance. Sauf qu'il risque de se demander pourquoi on ne se sert pas du matériel d'enregistrement dans le studio de musique. On travaille souvent là-haut. Et si j'insiste pour qu'on reste dans la cuisine mais qu'il décide d'utiliser les toilettes dans le studio, qu'il trouve la porte fermée et qu'il jette un œil par un des vasistas ?

Je suis tellement fébrile le temps d'arriver au salon que j'ai du mal à appuyer sur les touches du téléphone.

« Simon, salut, c'est Sonia.

— *Darling !* Comment ça va ?

— Je suis désolée, mais je vais devoir annuler la séance de ce matin. Je me suis réveillée avec un mal de gorge épouvantable. J'ai des courbatures partout.

— Oh non, tu as la grippe A !

— Tu crois ? »

J'ai la voix sèche et poussiéreuse. On dirait que je n'ai plus de salive.

« C'est vrai que tu as l'air mal fichue.

— Tu veux qu'on bloque une date pour la semaine prochaine ou celle d'après ? »

Pendant que je parle, c'est une avalanche de pensées dans mon cerveau. Combien de temps vais-je pouvoir garder Jez avant que d'autres gens se mettent à le chercher ? Et comment faire pour le relâcher discrètement, sans attirer l'attention des médias ? Je songe à la porte fermée à clé, aux somnifères de ma mère, aux foulards, comme pour la première fois. Je ne lui fais aucun mal. Jusque-là, le plaisir que j'ai retiré de lui l'a été en douceur, sans lui causer ni souffrance ni infamie. Alors pourquoi cette sorte de honte que j'éprouve ? Je recommence à avoir des frissons dans tout le corps. Peut-être que j'ai bel et bien attrapé la grippe.

« On n'a qu'à dire la semaine prochaine, mais tu m'appelles si tu ne te sens pas mieux, d'accord ? Je ne veux pas de tes microbes, ma chérie. Je ne peux pas me permettre de perdre ma voix tant qu'on joue encore. »

Après avoir raccroché avec Simon, j'annule tous mes autres rendez-vous de la journée en prétextant que j'ai la grippe. J'ai besoin d'avoir la maison pour moi seule au moins pour les deux jours à venir, histoire de pouvoir me concentrer sur Jez. Je refuse de me projeter jusqu'à jeudi, quand Greg et Kit sont censés rentrer. Et je ne veux pas non plus me demander maintenant quand je vais le laisser partir ni comment. Toutes ces choses-là sont des questions floues, sans réponse, et je n'ai pas l'énergie d'y penser pour l'instant.

Dans la cuisine, je m'appuie sur le plan de travail. Je mets la bouilloire à chauffer. Je fais griller du pain et en respire l'odeur réconfortante. Puis, comme je tends le bras pour attraper un pot de marmelade à l'orange, je m'arrête un instant alors qu'un rayon de soleil traverse le bocal en verre et illumine tous les petits morceaux d'écorce en suspension dans la gelée ambrée. Je ne sais pas pourquoi, mais cette vision m'apaise, mon rythme cardiaque ralentit. On va s'en sortir, Jez et moi. Je vais prendre chaque chose en son temps.

Mon portable sonne alors que je m'apprête à remonter voir Jez. J'ouvre le clapet, inquiète que ça puisse être un de mes élèves que j'aurais oublié de prévenir. C'est Kit.

« Maman ! Tu ne m'as pas rappelée, je me faisais du souci.

— Tu m'as téléphoné ? Quand ça ?

— Hier soir. Et je t'ai aussi envoyé un texto. Tu étais où ? Tu me fais toujours la leçon pour que je te tienne au courant de mes faits et gestes, et quand je téléphone tu ne me rappelles pas !

— Ben voilà, maintenant je suis là. »

Je me rends bien compte que j'ai un ton agacé, impatient.

« Où ? Tu es où ?

— À la maison. Dans la cuisine.

— Mais j'ai appelé à la maison ce matin et tu ne répondais pas. Tout va bien ? Papa non plus n'arrivait pas à te joindre. Il t'a même envoyé des mails.

— Ah bon ?

— Oui. Il était inquiet. Il voulait être sûr que tout allait bien.

— C'est ce qu'il t'a dit ?

— Maman ! Arrête ! »

Elle a l'air angoissée, au bord des larmes. Je prends une profonde inspiration.

« D'accord, je vais lui passer un coup de fil. Et toi, finalement, tu arrives jeudi ou pas ?

— Ah, ah, donc tu as bien eu mon message ! s'exclame-t-elle avec soulagement. Oui, je rentre jeudi et j'amène Harry avec moi. Je veux vous le présenter. Il est spécial. »

Je ne relève pas. Par le passé, les petits copains de Kit n'ont jamais vraiment été à mon goût. Souvent sportifs, généralement blonds, et toujours au volant d'un véhicule rapide d'un genre ou d'un autre. Je me demande en quoi ce Harry est « spécial », rebutée à l'idée de tout autre garçon que Jez dans la maison.

« Et… maman, reprend-elle d'un ton hésitant. Je me disais qu'on pourrait dormir dans la chambre d'amis. Je sais que tu n'aimes pas trop l'utiliser, mais elle a un grand lit et…

— S'il te plaît, Kit ! J'ai besoin de temps. Et d'espace. Ne viens pas m'encombrer le cerveau. »

J'ai conscience d'avoir abandonné Jez plus longtemps que prévu ; que les heures passent et qu'il doit avoir faim et soif.

Il y a un long silence au bout du fil. Je l'entends respirer. Puis elle laisse échapper un soupir et dit d'un ton faussement calme :

« Je suis désolée. Ça peut attendre. On verra le moment venu. Mais tu veux bien rappeler papa ?

— Oui. Je vais le faire.

— Ce sera chouette de tous se retrouver. Ça me paraît un bail, depuis Noël.

— Oui, chérie. Oui. »

Je cherche la veste en cuir de Jez dans la cuisine, fouille dans ses poches et trouve le petit sachet d'herbe dont il m'a parlé. Il y a aussi des feuilles Rizla +.

Par le vasistas, je vois qu'il est assis sur le lit, la jambe surélevée sur un coussin. J'entre donc avec tout l'attirail.

Je le regarde rouler le joint entre ses longs doigts, puis je lui craque une allumette et il inhale une profonde bouffée.

Je lui explique qu'il y a un léger changement de programme. Que finalement Simon ne va pas venir.

« Alors quand est-ce que vous allez me le présenter ?

— Ça viendra. Il faut juste qu'on attende un peu. Ce serait trop risqué, aujourd'hui.

— Risqué ?

— Ne prends pas cet air affolé. Je ne veux pas dire que tu es en danger, mais je n'ai pas trop envie que les gens parlent…

— J'ai pigé. Vous avez peur qu'il se rende compte que je suis au courant pour la fête. »

L'herbe le détend, il sourit. J'ai l'impression, enfin, de retrouver la relation qu'on avait quand il est arrivé.

Plus tard dans l'après-midi, quand le joint lui a tellement ouvert l'appétit qu'il a englouti un bon gros repas arrosé d'un thé au Rohypnol, il sombre dans un profond sommeil médicamenteux. Je me glisse à ses côtés sur le lit et écarte les cheveux dans son cou. La marque du suçon commence à s'estomper. Je retire de son lobe le piercing noir en forme de corne, je le fourre dans ma poche et je prends dans ma bouche la chair tendre de son oreille.

J'aperçois par une des lucarnes un vif croissant de lune qui se lève dans la douce lumière orangée du ciel de Londres. Il va encore y avoir une gelée, cette nuit. L'eau du fleuve sera glacée. Exactement comme la fois avec les bébés cygnes.

Seb était bien décidé à me prouver qu'ils étaient là, même s'il paraissait impossible que de jeunes cygnes puissent survivre à un froid pareil. Il faisait nuit noire. Pas même un réverbère allumé sur la berge. Seb s'accrocha à la chaîne d'amarrage pour descendre en rappel le long de la paroi du quai et atteindre la grève. J'entendais le soupir des vagues. La marée montait. Penchée pardessus le parapet devant la maison, je scrutais la surface obscure. Soudain, la voix de Seb s'éleva vers moi.

« Ils sont là, Sonia. Les bébés se font porter par les adultes, blottis sous leurs ailes. C'est incroyable, viens voir !

— Il fait trop noir, Seb, reviens.

— La vache, qu'est-ce que l'eau est froide ! J'ai les pieds congelés.

— Dépêche-toi, Seb. La marée monte, je l'entends contre le quai.

— J'arrive.

— Passe par les marches ! » lui criai-je.

Je distinguais les formes imprécises des cygnes qui ondulaient sur l'eau noire et je sentais la brique froide du muret s'enfoncer contre ma poitrine. Une cloche sonna minuit à l'hospice, suivie peu de temps après par celle de l'église Saint-Alfege, dans le centre de Greenwich. Les deux étaient toujours légèrement décalées.

« La marée est déjà trop haute, rétorqua-t-il. Je remonte par la chaîne.

— C'est de la folie. Le mur est trop escarpé ! Tu n'y arriveras pas. Passe par les marches ! »

J'entendis la chaîne grincer et cogner contre la paroi alors que Seb, tout en bas, s'agrippait aux épais maillons de fer. Je tendis un bras dans le vide. Je sentais les propres battements de mon cœur contre le parapet, le gros anneau gelé sous ma main. Enfin, je touchai les cheveux de Seb, sa tête chaude. Ma paume se cala instinctivement dessus, moulant la courbure parfaite de son crâne. Je lui attrapai la main et le tirai pour l'aider à enjamber le muret.

« Ça fait chier, dit-il. J'aimerais bien les suivre mais on va être obligés d'attendre qu'il fasse un peu plus chaud. On pourra piquer un bateau. Ou alors on se fabriquera un radeau. Pour pouvoir remonter le courant et les suivre jusqu'à l'île de Jacob ou je ne sais pas où. On ira se cacher là-bas.

— C'est dangereux, Seb.

— Ou bien en face, à l'île aux Chiens. »

La rive obscure de la Tamise était une zone interdite, d'où nous contemplaient les vitres noires d'entrepôts sinistres et où de hautes cheminées recrachaient leurs fumées toxiques dans le ciel vicié de la nuit. Les cales sèches et les débarcadères en ruine recelaient toutes sortes de maladies et de déchets nauséabonds. On m'avait conseillé de ne jamais m'aventurer sur la rive d'en face. De ne jamais traverser le tunnel piétonnier toute seule, car l'île aux Chiens était dangereuse. Et surtout de ne pas essayer d'y aller à la rame. Au changement de marée, le flux montant et le flux descendant se rencontraient, et la lutte des deux produisait des courants imprévisibles et fatals.

Seb me répondit qu'ils ne pourraient pas nous en empêcher. Qu'ils essayaient tout le temps de m'interdire de faire ci ou ça ; de me dire que j'étais trop jeune. Il trouvait qu'ils traitaient mon esprit comme les anciens Chinois traitaient les pieds des petites filles : en les écrabouillant dans un moule trop étroit de façon qu'ils ne grandissent ni ne se développent jamais naturellement.

« Toi et moi, on connaît le fleuve, on sait comment le prendre, dit-il. Dès qu'il fera assez chaud, on se construira un radeau pour partir à la rame, et personne ne nous en empêchera. »

Et le plan de Seb resta blotti dans mon cœur, comme Jez l'est à présent. Un doux secret, tel un bébé cygne lové en boule sous le creux d'une aile.

11

Mardi

Sonia

Je suis dans le 386 pour aller voir ma mère. C'est une de ces journées où toute la ville est éventrée parce qu'on rénove des canalisations, qu'on enterre des câbles ou qu'on remplace des tuyaux percés. Les boyaux de Londres sont étalés au grand jour, ses entrailles exposées. Il y a tout un monde tapi sous les trottoirs et le bitume, pas seulement le réseau du métro mais un dédale qui achemine l'électricité, le gaz et l'eau aux quatre coins de la ville, et puis les égouts, les tunnels, les conduits, les caves et les sous-sols. Des appartements entiers et des rivières souterraines. Des rats, aussi, des vers et des bestioles qu'on appelle des « araignées cavernicoles ». Des os, du sang et des cadavres en décomposition. La plupart des victimes de la grande peste de Londres reposent sous la pelouse de Blackheath. Ici, la terre est criblée d'ossements. Ce que nous voyons en surface alors que nous vaquons à nos petites affaires quotidiennes n'est que la fragile partie émergée d'un vaste cimetière.

Ce matin, il y a des travaux partout et des embouteillages monstres. Je songe à descendre au prochain arrêt et à couper à pied par Greenwich Park mais, juste au moment où je me lève de mon siège, l'autobus s'ébranle à nouveau. Un rideau de pluie balaie les arbres du parc, derrière les blanches colonnades de la maison de la reine, et je nous revois, Seb et moi, remontant la pente en courant sous des trombes d'eau par un après-midi désert, riant à gorge déployée du frisson partagé de nous savoir poursuivis. À qui voulions-nous échapper ?

Nous cherchions la maisonnette en briques rouges qui restait toujours mystérieusement fermée à clé, prisonnière de son propre petit enclos de barrières en métal. Une pluie froide nous fouettait le visage, exhalant une odeur de terre et de feuilles mortes. Seb était devant. Il ramassa des bâtons qu'il lança derrière lui en direction de notre poursuivant invisible. Il nous fallut un moment pour retrouver la maison, nous arpentions le parc en tous sens, courant sur les chemins goudronnés, puis sur les sentiers de terre clandestins qui se frayaient un passage parmi les étendues d'herbe en friche. Nous finîmes enfin par la repérer. Complètement sur le côté, vers Crooms Hill, cachée sous les ramures des chênes et des marronniers d'Inde. Elle était jolie, avec sa porte en bois verte enfoncée sous un porche voûté et son gros heurtoir noir, bien qu'elle ne fût pas habitée. Elle n'avait pas de fenêtres.

Seb franchit la clôture d'un bond et tambourina à la porte.

« Ouvrez-nous ! cria-t-il en secouant la poignée.
— Ne sois pas débile. C'est toujours fermé. Personne n'habite ici. »

Le parc était vide, seul le crépitement de la pluie sur les feuilles rompait le silence. La personne à nos trousses avait disparu.

« J'ai froid, dis-je. On ne peut pas aller au café prendre un chocolat chaud ?
— Tu as de l'argent ?
— Non.
— Moi non plus. J'ai envie de savoir comment c'est à l'intérieur.
— C'est simplement l'entrée des galeries.
— Quelles galeries ? »

Il ramassa par terre une grosse branche que le vent avait dû arracher à un des chênes voisins et s'en servit comme d'un bélier pour enfoncer la porte.

« Des tunnels secrets. Il y en a partout sous le parc et le plateau de Blackheath. Ils ont été construits pour faire passer les canalisations d'eau et les câbles électriques jusqu'à l'hôpital royal, dans le temps.
— Comment tu le sais ?
— On l'a étudié à l'école. Ensuite, ils ont été utilisés comme abris antiaériens pendant la guerre, parce que c'est des souterrains très profonds. Les gens étaient protégés des bombes, là-dessous.
— J'ai envie d'aller voir », déclara Seb en tentant une nouvelle charge contre la porte.

Cette fois, elle trembla sur ses gonds alors qu'il se jetait dessus de tout son poids. La pluie se mit à tomber plus fort. Je me réfugiai en frissonnant sous le porche en brique qui surplombait l'entrée, pendant que Seb sortait son canif et commençait à triturer le cadenas. Les gouttes s'écrasaient sur les feuilles des arbres au-dessus de nos têtes, de lourds effluves terreux s'élevaient dans l'air humide. Mais je n'arrivais pas à me réchauffer, je claquais des dents.

« Viens, Seb, on s'en va, je suis frigorifiée.

— Chhh ! Tu peux toujours y aller. Moi je reste. J'ai envie d'entrer là-dedans. »

Il savait que je ne discuterais pas, même si je rêvais d'être au sec, de manger quelque chose de chaud. Il savait que je ferais tout ce qu'il voudrait.

Il sembla s'écouler une éternité avant qu'il réussisse enfin à forcer la porte et qu'elle pivote lentement sur ses charnières rouillées, libérant une bouffée d'air rance tandis que l'obscurité s'ouvrait devant nous. Seb s'avança d'un pas hésitant. Je le suivis, agrippée à son anorak. Comme nos yeux s'accoutumaient peu à peu à la pénombre, il s'engagea prudemment sur les premières marches d'un escalier branlant qui descendait à pic vers un bassin rempli d'eau, que nous discernions à peine dans la lumière projetée par l'encadrement de la porte. Seb sortit la lampe électrique qu'il avait toujours dans la poche avec son canif en prévision de potentielles aventures. Contournant le bassin, nous arrivâmes devant l'entrée d'un tunnel voûté dont le plafond était si bas qu'il fallait y marcher courbé. Il régnait un silence lugubre, interrompu de temps en temps par l'écho démultiplié d'une goutte d'eau et une sorte de sifflement qui devait être le bruit du vent aspiré d'en haut. Mais, à part ça, les sons du monde extérieur nous parvenaient étouffés, comme à des milliers de kilomètres.

« Assieds-toi », souffla Seb, et je lui obéis, sentant les rugosités de la paroi contre mon dos.

Il gratta une allumette, à la flamme de laquelle je pus voir qu'il avait un paquet de cigarettes à la main. Il en alluma deux d'un coup et m'en tendit une. J'aspirai une taffe qui me fit tourner la tête.

« Tu les as trouvées où ?

— Là-bas. Il y avait un type qui traînait derrière les arbres. Il avait laissé sa veste par terre. Elles étaient dans sa poche.

— C'est du vol. On pourrait avoir des ennuis.

— Il n'avait qu'à pas rester là s'il ne voulait pas se les faire piquer. Il nous a regardés.

— Comment ça ?

— Avant. Dans le jardin floral. Il était là à nous reluquer. Je l'ai vu. Et ensuite, quand on s'est relevés, il est parti.

— Qui ? »

Seb haussa les épaules. Tira sur sa cigarette.

« Viens, on y va, dis-je en me redressant. J'ai peur.

— Tu as raison d'avoir peur. Parce que je vais t'enfermer ici et te laisser toute seule. »

Il m'attrapa et me plaqua contre le mur. Je sentais sa raideur désormais familière appuyer sur ma cuisse.

« Ce n'est pas de toi que j'ai peur ! Mais du cinglé qui nous espionne. Tu t'imagines, s'il est entré derrière nous ? »

Seb me saisit le cou d'une main et serra si fort que je me mis à tousser. Mais je sentais bien qu'il avait peur aussi, maintenant.

« Qu'est-ce que tu feras pour moi si je te laisse partir ?

— Rien, suffoquai-je. Lâche-moi, Seb. »

Sa main resserra son étau. Je voyais la veine bleue se gonfler sur son avant-bras, ses muscles se contracter.

« Qu'est-ce que tu feras ?

— Ce que tu veux, éructai-je, cédant à la pression. Le truc que tu aimes.

— Tout de suite ?

— Dehors. Seulement si on sort.

— Dans le parc ?

— Oui. Ici. Mais à l'air libre. Je n'aime pas être dans le noir. »

Il me lâcha et nous rebroussâmes chemin dans l'obscurité en direction de l'escalier, où la lumière filtrait depuis l'extérieur. Plus on avançait, plus je sentais mon cœur cogner dans ma poitrine.

Une fois dehors, il m'ordonna de m'allonger dans l'herbe.

« Mais il pleut.

— Et alors ? »

Comme d'habitude, je finis par me plier à ses directives et me cramponnai à lui. Mais il ne fit pas ce que j'attendais. À la place, il me serra contre lui et nous dévalâmes la pente enlacés. Nous roulions sur les bosses et les touffes d'herbe, j'étais écrasée sous son poids, le ciel basculait, disparaissait et réapparaissait alors que nous dégringolions, au point que nous en eûmes le souffle coupé. Quand enfin nous nous arrêtâmes au pied de la butte, Seb me traîna vers un endroit encore plus en hauteur. Cette fois, il y avait une saillie de laquelle il voulait que nous nous élancions, si bien que nous restâmes suspendus dans le vide pendant quelques secondes. Comme j'essayais de résister, il s'allongea sur moi, me coinça les bras dans le dos et m'entraîna dans son élan.

Il y avait des tas de fois où Seb aurait pu me faire mal ou se blesser lui-même. Mais il pensait que nous étions invincibles, et moi je le croyais.

Dans le couloir devant l'appartement de ma mère, j'appuie sur la sonnette et attends impatiemment qu'elle vienne m'ouvrir. Dommage qu'on soit ce mardi-là et pas mardi dernier ou le prochain, car une semaine sur deux elle se rend à sa section locale de l'université du troisième âge pour discuter de leur programme à venir. Je n'aime pas laisser Jez seul à la maison trop longtemps.

La porte s'ouvre et ma mère regarde avec suspicion les sacs que j'ai à la main.

« Je t'ai apporté des fromages du marché.

— Du *marché* ? »

J'avance dans le couloir, dépose son paquet de couches dans les toilettes, et continue jusqu'à la cuisine où je range les morceaux de pecorino et de taleggio au frigo.

« June ne fait ses courses qu'au marché. À l'écouter, tu lui donnerais presque l'aumône. »

Elle est restée derrière moi sur le pas de la porte, elle me parle dans mon dos. Elle a oublié qu'elle avait aimé ces fromages la dernière fois qu'on a déjeuné ensemble et que je lui ai dit que je les avais achetés chez Alexi, au marché.

« Oh, je ne crois pas que les gens fassent leurs courses au marché pour des raisons économiques ! je réponds. C'est plutôt pour le choix des produits. Tu peux trouver des choses là-bas que tu ne trouves nulle part ailleurs.

— Si tu essaies de me faire croire qu'on ne peut pas acheter de taleggio chez Waitrose, tu me prends pour une imbécile. Je ne suis pas encore complètement gaga. L'ordinateur fait des siennes, d'accord, mais ça ne veut pas dire que je ne suis pas capable de commander mes fromages en ligne une fois que j'arrive à me connecter. Le monsieur de la livraison sait exactement ce que j'aime, et tous leurs fromages sont pasteurisés. Au moins on sait à quoi s'en tenir, chez Waitrose.

— En tout cas, je te les ai mis au frigo. Maintenant, si tu veux, on peut s'occuper de ta prochaine commande. »

Je m'assieds devant l'ordinateur en essayant de ne pas me laisser atteindre par ses petites remarques pendant qu'elle me prépare un café. Les circonstances ont fait que je suis seule à pouvoir veiller sur ma mère. Il n'y a pas le choix. Je n'ai pas de frère ou de sœur qui aurait pu savoir mieux s'y prendre pour la satisfaire. Dans les pires moments, quand ses commentaires acerbes touchent un point particulièrement sensible, je me rappelle que c'est une bien maigre pénitence pour avoir la chance d'habiter la maison des Berges, de vivre où j'ai envie de vivre.

« J'ai épluché le contenu de cette valise, dit-elle. Maintenant que vous allez vendre, j'ai décidé de faire un peu de ménage. »

Je me mords la lèvre en suivant son regard. Elle agite son index arthritique en direction d'une vieille valise en cuir qui n'a pas bougé de cette pièce depuis qu'elle a emménagé. À part ça, elle a laissé la plupart de ses cartons de paperasse et de vieux albums périmés aux Berges. On ne manque pas d'espace de rangement, là-bas, entre le garage dans lequel on ne se gare jamais et le grenier trop bas pour être aménagé et qui ne nous sert qu'à entreposer toutes sortes de bric-à-brac. Mais, je ne sais pas pourquoi, elle a insisté pour prendre cette valise avec elle, bourrée de choses et d'autres.

« Je n'ai pas envie que n'importe qui vienne fouiller dans mes affaires, m'avait-elle répondu quand je lui avais suggéré de la laisser dans le garage.

— Personne ne peut entrer. Tu sais bien que Greg a sécurisé les portes.

— Il faut que je trie ce qu'il y a dedans. Ça m'occupera, maintenant que je n'ai plus de maison à tenir. »

Régulièrement, je songe aux autres valises qu'elle a laissées dans le grenier et ça me désespère de savoir qu'un jour je serai celle qui devra tout trier. Comme si elle lisait dans mes pensées, elle dit :

« Ces cartons dans le grenier, tu n'auras qu'à me les apporter ici quand vous viderez la maison. »

Elle me harcèle avec cette histoire de déménagement, mais je refuse de céder à ses provocations. La valise qu'elle me désigne à présent a le couvercle relevé, calé contre le pouf qu'elle utilise pour poser ses pieds quand elle est assise.

Je la rejoins dans le carré de soleil qui entre par la fenêtre. La pluie a cessé. Les gargouillis de la cafetière électrique sont apaisants. Il fait encore froid dehors, mais le soleil pénètre directement dans son salon. Elle s'installe avec son plateau spécial sur les genoux – un objet bizarre qui est cousu sur un coussin tout mou pour pouvoir rester stable – et me remplit ma tasse. S'il y a une chose chez ma mère, c'est qu'elle sait faire le café.

« Tu peux reprendre tout ce qu'il y a là-dedans, je n'en veux pas. »

Je jette un coup d'œil vers la valise ouverte. Elle est doublée d'un joli tissu, avec une poche intérieure à fronces et des lanières croisées qui retiennent le couvercle quand il est ouvert.

« En revanche, je vais garder la valise. C'est une Revelation. On n'en fait plus des comme ça. De nos jours, elles sont toutes à roulettes. Comme si on ne pouvait pas se servir de nos bras et de nos jambes. C'est pour ça que les gens sont de plus en plus petits et gros, tu le savais, non ? C'est ce qui explique cette terrible épidémie.

— Quelle terrible épidémie, maman ?

— L'épidémie d'obésité. Tout le monde est gros, maintenant. C'est à cause de toutes ces valises qu'on tire au lieu de les porter. Toutes ces télécommandes au lieu de se lever pour aller tourner un bouton. »

Je souris. Elle éclate de rire en voyant mon expression et, l'espace d'un instant, on a l'air particulièrement joviales.

Je pose ma tasse sur un petit guéridon et me penche pour fouiller dans la valise. Il y a une pile de tissus, des rubans, des affaires de couture. Un champignon à repriser ! Je le ramasse, interloquée. Pourquoi ai-je pensé récemment à cet objet ? Je me souviens brusquement du trou dans la chaussette de Jez et cela me remplit d'un désir si urgent d'aller le retrouver que je ne sais pas comment je vais tenir le reste de la matinée.

« Si tu as besoin de boutons, prends-les. Je n'arrive plus à recoudre les boutons… Mes doigts. »

Elle désigne d'un hochement de menton une petite boîte à biscuits carrée rangée dans un coin de la valise. J'en soulève le couvercle et plonge la main dans le tas frais de plastique et de nacre. Un bouton précis, en forme de marguerite, m'attire l'œil, et je me retrouve face à face, un matin de printemps, avec Jasmine. Je n'ai pas envie de réveiller ce souvenir. Il est enfoui profondément en moi. Je referme la boîte.

Trop tard. Ma mère a commencé.

« Oh, je reconnais ce bouton ! Celui en forme de marguerite. Ouvre, donne-le-moi. Pourquoi est-ce que je le reconnais ? Il y avait une fille. Une très jolie fille qui avait un prénom de fleur. J'ai toujours aimé les prénoms de fleurs, mais ton père tenait absolument à Sonia. Est-ce que c'était une amie d'école ? Oh, mais qui c'était ? Ah oui, ça y est ! On était assises côte à côte au catéchisme. »

Non, maman. Tu te mélanges dans ton passé. C'est toi qui avais amené Jasmine aux Berges. C'était la première fois que tu invitais un autre enfant à la maison. Tu avais une sale petite idée derrière la tête. Je suis sûre que tu le sais très bien.

« Un jour, après le cours, elle est partie comme une furie. Quelqu'un l'avait contrariée. Je ne me rappelle plus qui. »

C'était moi, maman. C'est moi qui l'avais contrariée. Elle allait me voler Seb. Je n'avais jamais ressenti une souffrance pareille, je n'arrivais plus à la contenir. Le problème avec la jalousie, c'est qu'elle n'a nulle part où aller. Elle vous revient toujours comme un boomerang, parce que si vous la formulez, vous vous faites gronder, et si vous ne dites rien, la douleur est insupportable. C'est une malédiction. Jasmine était ma malédiction.

Ma mère s'est levée de son fauteuil et se dirige vers la fenêtre. Il va lui falloir un moment pour se battre avec les rideaux afin de bloquer le soleil qui lui tape dans les yeux. Je m'approche pour l'aider mais elle me repousse.

« Je peux me débrouiller, merci. C'est bon pour ma ligne. »

Elle est toujours d'humeur joyeuse, aussi je lui concède un petit rire conciliant pour lui faire plaisir et je me rassieds.

Comme elle me parle le dos tourné, je n'arrive pas à savoir à quel point sa confusion est sincère.

« Les boutons, les boutons… Sur le quai devant la maison. Il y en avait au moins trois, tombés du corsage de cette jolie robe qu'elle portait. Ça me rappelle un poème, tiens. »

Elle renverse la tête en arrière et se met à réciter :

« *La robe un rien désordonnée, voici tout l'habit débridé*. C'est de Robert Herrick. »

Elle revient tout doucement vers son fauteuil.

« Comment elle s'appelait, déjà ?

— Elle s'appelait Jasmine, maman. Tu voulais absolument que je sois amie avec elle.

— Et toi tu ne voulais pas. Têtue comme tu as toujours été. C'est toi qui l'avais fait pleurer ?

— Je ne me souviens pas des détails. Je sais seulement que c'était à elle, ces boutons en forme de marguerite.

— Les boutons qu'elle a semés partout le long du quai. Qui les a ramassés ? Comment se sont-ils retrouvés dans ma boîte à couture ? Prends-les, Sonia, s'il te plaît. Je n'ai plus besoin de toutes ces choses. Tu n'auras qu'à faire un joli petit haut pour Kit avec ces boutons marguerites. »

Je me lève, rassemble la mercerie, les rubans, le champignon à repriser, la boîte à boutons et fourre le tout dans un sac en plastique. Je m'en débarrasserai plus tard.

Dans le bus du retour, je lutte pour ne pas laisser déferler les images de Seb et de Jasmine. Histoire de me changer les idées, je ramasse un numéro du magazine *Heat* que quelqu'un a abandonné sur un siège. Je le feuillette, mais cette beauté people retouchée et trafiquée me révulse, et j'ai plus que jamais hâte de retrouver Jez. Je repose le magazine et passe le reste du trajet à caresser les boutons dans le creux de ma paume, ce que je trouve étonnamment relaxant.

En rentrant, il y a un message de Greg sur le répondeur du salon me disant de le rappeler de toute urgence. Je décroche et compose le numéro.

« Ça fait des jours que j'essaie de te joindre. Qu'est-ce qui se passe ?

— Rien. Il ne se passe rien.

— Tu ne décroches jamais. Tu t'es absentée ? À part pour aller voir ta mère, je veux dire.

— Seulement au marché.

— Il faut toujours que tu aies ton portable sur toi pour que Kit puisse te joindre si elle en a besoin. Je te l'ai dit mille fois.

— J'ai eu un début de grippe, c'est tout. Je devais dormir quand tu as téléphoné. Mais je suis là, comme d'habitude. »

Il pousse un gros soupir puis me parle d'un ton agacé.

« Bon, écoute. J'ai changé mon vol. Je vais revenir jeudi matin, finalement. »

Mais qu'est-ce qui a bien pu lui prendre de décider de rentrer plus tôt ce week-end en particulier ? En général, il ne fait jamais l'effort. Au contraire, il cherche plutôt à prolonger ses déplacements, ou bien raconte que son avion a été retardé.

« Il faut que tu appelles les Smythe pour leur dire qu'on ne pourra pas venir jeudi. Kit sera là, je préfère qu'on passe la soirée tous les trois. Mais on a reçu l'invitation depuis tellement longtemps, il faudra que tu inventes une excuse.

— Quelle invitation ?

— Les Smythe, la fête pour leurs 25 ans de mariage. On l'a reçue juste après le nouvel an. Elle est épinglée sur le tableau en liège au-dessus de mon bureau. Je te conseille de le faire dès qu'on aura raccroché.

— C'est tout ?

— Non. Je voudrais que tu vérifies que la société de surveillance peut nous envoyer quelqu'un ce week-end pendant que je suis là. Il faut absolument que l'alarme remarche quand on mettra la maison en vente. Tu trouveras leur numéro sur Google. Oh, et Sonia, si la vague de froid continue, tu dois laisser le chauffage allumé même quand tu sors. On ne peut pas se permettre d'avoir des tuyaux qui pètent. Pour bien faire, il faudrait les calorifuger, mais ça pourra attendre mon retour.

— Greg, tu sais bien qu'on ne s'est pas mis d'accord sur la vente. Il faut qu'on en parle avant que tu t'emballes. »

Silence tendu au bout du fil.

« D'accord. Je vois. Donc on en est toujours au même point. Écoute, si tu veux bien déjà t'occuper de tout ça, on pourra en reparler jeudi. »

Après que j'ai raccroché, un autre souvenir remonte à la surface, un qui était resté recroquevillé dans un coin pendant toutes ces années, roulé en boule comme un chat que je n'ai jamais voulu tirer de son sommeil tranquille. C'est la voix autoritaire de Greg qui l'a réveillé.

Greg et moi, debout devant notre nouvelle maison. Kit avait 1 an et demi. Nous étions la famille parfaite. J'avais 25 ans, Greg 40. Il venait d'apprendre qu'il allait avoir une chaire d'enseignement à l'université de Norwich. Nous avions acheté cette maison dans un village du Norfolk et la vie nous souriait. Je la contemplais de l'extérieur, un cottage victorien au bout de la rue principale. Il y avait même un rosier grimpant autour de la porte. Derrière s'étendait un lotissement flambant neuf encore entouré d'un vaste champ de pommiers en fleur. Je tenais Kit dans les bras. C'était un jour de grand vent et quelques pétales tourbillonnaient dans l'air. Kit essayait de les attraper avec ses petits doigts potelés, de minuscules fossettes se creusant au dos de sa main. Elle s'exclama « neige ! » et nous éclatâmes de rire tous les deux, trouvant tout ce qu'elle disait fascinant, miraculeux, persuadés d'avoir mis au monde un génie. Greg brandit la clé, passa le bras autour des deux femmes de sa vie, Kit et moi, et nous embrassa chacune sur la joue. Puis il s'avança pour ouvrir la porte de la première maison dont nous étions propriétaires. Le couloir était très lumineux, et on voyait tout au bout la porte de derrière qui donnait sur le jardin. C'était agréable, c'était ce qui nous avait plu d'emblée quand l'agent immobilier nous avait fait visiter : la vue dès l'entrée sur le vert, le blanc et les taches de soleil du jardin. Mais, à cet instant, alors que Greg nous ouvrait notre nouveau chez-nous, je fus submergée par un sentiment d'oppression. J'avais envie de faire demi-tour et de m'enfuir en courant. J'avais l'impression que, en franchissant ce seuil, une double porte blindée allait se refermer sur moi et que je n'en ressortirais plus jamais. Je fis un effort considérable pour sourire à Greg, déposai un baiser sur les cheveux tout fins de ma petite Kit et entrai.

« Bienvenue chez nous ! » lança Greg en marchant à reculons afin de nous faire face, les bras grands ouverts.

Je le suivis jusqu'au salon, la dernière porte à gauche au bout du couloir, inondé de soleil et pas encore de tout le bazar que nous finirions par y amasser au fil des années. Le lit à barreaux de Kit était installé dans un coin, avec son petit édredon et son lapin en peluche.

« Mets Kit dans son lit et on monte faire la sieste tous les deux », me murmura Greg à l'oreille.

Je posai Kit en espérant qu'elle rouspète pour que je ne sois pas obligée de le suivre. Mais elle resta allongée et se mit à gazouiller gaiement. Au bout de quelques minutes, elle avait le pouce enfoncé dans la bouche et fredonnait comme quand elle était sur le point de s'endormir. Je montai avec Greg dans notre nouvelle chambre qui donnait sur la piste en terre battue bientôt destinée à devenir la route principale qui desservirait le lotissement. Greg rabattit les couvertures de notre lit fraîchement fait. Je m'y glissai avec lui et, comme toujours, je fermai les yeux et pensai à autre chose, n'importe quoi d'autre que l'endroit et la personne avec qui j'étais. La main de Greg sur ma peau me fit tressaillir, son haleine sur mon visage détourner la tête. Je gigotais pour lui échapper.

« Oh ! Sonia », ahana-t-il alors que j'essayais de me libérer, et il me plaqua contre le matelas en se mettant à respirer de plus en plus vite, son souffle haletant et rauque trop fort dans mes oreilles.

Je finis par le laisser faire son affaire en attendant que ça passe. Lorsque enfin il en eut terminé, il s'endormit et je pus me retourner pour pleurer dans nos oreillers tout neufs.

Il y a déjà un bout de temps, un jour où Helen m'a demandé : « Mais pourquoi tu restes avec un homme avec qui tu n'aimes pas faire l'amour ? », je l'ai regardée avec de grands yeux.

« Ce n'est pas Greg. C'est n'importe lequel.

— Mais…

— Greg est le mari parfait pour moi sur tous les autres plans. Il est intelligent, il gagne bien sa vie et je crois qu'il m'aime. »

C'est seulement maintenant que j'ai Jez à la maison que je me rappelle ce que c'était que de vraiment désirer quelqu'un.

Les oignons fondent et deviennent translucides dans la casserole alors que je commence à préparer le déjeuner. Greg rentre jeudi matin, donc. Dans ce cas, je vais bel et bien devoir laisser partir Jez pour son anniversaire. L'idée de le voir m'échapper le jour même de ses 16 ans, ce point charnière entre l'enfance et l'âge d'homme, m'emplit d'une terrible sensation de regret dont je crains qu'elle ne continue encore à me hanter pendant des années. Si je ne saisis pas ce moment alors que j'en ai une dernière occasion, je l'aurai perdu à jamais.

Je vais à la fenêtre contempler le fleuve. Une énorme mouette grise vient se poser sur une balise orange. Le bateau-bus passe, et, dans les remous de son sillage, la balise tangue et bascule comme pour essayer de se débarrasser de l'oiseau. Mais celui-ci s'agrippe à son perchoir avec une détermination impressionnante, ballotté sans jamais lâcher prise.

Ça m'est déjà arrivé quand je suis complètement perdue, quand je ne sais plus vers où me tourner. Le fleuve me jette la réponse au visage.

12

Mercredi

Sonia

Contrairement au marché de Greenwich, celui de Deptford vend des choses dont les gens ont réellement besoin. Je m'y rends à pied en longeant la Tamise, courbée en deux dans le vent glacial, les yeux plissés pour me protéger de ses morsures et de ses bourrasques. Les gratte-ciel de Canary Wharf semblent plus proches que jamais. Ils se dressent devant moi, gris acier. Leurs vitres sont sombres, ce matin, reflétant le ciel orageux, l'eau noire.

Je suis une anomalie sur ce marché. J'ai conscience de mon manque d'expertise comparée aux femmes qui tâtent des mangues et des patates douces, qui mesurent à vue d'œil des longueurs de tissu. Les gens savent coudre, ici. Ils achètent du fil, des dés et de l'élastique. Ils vendent leur production sur d'autres stands, des copies de la mode prêt-à-porter pour un quart du prix en boutique. Et ils parlent. Assis aux cafés, debout sur les perrons, accroupis sur des cageots. Ils sortent des immeubles voisins pour remplir leur panier de piments, de radis blancs et de viande fraîche.

Je vais directement au stand de bricolage où toutes sortes de vis, de boulons et d'écrous sont présentés dans des barquettes en plastique bleu et où une bible ouverte est posée sur un tas de piles. Une dame consulte le vendeur :

« Ce n'est pas vraiment mon truc, le bricolage, vous voyez. Des grosses ou des petites têtes ? Comment vous voulez que je le sache ? »

Elle a un sachet de vis dans chaque main. Ils plaisantent ensemble, à croire qu'ils ont la journée devant eux.

Je ramasse un gros rouleau de ruban adhésif argenté.

« Seulement 2,5 livres », me lance le vendeur.

Puis, voyant mon ignorance manifeste, il me demande ce que je compte en faire.

« Je dois réparer un tuyau percé, je marmonne, et il éclate de rire.

— Vous feriez mieux d'appeler un plombier, quoique, avec ce froid et les fuites un peu partout, vous aurez du bol d'en trouver un libre. Vous auriez dû les calorifuger. Remarquez, c'est un peu tard maintenant. Même s'il paraît qu'il va encore neiger. Tenez, dit-il en me tendant une carte. Mon copain plombier. Essayez de l'appeler. Au pire, il vous dit non.

— Merci. Mais je vais quand même prendre le scotch. Deux rouleaux. C'est toujours pratique d'en avoir à la maison », dis-je, comme si je parlais de boîtes de haricots verts.

Dans la partie marché aux puces, les gens essaient de gagner de quoi vivre en vendant ce qu'ils peuvent. De vieux sièges de voitures. Des soutiens-gorge déjà portés. Des cuillères en bois usagées. Des clés cassées. Sur un stand de DVD d'occasion, je trouve deux films pour Jez : *La Nuit du chasseur* et *Assurance sur la mort*. Je les mets avec le scotch dans mon cabas bleu et repars en direction de Creek Road.

Les magasins sur High Street ont chacun leur spécialité : viande de porc, œufs, poisson, viande halal, icônes religieuses. Des odeurs de friture s'échappent des cafés qui servent le petit déjeuner. C'est un flux constant de marchandises qui circulent parmi cette foule de gens joyeux. Je me sens exclue et envieuse de leur sens de la communauté alors que je passe devant les bazars « tout à 1 £ », les coiffeurs qui proposent des tresses africaines à un tarif spécial enfants, la gargote de pie and mash et ses traditionnelles assiettes de tourte-purée, et même le funérarium. Tout Londres est en transformation perpétuelle, constamment démoli et reconstruit. La physionomie du fleuve se modifie chaque jour sous mes yeux. Mais la High Street de Deptford a réussi jusque-là, dans son essence, à résister au fracas du changement.

Sur Creek Road, de grands panneaux promettent une nouvelle vie de ce côté de la Tamise. À les en croire, des appartements de luxe, des cafés et des jardins vont bientôt remplacer les docks à l'abandon, les raffineries désaffectées et les trottoirs délabrés.

De retour à Greenwich, je m'arrête chez Casbah Records et, en fouillant dans les bacs, je trouve immédiatement le CD que je cherche : un best-of de Tim Buckley.

« Vas-y, ouvre. »

En plus de ses cadeaux, j'ai rapporté à Jez du café, des tangerines auxquelles je n'ai pas pu résister sur un étal de fruits et des croissants aux amandes de chez Rhodes Bakery.

Il faut que ce soit une belle journée. Il faut qu'elle reste illuminée dans son esprit, nimbée d'une lumière dorée. Je m'assieds à côté de lui.

« Seize ans, c'est le bel âge, dis-je. Très vite, ce sera fini. Toi, tel que tu es maintenant, pfffuit, envolé ! »

J'ai un peu honte de sentir des larmes me monter aux yeux. Je le contemple de haut en bas, de la tête aux pieds. Il a une expression impatiente, presque comme s'il m'avait attendue ; une expression naïve bien que légèrement insolente.

Il déballe ses paquets.

« Le best-of de Tim Buckley ! s'exclame-t-il. Cool, c'est celui que je voulais. Oh, et des DVD ! Merci, Sonia. »

Il me regarde et je me rends compte qu'il essaie de sourire mais qu'il est tiraillé par autre chose.

« Ma mère a appelé ? Ou Helen ? »

Je l'entends déglutir bruyamment, il a la bouche pâteuse. Il est encore inquiet de savoir quand il va rentrer chez lui.

« Ne fais pas cette tête de chien battu, lui dis-je. Tu peux écouter le CD ou regarder un film. Tiens, je vais te mettre celui-là. J'ai quelques petites choses à faire mais, quand je reviens, on pourra y aller.

— Y aller ?

— Oui.

— Donc… je vais partir ?

— Bien sûr ! »

Ses yeux s'écarquillent. Retrouvent leur éclat. Les muscles de son visage se relâchent, et la beauté originelle qui avait quelque peu disparu sous un voile d'anxiété et de douleur à cause de sa cheville refait surface. C'en est presque blessant.

« Greg va bientôt rentrer. Tu ne peux pas rester, je suis désolée. Il n'y aura plus la place. Il faut que tu rassembles tes affaires.

— Dingue ! » s'exclame-t-il.

Il n'arrive pas à réprimer l'excitation qui virevolte dans son regard. Je remarque que ses narines palpitent légèrement.

« Donc vous étiez bien en train de me préparer une surprise en cachette ! reprend-il. Et maintenant vous me racontez que c'est parce que votre mari va rentrer. C'est bon, vous pouvez arrêter la comédie. »

Il repose tranquillement sa tête sur l'oreiller, laisse échapper un soupir d'aise.

« C'était bien ce que je pensais, qu'avec Helen et Alicia vous vouliez me faire un anniversaire surprise. Mais je me disais, quand même, pourquoi aller jusque-là ? Ça paraît triste avec le recul, je sais, mais j'avais peur qu'il y ait un truc chelou.

— Chelou ?

— Ben ouais… Faut bien reconnaître que c'était un peu bizarre, non ? Les foulards, la porte fermée à clé…

— Jez !

— Je sais, mais ensuite je me disais aussi que vous étiez stylée.

— Stylée ?

— Sympa, quoi. Avec moi. Entre les guitares, le vin, les bonnes choses à manger, les contacts que vous allez me donner…

— Évidemment ! Je n'ai jamais eu l'intention de te faire peur, Jez.

— Je sais. Maintenant, je m'en rends compte. C'est juste… et je le dirai aussi à Helen, c'est juste que ça pouvait paraître un peu tordu. »

Je me sens salie de l'entendre dire ça. Je secoue la tête.

« Ne pense jamais ce genre de chose de moi, dis-je. Maintenant, écoute. J'ai juste besoin d'un peu de temps pour tout préparer. Je reviendrai te chercher. Profite de ta matinée. »

Je le laisse devant *La Nuit du chasseur* et sors à toute vitesse par la porte de la cour.

Notre garage fait partie d'une série de trois, juste un peu plus loin que chez nous le long du quai, accessible en voiture par la contre-allée qui part de la rue principale. L'arrière donne directement sur le fleuve, une dizaine de mètres en contrebas. L'unique et minuscule fenêtre, d'environ trente centimètres de côté, constitue une ouverture juste assez grande pour laisser entrer un peu d'air, mais quasiment pas de lumière. Sa vitre est en verre armé, avec ce genre de treillis métallique qui me rappelle les portes des classes dans une école primaire. Ça sent l'humidité, la poussière et le moisi. Je n'aurai pas le temps de le nettoyer à fond, et les toiles d'araignées sont épaisses, vieilles et pleines de bestioles mortes qui pendouillent, accrochées à leurs propres fils. Comme je les scrute de plus près, je me rends compte que ce ne sont même pas des araignées entières mais juste des coques vides, parfaitement moulées, comme si leur araignée intérieure s'était tirée en ne laissant là qu'un squelette inversé d'elle-même. Je contemple un moment ce phénomène. De parfaits clones pris à leur propre toile.

Un des meubles que j'ai entreposés là est un lit en pin que je n'ai jamais aimé. Il est resté dans le garage depuis qu'on est revenus de la campagne, appuyé à la verticale contre le mur du fond, son matelas protégé de l'humidité par du plastique. Après avoir dégagé de la place en poussant les meubles de bureau sur le côté, je le bascule et le tire au milieu de la pièce. Je laisse les caissons à tiroirs, les étagères, le fauteuil pivotant et une pile de vieux 33 tours pour donner au lieu un semblant de vie, un air habitable. Le vieux lit à barreaux de Kit peut également rester, démonté et entassé dans un coin. Mais il y a des tas d'outils, des bombes de peinture, de vernis, un escabeau et des ustensiles de jardin, y compris une houe, que je vais devoir jeter ou bien stocker ailleurs.

Je suis plantée dans l'encadrement de la porte d'où j'observe tout ça en essayant de trouver la meilleure façon de déplacer ces objets superflus quand passe Betty, une voisine qui habite une maison un peu plus loin.

« Grand ménage de printemps ? demande-t-elle, un nuage de buée s'échappant de ses lèvres dans l'air froid.

— J'ai besoin de faire de la place », je lui réponds, en espérant couper court à la conversation par mon ton laconique.

Elle me regarde. J'essaie d'avoir l'air occupée.

« Tu pourras faire rentrer ta voiture une fois que tu te seras débarrassée de tout ce bazar, dit-elle. Ta mère se garait toujours là. C'est plus prudent que dans la rue. »

Je souris. Ma voiture a toujours dormi dehors et je sais que c'est une des obsessions de Betty, bien que je n'aie jamais compris pourquoi ça la chiffonnait autant. Après tout, c'est mon problème si je me la fais voler. En quoi ça la concerne ? Elle poursuit son chemin vers le coin de la ruelle et je suis soulagée de voir qu'elle est sur le point de disparaître. Mais alors elle se retourne et me lance :

« C'est une chance d'avoir un garage. On entend tellement de choses affreuses qui se passent par ici, de nos jours. Je ne me sens même plus en sécurité chez moi.

— C'est ce que les gens ont toujours dit sur ce quartier. Rien n'a vraiment changé, Betty. On a surtout de la chance de vivre à côté du fleuve. Moi, je ne partirai jamais. »

Le garage est humide et froid. Ce n'est pas mon choix d'obliger Jez à quitter son joli studio de musique, où la lumière pénètre à flots et où il peut rester confortablement à jouer de la guitare. Je n'ai pas envie de l'enterrer comme un cadavre. Soudain, je pense aux jeunes veaux, qu'on élevait dans l'obscurité pour que leur viande reste tendre et pure. Un moyen de conservation, somme toute. Et puis ce ne sera que pour deux jours, ça ne pourra pas lui faire de mal. Peut-être même que ça lui fera du bien. L'important, c'est qu'il sera en sécurité, ici. Il ne peut rien lui arriver tant qu'il est sous ma garde.

Je fourre une partie du bric-à-brac du garage dans le coffre de la voiture et vais jusqu'à la décharge. Le reste, je le transporte à la maison. Je laisse l'escabeau de Greg, la houe et les autres ustensiles de jardin dans un coin de la cour, contre le mur du fond. Les câbles de démarrage, le cric et les outils, je les range dans le placard sous l'escalier. Il faut que je retourne finir la préparation avant d'apporter son déjeuner à Jez. Ensuite, je pourrai me détendre et passer du temps avec lui jusqu'à ce qu'on doive déménager.

Quand j'ai fini de débarrasser le garage, je reviens aux Berges. Je fouille dans la buanderie, submergée par des odeurs de lessive qui, dans un vertige, me font remonter le temps, si bien que je reste quelques secondes le nez enfoui dans le linge. Les étagères croulent sous des piles de draps pliés qui font partie de cette maison depuis aussi longtemps que je m'en souvienne, leur texture fraîche et douce réveillant des souvenirs d'enfance dans lesquels je me revois à l'heure du coucher, soigneusement bordée entre deux draps sentant le propre. Une profonde sensation de sécurité qu'on éprouve rarement de nouveau une fois adulte.

Et puis je le revois, lui, à un bout du lit en fer. La fin de l'hiver, comme maintenant. Une altération imperceptible dans la terre, des odeurs de frémissement dans l'air, les débuts d'une renaissance et, bien qu'il ne fît pas encore jour et que la pièce fût dans l'ombre, il y avait quelque chose de lumineux dans l'obscurité du ciel, même à 6 heures du matin. Nous étions vivifiés par de récents efforts. D'où revenions-nous ? Du fleuve, peut-être ? J'avais les joues rouges, la peau qui piquait.

Seb avait les pieds couverts de boue, donc nous avions dû descendre sur la grève. Glaner des trésors dans la vase. Il disparut dans le cabinet de toilette et j'entendis le bouillonnement de l'eau tandis qu'il se frottait les pieds sous la douche. J'étais sur le lit, à la fois impatiente et intimidée par l'intensité de ce que je savais devoir suivre.

Le cliquetis de la porte de la salle de bains, le bruit feutré de ses pieds nus sur le parquet. Le couinement spongieux du matelas comme il s'allongeait tête-bêche à côté de moi, la tête contre le pied du lit alors que la mienne était posée sur l'oreiller dans sa taie en lin toute propre.

Il m'enfonça son gros orteil dans la bouche. Je sentais un goût de savon, et les traces résiduelles de la boue qu'il avait tenté de rincer. C'était intrigant, ce goût, et la sensation de son ongle qui raclait contre mon palais. Je continuai à sucer son orteil et il se laissa aller en arrière, les mains derrière la tête, en poussant de petits grognements de plaisir jusqu'à ce que quelque chose nous interrompe. Quoi ? Je ne m'en rappelle plus. J'ai seulement le souvenir très flou que quelque chose de soudain, un grand bruit, un éclat quelque part, vint déranger notre intimité et que nous nous arrêtâmes en sursaut, abandonnant notre petit jeu. Seb se leva et se retourna vers moi.

« Espèce de sale petite suceuse ! » me lança-t-il, et je lui tirai la langue, ne sachant comment me défendre autrement.

Je prends une grande inspiration et me ressaisis. Je fourre deux draps, une couette une place et deux oreillers dans un gros sac-poubelle. Jez va avoir besoin de plus que ça pour se tenir chaud. Je n'ai plus de radiateur d'appoint depuis que nous avons fait installer le chauffage central aux Berges. Il faudra que j'aille acheter un de ces vieux trucs à bain d'huile demain matin, si j'ai le temps avant que Greg arrive. Pour l'instant, j'ajoute un vieux plaid à carreaux verts et blancs qu'on emportait toujours quand on partait camper. D'ailleurs, prévoir le déménagement de Jez, *c'est* un peu comme organiser un week-end de camping. Ça fait monter en moi des petites bulles d'effervescence. Ce que j'aimerais vraiment, c'est pouvoir planifier tout ça *avec* lui, comme Seb et moi préparions nos aventures. Nous pourrions faire une liste ensemble et savourer à l'avance l'excitation qui précède des vacances à la belle étoile. Nous prendrions de grosses boîtes d'allumettes, des assiettes en plastique, des conserves. Des recharges Butagaz pour le mini-réchaud. Des petites casseroles gigognes. Mais, évidemment, c'est impossible. Jez se fâcherait si je lui disais qu'il allait camper dans un garage. Il risquerait d'avoir une réaction impulsive.

Pour le moment, je dois me débrouiller toute seule. Je rassemble des bougies chauffe-plats, des chandelles (des choses que mes parents ont dû garder dans le tiroir de la cuisine depuis ces régulières pannes de courant hivernales dans les années 1970), du papier toilette, un seau à couvercle que nous avons utilisé pour le compost à une époque, avant de renoncer à essayer d'être écolos. Je glisse dans le sac un des paquets de couches pour incontinence de ma mère ; ça pourrait s'avérer utile. Je ressors le tapis de sol qui a gardé son odeur d'herbe tiède, même après avoir été aéré puis rangé pendant des années.

Je souris en repensant aux boîtes Tupperware de petits pains briochés, aux lampes torches et au paravent pliant que nous entassions à l'arrière de la voiture quand Kit était enfant. À l'époque, nous partions en vacances sur la côte glacée du Norfolk, dans des campings remplis de bonnes familles sérieuses. Elles étaient toujours mieux équipées que nous pour la vie en plein air. Kit refusait d'utiliser les toilettes communes à cause des faucheux qui grouillaient partout. Et, la nuit, elle ne voulait pas dormir dans sa petite tente individuelle. Elle venait se coller entre nous, enveloppée dans ce même plaid vert et blanc. Qui d'elle ou de moi était la plus soulagée qu'elle dorme à nos côtés ? En tout cas, je m'assurais de bien la coincer au milieu de nous deux, tampon bienvenu entre Greg et moi. Quel âge devait-elle avoir ? Cinq ans ? Six ? Quand Greg s'est mis à gagner beaucoup d'argent, nous avons arrêté le camping pour louer des villas en Italie, en Espagne ou en France.

Dans ma tête, l'enfance de Kit se perd dans un brouillard. Comme si ce n'était pas moi mais une autre femme qui l'avait allaitée pendant presque deux ans, qui avait facilité son passage vers le monde extérieur. Une autre femme, meilleure que moi, qui avait appliqué de la crème sur ses petites fesses rouges, mis des pansements sur ses genoux, des cuillères de Rhinathiol dans sa bouche, passé des peignes antipoux dans ses cheveux. Qui est cette femme qui a assuré les permanences à la crèche parentale, apporté des gâteaux ? Qui, plus tard, quand nous étions revenus aux Berges, l'a traînée dans la boutique Top Shop géante d'Oxford Circus ? À quel moment ai-je changé ? Est-ce arrivé par étapes ? Quand elle a couru vers une amie plutôt que vers moi à la garderie et que j'ai compris que je n'étais plus le centre de son univers ? Quand elle a commencé à sortir faire du vélo toute seule si bien que je ne savais plus où elle était à chaque seconde de la journée ? La première fois que je l'ai surprise accidentellement en train d'embrasser un garçon et que j'ai su avec un serrement de cœur que ce n'était plus une enfant ?

Ou bien est-ce que ce fut un revirement brutal et spectaculaire ? Est-ce que c'est arrivé d'un coup, pendant le retour solitaire en voiture après l'avoir déposée à l'université ? Quand j'ai brusquement pris conscience que tous les gens que nous aimons n'arrivent dans notre vie que pour mieux nous quitter un jour ?

Juste avant de retourner au garage, je remplis une bouillotte d'eau brûlante pour que le lit de Jez soit bien chaud quand il se glissera dedans. Je traîne le sac-poubelle jusque-là. Il fait presque nuit et il tombe un fin crachin glacé. J'aurais bien besoin d'une torche électrique, finalement. Il fait noir comme dans un four à l'intérieur du garage. Je ne peux pas laisser les portes ouvertes pendant que je m'active, au cas où ça éveillerait les soupçons d'un passant et qu'il viendrait y regarder de trop près. Mais, même avec la porte fermée, l'interstice sous la fenêtre laisse passer un courant d'air qui ne cesse pas de souffler les bougies chauffe-plats. Je finis quand même par réussir à en allumer quelques-unes ; elles dégagent une douce lumière jaune qui crée une atmosphère accueillante, presque douillette.

Une fois le lit installé, je commence à m'angoisser. Comment vais-je m'y prendre pour amener Jez jusqu'au garage sans être vue ? À l'évidence, je vais devoir faire ça tard, après la fermeture du pub, après le départ des derniers buveurs. Et je vais devoir utiliser le reste des somnifères de ma mère. Assez pour le rendre docile, mais pas trop sans quoi il n'arrivera pas à marcher tout seul.

Et, même là, rien ne garantit que Betty, ou encore n'importe quel insomniaque ou noctambule, ne nous verra pas passer sur le quai. Je lui ferai mettre un gros anorak à capuche. Il y en a un de Greg pendu à un crochet dans l'entrée, sans doute du temps de nos vacances en camping. Avec la capuche, personne ne prêtera attention à lui. Je ferai vite, en gardant tous les sens aux aguets.

Je fourre un bout de foulard dans l'interstice sous la fenêtre pour bloquer le courant d'air et dispose quelques bougies chauffe-plats supplémentaires sur un des caissons à tiroirs. Des voitures passent dans la ruelle, j'aperçois le vif éclair de leurs phares par la fente entre les deux battants de la porte quand elles tournent le coin à la recherche d'une place de stationnement. Les pas des gens résonnent sur le pavé alors qu'ils se dirigent vers le pub, parlant fort, d'une voix surexcitée. Le matelas est un peu humide mais je pose le tapis de sol dessus et je fais le lit avec les draps propres. J'empile le plaid et de vieux édredons par-dessus la couette. Il y a une odeur de terre et de craie particulièrement âcre dans l'obscurité. Combien tout lui paraîtra plus délicieux après avoir été privé de lumière pendant quelques jours ! Il ne devra rester là que jusqu'à ce que

Greg et Kit soient repartis. Alors le studio de musique lui semblera d'autant plus lumineux.

« Qu'est-ce que je vais dire aux gens ? me demande Jez en me regardant avec une telle confiance, une telle innocence que j'éprouve une petite once de remords à l'idée de ce qui l'attend.

— Comment ça ?

— Ben, je ne peux pas dire que vous m'avez gardé enfermé chez vous, si ? Ils trouveront ça bizarre, même si c'était pour la surprise. Je n'ai pas envie que ça vous crée des ennuis, à Helen ou à vous. Et qu'est-ce que je dis à Alicia ?

— La vérité. Que tu avais envie de rester, de te faire des contacts dans la musique, et que j'ai bien voulu.

— Mais sans donner de nouvelles ?

— Jez ! Arrête de t'inquiéter. Tu avais besoin de temps pour toi. C'est simple. »

Il boit une grosse goulée du thé que je lui ai préparé.

« Je suis désolé d'avoir été brusque, par moments. J'ai manqué de gratitude.

— Tu n'as pas besoin de t'excuser, dis-je.

— Le premier soir, quand on s'est bourré la gueule, j'ai même espéré que vous me proposeriez de me louer une chambre. Quand je reviendrai finir le lycée ici.

— C'est vrai ?

— Ben ouais ! Je m'étais fait engueuler par Helen dans l'après-midi, alors je me suis dit qu'elle ne voulait peut-être pas que j'habite avec eux. Je me disais que ce serait cool de loger ici, mais je ne pensais pas que vous seriez d'accord. Après, le fait de rester enfermé m'a fait un peu flipper. J'ai mal interprété les choses et j'ai manqué de gratitude, donc voilà, je m'excuse, quoi. »

Il a retrouvé cette voix assurée, celle qu'il avait au tout début quand on buvait du vin dans la cuisine, il y a presque une semaine. C'est agréable de le voir plus détendu. Au cours des derniers jours, il était devenu trop réservé. Trop apeuré.

« Donc si je te disais que tu pouvais rester… »

J'ai l'impression que mon cœur vient de subir un choc électrique et que j'ai été propulsée dans une toute nouvelle dimension.

La bouche de Jez se fend en un sourire et à la commissure de ses lèvres apparaissent deux minuscules rides dans lesquelles je perçois cependant une certaine nervosité, une incertitude à la façon dont elles vacillent imperceptiblement.

« Pour aujourd'hui, en tout cas, j'ai envie de rentrer chez moi, dit-il. C'est mon anniversaire. Et il est déjà presque passé. Quand est-ce qu'on y va ?

— Bientôt.

— Pas tout de suite ?

— Il y a encore quelques petites choses à préparer. »

J'essaie de ne pas avoir l'air vexée qu'il ait finalement autant hâte de me quitter.

« Patience, Jez. »

Quand je retourne regarder par le vasistas, je constate que les somnifères ont fait leur effet. Jez est sur le lit, il s'agite un peu comme pour essayer de lutter contre le sommeil qui est en train de le gagner. Je décide d'attendre que ça commence à s'estomper, quand il sera capable de boiter jusqu'au garage sans toutefois être suffisamment lucide pour comprendre exactement ce qui se passe. J'ouvre doucement la porte et entre dans le studio de musique. Je vais m'asseoir à côté de lui.

« Tu veux que je te raconte une histoire ?

— C'est l'heure de partir ?

— Presque. Une histoire te fera passer le temps.

— Bon, OK. D'accord. »

Je m'allonge près de lui, il se décale un peu pour me faire de la place.

« Ça s'appelle *Les Petits Glaneurs* », lui dis-je.

Je tends la main pour lui caresser les cheveux. Il blottit sa tête contre moi. Je promène mes doigts sur la peau tendre de sa gorge. Il capitule enfin. Dehors, la nuit finit de tomber et il pleut de plus en plus fort. Il fait froid dans le studio de musique. Je remonte la couette sur nous deux et je parle lentement, d'une voix apaisante.

« Il était une fois un garçon de 15 ans qui vivait, comme moi, au bord de la Tamise, mais dans la rue. Il était si pauvre qu'il devait se trouver de quoi vivre en fouillant dans les détritus rejetés par le fleuve. Deux fois par jour, à marée basse, il descendait sur la grève afin d'y ramasser ce qu'il pouvait. Les ossements des noyés et des corps décomposés, des bouts de bois, des morceaux de ferraille. De temps en temps, il lui arrivait de trouver une pièce ou un bijou, mais ces choses-là étaient rares. Il avait des copains qui travaillaient avec lui, mais beaucoup de ces petits glaneurs mouraient noyés. Coincés sur un banc de vase quand la marée remontait, ils se faisaient encercler puis emporter par les courants implacables. »

Je m'interromps un instant. Je vois bien qu'il dort presque, mais je veux finir mon histoire. Elle m'a fait venir les larmes aux yeux. Je déglutis, m'essuie les joues d'un revers de la main et continue.

« Ce garçon, Edmund, eut de la veine. Un jour, il trouva un petit médaillon avec le visage de la reine Victoria et il se dit que ça devait être le sien, le médaillon de la reine en personne. Et qu'il fallait le lui rapporter.

« Il marcha jusqu'au palais, mais les gardes le refoulèrent. C'était un vagabond, vêtu de haillons boueux et de chaussures trop grandes qu'il avait ramassées sur la grève. Mais Edmund n'était pas du genre à se laisser décourager, et il était agile. Il réussit à escalader un mur du palais et à entrer par une fenêtre. Il trouva la reine Victoria couchée dans son lit. On aurait dit qu'elle l'attendait. Il tendit le médaillon à la reine, qui pleurait encore la mort du prince Albert et n'avait quasiment pas quitté sa chambre depuis des mois. Elle lui demanda de venir s'asseoir sur son lit et de lui raconter sa vie. Elle fut si impressionnée par son histoire et par son dévouement envers elle que, pour la première fois depuis des mois – des années, même –, elle quitta le deuil. Derrière les haillons et la boue, elle avait vu l'âme de ce garçon, dont le courage et l'altruisme lui redonnèrent goût à la vie. »

Je m'arrête. Jez a bougé, ses paupières vacillent un peu, un petit sourire joue sur ses lèvres.

Il est environ 3 heures du matin.

« Jez. On doit y aller. Il faut que tu te lèves et que tu viennes avec moi. Jez. »

Son visage s'éclaire, mais il est encore confus, groggy. Il est tout mou, il a les jambes et les bras lourds.

Je l'aide à enfiler sa veste en cuir, puis le gros anorak de Greg par-dessus. Je le tiens par le coude alors que nous descendons l'escalier. Dans l'entrée, je lui dis de mettre la capuche et de marcher à côté de moi. J'ouvre la porte et il me suit dans la cour. Je le guide dans la nuit.

« Hmmm, de l'air ! dit-il, la voix un peu pâteuse. Oh, merci ! Merci ! »

Ça fait tellement longtemps qu'il n'a pas mis les pieds dehors qu'il respire à pleins poumons, goulûment. Il y a une odeur d'algues marines, une anomalie du fleuve que j'adore, cette salinité qui remonte de l'estuaire et vous rappelle la fureur des mers dans lesquelles il se jette. Des mers qui approvisionnent le fleuve en retour, apportant par cargos entiers des marchandises venues d'ailleurs, du poisson pour le marché de Billingsgate, de la soie pour les tisseurs de l'East End, des épices, des fruits et légumes, du café, du tabac, du coton, du sucre et du thé. Ce fleuve est autant capable de donner généreusement que de prendre voracement. Je ne le sous-estime jamais.

Jez me regarde.

« Génial, marmonne-t-il. Merci. Désolé si j'ai parfois été peu coopératif. C'était gentil de votre part de m'héberger. »

Je lui fais traverser la cour en direction de la porte qui donne sur le quai. Je suis à cran. Je sais que s'il décide de partir en courant quand nous aurons quitté l'enceinte de la maison, je n'aurai pas la force de le rattraper. Je vais devoir me fier à l'emprise des somnifères et à sa toute nouvelle confiance en moi. Pourtant, le fait qu'il croie que je suis sur le point de le ramener chez lui provoque en moi un sentiment de malaise. Je n'aime pas le trahir. J'ai essayé de ne pas mentir, et la plupart du temps je n'en ai pas eu besoin. Il a cru ce qu'il avait envie de croire.

J'ai menti à Kit l'été où Greg avait cessé de me parler. L'été du grand silence. Quand Greg n'avait trouvé que ça pour me punir de ma frigidité. J'ai détesté recourir au mensonge. Mais raconter à Kit que papa avait perdu sa voix était mieux que d'admettre qu'il refusait de m'adresser la parole, et par extension à elle aussi. Je l'ai fait pour la protéger.

Je laisse Jez penser que nous rentrons chez lui, pour le protéger. Je le guide le long du quai. Une pluie horizontale nous fouette le visage. Des lumières orange se reflètent dans les flaques sous nos pas. Le fleuve soupire impatiemment contre la grève. Sous l'ancien débarcadère à charbon, il fait si noir que Jez cherche mon bras. Je lui prends la main et il n'essaie pas de la retirer. Et nous continuons ainsi dans la nuit glacée, main dans la main, jusqu'à la double porte du garage.

« C'est là que vous garez votre voiture ? » me demande-t-il alors que je glisse la clé dans la serrure.

Je ne réponds pas.

13

Mercredi

Helen

Helen ne savait pas ce qui l'avait le plus choquée en rentrant chez elle du travail mercredi soir. Les deux silhouettes de dos quand elle avait poussé la porte du bureau de Mick. Ou bien la voiture de police qu'elle vit par la fenêtre se garer devant la maison quelques minutes plus tard.

Maria et Mick étaient plongés sur Internet, en train de lire les messages qui avaient été postés sur la page Facebook qu'ils venaient de créer. Des encouragements, des petits mots et des souvenirs de Jez de la part d'amis et d'admirateurs dont ils ne soupçonnaient même pas l'existence.

« Salut », lança Helen.

Comme ils ne se retournaient pas, elle essaya : « Chériii, c'est moâ », une phrase que Mick et elle utilisaient pour rire au début de leur mariage.

Mick pivota.

« Helen, s'il te plaît, on est occupés. »

Il fut interrompu par la sonnette. Helen alla ouvrir. Il était environ 16 h 30, les réverbères étaient déjà allumés.

L'inspectrice Hailey Kirwin était cette fois encore accompagnée par le gamin qui semblait avoir à peine l'âge de Barney.

« On aimerait vous poser quelques questions personnalisées, dit-il. Au sujet de la disparition de Jed. On peut entrer ?

— Jez, marmonna Kirwin en se penchant vers lui. Et tu veux dire des questions *personnelles*, pas personnalisées.

— Pas de problème, répondit Helen. Qu'est-ce que vous voulez savoir ? Venez, entrez vous asseoir, bien sûr. »

Elle les conduisit au salon, où elle alluma une petite lampe avant de s'asseoir à son tour. Plutôt crever que de leur offrir le thé. Elle était sur le point de s'ouvrir une bouteille de vin.

« Si vous pouviez reprendre tout ce qui s'est passé depuis le moment où Jez est arrivé chez vous, demanda Kirwin. Il faudrait qu'on ait une idée précise de ses relations avec vous et le reste de la famille.

— D'accord, je vais essayer. Vous ne voulez pas que j'appelle aussi mon mari et ma sœur ?

— Vous d'abord.

— Bon, rétorqua Helen avec un haussement d'épaules. Par où je commence ?

— Par le jour de son arrivée. Il était venu passer des entretiens, c'est ça ?

— Oui. Il y a une semaine. Vendredi dernier.

— J'ai cru comprendre qu'il avait l'intention de s'inscrire en première ici. Donc il est encore en seconde ?

— Oui. À Paris. Il a eu 16 ans aujourd'hui. C'est son anniversaire. »

Helen s'interrompit, attristée par cette brusque prise de conscience.

Kirwin hocha la tête.

« Les anniversaires sont toujours des moments difficiles. Prenez votre temps. »

Helen lissa sa jupe du plat de la main et prit une grande inspiration.

« Je suis allée le chercher vendredi à la gare de Saint-Pancras. Je me souviens que, pendant que je l'attendais, je m'inquiétais de savoir s'il me trouverait petite ou vieille, raconta-t-elle avec un sourire contrit. Ça paraît tellement dérisoire, maintenant. Mais il est plus grand que mes deux garçons, bien qu'il soit plus jeune qu'eux. Je me disais qu'il serait sans doute un peu mal à l'aise. On ne s'était pas vus depuis… oh ! presque six mois. Alors j'ai été agréablement surprise quand il m'a embrassée sur les deux joues, à la française. »

Elle regarda l'inspectrice en fronçant les sourcils.

« C'est ce genre de choses que vous voulez savoir ?

— Oui, oui, continuez », acquiesça la femme.

Helen réfléchit un moment. Elle se rappelait avoir remarqué son odeur, une odeur de savon, et avoir pensé à ses deux fils qui sentaient toujours la transpiration, ce qu'elle mettait sur le compte de l'adolescence.

« Je dois dire que je me suis aperçue, en le voyant, que de nos jours ce n'était plus ringard pour les garçons de s'intéresser à leur hygiène personnelle. Et je me suis dit que mes fils pourraient en prendre de la graine. Mais bon, j'ai toujours eu l'impression de ne pas faire le poids, à côté de ma sœur. Je crois qu'elle a mieux réussi que moi son boulot de mère. »

Kirwin se pencha en avant.

« Comment ça, mieux réussi ? Sur quel plan ?

— Oh, sur pas mal de plans ! Jez n'était venu que pour deux ou trois entretiens, mais Maria lui avait fait prendre sa guitare et lui avait mis dans sa valise plusieurs tenues bien habillées. Je n'aurais jamais été aussi organisée avec mes fils. Ensuite, j'avais peur de ne pas savoir quoi lui dire pendant le trajet jusqu'à la maison. Vous savez comment les ados, en tout cas les miens, peuvent être monosyllabiques. Mais Jez était… *est*… charmant ! Sans doute à force de vivre entouré d'adultes. Jusqu'à récemment, il était fils unique. Son père s'est remarié et maintenant il a une petite demi-sœur, mais il ne les voit pas souvent. En tout cas, il s'est montré beaucoup plus communicatif qu'aucun de mes fils ne l'aurait été. Alors, évidemment, vous vous demandez si c'est de votre faute. C'est le lot des parents de toujours se remettre en question, j'imagine. »

Helen leva les yeux vers le jeune policier. Mais il s'était retourné pour regarder par la fenêtre – ou peut-être qu'il examinait son reflet dans la vitre noire – et se grattait la cheville avec son stylo.

« Josh, j'espère que tu prends des notes, l'interpella Kirwin, et le gamin sursauta.

— Pardon, dit-il.

— Donc, vous êtes allée chercher Jez en voiture…

— Oui. J'étais un peu énervée de devoir payer le péage urbain. Plus contre ma sœur que contre lui. Moi, j'aurais laissé mes enfants prendre le métro. Ma sœur est beaucoup plus protectrice avec Jez que je ne l'ai jamais été avec les miens, mais c'est peut-être parce qu'elle n'en a qu'un.

— Et, du coup, est-ce que vous diriez qu'il n'est pas très dégourdi ? Qu'il n'était pas forcément capable de se débrouiller tout seul dans Londres ? Juste une idée comme ça.

— Peut-être. C'est sûr qu'il est un peu naïf. Sur le chemin de la maison, il s'est rendu compte qu'il n'avait pas de livres sterling ! J'ai dû m'arrêter à la banque, trouver une place où me garer, l'accompagner au bureau de change. Ce n'était pas sa faute, plutôt celle de ma sœur. Vu comme elle le materne, pourquoi est-ce qu'elle ne lui avait pas donné de liquide en partant ? Mais, oui, je dirais qu'il a l'habitude qu'on fasse les choses à sa place. Qu'il manque un peu de terrain. Si vous voulez mon avis. »

Elle marqua une pause.

« Il est peut-être un peu trop couvé, reprit-elle, mais il est très aimé. Adoré, même ! Mes fils, le groupe, sa copine évidemment, tout le monde l'idolâtre ! Même si mes gamins trouvent qu'il est… Comment c'était, déjà ? Ah oui, ils disent qu'il "fait le canard" !

— C'est-à-dire ?

— Qu'il est toujours prêt à faire plaisir, intervint Josh, enfin concerné.

— Oui, renchérit Helen. Apparemment, il n'aime pas dire non à sa copine. Sans doute à personne, d'ailleurs. Il aime faire plaisir. Il est poli. C'est l'expression qu'ils utilisent, visiblement. Faire le canard. Curieux.

— On a interrogé sa petite amie. Ça fait un moment qu'ils sont ensemble.

— C'est plutôt mignon. Ils sont restés en contact même après son déménagement à Paris.

— C'était quand ?

— Oh, ça doit faire deux ans, maintenant ! Ma sœur – sa mère – travaille là-bas. Elle est dans la mode.

— Et il avait l'intention de revenir faire sa première ici ?

— Oui. Il a présenté sa candidature dans deux lycées pour préparer un bac musique. Un des deux établissements est le même que celui que mon fils a demandé. Ici, à Greenwich. Mais ils ne seront pas pris tous les deux. Il y a très peu de places. Barney aurait eu sa chance s'il n'avait pas été en compétition avec Jez. Jez est beaucoup plus musicien. Et puis ma sœur le pousse. Il est dyslexique mais ça n'a pas d'incidence sur sa façon de jouer. On dirait même que ça le rend encore plus créatif.

— Vous dites que les gens l'idolâtrent. Avez-vous eu l'impression qu'à un moment il a pu être l'objet d'une attention excessive de la part de quelqu'un ?

— Comment ça ?

— Il ne vous a parlé de personne ? Il ne vous a jamais paru soucieux ?

— Non. Rien. Vous devriez demander à sa copine, elle en saura sans doute plus.

— Et à aucun moment vous ne vous êtes disputée avec Jez ou avec sa mère pendant la semaine où il était là ? »

Helen remua sur son fauteuil. Est-ce qu'ils essayaient de la piéger ? Elle aurait pu tuer pour un verre de vin. Elle avait eu une dure journée au boulot, et elle ne pouvait pas s'empêcher de revoir l'image de Maria et Mick tous les deux côte à côte devant l'ordinateur. Elle avait rêvé où leurs cuisses se touchaient ? Plus elle y songeait, plus elle était sûre qu'ils étaient penchés l'un contre l'autre au moment où elle les avait interrompus. Ça paraissait fou, mais l'idée grandissait en elle au point qu'elle n'arrivait plus à penser à rien d'autre. Rationnellement, elle savait que la boule d'anxiété dans son ventre aurait dû provenir de son inquiétude pour Jez. Alors pourquoi son esprit ne cessait-il de la ramener à Maria et Mick ?

« Helen, je suis désolée, mais nous avons besoin de clarifier ce point. Y a-t-il eu à aucun moment une dispute entre vous et votre sœur, ou bien entre vous et son fils ? »

Helen regarda Kirwin et secoua la tête.

« Juste cette fois dans la voiture, quand j'ai dû m'arrêter pour qu'il change de l'argent. Je voulais rentrer et ça nous a fait perdre du temps. Mais à part ça, non.

— Vous étiez en colère contre lui ? Est-ce qu'il a pu avoir l'impression de gêner ? Qu'il vous dérangeait, vous ou votre famille ? »

Helen hésita. Elle se demandait s'il fallait qu'elle mentionne le fait qu'elle s'était énervée contre Jez le vendredi de sa disparition. Qu'elle raconte que, en l'entendant si bien jouer de la guitare, elle était montée l'engueuler pour le bruit. Mais ça supposait d'admettre une fois de plus à quel point elle ne se sentait pas à la hauteur à côté de sa sœur. Ou, pire, qu'elle avait la gueule de bois. Ça la ferait passer pour quelqu'un de caractériel et d'irresponsable.

« Non, dit-elle. C'était une irritation passagère. Et, dans l'ensemble, comme je vous le disais, il est vraiment le bienvenu ici, tout le monde apprécie sa compagnie, je suis sûre qu'il le sait.

— Juste une dernière chose, alors. Vous dites que vous avez vu Jez en rentrant de votre demi-journée de travail vendredi matin ? »

Helen cilla.

« Oui.

— Et vous avez des gens qui peuvent en attester pour vous ?

— Il n'y avait personne d'autre à la maison quand il est parti.

— Non, je veux dire, que vous êtes allée travailler ce vendredi matin. »

Helen se surprit à hocher la tête malgré elle. Elle aurait bien le temps, oui, elle aurait sûrement le temps de concocter une histoire. De trouver quelqu'un qui la couvrirait. Après tout, ce n'était pas comme si elle avait fait une chose *grave*. Ce n'était pas comme si elle dissimulait un crime.

« Vous travaillez… reprit Kirwin en jetant un œil à ses notes. Au centre de formation des maîtres de Newnham ? Vous donnez des cours, c'est bien ça ? Sur la gestion de classe pour des enseignants titulaires ?

— Oui, je suis professeur formatrice. Ça veut dire que j'interviens sur plusieurs établissements à la fois. Mais oui, avec pour base le centre de formation des maîtres.

— Et vous y étiez vendredi dernier ?

— Oui, répondit Helen sans réfléchir.

— Merci. Ce sera tout pour l'instant.

— Vous ne voulez pas parler à Mick ? Ou à Maria ?

— On a déjà eu un entretien avec votre sœur un peu plus tôt. Et avec Mick. Cela dit, il faudra peut-être qu'on nomme un officier de liaison. Ça fait maintenant près d'une semaine, et on se préoccupe beaucoup du soutien aux familles d'enfants disparus. On vous recontactera. »

Helen regarda leur voiture s'éloigner sur Maze Hill avant de retourner dans le bureau de Mick. Maria et lui n'étaient plus là, l'écran de l'ordinateur s'était mis en veille, diffusant une lueur bleu-mauve. Elle passa à la cuisine.

Était-ce un jour comme les autres, ou bien était-il différent ? On aurait dit qu'elle découvrait sa cuisine pour la première fois. La jardinière de pensées sur le rebord de la fenêtre, la boîte remplie de tracts pour des films et des pièces de théâtre qu'ils ne trouvaient jamais le temps d'aller voir. L'étagère de bols ébréchés. Il fallait qu'elle change le vase de chrysanthèmes qu'elle avait mis sur la table ; ils étaient déjà fanés. Tout semblait gondoler légèrement. Elle devait être malade. Peut-être qu'elle ferait bien de prendre du paracétamol. Ou un bon verre de gin.

Mick entra et alla fouiller dans le congélateur.

« Maria avait besoin d'aide pour la page Facebook, c'est ça ? » lui demanda-t-elle.

Il ne remarqua pas le défi dans ses yeux, l'accusation.

« Quoi ? Ah, non, c'est moi qui ai voulu l'aider !

— Je ne comprends pas pourquoi tu prends tout sur tes épaules. »

Mais Helen savait très bien pourquoi. C'était pour impressionner Maria. Elle en était sûre, à présent, et elle ne pouvait plus se contenir.

« Maria a toujours su se débrouiller toute seule, je ne vois pas pourquoi tu es obligé d'être aux petits soins comme ça !

— Helen, qu'est-ce qui te prend ? J'essaie juste de faire mon maximum pour retrouver ce gosse. Ça fait maintenant cinq nuits qu'il n'est pas rentré et tu as l'air de t'en contrefoutre. J'imagine que tu voudras ça ? » dit-il en posant une bouteille de vin fraîche sur le plan de travail.

Alors qu'elle s'apprêtait à se servir un verre, la sonnette retentit. Mick alla ouvrir. Helen passa la tête par la porte de la cuisine et vit Alicia arriver dans le couloir. Elle avait une mine épouvantable, les joues creusées, avec des boutons qui commençaient à éclore sur son front.

« Viens, entre, Alicia, dit-elle.

— Vous n'avez pas de nouvelles ? »

Helen secoua la tête.

« Assieds-toi, ma grande. Tu veux boire quelque chose ? Je crois qu'un petit verre te ferait du bien, suggéra-t-elle en indiquant la bouteille de vin.

— Non, merci, je ne bois pas d'alcool. En revanche, je veux bien un thé. Je suis venue à pied par le tunnel, je suis crevée.

— Je te prépare ça.

— Je me suis dit qu'il faudrait prendre une voiture et tourner dans le quartier. Ça prend trop de temps, à pied. Et puis il gèle. Je voulais savoir si vous l'aviez déjà fait. »

Attirée par le bruit des voix dans la cuisine, Maria les rejoignit.

« Alicia voudrait sortir chercher Jez dans les rues, expliqua Helen. Elle voudrait qu'on prenne la voiture et qu'on sillonne le sud de Londres jusqu'à ce qu'on le retrouve. Je pense que c'est une bonne idée.

— À part ça, j'ai déjà tout essayé, précisa la jeune fille. Mais je ne veux pas baisser les bras. »

Helen eut la nette impression de voir la bouche de Maria esquisser une moue de dédain quand elle entendit Alicia parler avec son accent haut perché du sud-est de Londres.

« Ça, c'est le boulot de la police, répliqua-t-elle. On est plus utiles ici, à garder un œil sur la page Facebook, à répondre aux coups de fil. »

Elle se tourna vers Mick, qui approuva d'un hochement de tête.

« Qu'est-ce que tu bois, Maria ? » demanda-t-il.

Elle posa son regard sur le verre de vin d'Helen.

« Pas d'alcool. J'ai besoin de garder la tête claire. Au cas où.

— Va au salon, je t'apporte un thé. J'ai fait du feu. »

Alicia haussa les sourcils en les voyant tous les deux quitter la pièce et Helen fit une grimace dans leur dos en tendant une tasse à l'adolescente, dont elle trouvait la présence étrangement réconfortante.

Elles restèrent assises un moment à la table de la cuisine pendant qu'Helen sirotait son vin et qu'Alicia parlait en trempant des biscuits dans son thé. Elle raconta à Helen comment elle était restée en contact avec Jez sur MSN depuis qu'il était parti à Paris. À quel point ils s'entendaient bien. La qualité d'écoute qu'il avait, pour un garçon.

« Je sais que c'est votre sœur, ajouta-t-elle, et je ne voudrais pas être méchante, mais la mère de Jez est bizarre. Et, en plus, elle ne m'aime pas.

— Oh, voyons, rétorqua Helen, qu'est-ce qui te fait dire ça ?

— Elle ne me demande jamais rien. C'est curieux, vu que je suis dans l'art et qu'elle aussi, en quelque sorte. Jez aussi, il trouve que sa mère le pousse trop. Elle est super snob. Elle veut qu'il soit le meilleur partout. C'est trop de pression. »

Helen commençait à se prendre de sympathie pour cette gamine qui adorait clairement Jez mais en étant capable de voir sa vraie personnalité au-delà des apparences superficielles, de la guitare et du look.

Peut-être qu'Alicia deviendrait finalement sa seule alliée dans toute cette histoire.

« Écoute, dit-elle, je veux bien qu'on aille faire un tour en voiture un autre jour. Là, il fait nuit, on n'y verra rien, et en plus j'ai picolé. Laissons-nous encore un peu de temps. Mais je suis contente que tu sois passée. Toi et moi, Alicia, on va retrouver Jez. On n'a pas besoin de Maria et Mick ni de la police. On a juste besoin de se serrer les coudes toutes les deux. »

Alicia leva la main et elles firent claquer leurs paumes l'une contre l'autre.

14

Jeudi soir

Sonia

D'habitude, rien ne me procure plus de joie que la présence de ma fille. Ce sont ses visites qui m'ont fait tenir depuis son départ en octobre dernier. Même ses petites maniaqueries qui d'ordinaire m'agacent – passer le chiffon partout avec un pschitt désinfectant, se frotter les mains avec un gel antibactérien avant de manger – me réchauffent le cœur. D'avoir pu produire cet être humain nouveau, autonome et adulte. Mais aujourd'hui, à quelques heures de son retour, j'appréhende, je suis à cran.

Depuis qu'elle est repartie après Noël et que Greg est de plus en plus souvent en voyage, j'ai besoin de ma solitude. Le fait d'avoir enfin la maison pour moi seule m'a permis de redécouvrir avec émerveillement des choses que j'avais à peine remarquées pendant toutes ces années. La toise dessinée au crayon sur le mur dans l'alcôve étroite entre ma chambre et la salle de bains. Je passe souvent le doigt sur un éclat dans le plâtre du couloir laissé par un réveille-matin jeté dans un mouvement de colère. J'exhume d'entre les lattes du parquet des bijoux fantaisie oubliés, de vieilles pièces de monnaie, des cartes postales et des photos perdues.

Des amis téléphonent parfois pour m'inviter, mais j'invente des excuses. Beaucoup ont compris et n'appellent plus. La vérité, c'est que je ne supporte pas de passer trop de temps loin de la maison et de ce qu'elle a commencé à me révéler peu à peu. J'ai l'impression d'être en train de soulever une couche de laine de verre qui amortissait tout si bien que, pendant des années, j'étais comme coupée de mes souvenirs, de mes émotions. Et sans doute que ce qui me fait peur, maintenant que Kit revient et Greg aussi, c'est que la laine de verre retombe et que je ne puisse jamais remettre le doigt sur ce à quoi il me semblait être si près d'accéder. Depuis la venue de Jez, j'ai le sentiment que toutes les années intermédiaires sont sur le point d'être aspirées comme des broutilles indésirables entre les lattes du parquet, et que le passé et le présent vont enfin pouvoir converger.

Kit arrive alors que je finis de mettre la table pour dîner. Nous allons manger à la cuisine, même si elle prendra sans doute d'abord un apéritif avec Greg au salon, sans doute un gin tonic, et qu'ils parleront d'anatomie, d'organes et des toutes dernières thérapies géniques pendant que je planterai un couteau dans le gigot pour voir s'il est cuit. Je sors les verres à pied, souffle dessus, les essuie avec un torchon propre. Kit arrive, grande et mince, une vraie femme désormais, et non plus cette adolescente boudeuse qui pouvait rester là des heures sans dire un mot. Sa transformation est difficile à décrire. C'est une façon de s'assumer, d'être à l'aise dans son corps que je ne lui ai jamais connue avant. Elle se tient dans l'embrasure de la porte, habillée comme toujours en tenue sport, anorak rouge et pantalon noir. Elle enlève ses gants.

« Salut, m'man, lance-t-elle de la voix grave qu'elle a héritée de son père. Ça sent bon. Qu'est-ce qu'on mange ? »

Elle se penche vers moi pour me tendre une joue fraîche. On ne se fait plus de câlins, maintenant. Depuis qu'elle a quitté la maison, nous avons adopté un mode de salutation plus distant. J'ai parfois l'impression que je la mets mal à l'aise, et ça m'attriste. Elle est plus naturelle avec Greg.

« Des langoustines, je réponds. Et un gigot d'agneau. Le choix de ton père. Mais je t'ai pris ton dessert préféré. Tu es toute seule ? Je croyais que tu venais avec ton nouvel amoureux.

— Il arrive. Il s'est arrêté en route pour acheter du vin.

— C'est sympa.

— Il *est* sympa », me répond-elle avec un grand sourire.

J'ai l'impression qu'elle est déjà mordue et je me demande encore une fois ce que je vais penser de lui.

Elle se met à déambuler dans la cuisine, à soulever des objets çà et là et à les reposer, comme elle le fait toujours quand elle revient après une longue absence, pour voir si quelque chose a changé. Je me crispe, j'ai peur d'avoir laissé traîner un indice, une preuve de mes quelques jours passés avec Jez.

« Va t'asseoir au salon avec papa, dis-je. Je dois finir de préparer le dîner.

— D'accord. Je voudrais juste voir si je n'ai pas de courrier. Tu ne m'envoies plus rien.

— Parce qu'il n'y avait rien à envoyer. Je te sers un verre. Va t'asseoir.

— C'est bon, maman, une seconde. Tu n'es pas obligée de te débarrasser de moi à la minute où j'arrive.

— Ne sois pas bête. Je ne me débarrasse pas de toi. Reste ici, si tu veux, ça me fait plaisir. Je me disais juste que tu aurais plus chaud au salon. Papa a fait un feu. »

Je commence à couper un citron, en appuyant peut-être un peu trop fort sur le couteau.

« Maman, ça va ? »

Je pivote vers elle. Plantée au milieu de la cuisine, elle a les bras croisés sur la poitrine, le front plissé, et elle m'observe.

« Bien sûr que ça va. Très bien.

— C'est juste… bah, non, rien. Tu t'es décidée, pour la chambre d'amis ? »

Je lui tourne à nouveau le dos, lâche brutalement le couteau et fais mine de me rincer les mains dans l'évier. Je m'efforce de contrôler ma voix, d'avoir l'air posée.

« Si ça ne t'embête pas de faire le lit toi-même. Il y a des draps propres dans la buanderie.

— Ah ben d'accord ! plaisante-t-elle. Moi qui croyais venir me reposer ! Déjà que je dois faire mon lit à la fac.

— Et moi j'ai d'autres choses à faire que les lits. Ça ne te fera pas de mal, va », dis-je, et nous échangeons enfin un regard mère-fille affectueux, comme avant.

Kit se redresse, ses yeux s'illuminent et elle s'avance d'un pas, le sourire aux lèvres, alors qu'un grand jeune homme apparaît dans l'encadrement de la porte.

Il a fait son lycée dans le privé, ça se voit à la façon dont il me tend la main, me regarde dans les yeux. Il porte un pantalon de costume, un pardessus en laine, des lunettes à monture foncée. Il doit avoir facilement quatre ans de plus que Jez. Mais je pressens que Harry est le genre de garçon qui n'a jamais été jeune. Jez n'a pas cette sorte de vernis, c'est ce que j'aime chez lui, dans cette phase éphémère où il se trouve ; nébuleux, pas encore solidifié en une forme rigide d'où il n'y a ensuite pas de retour possible.

« Maman, je te présente Harry. Harry, ma mère Sonia.

— Enchantée, Harry. »

Il me sourit et me serre la main un peu trop longtemps à mon goût, en m'examinant à travers ses lunettes. Je me demande s'ils ont parlé de moi sur le chemin et, si oui, ce qu'elle lui a dit.

Le visage de Kit s'éclaire alors que Greg arrive dans la cuisine derrière moi. Je me décale et ils échangent un long regard en riant.

« Laissez-moi voir un peu ma fille ! » lance Greg en l'attrapant par les épaules, et Kit rayonne.

Puis il la tire vers le salon en faisant signe à Harry de les suivre.

Je reste seule pour finir le dîner. J'ai mis un CD dans le lecteur, une suite pour violoncelle de Bach. Je lave et épluche les pommes de terre, les coupe en quatre et les dispose dans un plat à rôtir avec un peu de sel. Greg revient, va chercher dans le casier à bouteilles un sancerre qu'il met au frigo pour boire avec l'entrée.

« Où est le bordeaux ? Le Château-Lafite qu'on avait gardé pour les 21 ans de Kit ? demande-t-il. Il n'est pas dans le casier. »

Jusqu'à cet instant, je n'ai pas repensé une seconde à ce vin. Aussitôt débouché, je n'ai eu qu'une seule chose en tête, le plaisir de le partager avec Jez. Maintenant, je regarde Greg et je devine une tempête sur le point d'éclater.

« Ah, ça ? je réponds.

— Quoi, Sonia ? Qu'est-ce que tu es en train de dire ?

— Pardon, Greg. Elle a été ouverte par erreur. C'était un soir après un cours. On avait fini une bouteille alors j'ai suggéré d'en prendre une autre dans le casier et je n'ai pas vérifié l'étiquette.

— On la gardait depuis *des années*. Tu as perdu la tête ou quoi ?

— Greg, ce n'était jamais que du vin.

— Je ne te comprends pas. C'était *ton* idée de la garder pour les 21 ans de Kit au mois de juin. Pas la mienne. Mais je me disais, après tout, quelle meilleure façon de marquer un anniversaire important ? Et maintenant, pfffuit ! plus rien. »

Il me dévisage avec un air qui ne me plaît pas, comme s'il se demandait si je ne souffrais pas d'une ménopause ou d'une démence précoces, d'une quelconque maladie honteuse dont on ne peut pas prononcer le nom dans la bonne société. Les médecins prennent toujours un air supérieur, on dirait toujours qu'ils possèdent des informations secrètes sur vous. Ils entretiennent en permanence l'angoisse selon laquelle ils auraient détecté en vous quelque terrible symptôme qu'ils attendent le bon moment pour vous révéler.

« Greg, j'étais aussi déçue que toi quand je m'en suis rendu compte. Et puis ensuite, je me suis dit : pourquoi en faire tout un plat ? C'est juste quelques grappes de raisin pressées dans une bouteille. Il se passe des choses plus graves dans le monde.

— Des grappes de raisin qui avaient été cueillies l'année de la naissance de Kit et qui mûrissaient depuis tout ce temps. Et ça, ça n'a pas de prix. On ne peut pas remonter le cours du temps.

— Il faut que je prépare la sauce à la menthe, dis-je en soupirant et en lui tournant le dos. Je suis désolée. Qu'est-ce que tu veux que je te dise de plus ? »

Je broie des feuilles de menthe dans le mortier en les regardant virer du vert au brun tandis qu'elles exhalent leur arôme à l'air libre. J'y ajoute du vinaigre et du sucre, et fouette vigoureusement le mélange. Mais mon esprit est ailleurs. Seule une partie de moi habite ce monde de gigot d'agneau, de sancerre et de sauce à la menthe, de nappe blanche et de verres à pied, pendant que l'autre moitié, la moitié secrète qui se sent la plus vraie, ne pense qu'à Jez. C'est Jez dont l'odeur se répand autour de moi, sa chair que je masse alors que je frotte la viande d'ail et de romarin. Je me rappelle en frissonnant qu'il est tout seul au bout du quai, enfermé dans le garage, et je regrette qu'il ne puisse pas être là-haut, cocooné dans la jolie lumière du studio de musique.

Greg ne m'a toujours pas reparlé quand nous nous mettons à table pour dîner, une demi-heure plus tard. La suite de Bach se termine et il y a un léger moment de malaise où personne n'a l'air de savoir quoi dire. J'ai allumé des bougies et posé un vase de perce-neige au centre de la nappe. Il fait bon dans la cuisine, et les flammes des bougies se reflètent dans les vitres des fenêtres sans rideaux.

« Avec Harry, on aurait bien fait un Scrabble après manger, finit par lancer Kit en attrapant la bouteille de vin. Mais je lui ai dit que tu détestais les jeux de société, maman.

— Merci, lui réponds-je en souriant.

— Comment ça se fait ? demande Harry. C'est la peur de perdre ? »

J'éclate de rire.

« Au contraire, c'est parce que je n'ai pas assez l'esprit de compétition. Les mots-compte-double ou triple, ça me passe complètement au-dessus. Mais allez-y, vous, faites une partie.

— J'ai toujours rêvé d'une grande famille où on ferait des jeux après dîner, regrette Kit d'un air penaud. Mais maman ne voulait jamais jouer. Et le Scrabble, à deux, c'est pas drôle. Papa, tu joueras avec nous, hein ? »

Greg hausse les épaules. Il a toujours eu du mal à refuser quoi que ce soit à Kit, mais là il dit :

« Il faut qu'on parle, ta mère et moi. Désolé, chérie. »

Il se lève, s'essuie les mains sur sa serviette et va vers le lecteur CD.

« Ça manque de musique, je trouve », déclare-t-il.

Il remet le disque de Bach dans sa pochette et choisit la *Symphonie n° 5* de Mahler.

« Pourquoi ça ? je demande.

— Quoi, qu'est-ce qu'il y a ? Je croyais que ça te plaisait.

— Ça me plaît, mais est-ce que ce n'est pas un peu… grandiloquent pour accompagner le dîner ?

— D'accord, dit-il avec un nouveau haussement d'épaules et en rechangeant de disque. Restons dans la musique de chambre, alors. »

Harry se penche vers moi.

« Au fait, je me demandais si vous m'autoriseriez à aller m'amuser un peu dans votre studio de musique, après dîner. »

Je me sens assiégée. C'est la chambre de Jez. Son espace sacré. Mais je ne vois pas comment je pourrais refuser. Quelle raison invoquer ?

« Harry joue du clavier, explique Kit. Je lui ai montré le matos là-haut, ça ne t'ennuie pas, maman, j'espère ? Je sais que c'est parfois là que tu travailles.

— Ça ne m'ennuie pas du tout. »

Je m'inquiète de savoir si j'ai été suffisamment méticuleuse en rangeant les affaires de Jez. Les mégots qu'il avait laissés dans les sous-tasses, les rasoirs dans la salle de bains. Est-ce que j'ai vérifié la corbeille à papier ? J'essaie d'avaler ma bouchée mais je n'y arrive pas.

« Quel endroit merveilleux pour en faire son bureau ! s'exclame Harry. Quelle vue ! »

Greg et Kit s'échangent un coup d'œil.

« Quoi ? je demande. Qu'est-ce que ça veut dire, ce petit regard ?

— Rien, répond Greg. Ne va pas t'imaginer des choses, Sonia.

— Tu as raison, poursuit Kit en prenant la main de Harry, c'est une pièce magnifique. C'est un des arguments de maman pour ne pas déménager. Mais une pièce magnifique, ça ne veut pas dire qu'on doive rester ici jusqu'à la fin de nos jours. »

Elle évite mon regard en disant cela car elle sait que ça va provoquer des frictions.

« On avait dit qu'on ne parlerait pas de ça maintenant, intervient Greg.

— Je sais, papa, pardon. Mais tu as vu le journal local ce soir ? Harry était choqué ! Des vols à main armée. De parfaits innocents qui se font agresser. Il y a même eu une fusillade, tout ça en une semaine. Rien que ça, c'est déjà une bonne raison de déménager. Je voudrais juste que maman y réfléchisse.

— Tu prêches un convaincu, comme tu le sais, rétorque Greg.

— Ça fait deux contre un, maman ! lance Kit avec un grand sourire.

— S'il te plaît, je dis. Pas maintenant. »

Kit se tourne vers Harry.

« Papa a visité une maison démente à Genève. »

Je la dévisage. À quoi joue-t-elle ?

« Je sais, répond Harry. Tu m'as dit que tes parents pensaient déménager là-bas.

— Tu imagines, pour aller skier ! Maman, je ne comprends pas que tu ne veuilles même pas y réfléchir deux secondes. »

Je me mords la lèvre. On dirait qu'ils ont tous parlé derrière mon dos. Greg, Kit, et même ma mère. Comploté. Organisé. Fait des projets en dépit de mes sentiments à moi.

« Qu'est-ce que tu as visité, Greg ? Je n'étais même pas au courant.

— J'ai fait quelques repérages. Et, honnêtement, Sonia, si tu voyais certaines de ces maisons… Je suis sûr que tu changerais d'avis. Ta mère aussi trouve que c'est une bonne idée. D'ailleurs, je t'ai apporté quelques éléments à te montrer plus tard.

— Tu en as discuté avec ma mère avant de me consulter ? »

Il y a un blanc. Harry s'essuie la bouche avec sa serviette et remue nerveusement sur sa chaise. Puis Greg dit :

« Ta mère s'y intéresse. Tu le sais très bien.

— Et qui va aller la voir, lui commander ses courses sur Internet, lui apporter ce dont elle a besoin, quand j'habiterai à Genève ? »

Greg et Kit se regardent à nouveau, comme s'ils avaient déjà tout planifié depuis des semaines.

« Elle viendra avec nous, bien sûr, explique Kit. On ne va pas laisser mamie toute seule ici. Papa a même vu une maison avec un petit appartement indépendant et… »

Je remplis mon verre de vin et pose le front dans ma main. Il y a de nouveau un silence tendu.

« Enfin bref, coupe finalement Kit, je peux monter dans le studio avec Harry ? On peut être excusés jusqu'au dessert ? »

Avant que j'aie eu le temps de répondre, Greg lance un clin d'œil à Harry et lui dit :

« En fait, il est à moi, ce clavier. Et je suis ravi qu'un ami de Kit ait envie d'en profiter. »

Kit sourit à son père, lui presse la main.

« Ça ne t'embête pas, maman ? demande-t-elle d'un air anxieux.

— Bien sûr que non, dis-je en m'efforçant de sourire. Il a besoin d'être utilisé. Greg n'en joue plus trop, ces temps-ci. »

« Qu'est-ce que ça veut dire, ça ? » m'interroge Greg quand Kit et Harry ont quitté la cuisine.

Je cligne les yeux d'étonnement.

« Rien de spécial. Tu ne joues plus très souvent. Tu n'es pas souvent là.

— C'était une pique, reprend-il. Si ça te pose un problème que je m'absente plus qu'avant, pourquoi tu ne le dis pas clairement ?

— Ça ne me pose pas de problème.

— Alors pourquoi cette attitude passive-agressive envers moi ?

— Passive-agressive ?

— Tu appelles ça comment, toi ?

— Pas passive-agressive, Greg, ce n'est pas juste. Je ne faisais que constater un fait établi. Tu ne joues plus aussi souvent qu'avant. Tu es moins à la maison. »

Il me jette à nouveau ce regard par en dessous, sourcils froncés, comme pour évaluer la justesse de son diagnostic antérieur.

« Qu'est-ce qui se passe, Sonia ? finit-il par dire. D'abord le vin. Puis toutes ces petites remarques narquoises sur le fait que je ne joue plus de musique. Le vin, c'était aussi contre moi ?

— Oh non, pitié, encore le vin ! Oublie, s'il te plaît, c'était une erreur de ma part et je m'en excuse. On trouvera une autre manière de fêter l'anniversaire de Kit. J'achèterai du champagne millésimé. Ce n'est pas comme si on manquait d'argent, en l'occurrence.

— Combien de fois… Écoute, je suis prêt à arrêter les conférences si c'est ce que tu veux. Il suffit que tu me le demandes.

— Tu crois vraiment que ce serait une bonne idée que tu passes plus de temps à la maison en ce moment ? Vu comme on a l'air décidés à mal se comprendre ?

— Non, dit-il. Tu as sans doute raison. »

Je me lève, débarrasse les assiettes, jette les restes à la poubelle.

Kit réapparaît et nous regarde d'un air maussade.

« Qu'est-ce qu'il y a, poupée ? » demande Greg en lui tendant les bras.

Elle s'avance vers lui, se laisse enlacer.

« C'est vous, dit-elle. Je croyais que vous vous entendiez mieux depuis que je suis partie.

— Oh, Kit, je lui réponds, on ne s'est jamais si mal entendus que ça, si ? Quand tu étais là.

— Vous vous disputiez tout le temps. J'ai toujours cru que c'était de ma faute. Que ça irait mieux sans moi.

— Chérie, intervient Greg. Tous les parents se disputent. Ça n'a rien à voir avec toi. Comment peux-tu croire ça ? On t'aime à la folie tous les deux. Pas vrai, Sonia ?

— Bien sûr.

— Et on s'aime aussi. »

Comme il se tourne vers moi en souriant, je lui souris en retour.

« Mais tu es contre le déménagement ? » insiste Kit.

Elle dit « le déménagement » comme si c'était une chose arrêtée, comme s'ils avaient déjà pris la décision sans moi. J'ouvre la bouche mais Greg m'interrompt.

« Ça ne veut pas dire qu'on ne s'aime pas, chérie.

— Et sinon, je reprends. Avec Harry. Ça a l'air plutôt sérieux, non ? »

Elle hausse les épaules.

« Ouais, on s'entend bien. Oh, papa, je lui ai parlé de ta guitare acoustique, celle que tu avais achetée en Espagne, mais je ne la trouve pas ! Tu ne l'as plus ? »

Je sens le regard de Greg qui cherche le mien. Je m'affaire avec le dessert.

« On attaque la tarte au citron ? Je l'ai achetée chez Rhodes. Mais toi, Kit, je t'ai pris ton gâteau "Princesse". »

Elle vient se lover contre moi. Je lui passe un bras autour du cou et quelque chose, momentanément, semble se dévoiler, comme si j'avais enlevé une couche. J'aperçois un éclat furtif de la mère que j'ai été et dont je me suis souvenue récemment, celle qui, pendant un temps, était heureuse.

Quand Kit a fini son gâteau, elle vient me rejoindre près de l'évier. Je suis en train de récurer au tampon Jex les bouts de brûlé qui ont accroché dans le plat du four. Mais je pense de nouveau à Jez, je me demande comment il va. Ça m'angoisse de penser à lui. Il est loin de moi alors qu'il ne devrait pas. Il devrait être au chaud dans le studio de musique. J'ai perdu le contrôle de la situation. Quelque chose qui était censé être précieux et exquis semble m'avoir échappé.

« Tu te souviens de cet été ? je demande à Kit pendant qu'elle sèche les plats que j'ai lavés à la main, ceux qui ne vont pas à la machine. Quand tout croupissait. Il faisait une chaleur et une humidité terribles, toutes les récoltes du Norfolk avaient pourri sur pied, ça empestait partout. On était envahis par les moustiques. Les chats avaient attrapé des puces, toi des poux.

— Maman ! Pourquoi tu parles de ça ? Des poux… berk !

— Dis donc, c'est toi qui fais des études de médecine !

— Ouais, mais les parasites, très peu pour moi. C'est pas mon truc.

— Enfin bref. Il y avait des cultures de choux de l'autre côté de la route, et les feuilles avaient moisi. C'était une puanteur épouvantable ! J'avais l'impression qu'on avait jeté un sort à la terre : tout ce qui aurait dû être mûr et fertile devenait rance et malade. Et puis on est tombés malades, nous aussi, et on a passé plus d'une semaine au lit à combattre un virus.

— Je ne m'en souviens pas, dit Kit.

— Non. Tu devais avoir 6 ans, pas plus.

— Mais bon, pourquoi repenser à cet été-là ? On en a eu plein de bons. Les mois de mai où tous les arbres étaient en fleurs. Tu te souviens du cerfeuil sauvage le long des haies ? Et des bleuets dans le jardin en juin ? Oh, la la, qu'est-ce que le Norfolk me manque, parfois ! Là-bas, on sentait les changements de saisons. On n'a pas ça, en ville. »

Évidemment, pour Kit, la campagne est son élément naturel. Ses premiers contacts avec le monde ont eu lieu sous des cieux immenses, dans de vastes champs de coquelicots. Les premières images à se fixer sur sa rétine vierge de bébé furent celles de gros nuages blancs sur fond bleu, de la lumière verte qui filtrait à travers les feuillages des marronniers. Ces premières impressions visuelles, qui nous arrivent avant même que nous soyons conscients de voir, ne nous quittent jamais, gravées quelque part dans notre mémoire. Elles constituent pour toujours la véritable idée que l'on se fait d'un chez-soi.

Mes premières images ont été le fleuve et sa vase, les ossements et les pierres polies recrachés sur la grève, les pipes en terre cuite, les pièces détachées de voiture et les morceaux de bois flotté. Les cordages et les chaînes festonnés d'algues détrempées. Les ciels gris menaçants à peine entraperçus derrière les immenses murailles blanches de la centrale électrique et ses sombres cheminées monolithiques. Le débarcadère à charbon et son bras en métal noirci tendu au-dessus de l'eau. Kit n'a jamais perçu le Norfolk comme moi, comme un exil, même à ses plus belles heures.

Mais, c'est vrai, pourquoi reparler de ce terrible été ? Pourquoi est-ce que je veux transformer ses bons souvenirs en quelque chose de sinistre qu'il vaut mieux laisser aux oubliettes ?

« Tu as raison, dis-je en passant un torchon sur le plan de travail avant d'allumer la machine à café. Garde précieusement tes bons souvenirs, ma chérie. Serre-les contre ton cœur. C'est très important. »

Plus tard, quand Kit et Harry sont montés se coucher, Greg revient dans la cuisine et met un disque de guitare dans le lecteur. C'est John Williams. J'ai un pincement au cœur. Il s'assied en face de moi, nous sert à chacun un grand verre de cognac et se penche par-dessus la table pour attraper ma main. Ses lèvres pâles de vieil homme esquissent un sourire implorant. Sa barbe de trois jours grisonne. Il a de longs poils qui lui sortent des oreilles, des narines, dépassent de ses sourcils. De minuscules vaisseaux sanguins éclatés dessinent sous la surface de sa peau un entrelacs de filaments rouges. Il serre ma main dans la sienne.

« Je suis désolé pour tout à l'heure, dit-il.

— Quoi ? Désolé pour quoi ?

— De t'avoir accusée d'être passive-agressive. Ce n'était pas juste.

— Ce n'est pas grave », lui dis-je en soupirant.

J'ai retiré ma main.

« Tu viens t'asseoir à côté de moi ? »

Je fais le tour de la table et m'assieds sur le banc à côté de lui. Il me passe un bras autour du cou et je sens une odeur de café et de vieille laine. Ce n'est pas désagréable ; ce n'est pas que ça me dégoûte d'être assise contre lui. C'est un sentiment familier. Qui m'a accompagnée pendant les vingt-cinq dernières années de ma vie. Qui fait presque autant partie de moi que l'odeur des Berges, qu'on ne remarque pas à moins d'en avoir été éloigné pendant un moment.

Il m'attire contre lui et, bien que je résiste, il se penche et commence à m'embrasser sur la bouche.

Je n'ai jamais vraiment aimé embrasser Greg mais, avec l'âge, ça me paraît maintenant carrément déplacé. Pourquoi ? Tous les couples mariés éprouvent-ils une gêne quand ils essaient de s'embrasser, plus vieux ? Je fais un effort. J'entrouvre les lèvres et il glisse sa langue entre mes dents. Et ça me fait l'effet d'une langue entre mes dents. Pas d'une chose à laquelle j'aie envie de m'abandonner. Ça ne me fait rien. Je sens le goût du cognac, et un léger reste de tarte au citron. J'ai peur d'avoir un haut-le-cœur. Je le repousse.

« Sonia, je n'ai pas de maîtresse, si c'est ce que tu crois. Ce n'est pas pour ça que j'ai accepté toutes ces conférences, je te le promets.

— Je sais. Je n'ai jamais pensé ça.

— C'est juste que, parfois, j'ai l'impression que tu ne veux plus de moi.

— Mais pas du tout, voyons ! Qu'est-ce qui peut bien te faire croire une chose pareille ?

— Ben, regarde. Ça fait trois mois qu'on n'a pas couché ensemble. Je veux dire, vraiment couché ensemble, pas juste partagé le même lit.

— Baisé, tu veux dire.

— Si tu as envie d'employer ce terme. Je préfère dire "faire l'amour".

— J'essaie juste de clarifier ce dont on parle.

— D'accord. On parle de sexe, Sonia. Trois mois. Et avant ça, combien ? Six ? Huit ?

— Peut-être, mais c'est parce qu'on n'est pas le genre de couple qui passe son temps à copuler. On ne l'a jamais été. Rien n'a changé, Greg. Ce n'est pas un mariage de passion charnelle.

— Pas de ta part, non.

— Comment ça ?

— Je veux dire que ce n'est pas faute d'avoir essayé de mon côté. Je voudrais qu'on… qu'on fasse plus souvent l'amour. Je te trouve encore désirable, Sonia.

— Qu'est-ce que ça veut dire, ça, "encore" ? Je suis censée avoir passé l'âge, à 44 ans ?

— OK, OK, pardon. Je n'aurais pas dû dire "encore". Je parlais du fait qu'on est ensemble depuis longtemps. Je sais bien qu'on a eu des moments difficiles, mais je pensais que les choses s'étaient arrangées, dernièrement. Depuis que Kit est grande. Je ne me suis pas lassé de toi. Il y a des maris… Écoute, Sonia, je connais des types qui en ont ras le bol de leur femme et qui ont des maîtresses à tire-larigot. Mais pas moi. Tu es la seule.

Tu l'as toujours été et tu le seras toujours. C'est pour ça que je veux qu'on déménage. Pour qu'on passe plus de temps ensemble. Dans une maison qui sera la nôtre, pas celle de nos parents. Tu veux bien y penser, Sonia ? Juste y réfléchir. Genève. L'air pur. La montagne. »

Il ne va jamais arrêter avec ça ?

« Tu viens te coucher ? »

Plus tard, je suis réveillée dans la nuit par des visions de Jez squelettique, la peau jaune et flétrie. Ça pue le chou pourri, il est couvert de mouches et de poux qui lui grignotent la chair, sa chair autrefois si parfaite. Je ne peux pas rester au lit et j'abandonne Greg à son sommeil postcoïtal repu, tas ronflant sous les couvertures. Je mets mon kimono et je suis sur le point de grimper les marches pour monter au studio quand je me rappelle avec un choc qu'il n'est pas là. À la place, je descends au rez-de-chaussée. J'enfile mon long manteau de laine et mes bottes. Puis je tourne la poignée de la porte de la cour et sors en silence dans la nuit.

15

Jeudi soir

Sonia

Il me dévisage de ses grands yeux fixes. Il ne veut pas parler.

« C'est tout ce que tu as trouvé pour me montrer que tu étais fâché que je t'aie mis ici ? » je lui demande.

Il ne répond pas.

« Je n'avais pas envie d'en arriver là, crois-moi. Mais j'ai des gens à la maison qui n'auraient pas été contents de te voir. C'est pour ton bien que j'ai été obligée de te cacher. »

J'ai allumé une bougie et je l'observe à la lueur vacillante de la flamme. Je suis consternée. Quelque chose a changé. Jez a le visage blême et terreux, comme dans mon rêve. Sa peau est légèrement moite. Je sens monter un élan de colère dont je ne sais même pas bien contre qui il est dirigé. Contre Jez, pour avoir perdu sa vitalité ? Contre Greg, pour être revenu et m'avoir forcée à faire ça ? Ou contre quelqu'un – ou quelque chose – d'autre ?

Je m'assieds sur le lit, sers un verre d'eau que je tends à Jez, mais il détourne la tête et refuse de le boire. C'est la première fois depuis l'incident de dimanche qu'il se montre si peu coopérant.

« Jez, cette situation ne me plaît pas plus qu'à toi, mais il va falloir faire avec. Ce ne sera pas pour longtemps, promis. Mange, s'il te plaît. Tiens. Je t'ai acheté des pâtisseries chez Rhodes Bakery. Tu as le choix entre une tarte au citron ou du gâteau "Princesse". »

Il prend une grande inspiration et me crache dessus, pas une fois mais à répétition. C'est tellement inattendu et violent que je n'ai pas le temps de me protéger.

De la salive coule sur ma joue. Je l'essuie sur la manche de mon manteau.

« Ce n'était pas nécessaire, dis-je. Je suis venue jusqu'ici en pleine nuit pour m'assurer que tu allais bien, que tu n'avais ni froid ni peur. C'est la seule raison pour laquelle je suis là, Jez, pour veiller sur toi. Ne mords pas la main qui te nourrit. »

Pas de réponse.

J'écarte doucement les cheveux moites collés à son front pour lui montrer que je ne lui en veux pas de s'être emporté, même si ça m'a blessée. Il se recule afin d'éviter mon contact.

« Si tu ne veux pas me parler, si tu ne veux même pas me dire ce qui ne va pas, je ne vois pas comment je pourrais t'aider. »

Je me sens oppressée, non pas de colère cette fois, mais de désespoir, de frustration à l'idée de devoir laisser Jez comme ça. Ce n'est pas ce que je souhaite. Je souhaite qu'il puisse revenir dans le studio de musique, recommencer comme avant. Lui montrer que je ne lui veux que du bien. Je n'ai jamais voulu que ça devienne pénible. Ni qu'il pense du mal de moi, qu'il pense que je puisse lui être hostile. Ce n'est pas du tout ça. Je ne suis pas comme ça. Une force maléfique est en train de nous prendre ce qu'on a et de le vicier. C'est ce que je pressentais dans la cuisine en repensant à cet été dans le Norfolk. C'est comme ce qu'ils ont fait en transformant ce qu'il y avait entre Seb et moi en quelque chose de honteux.

« Tout va bien se passer, tu sais. Tout va reprendre son cours. Il faut juste qu'on surmonte cette étape.

— Vous deviez me ramener chez moi.

— Oui, c'est vrai. Mais tu sais bien que c'est impossible, vu la situation. Tu disais toi-même que ce serait difficile d'expliquer ça aux gens. J'y ai pensé, et j'ai trouvé que tu avais raison. Ça aurait été impossible.

— Helen et Alicia ne savent absolument pas où je suis, pas vrai ? L'anniversaire surprise, c'était un mensonge.

— Je ne t'ai jamais menti, Jez. Cette histoire de fête, si tu te souviens bien, c'est une idée que tu as inventée tout seul. »

Il commence à se tortiller, à tirer sur ses liens en ruban adhésif.

« Pourquoi est-ce que je suis attaché ? Et enfermé ? Où on est ?

— Chhh ! Tout va bien. On est encore tout près de chez moi. Je n'aurais pas supporté que tu sois loin. Je ne t'abandonnerai jamais. Tu le sais. »

Je m'interromps en attendant qu'il se calme.

« Mon seul regret, poursuis-je, c'est que tu vas devoir vivre dans cet environnement pas très luxueux pendant les deux prochains jours. Je me vois contrainte de te laisser dans ces conditions peu confortables. Mais ce n'est pas pour longtemps. »

Je le regarde pour voir si mes paroles ont quelque effet sur lui.

Il cesse de se débattre et me dévisage d'un air sceptique, comme s'il avait envie de me croire mais ne se l'autorisait pas tout à fait.

« Je te le promets, Jez. »

Le froid du garage pénètre jusqu'aux os. C'est pire que ce que je pensais. Même avec la couette, les couvertures et la bouillotte, Jez tremble. Et moi qui porte mon long manteau d'hiver en laine noire, une écharpe et des bottes par-dessus mon pyjama et mon kimono, j'ai aussi du mal à ne pas claquer des dents. J'ai les lèvres si engourdies que j'arrive à peine à articuler. Il faudra que je lui fournisse une autre couette dès que possible. Je n'ai pas envie qu'il tombe malade.

« Tu n'as qu'à prendre ça comme une petite aventure, dis-je. Comme d'aller camper dans les bois. Je t'apporterai tout ce que tu veux, tu le sais. Il suffit de demander. Regarde, je t'ai mis la guitare acoustique à côté. Et il y a une torche électrique si tu as besoin de lumière.

— Comment voulez-vous que je joue si vous m'attachez les poignets avec ce… Qu'est-ce que c'est ? Du gaffer ?

— Ce n'était pas pour t'immobiliser, crois-moi. Mais j'avais peur que tu te réveilles, que tu sois pris de panique et que tu te blesses en essayant de faire une bêtise. »

Nous n'évoquons ni l'un ni l'autre ce que je lui ai mis pour éviter qu'il ne se souille. Je sais à quel point ce serait humiliant pour lui.

« Je te détacherai bientôt si tu es sage. J'aimerais bien te laisser les mains libres pour que tu puisses jouer de la guitare, fumer et te laver. Je regrette qu'il n'y ait pas l'eau courante, ici. Je t'ai apporté un gant de toilette pour te nettoyer la figure. Et il y a de l'eau dans la carafe en plastique. Jez, j'essaie de rendre ça le plus agréable possible, vu les circonstances. »

Je lui dis que je vais maintenant lui détacher une main pour qu'il puisse boire. Je coupe la bande de scotch avec les ciseaux de cuisine que j'ai pris dans ma poche. Je porte le verre à ses lèvres. C'est là qu'il se remet à faire des siennes.

Il donne un grand coup dans le verre, qui explose contre le montant du lit. Je vois bien, vu l'état dans lequel il est, qu'il va essayer de s'en prendre à moi. Il a réussi je ne sais comment à garder un tesson dans la main et, au moment où je me recule, il plonge vers moi de toutes ses forces. Je pivote pour esquiver son coup, mais il parvient à m'atteindre au poignet, produisant une longue traînée de petits points rouges sur ma peau. Heureusement pour moi, il est encore affaibli par les somnifères de la veille et, avec les deux pieds et une main attachés aux montants, il ne peut pas aller bien loin. Ce dont je profite pour le repousser en arrière. Je le plaque contre le matelas et m'agenouille sur lui. Il hurle, tente de me blesser à nouveau avec sa main libre, mais j'imagine qu'elle est engourdie par le froid et qu'il n'a pas beaucoup de force. Je lui attrape le poignet et le tords. Il crie tandis que je déchire un bout de gaffer et que je le rattache au lit.

Je me lève et je le regarde. Seb me faisait souvent peur, il menaçait souvent de m'abandonner. Et il pouvait être dur. Mais jamais il n'aurait essayé de m'attaquer comme Jez vient de le faire. Je déglutis péniblement.

« Jez, crois-moi, je n'ai pas envie de devoir te ligoter comme ça. Je préférerais mille fois te regarder bouger, t'écouter jouer. Mais là, tu m'as blessée. »

J'attends un peu et, voyant qu'il n'a pas l'intention de répondre, je m'adresse au silence.

« Tout ce que je fais, c'est pour ton bien. »

Je retire le foulard de l'interstice sous la fenêtre et le lui noue à contrecœur autour de la bouche.

« Pour ton bien. »

Dehors, il fait nuit noire, et un froid si vif que j'ai les yeux qui piquent. Il me faut plusieurs minutes avant de m'habituer à l'obscurité. Il n'y a pas une seule étoile dans le ciel. La marée est très haute et l'eau clapote contre le mur du quai à moins d'un mètre sous le parapet. Je perçois un *cling cling cling* insistant, comme si quelqu'un essayait d'attirer mon attention tout là-haut, au sommet de la structure en acier du débarcadère à charbon. Un rythme certainement trop régulier pour être le vent, même si je sais que je me fais peur toute seule. Je plisse les yeux pour essayer de voir. Il n'y a rien que la silhouette plus noire encore du ponton sur le noir du ciel. Le *cling* change de cadence l'espace d'un instant, comme si la personne ou la chose perchée là-haut avait bougé. Je sais ce qui fait ce bruit, il est là tout le temps : une grande plaque de tôle ondulée qui s'est décrochée et claque dans le vent ; un son qui se transforme en grands *bangs* les nuits de tempête. J'avance prudemment. Il y a aussi les lapements répétés de l'eau contre le mur. Mais, cette fois, j'en suis sûre, j'entends respirer.

Je n'ose plus bouger. Il y a quelque chose juste derrière le parapet, dans l'eau. Je ne peux pas m'en empêcher, je m'approche pour me pencher, voir ce que c'est. Un groupe de cygnes ondule doucement sur la surface, blottis les uns contre les autres pour se protéger du froid, tache argentée incongrue dans la nuit. Un frisson de soulagement me parcourt. Je repense à quelque chose que j'ai entendu un jour, à savoir que les hindous vénèrent les cygnes car leurs plumes ne se mouillent pas dans l'eau. Comme un saint traverse le monde sans s'y attacher. Un des cygnes lève les ailes pour s'étirer, révélant les muscles de son flanc immaculé, et je me souviens d'une production du *Lac des cygnes*, des corps sinueux des danseurs quand ils bougeaient. L'image se confond avec celle que j'ai encore de Jez, les bras tendus derrière la tête, tel que je l'ai laissé dans le garage. Je suis de nouveau assaillie par le regret de le voir perdre sa beauté pendant qu'il reste là-bas à dépérir. Je continue à avancer sur le quai en direction de la maison. La panoplie des images – les cygnes, les danseurs de ballet, Seb, Jez – se mélange dans ma tête.

Un carré de lumière jaune brille dans une des fenêtres le long du quai, mais sinon tout le monde dort. Aucun signe de vie. Je pousse la porte de la cour, puis celle de la maison, et je m'arrête sur le seuil. Est-ce que c'est des pas que j'ai entendus là-haut ? Je suis à cran, l'imagination en roue libre, tous mes sens aux aguets. J'ai la bouche sèche. Les doigts qui picotent.

Je reste immobile encore un moment, osant à peine respirer. Je me glisse jusqu'au couloir après avoir déposé mon manteau et mes bottes dans l'entrée. Puis je m'enferme dans les toilettes. J'attends. J'essaie de respirer sans faire de bruit mais j'ai le souffle haletant. J'ouvre le robinet d'eau froide et plonge mon poignet ensanglanté sous le jet glacé. Le sang refuse de coaguler, il continue à suinter par les minuscules éraflures, colorant l'eau en rose quand elle s'écoule sur la porcelaine blanche du lavabo. Je tends l'oreille. Il y a quelqu'un qui bouge là-haut ! J'entends le plancher qui grince, des pas sur le palier. Une porte se ferme. Quand le silence est revenu, j'éteins la lumière, retire le verrou. Ouvre la porte. Une silhouette élancée s'avance vers moi dans la pénombre.

« Sonia. »

C'est Harry.

« Je cherchais les toilettes. Je n'ai pas réussi à retrouver celles de l'étage.

— Le plaisir est pour moi », dis-je en me demandant aussitôt ce qui m'a pris d'employer cette formule complètement absurde dans la situation présente.

Peut-être que c'est seulement mon imagination, mais j'ai l'impression qu'il m'observe pendant que je monte l'escalier pour retourner dans ma chambre et rejoindre Greg entre les draps.

16

Vendredi

Sonia

Le lendemain, vendredi, Greg annonce qu'il nous a tous pris des places pour la générale de *Tosca* en matinée à la Royal Opera House, et qu'il nous invite à une grande balade en bateau-bus pour aller jusque-là puis à un goûter au champagne après la représentation. Kit est surexcitée. Greg et elle font un conciliabule pour discuter de la soprano en buvant leur café pendant que Harry est sous la douche. J'assiste à tout ça comme dans un brouillard, hors de mon propre corps. Comme si je les observais depuis un univers parallèle. Je ne peux pas laisser Jez tout seul. Pas après la dispute de cette nuit. Il faut que je m'assure qu'il va bien et que nous sommes redevenus amis. La façon dont je l'ai quitté hier était si terrible, si cruelle. Je dois vérifier qu'il comprend que je n'éprouve rien d'autre pour lui que de la tendresse.

« Il y a Judy qui vient, je gémis. Je n'aime pas m'absenter quand elle est là. Elle fait toujours le boulot à moitié si je ne suis pas derrière son dos. »

Ça ne tient pas debout. Jamais de ma vie je n'ai eu besoin de dire à Judy quoi faire. C'est elle qui fait le ménage aux Berges depuis au moins quinze ans et je l'ai toujours laissée se débrouiller, comme ma mère avant moi.

« Oh, chérie, proteste Greg, on n'a jamais l'occasion de sortir ensemble, de s'offrir un petit plaisir ! Avec Kit qui est là, en plus. Et Harry. »

Je serre les yeux très fort, j'imagine Jez dans l'air glacé du garage. Ligoté. Bâillonné. Tout seul. Sans vêtements de rechange. Fâché contre moi.

« Laisse un mot à Judy et essaie de te détendre, pour une fois », dit Greg en venant derrière moi me prendre par la taille, ce dont j'ai horreur.

Il enfouit son nez dans mon cou.

« Il faut partir tout de suite, reprend-il. Mettez vos manteaux et vos écharpes, les amis, parce qu'on va se les peler sur la Tamise.

— Je vous rejoins à l'embarcadère, dis-je. Allez-y, moi je dois juste écrire un mot pour Judy.

— Je vous attends, décrète Harry. Avance avec ton père, Kit, ça vous fera un petit moment en tête à tête. »

Harry me tourne autour pendant que je fais mine de noter les consignes pour Judy, en lui rappelant que nous n'avons plus de cire pour le parquet mais que les miroirs auraient besoin d'être astiqués, qu'elle trouvera un vaporisateur avec un mélange de vinaigre et de citron vert dans le placard sous l'évier. C'est du grand n'importe quoi. Qu'est-ce que Judy va bien pouvoir penser ? Elle va se demander ce qui me prend, après toutes ces années. Si Harry n'était pas penché par-dessus mon épaule, je chiffonnerais discrètement la feuille et je la jetterais à la poubelle, mais maintenant, à cause de lui, je suis obligée d'aller jusqu'au bout de cette comédie. Il a l'air incapable de se tenir à une distance normale de moi. Il y a des gens comme ça. Inconscients des frontières physiques, qui anticipent de quel côté vous êtes sur le point de vous tourner et qui se plantent justement là, dans le mètre carré de terrain que vous comptiez occuper. Alors que je vais me remplir un verre d'eau au robinet – je ne sais pas pourquoi, mais j'ai encore la bouche sèche –, il s'en approche aussi et reste là, adossé au plan de travail, les bras croisés sur son pull-over en shetland bigarré. Je remarque qu'un début de barbe brune dessine une ombre le long de sa mâchoire, que la peau dessous est légèrement rougie et qu'il a déjà presque les joues flasques. Je me rends compte une fois de plus à quel point la jeunesse de Jez est éphémère, je la sens qui m'échappe tandis que je vois la bouche de Harry, avec ses fines lèvres gercées, s'ouvrir et se fermer. Il me parle de quelque chose dont je me fiche éperdument.

« Le club d'aviron, juste là, dit-il en gesticulant pour désigner par la fenêtre la rive opposée du fleuve. Vous y êtes inscrits, Greg et vous ? Ça me dirait bien d'essayer si vous êtes encore là cet été. Bien que ce soit peu probable, j'imagine. »

Je le regarde fixement.

« On a toujours eu un petit canot qu'on range dans un hangar à bateaux un peu plus loin sur le quai. On n'a jamais eu besoin de s'inscrire à un club, je lui réponds froidement.

— Oh, je vois très bien ce que vous voulez dire !

— Ah oui ?

— Absolument. Les clubs privés… Une perte de temps, pour la plupart. Mieux vaut faire les choses par soi-même. Quoique, avec Kit, on s'amuse beaucoup au club de tennis de la fac. »

J'allais ajouter que, même s'il ne fait aucun doute que je serai « encore là cet été », ça ne lui garantit pas une invitation. Mais il s'est remis à parler. J'arrive à peine à saisir le sens du flot de paroles qui se déverse de ses lèvres. Une histoire d'attachement aux maisons et de nécessité d'avancer dans la vie. Je n'ai pas envie de discuter de ça avec lui. Je lui dis qu'il faut que je retrouve les gants en caoutchouc pour Judy et me mets à fouiller sous l'évier en espérant qu'il comprendra le message et qu'il s'en ira. Mais il reste là, les pieds écartés et fermement plantés dans le sol de la cuisine, comme chez lui. Comment se fait-il que je me retrouve coincée ici avec ce type quand la personne avec qui j'ai envie d'être est obligée de rester dans le froid, enfermée dans le garage ?

Sur le coup de 10 heures, nous sommes à l'embarcadère. Sheila, qui vend les tickets de bateau, est emmitouflée dans un gros châle en laine, le visage plus rouge que jamais dans les bourrasques glacées. Ni Greg ni Kit ne sont du genre à bavarder avec les gens du quartier, mais moi j'aime bien échanger quelques mots avec Sheila, alors je dis à Harry que je vais m'occuper des tickets et il me lâche enfin pour rejoindre Greg et Kit dans la salle d'attente vitrée au bout du ponton.

« Le prochain arrive dans dix minutes », m'indique Sheila en me déchirant quatre tickets de sa souche.

Un canot de sauvetage orange passe en trombe sur le fleuve et le ponton grince, craque et rebondit dans son sillage.

« Ils n'ont toujours pas retrouvé ce gosse, soupire Sheila. Ça fait des jours et des jours qu'ils draguent les environs.

— Quel gosse ?

— Tu n'as pas vu les journaux ? »

Sheila travaille à l'embarcadère depuis aussi loin que je m'en souvienne. Elle vit à Woolwich avec son vieux père et des chats si nombreux qu'elle-même a perdu le compte. Elle lit la presse locale avec un intérêt avide, rien ne lui échappe jamais.

« C'est toujours pire quand c'est un jeune que le fleuve emporte. Tu ne peux pas t'empêcher de penser aux parents. Malgré ce que disent les journaux, je te parie que c'est un suicide. C'est le cannabis qui fait ça. J'ai vu plus d'un gamin avoir un accident à cause de cette cochonnerie, et maintenant on en trouve partout, ils en vendent carrément à la sortie des écoles. Ça leur file le cafard, des gros coups de déprime dont ils n'arrivent pas à se relever. Il s'est foutu en l'air, si tu veux mon avis, voilà. »

Elle secoue la tête et me demande comment je vais.

« Je vais très bien, Sheila, merci. Je me suis rarement sentie aussi bien », je lui réponds, gardant bien au chaud pour moi la certitude que Jez n'est ni mort noyé ni souffrant d'une dépression liée au cannabis mais bien vivant et installé chez moi.

Et que, même s'il est temporairement bâillonné dans le garage, à la seconde où mon mari et ma fille repartiront demain, je pourrai de nouveau le transférer dans son magnifique studio de musique.

J'échange encore quelques civilités avec Sheila avant de rejoindre les autres dans la salle d'attente. Le bateau approche, projetant une rafale de vagues contre le ponton.

Il y a beaucoup de roulis, ce matin. C'est une rude journée, trop froide pour rester dehors sur le pont, ma place préférée. Alors que nous repartons vers le milieu du fleuve en décrivant un grand arc de cercle, les hauts buildings de Canary Wharf paraissent onduler, leurs vitres reflétant le ciel de plomb.

Bien que la Tamise me soit plus familière que ma propre peau, elle peut aussi me faire peur. Et c'est le cas aujourd'hui. La houle grise est hostile, elle soulève et fait plonger le bateau de façon alarmante. Je n'arrive pas à me détendre. J'évite de regarder vers le fond tandis que nous prenons de la vitesse et que nous commençons à tressauter sur les vagues.

Nous laissons derrière nous Greenwich d'un côté, les gratte-ciel de l'autre, et remontons le courant en direction de l'arrêt suivant, Masthouse Terrace Pier, puis Greenland Pier. Au bout de vingt minutes, nous accostons à Canary Wharf. À chaque fois, je m'étonne qu'on mette si longtemps pour y arriver par le fleuve alors que, depuis les Berges, on croirait que c'est juste en face.

Greg va rejoindre Harry alors que le bateau repart. Il est allé lui acheter une bière au bar et ils discutent entre hommes. Kit écrit un texto à quelqu'un, la tête penchée sur son téléphone, en pleine concentration. J'aimerais m'asseoir à côté d'elle et bavarder de choses et d'autres, les choses que j'imagine que les mères et leurs filles se racontent pour passer le temps. Mais je ne trouve pas de point d'entrée. J'entends la voix de Greg qui pérore. Expliquant qu'autrefois la Tamise était plus fréquentée que les rues de Londres, encombrée de gréements, tellement embouteillée que les bateaux arrivaient à peine à se doubler les uns les autres. Que l'entrepôt de tabac sur les docks de Wapping était à l'époque le plus grand bâtiment public au monde.

« Aussi incroyable que ça puisse paraître, les plans avaient été dessinés par le même architecte que les prisons de Dartmoor et de Maidstone. »

Harry hoche la tête d'un air pensif, même si je me demande à quel point le laïus de Greg l'intéresse réellement.

« Regarde de ce côté. C'est là qu'on exécutait les gens pour les crimes commis “en haute mer”. Ils tenaient “le livre le plus triste du monde” au poste de police. Un registre de tous les suicides, à la fois ratés et réussis. Pas très joyeux, mais la Tamise a toujours eu son côté sombre. »

Greg reprend une gorgée de bière.

Je me recroqueville en moi-même. Je me sens toujours mal à l'aise en passant devant les appartements construits sur l'autre rive en dépit du bon sens dans les années 1980, alors que le fleuve n'a, me semble-t-il, pas de temps à perdre avec ce genre de chichis. Les entrepôts dont parlait Greg, et les docks tels qu'ils étaient dans mon enfance, ceux de West India Dock sur l'île aux Chiens, entretenaient des relations de travail avec la Tamise, recevant les marchandises apportées par les péniches. Il y avait une sorte de respect mutuel entre les bâtiments à terre et le fleuve qui les nourrissait. Mais ces appartements et ces aménagements urbains récents regardent avec mépris ce qui se déroule à leur pied. Il y a une disjonction entre eux et ce qu'exige le fleuve. Harry non plus ne ressent aucun lien avec la Tamise, visiblement, et celui de Greg est ténu, davantage cérébral qu'instinctif. Il ne l'a pas dans le sang comme moi. Il ne comprendra jamais vraiment pourquoi je ne peux pas vivre loin d'elle.

Je m'agrippe au rebord de mon siège en songeant aux mystères que le fleuve renferme dans ses profondeurs, les trésors qu'il recrache à marée basse. *Tamasa*. « Le fleuve noir ». Aujourd'hui, la Tamise semble plus noire que jamais.

Nous arrivons sur le « Pool », la portion du fleuve comprise entre le Tower Bridge et le London Bridge, et nous filons vers Bankside Pier, où le bateau freine violemment dans un bouillonnement de vagues qui nous font tanguer furieusement quand nous redémarrons.

Alors que nous passons sous le Blackfriars Bridge, Greg raconte au brave Harry que ce pont a été nommé en l'honneur d'un ordre de moines qui vivait là autrefois. Puis nous glissons le long de South Bank, où de petites loupiotes bleues sont accrochées dans les arbres. Kit vient chercher Harry et le tire par la main ; ils se collent à la vitre et s'extasient en chœur. Enfin, nous arrivons indemnes à la station d'Embankment Pier.

Nous remontons à pied Villiers Street et traversons le Strand pour rejoindre l'opéra. Nous voilà bientôt douillettement installés dans le fastueux écrin rouge et or du théâtre, aussi loin qu'il se peut des eaux sombres de la Tamise.

Greg a réussi à nous dégoter des places au balcon. Je balaie la salle des yeux, reconnais les effluves discrets de parfums onéreux, applaudis avec tout le monde tandis que l'orchestre prend place dans la fosse. Quand le rideau s'écarte, je m'abandonne à la musique, au drame, puisque désormais je ne peux plus rien faire d'autre jusqu'à la fin du dernier acte.

À vrai dire, cet opéra est cathartique. Tosca souffre comme moi d'un esprit jaloux, d'une ardente suspicion à l'égard de quiconque serait susceptible de lui dérober l'attention de son amant. Pourtant, elle est prête à tout faire pour lui, y compris à tuer ; c'est une femme dont on ne peut qu'admirer le courage. Malgré tout cela, la musique et l'intrigue, une partie de mon cerveau refuse de rester tranquille. J'attends le moment où je pourrai partir et aller retrouver Jez. Détacher ses poignets liés, lui faire savoir que je suis là pour lui.

Mais, aujourd'hui, le sort est contre moi. Car, pendant l'entracte, alors que je descends l'escalier devant le reste de la troupe, je tombe nez à nez avec Helen.

17

Vendredi

Helen

Helen était soulagée de quitter le travail ce vendredi en sachant qu'elle allait directement à une matinée à l'opéra. Elle n'était pas sûre que la police voudrait vérifier si elle était venue au bureau le vendredi précédent mais, pour se couvrir, elle s'était inventé une histoire comme quoi elle était allée aux bains turcs. Elle était à peu près certaine que c'était invérifiable. Les bains étaient anonymes et la dame qui vendait les tickets à l'entrée levait à peine les yeux de son cagibi quand vous la payiez. Si les flics s'étonnaient qu'elle ne le leur ait pas dit plus tôt, elle leur expliquerait qu'elle avait honte d'avouer avoir séché le travail pour aller au hammam tenter d'éradiquer un début de rhume.

Plus tard, Helen se demanderait pourquoi elle s'était autant compliqué la vie au lieu de dire la vérité, mais pour le moment il lui semblait impossible d'admettre publiquement qu'elle était dans un pub de Smithfield à noyer une gueule de bois dans l'alcool. Ça la ferait passer pour une alcoolique. Ils se diraient tous qu'elle était en train de craquer et ça donnerait à Maria encore plus de munitions pour l'accuser d'être une irresponsable.

Helen prit le métro jusqu'à Covent Garden et marcha jusqu'à l'opéra. Elle avait besoin de se changer les idées après la semaine éreintante qu'elle venait d'avoir.

Curieusement, Ben était passé au second plan de ses pensées pour laisser la première place à Mick. Cette façon qu'il avait tout à coup de prendre soin de son apparence, de se bichonner. À quoi ça rimait ? Elle s'efforçait de le voir à travers les yeux de Maria. Était-il encore attirant pour les autres femmes ? Elle n'en avait pas la moindre idée. Peut-être que ce sentiment nouveau, cette suspicion et cette jalousie qu'elle éprouvait à l'égard de sa propre sœur, était en fait de la culpabilité. Une façon de se punir pour ses bêtises avec Ben. En tout cas, cela lui faisait prendre conscience qu'elle aimait toujours Mick, qu'elle ne pouvait supporter l'idée de le perdre.

Helen s'offrit un gin tonic au bar du foyer et l'avala vite fait. Quand la sonnerie retentit pour annoncer le début du spectacle, elle rejoignit sa place. Une douce torpeur l'envahit alors que l'alcool commençait à faire effet, et elle se laissa porter par la musique et le jeu.

Helen repéra Sonia avant que celle-ci l'ait vue. Elle essaya d'attraper son regard par-dessus les têtes des spectateurs qui quittaient tous leur siège en même temps, mais c'était impossible. Sonia avait l'air ailleurs, comme la dernière fois au marché, et Helen repensa à cette dépression qu'avait évoquée Nadia. Elle agita la main pour tenter d'attirer son attention, mais Sonia ne leva pas les yeux et Helen fut happée dans l'escalier par une foule impatiente d'aller se désaltérer.

Au bar, Helen se fraya un passage dans la cohue et vit enfin Sonia qui descendait par un autre escalier.

« Sonia ! Quelle coïncidence ! s'exclama-t-elle. Tu me diras, pas vraiment. J'aurais pu parier que vous y seriez. Greg n'aurait jamais raté la générale de *Tosca*. C'est Simon qui m'a offert une place. Il allait te la proposer mais il s'est dit que Greg aurait sans doute réussi à en soutirer une à quelqu'un. »

Sonia hocha la tête, mais ses yeux étaient comme vitreux quand ils croisèrent ceux d'Helen.

« Je suis contente de te rencontrer, reprit Helen. Ça fait un bail qu'on ne s'est pas vues. J'imagine que tu n'as pas le temps de prendre un verre. Après, je veux dire. Tu vas bien ? Tu es toute pâle.

— Ça va », répondit Sonia.

Helen était décontenancée. Elle était prête à compatir si Sonia n'avait pas le moral, mais sa réaction lui semblait résolument glaciale. Elle se demanda si Sonia avait volontairement décidé de couper les ponts depuis que les enfants étaient grands. Dans ce cas, c'était vraiment blessant. Elles pouvaient au moins avoir une conversation courtoise, ne serait-ce qu'en souvenir du bon vieux temps.

Mais alors Sonia poursuivit.

« J'ai eu un début de grippe, cette semaine. Je ne me sens pas au mieux de ma forme, à vrai dire.

— Ah, oui ! Simon me l'a dit. Il paraît que tu as été obligée d'annuler le cours, sourit Helen, soulagée d'avoir une explication, plus détendue à présent qu'elle comprenait.

— Tu as vu Simon ?

— C'est lui qui m'a donné la place. Tu n'es pas dans ton assiette, hein, chérie ? Je sais ce qu'il te faut, un bon petit remontant. Écoute, on se retrouve après et je nous offre le champagne. J'ai tellement besoin de parler. On est en pleine crise. À cause de mon neveu. Il a disparu, et… oh, merde ! il ne faut pas que je commence maintenant. Sinon ça va encore me chambouler. On est *tous* chamboulés, ça nous a complètement bouleversés. S'il te plaît, on se retrouve après pour prendre un verre. Enfin, si tu as envie, bien sûr. Oh, Greg ! Salut.

— Helen ! dit Greg. Comment ça va ? Sonia, excuse-moi, juste pour te dire : Kit et Harry sont allés acheter un programme. Je passe vite fait aux toilettes et on se rejoint à nos places.

— J'étais en train de demander à Sonia si elle ne voulait pas prendre un verre avec moi après, intervint Helen. Si tu me la prêtes ! On ne s'est pas vues toutes les deux tranquillement depuis… La vache, ça fait combien, Sonia ? Des mois, non ? Et puis il faut que je lui parle de…

— Ça me va ! répondit Greg. J'emmènerai Kit et Harry grignoter quelque chose. Ça me donnera l'occasion de passer du temps avec eux. Sonia et toi pouvez papoter tout l'après-midi, si vous voulez. »

Après la fin du spectacle, Helen et Sonia se trouvèrent une table toutes les deux au bar du foyer. Greg passa les voir, leur assura de nouveau qu'elles avaient tout le temps devant elles. De son côté, il invitait Kit et

Harry à manger dans un restaurant de Covent Garden et il reviendrait chercher Sonia quand ils auraient fini.

« Bon », commença Helen en se penchant en avant pour leur servir à chacune un grand verre de prosecco.

Elle se rendit compte que ce qui lui avait manqué, ce dont elle avait désespérément besoin, c'était de pouvoir déverser son stress aux oreilles d'une amie impartiale.

« J'imagine que tu ne te souviens pas de mon neveu, Jez ? »

18

Vendredi

Sonia

Le foyer de l'opéra grouille de gens qui se battent pour arriver jusqu'au bar.

« Mon neveu Jez, dit Helen, le fils de ma sœur. Il est venu passer une semaine chez nous pour se renseigner sur les lycées musicaux. »

Je cherche des yeux une pendule. Je n'en trouve pas. J'imagine qu'il doit être autour de 17 heures. Jez est resté tout seul attaché dans le garage depuis la nuit dernière. Je suis rongée d'angoisse. Il y aura toujours quelque chose pour m'empêcher de retourner auprès de lui. Mon désir d'entendre ce qu'Helen veut me dire est voué à me retarder davantage. Car, malgré moi, je ne peux résister à l'envie de savoir ce qui se passe du côté de la famille de Jez, ce qu'ils pensent de son absence prolongée. Ce qu'ils s'imaginent. Ça pourra me donner des indications cruciales quant à la façon et au bon moment de le leur rendre. Helen s'est mise à parler, je vois sa bouche bouger mais je n'entends pas les mots. Ils sont noyés par les pensées anxieuses qui se bousculent et s'entassent dans ma tête. Le bateau-bus va être arrêté à cause de la tempête, il va y avoir une coupure de courant et les métros ne circuleront plus. Je ne pourrai pas rentrer ce soir et Jez restera ligoté au lit sans pouvoir ni manger ni boire. Il mourra après une lente et terrible agonie. Il croira que c'était ce que je voulais alors que, en réalité, je veux le contraire.

C'est alors que ça se produit. Je vois des lumières bleues, j'entends des sirènes et des voix d'adultes alarmées, et je suis propulsée dans le temps.

Après les vedettes de la police, les ambulances, les lumières bleues et le brouhaha, je m'étais retrouvée sur un banc en Formica dans un couloir glacé. Rien ne pouvait me réchauffer. Ni le bouillon qu'ils m'avaient donné dans un bol en polystyrène, ni la couverture rêche qu'ils avaient enroulée autour de moi.

Le banc était entouré de gens qui me regardaient d'en haut en me posant des questions.

« J'ai tenu bon, sanglotais-je en tremblant et en claquant des dents. Je n'ai pas lâché. »

Puis une infirmière apparut dans cet océan de visages, la peau très pâle, des boucles de cheveux dorés dépassant de sa petite toque blanche, mais ce furent ses sourcils que je remarquai, finement épilés en un arc pointu. On aurait dit qu'elle venait d'avoir un terrible choc. Je m'en souviens avec précision, cette expression de terreur dans son regard, la façon dont sa bouche se tordit légèrement en formant les mots « Je suis vraiment désolée ».

J'attendais qu'un bras se pose sur mes épaules, un réconfort, un « Ils se sont trompés ».

À la place, les visages changèrent, se décomposèrent, se défirent, et une paire d'yeux en particulier se posa sur moi avec quelque chose que je n'avais jamais vu jusque-là mais que j'ai vu maintes fois depuis : de la haine à l'état pur.

Je ne sus jamais vraiment si le terrible hurlement qui s'éleva alors qu'on m'emmenait dans ce couloir blanc venait de ma gorge ou de celle de quelqu'un d'autre.

« Sonia, dit Helen, tu es sûre que ça va ? Tu n'es pas en train de retomber malade, j'espère. Tu veux quelque chose ? Encore un peu d'eau ? »

Les gens dans le bar du foyer se mettent à nager. Soudain, on dirait que toute la pièce flotte sur la Tamise et tangue comme le bateau-bus. Je m'agrippe aux accoudoirs de mon fauteuil.

« Ça va, dis-je enfin. Mais finalement je vais peut-être prendre un verre de vin. »

Je décide de lui accorder une demi-heure. Après quoi j'inventerai une excuse pour rentrer.

« … et il n'y a pas que Jez, poursuit Helen. C'est aussi tout ce que ça a déclenché dans la famille. Ça a commencé samedi dernier. J'étais à un vernissage à Hoxton. L'expo de Nadia. Je croyais que tu y serais, d'ailleurs ! J'aurais bien aimé te parler. Elle a fait des moulages de son ventre à différentes étapes de sa grossesse. Avec du Biplatrix.

— Du quoi ?

— Du Biplatrix. Tu sais, ces bandes toutes prêtes qu'ils utilisent pour plâtrer les fractures. Tu peux les commander sur Internet et reproduire ton torse de femme enceinte exactement tel qu'il est, et tel qu'il ne sera sans doute plus jamais, je suppose, dans le cas de Nadia. À 45 ans, ce serait délirant de sa part d'espérer un autre enfant. Tu ne peux pas t'imaginer le niveau de détail ! C'est une mode, il paraît. Toi et moi, on est complètement dépassées. Enfin bref, c'est quand je suis revenue à la maison ce soir-là qu'on s'est rendu compte que Jez n'était pas rentré depuis la veille. Et il n'est pas réapparu depuis. »

Dans le calme qui semble retomber, j'ai peur qu'Helen n'entende mon cœur tambouriner.

« C'est horrible », parviens-je à articuler.

Helen enchaîne.

« Évidemment. C'est épouvantable. On a eu les flics, ils ont dragué le fleuve. Je crois qu'on se raccroche tous au fait que pour l'instant il n'y a pas de… oh, mon Dieu ! j'arrive à peine à pouvoir le dire… de corps. Jusqu'à ce qu'ils en trouvent un, on continue à espérer qu'il s'est juste absenté pour un temps, qu'il avait envie de rester seul. Je n'en sais rien. »

Helen se passe la main sur le visage, étalant son mascara partout. Elle a des ronds rouges sur les joues. Une mine affreuse.

« Et je sais que ça va te paraître incroyablement égoïste, vu les circonstances, reprend-elle, mais il y a quelque chose de presque aussi terrible que la disparition de Jez, c'est l'effet que ça a eu sur notre relation. Sur Mick et moi, je veux dire. Je commençais justement à trouver que ça allait mieux alors qu'on venait de traverser une période de… de tension. Les prises de bec et le stress habituels, toujours à jongler pour payer les traites. Enfin, tu vois. Et puis bing ! Mon neveu disparaît et, au lieu de se soutenir mutuellement, c'est comme si le fossé s'était encore agrandi. Mick me fait la gueule. J'ai presque l'impression qu'il me tient pour responsable, Sonia !

— Toi ? Comment pourrait-il te tenir pour responsable ? »

Elle hésite et me jette un regard implorant.

« Depuis que Jez est arrivé, Mick n'a pas cessé de comparer nos garçons à lui. Et moi à Maria. Elle a toujours été la femme parfaite. Avec le fils parfait. Jez est un génie à la guitare. Il va être accepté dans la même première musicale que voulait Barney. Si c'est lui qui a la place, le pauvre Barney ne sera pas pris, alors oui, parfois je lui en ai voulu.

— Je ne vois toujours pas de quoi Mick te tiendrait responsable.

— Il pense que j'ai été trop laxiste avec Jez. Que je l'ai traité comme je traite nos propres fils, en le laissant trop libre de ses mouvements. Il pense que j'aurais dû faire davantage comme Maria. L'accompagner partout en voiture. Le surveiller de plus près. »

Elle s'interrompt pour boire une gorgée de vin.

« Il doit penser que si j'étais plus comme Maria, Barney et Theo auraient mieux réussi. Mais, à mon avis, Maria pousse trop son fils. Moi, je ne suis pas une mère qui pousse. Pour être honnête, c'est sûrement sa façon de compenser la dyslexie de Jez. Avec tout ça, plus le fait d'être fils unique, on pourrait s'attendre à ce que Jez soit un genre de premier de la classe un peu asocial. Pas du tout ! Mes gamins et les autres membres du groupe l'adorent. Depuis qu'il loge chez nous, Mick a l'air complètement obsédé par lui, on dirait qu'il voudrait *être* lui ! Il s'inquiète comme il ne s'est jamais inquiété pour nos propres enfants. Et, franchement, je ne te cache pas que ça commençait à me taper sur le système. Mais maintenant qu'il a disparu, Mick prend ses grands airs et prétend qu'on – comprenez : *moi* – aurait dû le surveiller comme le lait sur le feu. »

Le foyer de l'opéra est à nouveau en train de se remplir pour la représentation du soir. Dehors, la nuit est tombée. Helen suggère qu'on reprenne une bouteille de vin mais je refuse, je tiens à garder la tête claire.

Depuis combien de temps sommes-nous attablées là ? Pourquoi est-ce que plus personne ne porte de montre, de nos jours ? Je m'efforce de ne pas laisser transparaître mon agitation devant Helen. Son penchant pour l'alcool est une bénédiction, en l'occurrence, émoussant la perception qu'elle a de son environnement immédiat.

Jez a tout ce qu'il lui faut. Il est en sécurité. Il a de quoi se tenir au chaud. Il ne peut rien lui arriver. Mais il doit être affamé, à l'heure qu'il est. Et assoiffé. Et frigorifié. Et, même si j'ose à peine y penser, il se sera sûrement souillé. Judy était toute seule dans la maison, ce matin. Et si elle avait repéré un indice que j'aurais négligé ? Même Kit, qui a sûrement d'autres choses plus intéressantes en tête, a vu que la guitare acoustique avait disparu. Judy est du genre à qui rien n'échappe. Elle n'a peut-être pas beaucoup d'instruction, mais elle a un cerveau qui fonctionne très bien et elle s'en sert pour relever les moindres détails de la vie des autres.

Je remue sur ma chaise. Ai-je été suffisamment méticuleuse en préparant le garage ? Suffisamment attentive à effacer mes traces ? Qu'est-ce que Judy pourrait remarquer ? Que les clés du garage ne sont pas pendues à leur place habituelle sur le crochet ? Qu'il manque des draps dans la buanderie ? Non. Impossible qu'elle fasse le rapprochement entre tout ça et parvienne à une conclusion aussi saugrenue, même si c'est pourtant la vérité.

Alors qu'Helen revient avec une deuxième bouteille de vin, je la prie de m'excuser et me précipite aux toilettes. Je me vide les boyaux dans les luxueux WC de la Royal Opera House puis reste un moment appuyée sur le rebord du lavabo en verre pour essayer de retrouver une contenance. J'aperçois dans les coins de mon champ de vision des femmes qui se remettent du rouge à lèvres, se recoiffent, lissent le devant de leur robe dans les miroirs à côté de moi. En relevant les yeux prudemment vers mon propre reflet, j'appréhende de constater que le visage qui me contemple n'ait changé, ne révèle au grand jour mes pensées et mes peurs les plus intimes. Je suis surprise de voir à quel point je parais normale. Toujours les mêmes yeux gris, la même chevelure brune. Seuls un ou deux cheveux blancs qui commencent à pointer. Je sors mon rouge à lèvres de mon sac pour m'en remettre, et je suis comme neuve. Je prends une profonde inspiration. Je vais inventer que j'ai reçu un texto urgent de quelqu'un. N'importe quoi pour retourner près de Jez.

Helen relève la tête au moment où je reviens dans le foyer.

« Tu as maigri, non, chérie ? me demande-t-elle, comme si elle me voyait pour la première fois de la journée. Mais oui ! Ma parole, tu es sublime. Nadia me l'avait dit. Qu'est-ce que tu as fait ? »

Je hausse les épaules. J'aimerais lui dire que c'est les nerfs, le fait d'être en permanence à fleur de peau. J'aimerais le lui dire. C'était une amie, autrefois. Je la regarde dans les yeux et me rends compte qu'elle est déjà repartie dans son monde, dans son histoire, et je sens ce gouffre qui se creuse entre vous et une personne proche quand vous avez un lourd secret que vous ne pouvez absolument pas partager avec elle.

« Je crois que Mick ne peut plus me voir, dit Helen. Il a l'air de ne plus me supporter. J'ai peur que Maria et lui soient en train de… se rapprocher.

— Hé ! Il se sent coupable, c'est tout. De ne pas s'être mieux occupé de Jez. Il cherche à soulager sa conscience en rejetant la faute sur toi. En tout cas, c'est l'impression que ça me donne.

— Tu crois ?

— Oui. C'est sûr.

— Et pourquoi il passe des heures à faire du jogging et ensuite à se regarder dans la glace en se tâtant les abdos, alors ? »

Je ris. Un son rare, ces temps-ci, venant de ma bouche.

« Il nous fait une petite crise de la cinquantaine, c'est tout, je réponds.

— Et Jez ? Tu crois que je devrais plus m'inquiéter pour lui et moins pour Mick ?

— Non ! Tu as bien raison de ne pas te stresser avec Jez. Les adolescents, tu sais. C'est des électrons libres.

— Mais il est très jeune, Sonia.

— Et alors ? On ne peut quand même pas les surveiller comme des bébés ! Jez est un grand garçon. Bien sûr que tu as eu raison de le laisser faire sa vie. Et d'ailleurs, Helen, c'est ce qu'il *va faire*. Sa mère – ta sœur –, elle a l'air tellement étouffante. Tu n'aurais pas envie d'échapper à une mère comme ça, toi ? Pas étonnant qu'il se cache. Qui sait, peut-être qu'il a une amoureuse dont il n'a parlé à personne ? Peut-être qu'il ne *veut pas* qu'on le retrouve. Je te parie qu'il a envie qu'on lui fiche la paix. Quelqu'un y a pensé, à ça ? Mick y a pensé ? Maria ? La police ? »

Helen me dévisage. C'est la plus longue tirade que j'aie faite depuis que nous sommes arrivées au bar et elle a l'air un peu décontenancée.

« Peut-être, dit-elle. Mais il y a autre chose. Les flics me soupçonnent d'être mêlée à la disparition de Jez. Ils sont venus m'interroger plusieurs fois. Je leur ai confié certains des sentiments dont je viens de te parler. »

Elle s'interrompt. Elle a les joues plus rouges que jamais, et les yeux légèrement injectés de sang à cause du vin. Elle renifle. Me regarde.

« Et maintenant, reprend-elle, ils veulent encore m'interroger. Je suis la dernière personne à l'avoir vu. Le truc, c'est que *j'avais* imaginé, avant toute cette histoire, des choses terribles qui auraient pu arriver à Jez. C'est affreux, non ? Je me disais : et s'il se cassait une jambe en faisant du base jump ? Ou s'il était blessé dans un accident de voiture ? Rien qui mettrait sa vie en danger, bien sûr. Juste quelque chose qui aurait permis à Barney d'être pris dans ce lycée musical. C'est horrible, hein ? »

Je la fixe du regard un moment. C'est en effet horrible de songer que quiconque puisse vouloir du mal à Jez. Comment a-t-elle pu en arriver là ? Je suis tentée de prendre la défense de Jez, mais elle enchaîne :

« Après coup, je me suis trouvée vraiment dégueulasse. Tu te rends compte, si mes sentiments m'avaient réellement poussée à… à m'en prendre à son fils chéri ? Bien sûr, je ne l'aurais jamais fait. Mais j'ai l'impression d'avoir été punie ! Pour mes pensées odieuses. Quand tu te retrouves suspectée de quelque chose de vraiment atroce… ça te fait prendre conscience que tu peux très bien être un brave citoyen respectueux des lois et basculer dans la criminalité à tout moment. »

Helen se ressert à nouveau. Je constate que la deuxième bouteille de vin est presque vide alors que j'en ai à peine bu une goutte.

« Tu n'es pas choquée, Sonia, j'espère ? Si je te raconte tout ça, c'est parce que je sais que tu es quelqu'un qui réfléchit hors des sentiers battus. Tu n'es pas toujours dans le jugement, comme certains. On a déjà évoqué ensemble des pensées sombres, tu te souviens ? Ça ne veut pas dire qu'on les a mises en application.

— Quand est-ce qu'on a évoqué des pensées sombres ?

— Tu m'avais parlé de tes sentiments envers Greg, tu ne te rappelles pas ? Tu disais que, parfois, tu espérais presque qu'il ne reviendrait pas. Qu'il essayait tout le temps de te contrôler. Mais peut-être que tu n'as pas envie de ressasser ça maintenant.

— J'avais oublié qu'on avait eu cette conversation.

— S'il te plaît, ne m'en veux pas de t'avoir dit tout ça. Oh, merde, je commence à penser que j'aurais mieux fait de me taire ! C'est le vin. Il faut que j'arrête.

— Ça va, ce n'est pas grave. Mais, dis-moi, où est Maria, maintenant ? Et Nadim ? Qu'est-ce qu'ils comptent faire ? À quel moment les gens finissent par renoncer et rentrer chez eux ? »

Helen me dévisage un instant avant de répondre.

« Je ne crois pas que les gens *renoncent* jamais, dit-elle. On prend les choses au jour le jour. Si on s'imaginait que ça va durer encore longtemps, je pense qu'on craquerait tous. Mais, pour le moment, Nadim a été obligé de retourner travailler. Maria veut rester ici. Je peux la comprendre, même si je préférerais qu'elle se trouve un autre endroit où dormir. La seule personne que j'arrive à supporter, c'est Alicia, la copine de Jez. Toutes les deux, on a le sentiment que si Maria était un peu moins envahissante, Jez réapparaîtrait. Mais Maria est là en permanence, sous mon toit, à me jeter des regards noirs. En général, c'est dès que je me sers un verre. Mais merde, quoi, j'en ai besoin pour tenir ! Elle et Mick se démènent ensemble pour Jez. Il y a la page Facebook, ils donnent des interviews à la presse, tout ça. Alicia pense qu'il n'aimerait sûrement pas qu'on en parle autant. Ils se bougent, c'est sûr, mais en même temps ils ont une dent contre moi. Ça peut paraître égoïste de ne pas avoir proposé la place d'opéra à Maria, avec ce qu'elle est en train de vivre, mais on est tous affectés, Sonia. C'est aussi mon neveu.

— Helen, calme-toi. Tu as bien fait de garder la place pour toi. Parfois, il faut savoir se garder la seule place disponible. Et Alicia a raison. Je suis sûre que Jez reviendra une fois que toute cette agitation autour de lui sera retombée. »

J'annonce à Helen que je dois partir. Elle me supplie d'accepter qu'on se revoie, « un de ces jours au parc, comme avant, quand les enfants étaient petits », et je lui promets que oui, d'accord, elle n'a qu'à m'appeler.

Dehors, les lumières sont criardes, les bars bondés et la grande place de Covent Garden grouille de monde alors que les fêtards se rassemblent en préparation du vendredi soir. J'inhale l'air de la ville à pleins poumons alors que je me hâte en direction d'Embankment Pier. Je n'attendrai pas plus longtemps ni mon mari, ni ma fille, ni son petit ami. Il faut que je reprenne le bateau-bus pour aller retrouver le garçon que j'ai laissé enfermé dans le noir.

19

Vendredi soir

Helen

« Du nouveau ? » demanda Helen.

C'était la première question qu'ils posaient tous en poussant la porte. Il leur suffisait de voir les mines tirées qui les accueillaient pour comprendre que non.

Helen s'assit à la table de la cuisine. Elle sentit des palpitations en voyant Mick et Maria qui sirotaient du vin rouge aux chandelles. Elle s'en servit un verre. Derrière elle, elle entendit Barney s'ouvrir une boîte de haricots blancs à la sauce tomate. Apparemment, il venait juste de rentrer, encore imprégné des odeurs du pub, de l'air froid de la nuit. Ce qui voulait dire que Mick et Maria étaient restés tous les deux seuls en tête à tête.

« C'est quoi, cet éclairage à la bougie? s'enquit Helen.

— C'est mieux pour mes migraines, répondit Maria. Je n'arrive pas à m'en débarrasser depuis que Jez… »

Sa voix se brisa avant qu'elle n'arrive à finir sa phrase.

Vider son sac avec Sonia avait aidé Helen à remettre les choses en perspective. Elle savait ce qu'elle devait faire. Plutôt que de laisser son imagination s'emballer, il fallait qu'elle se souvienne du stress dans lequel ils étaient tous plongés. Maria la première. Elle s'avança vers sa sœur et lui posa une main sur l'épaule. Maria se dégagea aussitôt.

« C'était comment, cet opéra ? demanda Mick.

— Pas mal. »

Helen s'assit et but une grande gorgée de vin. Sa sœur était impossible, elle ne se laissait jamais approcher.

« Je suis tombée sur Sonia, reprit-elle. On a bu un verre ensemble après. Vous m'avez gardé de quoi dîner ?

— Pardon, on ne savait pas si tu allais rentrer, répondit Mick.

— Tu peux prendre ma part, je n'ai pas faim », indiqua Maria en poussant vers Helen une assiette de thon grillé.

Helen contempla l'assiette, puis Mick. Elle ne réussit pas à capter son regard et sentit son cœur se serrer. Des nouilles *udon* ! Leur repas préféré, et il n'en avait pas prévu pour elle.

Mick se tourna vers Maria.

« Tu connais Sonia ? dit-il. La prof de diction ? Avec son mari, Greg, on jouait dans le même groupe. Il est neurologue. Enfin, maintenant il donne surtout des conférences. Tu les croiseras sûrement un jour.

— Super, répondit Maria sans grand intérêt.

— Sauf s'ils déménagent. Greg parle d'aller s'installer à Genève. »

Il y avait de la tension dans l'air. C'était difficile de parler, de se forcer à des conversations autres que sur Jez. Comme s'ils étaient en représentation et qu'ils jouaient des rôles qu'ils connaissaient mal.

« Oui, rétorqua Helen, mais Sonia n'a pas envie de partir. Elle adore les Berges. Elle était complètement déprimée quand ils habitaient dans le Norfolk.

— Genève, ce n'est pas le Norfolk.

— Elle dit qu'elle a besoin de vivre près de la Tamise, pour sa santé.

— Ah tiens ! Pourtant, j'aurais tendance à dire que les Alpes sont meilleures que Londres pour la santé.

— Ça dépend si on parle de santé mentale ou physique. Enfin bref, je lui ai raconté pour Jez. Sa théorie, c'est qu'il doit avoir une amoureuse secrète. Qu'il a peut-être décidé sciemment de prendre le large sans prévenir personne.

— Qu'est-ce qu'elle en sait ? répliqua Maria. Elle le connaît ? »

Helen constata un changement d'atmosphère maintenant qu'elle avait ramené la conversation sur Jez. Ils pouvaient enfin respirer.

« Elle a une fille de l'âge de Theo, elle sait comment sont les ados. Elle a vu Jez une fois quand vous étiez allés escalader les murs le long du fleuve, tu te souviens, Barney ? On était passés prendre le thé chez elle. Oh, et ils ont dû se recroiser récemment aux 50 ans de Mick !

— Carrément, confirma Barney en posant bruyamment son assiette sur la table avant de s'asseoir. Maintenant que tu le dis, son mari avait proposé de prêter à Jez cet album de Tim Buckley dont il parlait tout le temps. Jez avait dit qu'il passerait le chercher… D'ailleurs, je crois bien que c'était vendredi dernier. Le jour où il a disparu. C'est en vous entendant parler de Sonia que ça m'est revenu. C'est là qu'il a dit qu'il allait.

— Quand est-ce qu'il a dit ça ? » s'enquit Maria.

Tous les visages se tournèrent vers Barney.

« J'sais pas. La veille au soir, peut-être. Il a dit qu'avant de rentrer à Paris, il devait passer récupérer l'album aux Berges. Je lui ai demandé s'il savait où c'était. Il m'a répondu qu'il y était déjà allé une fois. Ça devait être la fois dont tu parles, maman. Il voulait passer là-bas avant d'aller retrouver Alicia dans le tunnel. Tout ça avant le concert. Celui où il n'est jamais venu.

— Mais pourquoi tu ne l'as pas dit plus tôt, bordel ? explosa Mick. Aux flics, par exemple ? »

Maria se leva.

« Il faut les prévenir tout de suite.

— Tu n'as pas de cerveau, ma parole ? hurla Mick. Je sais que tu planes un peu parfois, mais là ça peut être déterminant. À quoi tu joues, merde ? »

Barney haussa les épaules.

« À rien. J'ai oublié, c'est tout. Sincèrement. Je n'y pensais plus jusqu'à ce que maman reparle de Sonia à l'instant.

— Ça sonne, indiqua Maria, le combiné coincé contre l'oreille.

— Bon sang ! j'aimerais pouvoir te faire entrer un peu de plomb là-dedans », lança Mick en donnant une tape sur la tête de son fils.

Helen le dévisagea. Cela faisait plus de vingt ans qu'elle vivait avec cet homme. Est-ce qu'il lui arrivait souvent de frapper ses enfants comme ça ? Elle éprouvait soudain le besoin de l'examiner, de comprendre ce qui faisait de lui l'homme qu'elle croyait connaître.

« Pas la peine de le prendre sur ce ton, finit-elle par dire. Barney a oublié. Ce n'est pas le genre de chose dont on se souvient forcément. Un petit détail comme ça.

— Ça jette un tout nouvel éclairage sur les possibles déplacements de Jez, expliqua Mick.

— Chhhh ! s'exclama Maria en se bouchant l'oreille. Je n'entends pas les options. »

Elle sortit dans le couloir avec le téléphone.

« Papa ! protesta Barney. Merde, quoi, il a juste dit ça comme ça, je n'ai pas pensé qu'il fallait prendre des notes. J'avais des choses plus importantes en tête.

— Comme de savoir où tu allais pouvoir trouver du shit, par exemple ?

— Oh, et puis va te faire foutre !

— Ne me parle pas comme ça !

— Mais tu nous fais tellement chier avec cette histoire de Jez. Maman a raison. Tu as changé. Tu n'es jamais comme ça avec nous quand on découche pour quelques nuits.

— Je ne tolérerai pas ça. Nous sommes responsables de ce garçon. Il était sous notre toit quand il a disparu, alors maintenant on va se démerder pour savoir ce qu'il est devenu, point barre. »

Barney quitta la pièce, furibond.

« Je ne vois pas ce que ça change de savoir ou pas si Jez a dit qu'il passerait aux Berges, fit remarquer Helen.

— Si Sonia l'a vu cet après-midi-là, ça veut dire qu'il a disparu entre ce moment et son rendez-vous avec Alicia. Ça resserre les possibilités, répondit Mick.

— D'accord, mais elle ne l'a pas vu.

— Qu'est-ce que tu en sais ?

— Parce qu'elle m'en aurait parlé aujourd'hui. »

Maria revint dans la cuisine.

« Ils disent qu'ils ont pris note et qu'ils se réuniront demain matin pour décider que faire de cette information, expliqua-t-elle. Maintenant, je suis épuisée. Ça vous embête si je prends un bain ?

— Fais comme chez toi », rétorqua Helen sans la regarder.

Mick attendit que Maria soit partie, puis baissa la voix.

« Je ne voulais pas t'en parler devant Maria, mais Pauline, de ton boulot, a téléphoné cet après-midi. J'ai eu une petite discussion avec elle. Elle s'inquiète pour toi, à cause de tous les jours que tu as manqués. Elle dit que tu n'es pas allée bosser vendredi matin de la semaine dernière. La police est venue leur poser des questions. »

Helen sentit son visage s'enflammer. Elle le fixa des yeux sans bouger.

« Je ne sais pas ce que tu fabriques, Helen, reprit-il, mais je crois que tu devrais mettre les choses au clair. »

Le regard qu'il lui lança en quittant la pièce était le même que celui qu'il avait jeté à Barney. Comme s'ils le désespéraient tous les deux.

20

Samedi

Sonia

Le lendemain matin, je suis en train de me maquiller dans la salle de bains quand la police arrive. Greg se plante au pied de l'escalier et m'appelle. Kit et Harry ont déjà préparé leurs valises, ils prennent le bateau de 10 h 33 pour la gare de Charing Cross.

« Oh, mon Dieu, est-ce qu'il est arrivé quelque chose ? demande Kit alors que je descends les marches. C'est mamie ? J'aurais dû aller la voir. On aurait dû aller la voir, Harry. »

Elle le tire par la manche de sa chemise pendant qu'il dévisage la femme policier puis jette un coup d'œil à sa montre.

« Ce n'est pas votre grand-mère, répond la femme, mais si ça ne vous ennuie pas de rester, on a quelques questions à vous poser. »

Greg fait entrer les deux policiers au salon, la femme et un jeune homme. Un feu brûle dans la cheminée, qu'il a dû allumer plus tôt. Greg et moi nous asseyons côte à côte sur le canapé tandis que Kit s'installe dans le fauteuil sous la fenêtre et que Harry reste debout derrière elle, une main posée sur le dossier.

La femme se présente comme l'inspectrice Hailey Kirwin et nous explique qu'un garçon qu'elle pense que nous connaissons est porté disparu ; personne ne l'a vu depuis plus d'une semaine.

« Je crois que vous êtes au courant, ajoute-t-elle en pointant sur moi ses yeux bleus perçants. Vous avez croisé sa tante à l'opéra hier.

— Oui, dis-je. Helen. C'était aussi dans le journal.

— Jez ! s'exclame Kit. C'est pas vrai ! Il a disparu ? Pourquoi tu ne nous l'as pas dit, maman ?

— Je ne voulais pas vous inquiéter.

— Mais c'est le cousin de Barney et Theo.

— Donc vous le connaissez ? demande l'inspectrice en tournant son regard vers Kit.

— Un peu, oui. Il est plus jeune que moi. Avant, il vivait dans le quartier. Maintenant, il a déménagé à Paris, mais parfois il revient en vacances chez Barney et Theo. Eux, je les connais mieux. Nos pères jouaient de la guitare ensemble. Et nos mères étaient amies. Oh, mon Dieu !… C'est horrible. Qu'est-ce qui a bien pu lui arriver ?

— C'est ce qu'on essaie de savoir. Apparemment, ça ne lui ressemble pas de disparaître sans prévenir. Et puis ça fait plus d'une semaine, maintenant. »

J'ai la très étrange sensation qu'une paroi de verre s'est abattue devant moi, que je vois et que j'entends tout ça à travers une vitre embuée. Je perçois certains mots de l'inspectrice Kirwin, mais ils sont déconnectés les uns des autres… *personne n'a remarqué… plus de vingt-quatre heures… dragué le fleuve… jamais arrivé.*

« Ce qu'on a besoin de savoir, poursuit-elle, et sa voix me paraît pâteuse, étouffée, c'est s'il est passé ici pour récupérer cet album.

— C'était quand ? demande Greg.

— Vendredi de la semaine dernière, indique le jeune policier.

— Je n'étais pas là, répond Greg avant de se tourner vers moi. Jez est passé pendant que je n'étais pas là, Sonia ? »

J'ai la bouche tellement sèche que j'arrive à peine à prononcer un simple « non ».

« Le disque qu'il voulait emprunter, apparemment, c'était… commence le jeune homme en consultant son carnet. Un truc d'un certain Jim Butler.

— Tim Buckley, rectifie Greg. C'est ça. J'en ai un exemplaire, et il est devenu assez dur à trouver. On en avait parlé à la fête pour les 50 ans de Mick, sous les arcades. Tu te rappelles, Sonia ?

— Quoi, exactement ? » je demande.

J'ai beaucoup trop chaud. J'enlève mon écharpe en cachemire et la pose sur le dossier du canapé.

« Je t'ai dit, reprend Greg. Il essayait de mettre la main sur cet album. Je lui ai proposé de lui prêter le mien. Je m'en souviens parce que j'avais été impressionné qu'un gamin aussi jeune puisse s'intéresser à cette musique-là. »

Le feu dans la cheminée crache et crépite comme s'il voulait participer à la conversation.

« Alors je lui ai dit que, bien sûr, il pouvait me l'emprunter, du moment qu'il me le rendait en bon état.

— Ah ! oui, dis-je.

— Mais il n'est jamais venu ? » insiste Kirwin.

Elle doit porter des lentilles colorées. Personne n'a les yeux aussi bleus.

« Non, je répète.

— Est-ce qu'on pourrait juste jeter un œil à l'album en question ? demande-t-elle.

— Bien sûr, dit Greg en se levant. Il doit être là-haut, dans ce qu'on appelle le "studio de musique". Je vais vous le chercher. À moins que vous ne vouliez monter ?

— Peut-être que Sonia pourrait m'y emmener, suggère Kirwin. Puisque c'était elle qui était là le jour où il comptait passer. Pendant ce temps, mon collègue voudrait juste poser quelques questions à vous et vos…

— C'est ma fille, Kit, et son petit ami Harry. Ils étaient seulement là pour le week-end. Ils sont étudiants à l'université de Newcastle, d'ailleurs ils ont un train à prendre. Ils doivent être rentrés aujourd'hui.

— On ne vous retiendra pas longtemps », rétorque la femme en souriant.

Puis elle me regarde en haussant les sourcils. Je me lève, comme au radar, et elle me suit dans les escaliers jusqu'au studio de musique.

Je sais exactement où se trouve l'album de Tim Buckley car Jez me l'a agité sous le nez l'autre jour quand il m'a fait savoir qu'il partait et qu'il ne voulait plus l'emprunter. Mais je fais semblant de le chercher. Je fouille dans les différentes piles et passe en revue les tranches sur l'étagère avant de le repérer et de le lui donner. Kirwin le regarde, le retourne, puis le repose et griffonne quelque chose dans son carnet. En tant qu'album, ça ne lui dit visiblement rien, mais en tant que pièce à conviction ? Il doit y avoir les empreintes de Jez partout. Je me demande si elle va le prendre avec elle, parce que, si c'est le cas, les experts de la police scientifique vont pouvoir s'en donner à cœur joie.

Pourquoi ne leur ai-je pas plutôt raconté qu'il était venu et reparti avec ?

J'aurais pu dire : *Oui, il est passé, je le lui ai donné et il est reparti*. On est toujours trop lent à la détente, dans ce genre de circonstances. Mais si elle avait quand même voulu fouiller le studio de musique et qu'elle avait trouvé l'album ? J'ai conscience de la fragilité de ma situation. Ce sont toujours les détails les plus bêtes qui vous trahissent. Depuis que Greg et Kit sont rentrés, j'ai dissimulé toutes les traces du passage de Jez et je me suis donné un mal de chien pour le garder à l'abri des regards dans le garage, mais j'ai laissé ses empreintes partout dans le studio.

La femme continue à examiner le disque sous toutes ses coutures. J'attends le moment où le ciel va me tomber sur la tête. Je suis prête à abdiquer, à laisser les autres prendre le relais. S'ils m'arrêtent pour avoir séquestré un adolescent contre sa volonté – parce que, à tous les coups, ils penseront que c'était contre sa volonté –, toute la tension, l'angoisse et le tumulte émotionnel de ces derniers jours retomberont. Cette perspective m'étreint le cœur et l'écrabouille. Perdre Jez après tout ce que nous avons traversé me serait insupportable. J'ai besoin d'un peu plus de temps. J'ai besoin de le dorloter pour lui faire recouvrer la santé et pour regagner sa confiance. Je ne peux pas le perdre maintenant, même si ç'a été terriblement dur pour nous deux. Je ne peux pas accepter que tout ça n'aboutisse à rien.

« Merci, dit-elle en me le rendant. Donc il n'est jamais venu ? »

Elle m'observe en attendant ma réponse. Ses yeux d'un bleu surnaturel lancent des éclairs. Je secoue la tête.

« Et vous ne l'avez pas vu dans les parages, traîner au bord du fleuve, au pub, n'importe où ? Vous savez à quoi il ressemble, j'imagine ?

— Oh, oui ! je réponds, d'une voix qui me paraît soudain trop forte, trop aiguë. Comme l'a dit Kit, je suis amie avec sa tante. Je l'ai déjà croisé. Mais je ne vois plus Helen aussi souvent, maintenant que les enfants sont grands.

— Apparemment, il faisait un peu de base jump sur les murs le long du fleuve. Vous savez, ça consiste à se jeter du haut des ponts. À escalader les pontons et à sauter dans le vide, ce genre de choses. Vous ne vous rappelez pas l'avoir vu dans le coin la semaine dernière ? Aucun souvenir qui pourrait nous être utile ? »

Je décide d'y consacrer une minute de réflexion. En fait, elle ne se doute de rien ! J'ai envie de parler, de rire et de discuter en long, en large et en travers de ce garçon et de ses talents extraordinaires.

« La dernière fois que je l'ai vu par ici, c'était… Oh, ça doit bien faire un an maintenant, même deux ! Il était avec ses cousins et ils escaladaient le mur du quai, juste là, devant le pub. Je me rappelle que sa tante était dans tous ses états. "Les garçons !" elle n'arrêtait pas de crier, et je me disais que j'étais bien contente de ne pas en avoir. Juste une fille. Je peux m'estimer heureuse.

— Et rien de plus récent ? Vous ne l'avez pas vu par ici dernièrement ?

— Dernièrement ? Je ne crois pas, non. En tout cas, je n'ai rien remarqué. »

Je me rends compte que j'en bafouille de soulagement et m'efforce de maîtriser ma voix.

« Je suis à la maison la plupart du temps. Je travaille chez moi, donc je suis sûre que je l'aurais vu. »

Elle note quelque chose.

« Vous dites qu'ils ont dragué le fleuve ? je demande, même si je le sais déjà, à la fois par ce que Sheila m'a raconté hier à l'embarcadère, par le journal et par Helen.

— Oui. Mais ils vont continuer à chercher. Merci de votre aide. On peut redescendre avec les autres, maintenant. On aimerait vous poser quelques questions au sujet de la tante. Helen Whitehorn. Savoir si vous la connaissez bien, tout ça. »

Mon cœur se remet à battre la chamade. Ce n'est pas fini. Je la suis dans l'escalier. Je contemple ses gros mollets, qui ne sont pas aidés par les collants couleur chair que l'uniforme réglementaire l'oblige sans doute à porter.

« Vous avez des hypothèses ? » est en train de demander Greg au jeune policier.

J'ai l'impression qu'il doit être à peine plus âgé que Kit. Il a encore de l'acné, ma parole ! Le pauvre… Des cheveux blond-roux et, sous les boutons, un teint tout rose.

« Dans ce genre d'affaire, dit-il, si ce n'est pas un accident, s'il n'y a rien de crapuleux, c'est presque toujours la famille qui est en cause. »

Kirwin lui balance un coup dans les côtes et lui jette un regard noir.

« Nous n'avons aucune hypothèse précise pour l'instant, reprend-elle. Même si nous suivons plusieurs pistes.

— Oh, mais c'est sûr qu'Helen n'a rien à voir là-dedans ! intervient Kit. Ni Mick. Ils sont géniaux. Jez a toujours aimé venir passer des vacances chez eux. D'ailleurs, il préférait être chez eux que chez lui à Paris. Helen et Mick sont super cool. C'est des gens bien.

— Donc vous n'avez pas remarqué de changement sur Helen récemment ? insiste Kirwin.

— Pas du tout, déclare Greg en se tournant vers moi. Rien de spécial, hein, Sonia ?

— Non, rien, réussis-je à articuler. Elle était exactement comme d'habitude quand je l'ai vue hier.

— Elle n'a pas traversé une période particulièrement stressée au travail, par exemple ?

— On ne la voit pas beaucoup, en ce moment, dis-je. Hier, c'était la première fois depuis des mois qu'on prenait vraiment le temps de se parler. Elle était bien sûr très affectée par la disparition de son neveu, mais à part ça, non, elle était normale.

— Vous n'avez pas remarqué qu'elle buvait un peu trop ? »

Je la dévisage. C'est vrai, j'ai vu qu'Helen buvait beaucoup, mais où veut-elle en venir avec cette question ? Sur quelle corde je joue si j'abonde dans son sens ?

« Elle aime le vin, je réponds. Elle a toujours aimé ça.

— Donc rien d'exceptionnel ? Rien d'inquiétant ? »

Je secoue la tête.

« Et le père, dans tout ça ? s'enquiert Greg. Il n'est plus trop dans les parages, c'est ça, Sonia ? »

Je me tourne vers lui. Qu'est-ce qu'il s'imagine que je sais sur la vie du neveu d'une copine, bon sang ?

« Aucune idée.

— Mais si, maman, tu ne te souviens pas qu'Helen nous en avait parlé ? Les parents de Jez se sont séparés et son père est parti vivre à Marseille. Ça doit faire trois ans.

— Ah ! oui, peut-être.

— On l'a joint par téléphone, indique le jeune policier. Et la mère du gamin habite chez sa sœur en ce moment, donc on l'a interrogée aussi. En l'occurrence, pour l'instant, on pense plutôt à un accident, peut-être une noyade, même si bien entendu…

— Josh, ça suffit, l'interrompt Kirwin.

— Vous avez des indices dans ce sens ? demande Kit.

— Pas vraiment. Mais, hélas ! la noyade est bel et bien une possibilité. Pas un suicide, à l'évidence, plus vraisemblablement un accident tragique. Ça arrive plus souvent qu'on le croit. Surtout quand la victime aime pratiquer l'escalade sur les murs et les ponts de la Tamise.

— C'est vraiment horrible, gémit Kit.

— Merci de votre aide, conclut en se levant le jeune policier boutonneux.

— Oh ! mais je vous en prie, rétorque Greg. Si on peut faire quoi que ce soit d'autre… Vraiment, n'hésitez pas. Après tout, c'est quasiment un proche. Mon Dieu, quel cauchemar ! Vous nous tiendrez au courant si vous avez du nouveau ?

— Vous en entendrez parler, ne vous inquiétez pas, répond Kirwin. Les médias raffolent de ce genre d'affaires, malheureusement. Même si le battage peut aussi s'avérer utile. Il y a des cas où ça aide. »

Nous restons tous à nous regarder quelques secondes après leur départ.

« C'est complètement flippant, dit Kit. C'est le genre de trucs qui me fichent vraiment la trouille. Pauvre Jez ! Quelle horreur !

— Espérons que ça se termine bien, tente de la rassurer Harry.

— Tu vois, en général, je suis plutôt stoïque par rapport à tout ce qu'on voit passer aux urgences. Mais quand c'est des trucs cruels ou violents, surtout si c'est quelqu'un que je connais, je n'arrive pas à m'y faire. »

Elle est au bord des larmes.

« Hé… murmure Harry en lui passant un bras autour du cou.

— Il faut que vous filiez, indique Greg en jetant un œil à sa montre. Essayez de ne pas trop vous angoisser. Je suis sûr qu'il va réapparaître. À l'adolescence, les garçons peuvent avoir des tas de raisons de se faire la belle. Vous allez voir qu'on va apprendre qu'il est parti fumer des joints au Maroc ou je ne sais où, pour "se trouver".

— Arrête, papa, n'importe quoi ! À quel siècle tu vis ?

— Allez, montez dans la voiture, je vous emmène directement à la gare d'Euston. »

Je relève les yeux brièvement.

« Tu ne dois pas te préparer à partir ? je m'étonne.

— Ha, ha ! Je me demandais quand tu finirais par poser la question. J'ai reculé mon prochain voyage, je peux rester quelques jours de plus avec toi, chérie. »

Il dit ça avec une lueur d'espoir dans les yeux, comme si, maintenant qu'on a recouché ensemble, il était persuadé que je serais ravie de l'avoir à la maison.

Je sens ma mâchoire se crisper. La colère que j'ai éprouvée dès le départ à l'idée de devoir installer Jez dans le garage me submerge. Une rage si violente que je me mets à trembler. Ça n'est pas juste ! Qu'il ait dû aller là-bas ne serait-ce que pour une nuit. Qu'il ait dû endurer les atroces humiliations d'hier. Il m'a fallu plus d'une heure pour le nettoyer quand je suis rentrée de l'opéra. J'ai été obligée de le laver et de le changer comme un bébé, tout en le laissant attaché afin qu'il ne puisse rien tenter de dangereux, vu son état de détresse. Puis j'ai dû insister pour qu'il se laisse nourrir à la cuillère. C'était dégradant pour nous deux.

J'embrasse Kit pour lui dire au revoir. En sentant ses cheveux m'effleurer la joue, j'ai une bouffée de nostalgie en repensant à l'époque où elle était petite et s'agrippait à moi le soir. Parfois, elle me tirait tellement fort que je m'allongeais dans le lit à côté d'elle et que j'attendais qu'elle s'endorme, ses doigts de plume trouvant instinctivement les points de tension sur mon visage et libérant le stress à force de caresses. À la regarder traverser la cour à présent, bras dessus bras dessous avec Harry, c'est comme si elle avait attrapé un morceau de moi, un petit bout mal fixé, et qu'en s'éloignant elle déroulait toute la pelote. On ne se fait plus jamais de câlins, on se touche à peine. Elle n'a plus besoin de sa mère. Depuis des années, d'ailleurs. Elle disparaît derrière la porte de la cour et je sens s'ouvrir en moi un gouffre qui me déchire.

Alors, maintenant, heureusement que j'ai Jez.

21

Samedi

Sonia

Dès qu'ils ont disparu, je rentre dans la maison, fourre quelques provisions dans un sac et file vers le garage. Malheureusement, Betty est sur les marches de son perron en train d'astiquer le heurtoir en cuivre de sa porte. Je lève les yeux rapidement vers la caméra de vidéosurveillance. J'ai un besoin compulsif de m'assurer de sa position chaque fois que je viens rendre visite à Jez, même si je sais qu'elle n'est pas dirigée vers les garages mais vers le site de chantier où ils sont en train d'ériger de nouveaux immeubles de bureaux et d'appartements sur la portion de quai qu'on appelait autrefois Lovell's Wharf.

« Je me demande pourquoi ils se sentent toujours obligés de tout changer, fait remarquer Betty en suivant mon regard. C'était très bien avant. Et maintenant ils vont devoir remplir tous ces bureaux alors qu'il y a la crise. Franchement. »

Betty est une femme avec qui je pourrais être amie, si j'avais le temps. J'ai du respect pour elle et pour ses opinions.

« Je sais, dis-je. C'est une perte de temps et d'argent. »

Ça me fait mal de voir pousser ces nouveaux bâtiments qui dépossèdent les berges de la Tamise de leur histoire, leur arrachent le cœur. Ces constructions auraient pu trouver place n'importe où, elles n'ont pas de lien avec le fleuve ni ses activités.

« Et puis ça fait tellement de bruit, renchérit Betty. Du matin au soir. Parfois, je me dis que je vais devenir folle s'ils n'arrêtent pas leurs marteaux-piqueurs. Et cette grue, elle est là depuis des mois, ce truc bleu, là. Qui plane au-dessus de nous comme une potence. »

À vrai dire, le chantier est à l'arrêt aujourd'hui, mais le hurlement des machines a été remplacé par les cris des enfants, des mouettes, et le *tchiouc tchiouc tchiouc* insistant d'un merle dans un petit arbre en surplomb au-dessus de l'eau. Un signal d'alarme plaintif. Et, parmi tout ça, je suis sûre de pouvoir détecter un *bang bang bang* en provenance des garages. J'ai peur que ce ne soit Jez qui essaie d'attirer l'attention. Mon cœur se met à bondir, le tumulte du sang à mes oreilles noie tout le reste. Je vais devoir remettre du gaffer pour le ligoter et le bâillonner plus fermement. Je déteste avoir à faire ça. C'était terrible de le trouver dans cet état hier. Un supplice autant pour moi que pour lui. Mais je ne peux pas le laisser faire un raffut pareil. La colère m'envahit de nouveau. Si seulement Greg était parti ! Et maintenant je dois encore me débarrasser de Betty pour pouvoir aller m'occuper de Jez sans éveiller ses soupçons.

« Mes compliments pour ton heurtoir et ta boîte aux lettres, dis-je en serrant contre ma jambe mon cabas rempli de provisions. Les plus rutilants du quartier !

— C'est que j'ai envie de pouvoir être fière de ma maison, surtout maintenant que tous ces touristes se sont mis à emprunter notre quai comme un raccourci. Ils regardent tout, tu sais, ils le remarqueraient si ce n'était pas nickel. Et attends, tu n'as pas encore vu mes perce-neige, cette année ! Viens les voir maintenant avant qu'ils se fanent. »

Je n'ose décliner. C'est une tradition que j'aille visiter le jardin de Betty à toutes les saisons, et ça paraîtrait louche que je refuse cette fois-ci. Sa petite pelouse se situe de l'autre côté du quai par rapport à sa maison. Au bout, c'est la plongée vertigineuse vers les eaux du fleuve. À peine un peu plus loin, la fenêtre de Jez donne sur la même vue. Nous avançons lentement entre les arbustes et les branches nues des arbres, bras dessus bras dessous.

« Le froid a retardé les aconits, m'explique Betty, mais il y a des perce-neige partout. Ils me réjouissent davantage chaque année. J'ai vraiment l'impression qu'ils deviennent de plus en plus blancs ! »

On entend toujours ces grands claquements métalliques dans la direction de Colliers Wharf, même avec une brise légère. Et maintenant les crachotements d'un bateau à moteur sur le fleuve et le vrombissement d'un avion qui se dirige vers l'aéroport de Londres-City. Il est difficile de distinguer les différents bruits, mais il y a clairement des coups réguliers quelque part. Juste au moment où je me persuade avec un nouveau pincement au cœur que ça provient bien de mon garage, Betty me serre le bras et se penche à mon oreille.

« Tu es une vilaine fille, me souffle-t-elle. Ce n'était pas pour y mettre ta voiture que tu nettoyais ton garage, pas vrai ?

— Et qu'est-ce que ça peut te faire ? » je lui rétorque en retirant mon bras.

Elle vacille légèrement et semble déconcertée.

« Tu m'avais dit que tu allais y ranger ta voiture, comme faisait ta mère. Mais elle est toujours dans la rue !

— Ce que je fais de ma voiture ne regarde que moi, merci, Betty.

— Je te l'ai déjà dit, ce n'est pas prudent. Tu ferais mieux de la garer dans ton garage. Il y a des vandales, Sonia. C'est pour ton bien.

— Merci, dis-je en me détendant un peu. Mais ce n'est pas si facile que ça de la faire entrer dans ce tout petit espace.

— Ah bon ? Et pour quoi d'autre veux-tu t'en servir, alors ? » me lance-t-elle en me tournant le dos.

Je vois bien que je l'ai vexée en surréagissant à ses commentaires, et que je n'avais pas de quoi m'inquiéter. Comme elle se dirige vers la grille, je l'appelle afin de la remercier pour la visite de son joli jardin et lui dire à quel point je regrette de ne pas en avoir un chez moi, mais elle disparaît dans sa maison sans se retourner. Je m'en veux de l'avoir blessée par ma réaction abrupte alors que tout ce qui lui importait était la sécurité de ma vieille Saab.

J'ai les mains qui tremblent tandis que je me débats avec les deux cadenas sur la double porte du garage, que je réussis finalement à ouvrir. Je me glisse à l'intérieur et referme derrière moi en poussant le verrou.

Ça sent mauvais. J'ai une nouvelle montée de colère. Cet endroit sans eau courante ni électricité, avec un simple seau, est dégradant. Il n'y avait pas tous ces problèmes dans le studio de musique.

Le visage de Jez est tourné de l'autre côté, même si je sais qu'il m'a entendue entrer. Je distingue la ligne de sa pommette, qui a perdu son arrondi soyeux. Son corps sous les couvertures paraît presque plat. Il a toujours les pieds et les mains solidement attachés, si bien qu'il a dû faire ce bruit, comme je le craignais, en cognant l'arrière de son crâne contre la tête du lit.

Je m'assieds à côté de lui.

« Jez, tu tapais avec ta tête, je t'ai entendu de dehors. Il faut que tu arrêtes, dis-je en lui retirant son bâillon.

— Et pourquoi donc ? »

Maintenant que sa bouche est libre, je me rends compte qu'il est dans une colère noire.

« Qu'est-ce que vous voudriez ? reprend-il. Après m'avoir fait ça !

— Je n'ai pas envie que tu te fasses mal. C'est dangereux de te cogner la tête comme ça.

— Mais j'ai les mains et les pieds attachés, il ne me reste plus que ma tête.

— Ça ne m'amuse pas spécialement de devoir t'attacher, lui réponds-je tendrement. Mais j'ai besoin d'un peu de coopération de ta part si tu veux qu'on puisse te faire sortir d'ici bientôt. Si jamais tu éveilles les soupçons, qui sait ce qui pourrait nous arriver ?

— Je suis enfermé dans ce trou à rats ! Jusqu'ici, personne n'est venu. Alors à quoi ça sert, tout ça ? Vous pourriez très bien me détacher. La fenêtre est trop petite pour pouvoir s'échapper par là.

— Je sais. Et puis tu ne survivrais pas à une chute dans la Tamise. Si c'est à marée basse, tu te casserais le cou ou le dos, et à marée haute les courants t'aspireraient aussitôt vers le fond. »

Je n'aime pas lui faire peur, mais je préfère qu'il ne se monte pas trop la tête.

Il me dévisage, hébété.

« Même si je suis sûre que Seb aurait trouvé un moyen, je marmonne. Il se serait fabriqué une échelle de corde et aurait utilisé quelque chose pour briser la vitre. Rien ne pouvait l'arrêter une fois qu'il s'était mis une idée dans le crâne.

— Qui ? De qui vous parlez ? »

Je le regarde dans les yeux.

« Personne, dis-je.

— Je me gèle, ici. Et puis ça pue et c'est sale. Il faut que vous me laissiez sortir.

— Je suis désolée. Sincèrement. Je croyais que tout le monde repartait aujourd'hui. Mais je viens d'apprendre que Greg comptait rester un peu plus longtemps. Je n'en peux plus. Ça veut dire que tu vas devoir dormir ici encore au moins une nuit.

— Hein ?

— S'il y a quoi que ce soit qui puisse te rendre les choses plus agréables, je te l'apporte.

— Mais vous n'allez pas me laisser partir ? »

Je secoue la tête en le regardant tristement.

« Pas encore », dis-je.

Il se tait un moment et j'ai peur qu'il ne se soit mis à pleurer. Mais soudain il dit :

« Si c'est du sexe que vous voulez, je veux bien. Et après vous me laissez partir. S'il vous plaît. Je ne le dirai à personne, promis. Allez.

— Arrête, Jez.

— Arrête quoi ?

— Arrête de faire ça. De tout salir.

— Mais je ne comprends pas. Si ce n'est pas pour le sexe, pourquoi vous m'avez fait ça ? demande-t-il en agitant les mains dans leurs bracelets de ruban adhésif.

— Ça me suffit de te savoir ici, près de moi », je réponds.

Mais je vois bien qu'il ne comprend pas. Ou peut-être qu'il ne veut pas comprendre. Pas avec l'humeur dans laquelle il est. Je voudrais lui expliquer que je suis submergée par le besoin irrépressible de m'agripper à lui. Ça monte à l'intérieur de moi, ça menace même de déborder. C'est à la fois difficile et épuisant mais je ne peux pas lâcher.

Alors il essaie une autre stratégie. Il essaie de durcir sa voix, de paraître plus coriace qu'il ne l'est.

« Je ne suis pas un *gentil*, vous savez. Je prends de la drogue. Je passe trop de temps tout seul avec ma guitare. Je ne sais ni lire ni écrire correctement. Vous ne me connaissez pas. Sinon vous ne vous intéresseriez pas à moi. »

J'éclate de rire.

« Tu crois que les gens ne se plaisent que s'ils sont gentils ? Plus j'entrevois ton autre visage, plus j'ai envie de te garder ici. On ne pouvait pas vraiment décrire Seb comme quelqu'un de gentil et ça ne m'empêchait pas de l'aimer.

— Encore ce Seb !

— Hein ?

— Vous n'arrêtez pas de parler de ce Seb. C'est qui ?

— Laisse tomber. »

Je frissonne. Il faut que je cesse d'évoquer le nom de Seb, on dirait que je cherche à tenter le sort.

Jez continue.

« Je crois que vous ne vous rendez pas compte. Mon père m'a abandonné depuis des années. Je me suis débrouillé pour décevoir ma mère en étant dyslexique. La seule personne qui a l'air de me supporter, c'est Helen.

— Helen ? Ta tante ? Qu'est-ce qu'elle a de si formidable ? Tu en parles comme d'une sainte.

— Quoi ? »

Il est stupéfait par la virulence de mes propos, tout comme moi. Pourquoi est-ce qu'il m'est si pénible d'entendre Jez chanter les louanges d'Helen ou de mentionner n'importe quelle autre femme avec affection ?

« Tu as l'air de la placer sur un piédestal, je reprends.

— Pas vraiment, non. C'est juste qu'en général elle est trop bourrée pour s'intéresser à nous. »

Je m'adoucis un peu. Même s'il n'est pas complètement honnête, il sait ce que j'ai envie d'entendre. Il ne veut pas me blesser et je lui en sais gré.

« Helen se fout pas mal de ce qu'on peut bien faire, Barney, Theo et moi. »

Son ton a de nouveau changé, comme si l'espace d'un instant il avait oublié qu'il était attaché à un lit et qu'il se lamentait simplement sur son sort.

« Alors que ma mère est tout le temps sur mon dos. Fais ci. Révise ça. Passe encore un exam. Je dois toujours prouver que je suis "intelligent" même si en réalité je suis incapable d'aligner deux phrases. »

Il s'interrompt, soupire, lève les yeux vers moi.

« Je fumerais bien un joint, dit-il, plutôt gentiment désormais. Et je veux bien quelque chose à boire.

— Hmm. Je t'ai apporté des boissons. Plusieurs au choix. Mais en revanche il ne reste plus rien de ton sachet d'herbe. Où est-ce que je vais pouvoir m'en procurer ?

— Vous n'avez qu'à demander à Alicia. »

Je me crispe en entendant son nom.

« Je ne connais pas Alicia, dis-je.

— Mais Helen la connaît. Et vous connaissez Helen. Vous pouvez lui téléphoner. Vous savez très bien que vous pouvez.

— OK, Jez, écoute, je vais te trouver de l'herbe, mais je ne parle pas à Alicia. Je pense qu'on ferait mieux de la laisser en dehors de tout ça. »

Il lève la voix.

« En dehors de quoi ? Vous ne m'avez toujours pas expliqué ce qui se passe ! C'est malsain. C'est du délire total !

— En dehors de nous. En dehors de toi et moi.

— Écoutez, reprend-il comme s'il s'efforçait d'être patient avec un tout petit enfant. Alicia a de la beuh. Si elle n'en a pas sur elle, elle sait où en trouver. Et j'en ai besoin.

— Ce n'est pas bon pour toi, tu sais. Ça peut t'abîmer le cerveau.

— On ne fume pas de la skunk, me rétorque-t-il (et ce "on" m'horripile : est-ce qu'il le fait exprès ?). C'est un truc doux. Juste de la marijuana. Je peux vous dire exactement ce qu'il faut demander. Ça me ferait tellement de bien. Je deviendrais beaucoup plus gentil. »

Il sourit. Ce n'est pas un vrai sourire sincère, heureux, mais c'est la première fois qu'il se déride depuis qu'il est dans le garage.

« D'accord. »

Il me vient à l'esprit que l'herbe pourrait m'aider moi aussi : quand Jez fume, il perd la volonté de résister à la nourriture, ce qui me permet de lui administrer les somnifères dont j'ai besoin pour le rendre calme et conciliant. Et j'ai un autre contact qui peut sans doute me procurer de la marijuana.

« Je t'ai promis de t'apporter ce que tu voudrais. Donc je vais le faire. Il te faut aussi de nouveaux habits. Dis-moi ce que tu aimerais. Tu ne peux pas rester dans ce vieux pantalon de Greg. Et je n'ai pas pu laver les vêtements que je t'ai enlevés hier.

— J'aimerais bien quelque chose d'un peu plus chaud, marmonne-t-il.

— Il faut que je sache ta taille, alors. Laisse-moi voir. »

Ses yeux se durcissent et, l'espace de quelques secondes, j'ai peur qu'il ne se remette à me cracher dessus. Je me recule par précaution, mais alors il capitule et me fait un petit signe de tête.

Je m'avance vers lui, tout doucement, et il m'autorise à écarter le col de son tee-shirt pour y lire l'étiquette. Je lui demande de rouler sur le côté autant que ses liens le lui permettent afin que je puisse soulever ses cheveux pour mieux voir. Je remarque le fin duvet qui court du creux de sa nuque jusqu'en haut de sa colonne vertébrale. Je retrousse la taille du pantalon de Greg, qui flotte autour de son bassin, pour regarder l'étiquette de son caleçon. À cet endroit, son dos se rétrécit, sa peau est comme du sable qui n'a jamais été foulé, un luisant velouté doré qui disparaît sous la ceinture de son boxer. Est-ce là tout ce dont j'ai besoin ? De percevoir l'état de transition éphémère dans lequel il se trouve, de l'avoir près de moi, de le sentir avec mes yeux, mon nez ? Je suis davantage en mesure de l'apprécier quand il est endormi et que je peux me laisser aller à un voyage dans le temps. Pourtant, ça ne me suffit pas. Il y a autre chose, quelque chose qui me harcèle et me dit que je ne pourrai pas le laisser repartir avant d'avoir mis le doigt dessus une bonne fois pour toutes.

« C'est bon ?

— Quoi ?

— La taille.

— Ah ! Oui, bien sûr. Donc je vais te prendre un jean, des tee-shirts, des caleçons et un sweat à capuche. Peut-être aussi un tricot de corps et des grosses chaussettes.

— Je n'aurai pas besoin de tout ça.

— J'ai bien peur que si.

— Pas si je pars bientôt, comme vous m'avez dit.

— Je préfère anticiper. Et à part ça, quoi d'autre ?

— Il n'y a pas de musique, ici. On n'entend que le fleuve.

— Je croyais que tu aimais le bruit du fleuve. Je me souviens que tu disais… Tu sais, la première soirée qu'on a passée ensemble ? Tu trouvais que c'était une sorte de mélodie urbaine. Tu n'as pas arrêté de l'entendre, j'espère ? Parce que ça peut arriver, quand on s'habitue à quelque chose. On finit par y devenir insensible. »

Il me regarde comme s'il se demandait de quoi je parle.

« Écoute bien, dis-je en m'asseyant au bout du lit. À marée basse, tu peux entendre l'eau sur les galets.

Ça fait comme un rythme constant en arrière-plan. Mais quand elle est haute, les bruits peuvent te surprendre à l'improviste. Tu n'as pas entendu le ponton ? Quand il bouge, on dirait un enfant qui pleure. Et il y a le soudain crescendo des vagues chaque fois qu'un bateau passe. Le va-et-vient des marées est un rythme cyclique, comme la vie elle-même. Il nous rappelle que rien ne dure jamais. Mais, en même temps, que tout ce qui s'en va revient sous une forme ou une autre.

— Tout ce que je sais, c'est que j'ai besoin de musique.

— D'accord. Pardon, dis-je en constatant qu'il n'est pas d'humeur pour une discussion de fond. J'essayais de te convaincre, mais bon c'est sûr, la musique est essentielle pour toi, Jez, je comprends. Je vais m'arranger. Ne t'inquiète pas.

— Et puis je veux leur parler. À maman et à Alicia. Parce qu'elles ne savent absolument pas où je suis, pas vrai ? Elles doivent être mortes d'inquiétude, depuis le temps. Ça me fend le cœur d'imaginer ce qu'elles doivent être en train d'endurer. »

Je m'approche de la petite lucarne, l'ouvre grand. Une bouffée d'air froid, chargée de l'odeur du fleuve, s'engouffre dans le garage et soulève les toiles d'araignées, qui scintillent dans les rais de lumière.

« Jez, je ne sais pas quoi faire. Tu ne peux pas encore leur parler. Et je n'ai pas moyen de te faire sortir de là avant que Greg soit parti. Je ne peux pas le chasser, et en même temps je ne supporte pas non plus qu'il reste. Je me sens piégée.

— Vous ? Piégée ? »

Il part d'un éclat de rire amer et sarcastique. Je me tourne vers lui. Dans la lumière qui pénètre par la fenêtre ouverte, je me rends compte qu'il ne ressemble plus en rien à ce qu'il était ce premier soir. Il a le visage blême, les traits tirés, et des boutons sont apparus tout autour de sa bouche. Sa beauté est en train de se faner dans cet endroit épouvantable.

La solution serait-elle finalement de le libérer ? Il me suffirait de couper le scotch, de sortir sans refermer la porte derrière moi et de le laisser rentrer chez lui. On n'est pas très loin de chez Helen. Il pourrait y être en dix minutes. J'imagine la tête qu'ils feraient tous, Maria, Mick, Helen. Et elle, ce serait lui rendre service. L'équilibre de son couple a changé et je détiens la clé pour le restaurer. Mais en serait-il restauré ? Ce mouvement que j'ai enclenché en accueillant Jez dans ma vie a pris une dynamique propre, désormais. Il y a certaines choses qui ne peuvent être effacées. J'ai bien peur que la perte de respect de Mick envers Helen ne soit irréversible, que le penchant d'Helen pour la boisson ne fasse qu'empirer. Et que la passion naissante entre Mick et Maria, s'il s'agit bien de cela, ne suive son cours envers et contre tout. Je ne peux pas les sauver. Et puis moi, où ça me mènerait ? Retour à la case départ, avec Greg. Jez grandirait pour devenir un adulte grotesque. Sa beauté, ce fragile état de grâce entre le garçon et l'homme, s'émousserait jusqu'à disparaître entièrement. Ce serait comme si le simple hasard qui a amené Jez dans ma vie ne s'était jamais produit.

22

Samedi

Sonia

Je quitte le garage. J'ai peur de me mettre à pleurer si je reste. De peine. De rage et d'indignation envers Greg. Et aussi devant la cruauté de la situation pour Jez. Plutôt que de rentrer directement à la maison, je descends les marches jusqu'à la grève. C'est marée basse. Je me promène un peu, j'ai envie de sentir l'air froid sur mon visage, de respirer les odeurs mêlées du fleuve.

Le rivage est propre, de nos jours, comparé à ce que c'était quand Seb et moi venions y jouer. Mais il y a quand même un pneu de voiture échoué, un bout de tuyau, les habituels morceaux épars d'appareils électriques ou ménagers. Des boîtes de hamburgers en polystyrène. Et même une citrouille évidée, roulant sur la berge ; sans doute une relique d'Halloween, Dieu sait comment elle a fait pour survivre aussi longtemps. Mais le fleuve les a recrachés tout propres, et dessous c'est du sable, des cailloux blanchis, des tessons de verre et de céramique polis. La vase, le gasoil, l'épaisse soupe chimique dans laquelle Seb et moi pataugions n'existe plus. Je m'assieds sur une dalle de béton. Dans mon dos, la paroi du quai est tapissée d'algues vertes jusqu'à la ligne des hautes eaux, et derrière surgissent les cheminées de la centrale électrique qui s'élancent dans le ciel au-dessus des gros murs blancs crayeux. À droite de l'usine se trouve l'ancien hôpital, reconverti en hospice pour vieux, avec l'horloge noir et or de son joli clocher, ses avant-toits délicatement crénelés : deux bâtiments incongrus juxtaposés. C'est l'un de mes endroits préférés pour venir m'asseoir, avec la haute paroi protectrice du quai derrière moi, le fleuve devant.

Je resserre les pans de mon manteau et remonte le col pour lutter contre le vent glacial. Je me demande s'il va neiger. J'écoute les lapements de l'eau sur le rivage. Il y a le doux tintement de la porcelaine contre la pierre, du métal contre l'os, tandis que les vagues remuent les débris sur la grève.

Je contemple la Tamise et soudain je nous vois. Le jour où nous avions construit le radeau. L'été – caniculaire cette année-là – avait pris fin, ce devait être le début de l'automne. Je me souviens d'une brume qui montait du fleuve. La brise apportait de Dartford une puanteur âcre, comme si une substance toxique s'était échappée d'une usine chimique en aval. Tôt le matin. Il s'était passé quelque chose aux Berges. Il y avait eu une dispute, des cris, des menaces. J'étais sortie de la maison comme une furie, en larmes. J'avais dans la poitrine la même douleur que maintenant, comme si j'essayais de contenir des mois de chagrin et de douleur. C'est alors que j'aperçus Seb ici, sur la grève, et que je sentis l'horizon s'éclaircir. Je le rejoignis au bord de l'eau. Il scrutait un point dans la pénombre.

« Qu'est-ce que c'est ? »

Quelque chose flottait vers nous, porté par le courant ; du bois, un bout de cageot à poissons, apparemment.

« Attrape-le, Sonia. »

Docile, je m'avançai dans la boue puis dans l'eau en faisant abstraction du froid, ce à quoi je m'astreignais toujours quand j'étais avec Seb, pour qu'il ne puisse pas se moquer de ma faiblesse. Je traînai le cageot jusqu'au rivage.

« Le matériau idéal pour un radeau ! s'exclama Seb. Comme ça, on pourra s'enfuir et se cacher de tout le monde. Personne ne pourra plus nous arrêter, Sonia. On disparaîtra, comme les cygnes. Hop, volatilisés ! »

Je le dévisageai en souriant. C'était une idée folle, mais c'était pour ça que j'aimais Seb. Il croyait toujours qu'on pouvait réussir l'impossible.

« Génial, reprit-il. C'est parfait pour un début. Quand on l'aura construit, on pourra traverser jusqu'à l'île aux Chiens. Et prévoir l'itinéraire de notre évasion à partir de là.

— Ce ne sera pas dangereux ?

— Mais non. Par contre, il nous faudra une rame. Et une sorte de barrière pour nous empêcher de basculer dans l'eau. Et de quoi se faire des flotteurs. Et une amarre. Va chercher ce pneu, on pourra s'en servir pour se faire un genre de siège. »

Je m'y connaissais en flottaison. C'est quelque chose qui vous devient une seconde nature quand vous vivez au bord de l'eau. J'avais pu observer le phénomène de près sur les divers bateaux à rames ou à moteur dans lesquels j'avais navigué. Je me mis donc à récolter des bouts de polystyrène éparpillés sur le rivage, dont il y avait pléthore à l'époque, et j'en remplis plusieurs sacs plastique. Pendant ce temps, Seb ramassait tout ce qui pouvait servir : des bidons d'essence ou des épaves de tonneaux de bière, des bouts de bois, des cordages. Il nous fallut presque toute la journée pour construire le radeau, que l'on mettait à l'eau pour le tester avant de le tirer de nouveau au sec, recommençant, l'améliorant jusqu'à ce qu'il soit fin prêt à effectuer la traversée. Nous passâmes des heures à nouer des lambeaux de filets de pêche entre deux longues cordes pour nous fabriquer une échelle.

« On l'utilisera pour escalader le quai une fois de l'autre côté, déclara Seb. Mais il faudra qu'on attende la marée, parce que ça ne sert à rien si elle n'atteint pas le haut du mur. »

La nuit commençait à tomber lorsque l'eau fut suffisamment haute pour lancer le radeau.

Le vent s'était levé, poussant un tapis roulant de vagues vers l'amont. Des lumières jaunes clignotaient le long des quais, sur la rive nord comme la rive sud. Au milieu du fleuve aussi, elles scintillaient sur les grosses péniches amarrées, sur les petits bateaux-bus qui faisaient leur dernier trajet de la journée au fil de l'eau désormais couleur bronze.

Je me demandais ce que nous ferions si un navire nous fonçait dessus et que nous n'arrivions pas à dévier à temps, mais Seb avait dit que ça irait, donc je me tus. Au pire du pire, songeais-je, on pourra plonger et se sauver à la nage. Comme toujours, il était plus important de m'assurer l'estime de Seb que ma propre sécurité.

Je retournai discrètement à la maison chercher des vêtements imperméables dans l'entrée. Nous n'avions pas de combinaison de plongée à l'époque. Tout était silencieux. La mystérieuse personne qui m'avait tant contrariée le matin avait visiblement disparu. Je décrochai du portemanteau deux grands cirés et redescendis l'escalier vers la grève, dont l'eau commençait à lécher les premières marches.

« Maintenant, il faut qu'on le baptise, décréta Seb. Il lui faut un nom, Sonia. Comment on va l'appeler ?

— *Tamasa*, proposai-je.

— *Tamasa* ?

— C'est l'ancien nom de la Tamise. Ça veut dire "fleuve noir". On l'a étudié à l'école. Et là le fleuve est presque noir, justement.

— D'accord. On va lui casser une bouteille dessus. Le baptiser en bonne et due forme. »

Nous nous tenions sur les marches. Seb attacha un bout de corde à la poignée d'un des bidons dont était constitué le corps de *Tamasa*, noua une bouteille de bière pleine à l'autre extrémité et la projeta de toutes ses forces contre le flanc du radeau. Il fallut plusieurs tentatives. Finalement, nous dûmes tricher un peu en nous aidant des marches en pierre, mais la bouteille finit par exploser et des bulles par mousser à la surface de l'eau, se mêlant à la frange d'écume toxique qui s'était accumulée sur le bord.

Nous descendîmes les deux dernières marches dans les remous de la marée et, résignée au sort qui nous attendait, ignorant les paquets d'eau qui rentraient dans mes bottes, j'aidai Seb à pousser le radeau dans les vagues. Nous sautâmes à bord et nous élançâmes dans la brume, allongés sur le ventre. Seb avait pris la rame et pagayait comme un fou mais, au bout de quelques minutes, il renonça. Les courants étaient bien plus forts que lui. Il était vain d'espérer diriger quoi que ce soit. Le fleuve allait faire de nous ce qu'il voulait.

En quelques secondes, nous fûmes entraînés jusqu'au milieu du lit. La rive paraissait plus distante que jamais dans la pénombre du crépuscule. Le radeau parvenait à peine à se maintenir à flot.

« Ouaaah ! cria Seb alors que la houle de la marée montante nous soulevait et nous emportait vers l'amont. Rame plus fort, me hurla-t-il, sinon on va finir à Rotherhithe ou même à l'île de Jacob ! La vache ! Le courant est plus puissant que je pensais. »

Je crois que même Seb avait peur, à ce moment-là. Le radeau tournait sur lui-même, plongeait entre deux vagues, surgissait à nouveau, nous recevions des gerbes d'eau glacée en plein visage. Bientôt, nous nous retrouvâmes du côté de la rive nord, très en amont par rapport à notre point de départ. Le fleuve nous avait transportés plus vite et plus loin que nous n'aurions pu l'imaginer. Sur notre droite se dressaient d'immenses pilotis, de gros poteaux en bois qui soutenaient la rue en surplomb, reliés par des chaînes et munis d'échelles métalliques qui montaient jusqu'à l'appontement. Seb avait la respiration haletante et je sentais qu'il était proche de la panique.

« Accroche-toi ! » me lança-t-il par-dessus le mugissement du vent, le fracas de l'eau contre le radeau, le grondement de la circulation et le tonnerre des bateaux à moteur qui nous dépassaient sans nous remarquer.

Dans la pénombre, il était impossible qu'ils nous voient depuis leur intérieur vivement éclairé.

« Plonge la rame dans l'eau et tiens bon, sinon… Oh, merde, merde, merde ! »

J'enfonçai dans le courant la planche qui nous servait de rame, et le radeau pivota sur la droite.

Nous réussîmes enfin à arriver sous un ponton, mais je ne saurais dire si c'était grâce à mes efforts de navigation ou par la simple volonté du fleuve. L'environnement sonore avait changé. Des râles et des bruits de gouttes résonnaient dans l'obscurité. La voix de Seb se réverbéra contre la paroi du quai quand il parla.

« Putain, j'ai bien cru qu'on était foutus. Bon. On est tirés d'affaire, maintenant. Sonia, lance-moi la corde, je vais nous attacher. »

Il fit passer la corde autour d'un des poteaux puis se redressa de toute sa hauteur, titubant sur le radeau, les bras écartés comme un funambule, donnant l'impression finalement qu'il n'avait jamais eu peur.

« Qu'est-ce qu'on fait ? demandai-je.

— On a plusieurs options. Un, on attend là que la marée se retire et on regagne le rivage à pied. Deux, on remonte par une échelle et on rentre en bus. Trois, on fait demi-tour et on rentre à la rame. Quatre, je grimpe par une échelle et je te laisse sur le radeau pour voir comment tu vas réussir à te sortir de là.

— Pas la dernière, Seb, d'accord ? S'il te plaît. J'ai froid et j'ai peur de rester là-dessous, c'est dangereux.

— En quoi c'est dangereux ?

— Seb ! *Tamasa* est en train de couler à vue d'œil. Personne ne peut nous voir, l'eau monte et si ça se trouve, on va se faire piéger. »

Je ne distinguais que sa silhouette, dans le noir, aussi je n'étais pas sûre qu'il ait souri, haussé les épaules ou qu'il m'ait simplement ignorée, mais soudain il avait fait pivoter le radeau derrière un des poteaux et il était en train de grimper à une échelle.

« Seb ! Reviens ! Ne me laisse pas ici. »

Me laisser en plan était un des hobbies préférés de Seb. Ce que j'ignorais à l'époque, c'est que je n'y avais pas encore goûté pour de vrai. Pas complètement. Pas pour toujours.

Le radeau continuait à tanguer et à tournoyer sur lui-même. Comme il était attaché à un des pilotis, je savais qu'il n'y avait pas de risque qu'il soit de nouveau emporté plus loin vers l'amont ou, encore plus terrifiant, vers l'aval une fois que la marée aurait tourné. Mais, seule dans l'obscurité de ce surplomb, avec l'eau qui enflait contre les piliers, je commençai à me demander ce que je ferais si la marée montait au point que je n'aie plus d'air pour respirer entre moi et le plafond. Et puis *Tamasa* s'enfonçait sous sa ligne de flottaison. Bientôt, il coulerait et je n'aurais plus qu'à m'agripper à un poteau, mes bras de plus en plus faibles, jusqu'à ce que je sois obligée de lâcher prise et que je sois engloutie dans les noires profondeurs de la véritable Tamasa, trop épuisée et frigorifiée pour avoir la force de nager à contre-courant. J'aurais dû suivre Seb. Mais le froid du fleuve m'avait pénétrée jusqu'aux os. Je claquais des dents sans pouvoir me contrôler. Je tendis la main pour attraper une échelle mais chancelai en essayant de me lever et faillis basculer par-dessus bord.

Après quatre ou cinq tentatives pour me mettre debout, sans pouvoir prendre appui sur *Tamasa* qui ne cessait pas de pivoter en tous sens et de boire la tasse, je finis par abandonner. Je n'arrivais presque plus à bouger les doigts, encore moins à trouver la force nécessaire dans les bras.

Seb était parti. Je m'assis sur ce qui restait du radeau, les genoux repliés sous le menton, emmitouflée dans mon ciré. Soudain, il y eut une bagarre et des glapissements de rats dans le mur derrière moi. Je réessayai de crier le nom de Seb. Il ne répondit pas et je l'imaginai sans doute bien au chaud dans un pub en train de se commander une bière (il se débrouillait toujours pour se faire servir de l'alcool bien qu'il n'ait pas l'âge légal). Et je sentis monter ce mélange familier de sentiment de rejet, de jalousie et de désir qu'il parvenait toujours à susciter en moi.

Mais des inquiétudes plus pressantes reléguèrent bientôt tout cela au second plan. *Tamasa* était bel et bien en train de couler. L'arrière, là où l'on avait fixé le gros sac de polystyrène censé tenir lieu de flotteur, commençait à plonger sous la surface. Je n'aurais pas pu m'en rendre compte dans le noir si le puissant faisceau d'une torche électrique n'avait pas soudain illuminé ma cachette et brièvement éclairé l'arrière du radeau. Mes bottes étaient pleines d'eau, je voulus les enlever. C'est alors qu'il y eut un rugissement de moteur ; *Tamasa* se souleva de façon alarmante, je fus aveuglée par une forte lumière blanche et empoignée par de gros bras noirs.

Je me réveillai plus tard à bord de la vedette de police dont le projecteur m'avait repérée. Seb était rentré. Je ne suis pas sûre qu'il se soit jamais remis de l'humiliation d'apprendre que la police avait dû intervenir, mais si j'avais su à l'époque ce que je sais maintenant, j'aurais pu juger de la légèreté dérisoire de sa punition. Une simple réprimande, une journée d'interdiction de sortir. Et ce fut tout. Jusqu'à la fois suivante.

Ma main droite, qui jusque-là s'occupait à ramasser et lancer machinalement des cailloux pendant que je restais assise sur cette dalle de béton, se referme à présent sur un objet lisse de forme cylindrique. Je baisse les yeux et j'ai la surprise de m'apercevoir que c'est un os. Un os de poignet humain, si mes souvenirs de cours d'anatomie sont bons. Je le lâche, affolée, et je me rends compte que, tout autour de moi, parmi les pierres calcaires, les silex et les semelles de chaussures, il y en a des quantités d'autres, des plus épais et creux, des plus fins, tels des doigts, beaucoup noircis aux extrémités comme s'ils avaient brûlé, et quelques-uns coupés en deux grossièrement, comme taillés à la hache. La marée commence à monter et le vent s'est levé sur l'eau qui se gonfle et soupire. À la fois le fleuve et le ciel résonnent des bruissements et des cris de toutes les choses qui s'agitent nerveusement, fébriles. Des plaintes et des grincements, des râles et des craquements métalliques, comme si le fleuve lui-même réclamait l'attention.

Je relève la tête et je constate que je ne suis pas seule, en fait. Dans un des appartements qui bordent le quai, des gens se tiennent sur le toit-terrasse et regardent dans ma direction. Je me redresse en m'époussetant, emplie d'effroi, et je me hâte de regagner les marches.

23

Samedi

Sonia

De retour aux Berges, je rassemble le vieux walkman CD que Kit utilisait quand elle était ado, une pile de disques et un iPod. Je suis sur le point de retourner au garage avec ces cadeaux dont j'espère qu'ils sauront mettre Jez de meilleure humeur quand Greg revient de la gare. Il entre dans le salon, les bras grands ouverts, un large sourire de gamin au visage.

« Enfin seuls ! » lance-t-il en se dirigeant droit sur moi et en m'attrapant par la taille.

Je me hérisse. Il enfouit son nez dans mon cou et se met à m'embrasser.

« Pose ces disques, ce n'est pas le moment de faire du ménage », me souffle-t-il dans les cheveux.

Je me recule.

« Attends, Sonia, pas la peine de monter, restons ici. Un peu de spontanéité, pour une fois. Il n'y a personne ! On peut faire ce qu'on veut ! »

Il a une respiration hachée et je vois bien qu'il a dû penser à ça pendant tout le trajet pour s'être mis dans un tel état. Il se colle à moi et je sens son érection contre ma cuisse alors qu'il commence à essayer de m'arracher mon haut, glissant une main dans mon col pour aller la fourrer dans mon soutien-gorge. Il a les doigts chauds et légèrement poisseux.

« Bon sang, Sonia, si tu savais comme tu me manques quand je suis loin ! Je pense à ça tout le temps : toi seule ici, avec une jupe noire et des bas, et moi qui arrive et qui te prends dans le salon, comme ça, pendant que tu te débats pour continuer ton ménage. »

Je décide de le prendre à la légère et je le repousse en me forçant à rire.

« Dans mon fantasme, poursuit-il, tu es là avec un plumeau en train d'épousseter les meubles et j'arrive par-derrière… »

Ça devrait me faire hurler de rire – *avec un plumeau ? Je n'ai jamais tenu de plumeau de ma vie !* –, mais j'ai perdu le sens de l'humour.

« Greg, je suis désolée, je n'y arrive pas. Pas ici. Pas dans cette pièce.

— Relax ! dit-il. Détends-toi, profite !

— Écoute. Fais-toi ton petit fantasme, d'accord ? Et si tu as envie de faire ça ici, je m'en vais et tu peux t'amuser tout seul. »

J'attrape la main qu'il a glissée sous ma jupe et la lui pose sur sa braguette.

« J'en ai assez de m'amuser tout seul, Sonia ! C'est déjà ce que je suis obligé de faire quand je suis en déplacement. Maintenant, tu es là avec moi et j'ai envie de toi. »

Il place ses grosses mains de médecin sur mes épaules et me pousse jusqu'au canapé, puis me fait basculer dessus et s'assied à califourchon sur moi.

« Greg, s'il te plaît, arrête. J'ai des choses à faire. Je ne suis pas d'humeur. »

Il me regarde en fronçant les sourcils.

« Tu n'es *jamais* d'humeur. Dis-moi ce que je dois faire pour te mettre dans l'humeur, putain. »

Sa paume droite, qui m'appuie sur la clavicule, me fait mal. Je détourne la tête pour ne pas sentir son haleine, ne pas voir la veine qui palpite sous la peau flasque de sa gorge. Tout en me maintenant d'une main, il agrippe ma jupe de l'autre. Je regrette d'avoir mis des bas ce matin. Ce n'était pas à Greg que je pensais en m'habillant. J'ai encore mes bottes aux pieds. Détails qui ne font que l'exciter davantage.

« Garde-les, me murmure-t-il à l'oreille. Garde tes bas et tes grandes bottes en cuir noir pendant que je te prends sur le canapé du salon. Pense aux gens qui passent juste derrière la fenêtre. Imagine leur surprise s'ils jettent un coup d'œil à l'intérieur… »

Il a le visage tout rouge. Et de la force. Il remonte mon haut et aspire un de mes tétons dans sa bouche. Ça ne me fait rien. Je suis – et c'est toujours le cas avec Greg – comme morte. En général, je simule, tellement j'ai peur de le décevoir. Peur de sa colère devant mon manque de réaction. Et il a l'air de gober ma comédie ; sans doute que ça l'arrange d'y croire. Même là, alors que je tourne la tête d'un côté puis de l'autre pour éviter ses baisers, il s'imagine simplement que je le titille en jouant les réfractaires. Il a le pantalon aux genoux, désormais, les cuisses hérissées de petites bouclettes de poils noirs. Je ferme les yeux de toutes mes forces en priant pour qu'il en finisse le plus vite possible et que je puisse échapper à ce sentiment de révulsion qui m'assaille. « Révulsion » est un mot trop faible. Ce que j'éprouve n'est pas seulement un dégoût physique mais une profonde solitude.

Enfin, le voilà qui laisse échapper un râle, presque un sanglot, et qui s'écroule sur moi en disant qu'un jour il finira par avoir une crise cardiaque s'il ne fait pas gaffe, tellement je l'excite. Je le pousse pour me dégager, me lève, lisse le tissu de ma jupe et vais dans la cuisine. Debout devant l'évier, j'ouvre le robinet et laisse le tourbillon de l'eau sur l'inox argenté accaparer mon champ de vision, son bouillonnement recouvrir mes pensées.

« Tu m'apportes un café, chérie ? » me lance-t-il depuis le salon.

Je remplis la bouilloire électrique, la branche, attrape des tasses, le lait, le sucre, évoluant comme dans un épais liquide visqueux. Une pensée me revient qui m'avait traversé l'esprit dans le garage tout à l'heure, quand j'ai dit à Jez que je me sentais piégée : il doit y avoir une façon simple et discrète de me débarrasser de Greg proprement, une fois pour toutes. Mais je sais que je ne pourrai pas le faire. Je n'ai pas ça en moi.

J'appelle Greg dans la cuisine quand le café est prêt. Je n'ai pas envie de rester au salon, parmi ses échos et ses fantômes. Et maintenant ses odeurs résiduelles de sexe.

« Tu veux un sandwich ? je lui propose, alors qu'il arrive encore une fois derrière moi et me prend par la taille.

— Je meurs d'envie d'un toast au fromage, me souffle-t-il à l'oreille. Tu m'as ouvert l'appétit ! »

Je me dégage de son étreinte et vais allumer le gril du four. Dehors, le ciel est bas, la lumière brunâtre. Je me demande à nouveau s'il va neiger. Je coupe des tranches de pain, râpe du gruyère et m'efforce de paraître le plus naturelle possible en disant :

« Alors combien de temps tu penses rester ? »

Il me regarde, l'air d'essayer de savoir si c'est encore une provocation de ma part. Je lui souris gentiment.

« J'ai une conférence à Barcelone la semaine prochaine, dit-il. Il faudrait que je parte lundi. Mais je suis prêt à annuler mes engagements, tu le sais.

— Ce n'est pas la peine. Je vais avoir une semaine très chargée avec mes élèves. Même si tu restais, on ne se verrait presque pas.

— Tu n'as pas *envie* que je parte, Sonia, quand même ? »

Il a les yeux qui pétillent. Il pense sûrement que rien ne pourrait être plus éloigné de la vérité.

« Bien sûr que non !

— Sonia, je sais que tu as été mal fichue à cause de cette grippe, mais tu n'es pas déprimée, si ? Tu n'étais pas dans ton assiette, ces jours-ci. Kit t'a trouvée désinvolte avec Harry, elle l'a mal pris. »

Je retourne le pain sous le gril, ajoute le fromage et attends qu'il commence à cloquer.

« Désinvolte ?

— Elle a eu l'impression que tu ne faisais pas beaucoup d'efforts. Je lui ai dit que tu étais sans doute encore un peu patraque, mais est-ce qu'il y a autre chose ?

— Je ne vois pas tellement ce que j'aurais pu faire de plus, comme efforts. »

Je songe aux repas que j'ai cuisinés, à la chambre dans laquelle j'ai laissé dormir Harry. Au studio de musique que je lui ai permis d'utiliser, à la sortie à l'opéra… À tout ce que j'ai fait pour l'encombrant Harry alors que la seule personne dont j'avais envie de m'occuper était enfermée dans un taudis plein de courants d'air, souffrant par mes propres mains.

« Et puis, quand la police est venue ce matin, tu m'as paru très pâle. Très bouleversée. *C'est* bouleversant quand quelqu'un disparaît. Et terrifiant, aussi. D'imaginer qu'il y a peut-être quelqu'un qui rôde et qui… Bref, je veux juste te répéter que si tu es anxieuse, je peux très bien annuler Barcelone.

— N'annule pas, s'il te plaît, je rétorque en lui posant son assiette devant lui un peu plus brutalement que voulu.

— D'accord, dit-il. Très bien. Bon, sinon, il y a deux ou trois choses que j'aimerais régler avant de partir. Tu as fait ce que je t'avais demandé, je présume. Pour l'alarme. »

Il y a un silence tendu alors qu'il devine ce que je suis sur le point de répondre.

« Je n'ai pas eu une minute.

— Sonia ! On ne peut pas mettre la maison en vente sans une alarme qui fonctionne ! Surtout vu la façon dont est en train d'évoluer le quartier. Écoute, je sais qu'on a évité le sujet du déménagement jusqu'ici, mais il va falloir qu'on en parle.

— Tu sais quelle est ma position là-dessus. Sur le fait de vendre.

— Et toi, tu sais que ton entêtement est purement irrationnel !

— Je ne partirai jamais d'ici. »

Il repose son toast au fromage et tourne son regard obstinément vers la fenêtre, comme s'il se retenait de dire ce qu'il avait sur le cœur.

« Quoi qu'il en soit, dis-je, on n'a qu'à appeler maintenant pour l'alarme. D'ailleurs, tu sais, ce que la police a dit sur cette histoire de disparition, ça m'a fait réfléchir. Tu en as déjà parlé plusieurs fois, de mettre des barreaux aux fenêtres du salon. Je me sentirais plus en sécurité toute seule ici si on avait des barreaux. »

Il se lève, me jette un autre de ses regards sceptiques.

« OK, dit-il, je m'en occupe. Je vais voir pour l'alarme, et on pourra reparler de la vente quand tu seras dans une meilleure disposition d'esprit. Je vais passer chez le serrurier. Il est peut-être encore ouvert. Et ensuite tu voudras bien que j'aille à Barcelone ?

— Mais oui. Tu peux partir demain si tu préfères.

— Et… Sonia ? Peut-être que tu devrais aller chez le médecin la semaine prochaine. Lui parler de tes sautes d'humeur. Ils ont des tests très simples pour détecter la dépression, maintenant, c'est juste un questionnaire tout bête.

— Je ne suis pas déprimée, Greg. »

Il me fixe du regard. Encore ce regard, comme s'il en savait plus que moi.

« Ça fait souvent partie du tableau, malheureusement, dit-il.

— De quoi tu parles ?

— Le déni. C'est Harry qui me l'a fait remarquer. C'est un symptôme classique de la dépression : le patient jure qu'il n'a aucun problème.

— Qu'est-ce que Harry y connaît à tout ça ? À moi ?

— Oh, Harry n'est pas juste une belle gueule ! dit Greg, une expression que je trouve étrange dans sa bouche. Il s'est spécialisé en psychiatrie. Tu sais bien. »

Je le dévisage. Comment serais-je censée savoir que Harry, dont je viens de faire la connaissance et que j'ai immédiatement pris en grippe, s'est spécialisé dans l'étude de l'esprit ?

« Ne me dis pas que tu as parlé de moi avec la dernière tocade en date de Kit.

— Je ne pense pas que ce soit juste une tocade ! Je crois qu'on va le revoir souvent, répond Greg en rentrant sa chemise dans son pantalon et en se passant un doigt dans le col.

— J'aimerais croire que ma fille a un peu meilleur goût, je marmonne.

— Pardon ?

— Rien.

— Enfin bref, cet attachement irrationnel…

— Quoi ?

— Cet attachement irrationnel que tu as pour la maison, associé à une perte de libido et à l'insomnie, ce sont des symptômes classiques de la dépression chez les femmes de ton…

— Ça suffit, j'en ai assez ! dis-je en m'agrippant au rebord du plan de travail et en enfonçant mes ongles dans le bois.

— Quoi, Sonia ? Assez de quoi ? On veut juste que tu ailles mieux. Moi, Kit et Harry.

— Tu as parlé de ma libido avec Harry ?

— Non, seulement de l'insomnie. Surtout.

— Quelle insomnie ? Où est-ce que Harry est allé pêcher ça ? »

Greg est sorti de la cuisine. Il attrape une écharpe sur le portemanteau du couloir et se l'enroule autour du cou.

« Greg, je veux savoir. Qu'est-ce qu'il raconte ?

— Il dit qu'il t'a vue te balader en plein milieu de la nuit. Que tu étais sortie faire un tour. Qu'il t'a croisée ici, dans le couloir…

— Oh, mais c'est pas vrai ! En quoi ça le regarde si j'ai besoin de prendre un peu l'air dans la nuit ? Mais puisqu'on en parle, c'est vrai que j'ai du mal à m'endormir, ces temps-ci. Je veux bien quelque chose pour m'aider.

— Si ça peut te rendre moins irascible… »

Il sort son bloc d'ordonnances de sa poche, griffonne quelques mots sur la première page et me la tend. Puis il grommelle :

« Pas étonnant que Kit soit pressée de rentrer à Newcastle. Qu'elle n'aime plus revenir à la maison. »

Se servir de Kit est déloyal. Il sait comment appuyer là où ça fait mal. Il me tourne le dos pour enfiler son manteau et ses gants.

« Kit n'aime pas rentrer à la maison quand on passe notre temps à se disputer, je lui réplique. Tu n'as qu'à me laisser tranquille. Arrêter de me harceler avec cette histoire de déménagement.

— Ce qu'elle n'aime pas, c'est de te voir à fleur de peau comme ça. Et elle déteste cette maison.

— Elle ne vit plus ici, de toute façon, Greg. Alors si on n'est plus que tous les deux, eh bien…

— Eh bien, quoi ? »

Il se retourne et me lance un regard interrogateur, les sourcils levés.

« Rien. »

Je n'ai pas envie de m'engager dans une discussion qui nous conduirait inévitablement à parler de séparation. Malgré tout, je veux qu'on reste ensemble. Pour Kit, principalement, mais aussi parce que, d'un certain côté, ça fonctionne. Greg le sait. Je suis une bonne épouse pour lui. Je lui laisse sa liberté tout en lui garantissant un foyer accueillant qui l'attend à son retour. Quant à lui, il subvient aux besoins de la famille et c'est un père aimant pour Kit. Nous formons un couple à l'ancienne, réunis davantage pour des raisons pragmatiques que par amour. C'est la conclusion à laquelle nous étions parvenus la fameuse fois après les vacances muettes en Espagne, quand nous avions failli nous séparer. Je le remercie froidement de bien vouloir s'occuper des barreaux aux fenêtres, tout en lui rappelant que s'il veut régler ça aujourd'hui, il ferait mieux d'y aller. Les magasins vont bientôt fermer.

« Je m'en vais, dit-il. Ne t'inquiète pas. »

Et il claque la porte en sortant.

24

Samedi

Sonia

Je passe à la pharmacie chercher les somnifères que Greg m'a prescrits puis chez Bullfrogs, à Greenwich, acheter de nouveaux vêtements à Jez. Ça m'a l'air d'être son genre de boutique : un style branché, urbain. Même si, avec les ados, je sais qu'il est dur de ne pas se tromper. Kit me reprochait souvent de méconnaître totalement ses goûts à l'âge de Jez. Je fourre dans mon caddie une paire de jean, des tee-shirts et un sweat à capuche.

« Pour mon neveu, je me sens obligée de préciser à la caissière. J'espère que ça lui ira.

— Quel âge a-t-il ?

— Seize ans. »

J'aurais mieux fait de me taire. Maintenant, elle veut vérifier les tailles pour moi, mais en réalité je n'ai pas besoin de ses conseils. Je n'avais pas l'intention d'engager une véritable conversation. Elle se met à m'expliquer le système de remboursement et d'avoirs, mais je l'interromps abruptement en lui disant que ça va aller. J'ai la sensation qu'elle me regarde bizarrement alors que je me dépêche de sortir du magasin.

Je suis impressionnée de constater que Greg a déjà réussi à faire venir les serruriers et qu'il est en train de les superviser au salon quand je rentre. Ils percent les rebords des fenêtres pour y installer des barreaux et remplacer les serrures. Un des avantages de la crise, je suppose, est que les gens ne rechignent pas à travailler. Pour peu que vous leur offriez suffisamment d'argent, comme je suis sûre que Greg l'a fait, ils sont prêts à faire tout ce que vous voulez dans la minute et sans la moindre hésitation.

« Il y a deux messages pour toi, annonce Greg en me rejoignant dans la cuisine, le *Times* sous le bras. Tu n'es pas allée voir ta mère ce matin et apparemment tu peux t'attendre à devoir en subir les conséquences. Et puis il y a un message embrouillé d'Helen qui m'a l'air complètement pintée. »

Je pose mon manteau sur le sac contenant les vêtements de Jez et, ignorant les ouvriers qui s'activent au salon, je me dirige droit vers le répondeur. Ma mère parle d'une voix sèche, pleine de reproche. Elle a peut-être des absences en ce qui concerne certains aspects de sa vie mais, quand il s'agit de mes visites, elle a une mémoire d'une acuité juvénile. Ma visite du samedi était programmée et elle va me faire payer le fait que je ne sois pas venue. Je vais devoir rester avec elle plus longtemps la prochaine fois. Je lui apporterai un peu plus de gin, de fleurs et de fromages. Quoi qu'elle s'imagine, je n'aime pas ajouter à ses souffrances quand elle passe déjà tellement de temps toute seule. Et je ne supporte pas sa désapprobation. Malgré le mal que j'ai toujours eu à gagner le cœur de ma mère, je n'ai jamais cessé d'essayer.

Au téléphone, je me confonds en excuses et promets d'y aller dès demain. Puis j'appuie sur « SUIVANT » pour écouter la voix pâteuse d'Helen.

« C'était sympa de te voir hier, ma chérie. On ne pourrait pas remettre ça bientôt ? Tu ne veux pas qu'on se retrouve pour boire un verre au Pavilion demain matin vers 11 heures ? Dis-moi, parce qu'il faut que je te raconte le dernier épisode de ce cauchemar. Viens, s'il te plaît. »

Bientôt, nous avons des barreaux à toutes les fenêtres, de meilleures serrures aux deux portes et un nouveau cadenas à celle de la cour.

« Personne ne peut entrer, maintenant, Sonia », annonce Greg, tout content, une fois les ouvriers partis.

Et sans doute que personne ne peut sortir non plus sans avoir les nouvelles clés, je songe. Greg m'informe qu'il va rejoindre quelques-uns de ses vieux copains au pub, ce soir, ceux avec qui il jouait de la musique dans le temps. Je suis donc libre de retourner au garage.

Jez lève les yeux alors que je referme la double porte derrière moi. Il se plaint d'avoir des courbatures.

« Tu as faim ?

— Pas trop », répond-il d'une voix faible et rauque.

Je pose une main sur son front. Je ne crois pas qu'il ait de la fièvre, mais il me paraît un peu moite et il m'affirme qu'il a mal à la gorge. Tout ça ne me dit rien qui vaille.

« Je vais te chercher à manger », je déclare.

Je file à la maison réchauffer une boîte de soupe à la tomate que je verse dans un thermos. Puis j'ajoute à mon panier une brique de jus d'orange, du paracétamol et une bouillotte que j'ai remplie d'eau chaude.

« Vous m'avez trouvé de la beuh ? demande-t-il en tremblant.

— Comme je te l'ai dit tout à l'heure, je m'en occupe. Mais bon, ce n'est pas une très bonne idée de fumer si tu ne te sens pas bien. Et puis en plus… Non, rien, tant pis. Regarde, je t'ai apporté de quoi te changer. Et du jus d'orange. Ça va te faire du bien. »

Je l'aide à enfiler ses nouveaux vêtements puis je glisse la bouillotte sous les couvertures, pose un bol de soupe sur une vieille caisse en bois près du lit et lui remplume ses oreillers.

« Greg a réservé un vol pour demain après-midi. Donc demain tu seras sorti d'ici. C'est une promesse. »

Il me regarde du coin de l'œil, scrute mon visage un instant puis laisse retomber sa joue sur l'oreiller. J'entends sa respiration qui siffle. Je me rappelle qu'il m'a dit que sa mère avait décidé de déménager à Paris en partie à cause de son asthme.

« Jez, courage. Il faut que tu reprennes des forces. Bois un peu de soupe.

— Je ne me sens vraiment pas bien. Je crois que j'ai besoin de voir un médecin, Sonia.

— Tu n'as pas besoin d'un médecin ! je lui rétorque, sans doute un peu trop brusquement. Les médecins ne servent à rien quand on est comme ça. Je suis bien placée pour le savoir, Greg est médecin. Il n'a jamais aidé personne à guérir. »

Je tends la main vers lui avec deux pilules blanches au creux de la paume et lui propose un verre d'eau.

« Comment je peux savoir que ce n'est pas pour me droguer ? demande-t-il.

— Tu n'as qu'à regarder. Il y a écrit "paracétamol" dessus. Pourquoi tu ne me fais pas confiance ? Je ne comprends pas. Qu'est-ce qui se passe dans ton cerveau ? »

Il ne me répond pas mais soulève la tête et me laisse poser une pilule sur sa langue, puis boit une gorgée d'eau.

« Je n'arrive pas à me réchauffer », dit-il en se rallongeant.

Je me rends compte qu'il tremble malgré le nouveau sweat-shirt que je l'ai aidé à passer, plus la bouillotte et les trois couettes que j'ai empilées sur lui.

« Demain, je te promets qu'on repart à zéro. Je ne vais pas te bâillonner. Montre-moi que je peux te faire confiance. Alors je t'enlèverai aussi le scotch aux bras et aux jambes. »

Je me lève, me dirige vers la porte.

« Ne me laissez pas, dit-il soudain. Restez là, parlez-moi. »

Je me retourne vers lui. Il est agité de tremblements incontrôlables, il claque des dents. Il a un regard affolé, comme un enfant qui ne veut pas que sa mère s'en aille. Cela m'emplit d'une tendresse presque insoutenable.

« De quoi tu voudrais que je te parle ?

— N'importe. Vous n'avez qu'à me parler de Greg, par exemple. Vous m'avez dit qu'il était rentré.

Comment vous vous êtes rencontrés ? Une comédienne et un médecin.

— Je ne dirais pas que je suis comédienne.

— Helen le dit.

— Ah bon ?

— Ouais. »

Je m'assieds sur son lit. L'observe un instant pour voir si ça l'intéresse tant que ça. Il a les yeux fermés, une imperceptible fronce enfantine sur le front. Alors je me mets à parler. Je n'ai jamais parlé de mon couple en détail à personne, et j'ai brusquement envie de tout lui raconter, tant qu'il est consentant.

« Greg était prof dans ma fac. Je n'ai jamais été faite pour les études de médecine, mais c'était ce que mon père avait décidé pour moi et j'avais tellement peur de lui que je n'avais pas osé protester. Je suivais le séminaire de Greg. Sur l'anatomie ou je ne sais plus quoi. J'y allais seulement pour passer le temps. Mais, Jez, ne me dis pas que ça t'intéresse d'entendre ça.

— Si, si, vraiment. Sérieux.

— Greg était beaucoup plus âgé que moi, il avait déjà les tempes grisonnantes. J'étais un peu en admiration devant lui. Même si je ne le connaissais pas, à l'époque, bien sûr. »

Je m'arrête. Je ne veux pas donner l'impression à Jez que ma relation avec mon mari est, ou a jamais été, une union heureuse.

« Est-ce que Greg est réellement très intelligent ? me demande-t-il.

— Oui, ça, on ne peut pas le nier. »

J'ai envie d'ajouter que son intelligence n'en fait pas quelqu'un d'une compagnie particulièrement douce ou bienveillante, n'en fait pas un homme de compassion, bien qu'à une époque j'aie pu croire que les deux allaient de pair.

« Il est au courant, pour moi ?

— Non.

— Parfois, je regarde les gens plus vieux et je me dis que ça ne me dérangerait pas d'être comme eux, murmure Jez. Tous les vieux ne sont pas moroses. Comme vous, Sonia. Vous n'êtes pas morose. »

Je lui jette un coup d'œil en me demandant ce qu'il met derrière ces mots. Mais son visage ne trahit aucune expression, alors je continue.

« Greg m'avait dit qu'il m'aiderait pour les notes aux examens qui me faisaient du souci, qu'il s'en chargeait mais qu'en échange j'étais *obligée* d'accepter de dîner avec lui. J'étais tellement naïve ! Aucune étudiante ne laisserait un professeur se comporter comme ça, de nos jours. J'étais flattée. Et pas seulement flattée. Soulagée, aussi. Ça voulait dire que j'aurais de bonnes notes et que j'échapperais au courroux de mon père. Bien entendu, je pensais qu'il me suffirait de dîner avec lui, d'être de bonne compagnie le temps d'une soirée. Mais, en réalité, à la minute où je me suis retrouvée seule avec lui, il… enfin bon, je te laisse imaginer. J'étais piégée. Si je le repoussais, je risquais de rater mes examens. Il faudrait que j'affronte mon père, et c'était pour moi une perspective plus terrifiante encore que de devoir coucher avec Greg contre mon gré. Et donc, sans même que j'aie vraiment le temps de m'en apercevoir, on a commencé à… à coucher ensemble, quoi. »

Je m'interromps un instant. J'hésite à expliquer à Jez combien le fait de coucher avec quelqu'un peut n'avoir aucune importance. Mais je reprends :

« Le résultat, c'est qu'à la fin de ma première année j'ai eu les meilleures notes de ma promo. Je ne me posais pas vraiment de questions. J'étais juste contente d'avoir trouvé une façon d'obtenir l'approbation de mon père. Même si l'ironie de la chose, c'est que je ne l'ai jamais obtenue, finalement. »

Ça me fait bizarre de raconter tout ça à voix haute, comme si c'était la première fois que je recollais les morceaux dans ma tête. Que je trouvais des liens dont je n'avais jamais vraiment pris conscience avant.

« Après ma deuxième année, malgré mes notes ébouriffantes, ou peut-être grâce à elles, j'ai trouvé le courage de dire à Greg que je voulais arrêter médecine et faire des études de théâtre. Je croyais qu'il s'y opposerait mais il m'y a encouragée.

— Et votre père ?

— Quoi, mon père ?

— Il n'était pas fâché que vous ne poursuiviez pas vos études de médecine ? »

Je le regarde. Je ne sais pas pourquoi il veut avoir cette conversation. Mais c'est exactement ce dont j'ai toujours eu besoin. D'expliquer mon mariage. De le justifier. Je me suis souvent imaginé raconter cette histoire à Seb s'il revenait un jour.

« Mon père était mort, entre-temps, dis-je calmement. Je ne l'ai jamais revu après ces fameux examens de fin de première année.

— Il est mort jeune, alors ?

— C'était un suicide.

— Oh, la vache ! Pardon.

— Ça va, Jez. C'était il y a longtemps.

— Mais… pourquoi ? Pourquoi il a fait ça ?

— Je ne pouvais pas tout arranger juste en réussissant mes examens. »

Bêtement, je sens une larme me monter à l'œil et je la supprime d'un revers de main.

Je pourrais en dire plus. Beaucoup plus. Mais il y a des terrains sur lesquels je n'ose pas m'aventurer, que ce soit pour mon bien ou celui de Jez. Je ne suis pas assez forte pour repenser à ces choses, encore moins les dire, et je n'ai pas envie d'imposer ma propre douleur à Jez. C'est alors qu'il prend la parole, et je suis à la fois heureuse et soulagée qu'il ait décidé de s'ouvrir à moi, si bien que j'arrive à garder le silence.

« Ma mère a divorcé de mon père, dit-il d'une voix éraillée. Ils ont merdé dans les grandes largeurs. C'était pathétique comme ils s'engueulaient. Si je vis avec ma mère, c'est seulement parce que j'ai pitié pour elle. Mon père s'est retrouvé quelqu'un. Mais, à choisir, je préférerais vivre avec lui.

— Pourquoi ?

— Ma mère ne me lâche jamais. Un peu comme votre père, on dirait. Il faut que je fasse ci, que je révise ça, que je prenne tel cours. Quand elle a appris que j'étais dyslexique, elle est allée hurler sur les profs, comme si c'était de leur faute. J'avais trop honte. Mon père s'est remarié avec une Marocaine, elle est prof à Marseille, ils ont une petite fille, ma demi-sœur. J'aime bien passer du temps chez eux. Mais ce n'est pas sympa pour ma mère. »

Je le regarde. Quand j'ai dit qu'il était attentionné, l'autre jour, c'était un euphémisme.

« C'est gentil de te préoccuper autant de ta mère.

— Je ne comprends pas pourquoi mon père était obligé de la quitter.

— Ce dont tu ne te rends peut-être pas compte, Jez, c'est que le mariage est plus souvent une question de qui tu rencontres au bon moment que de tomber amoureux de la personne de tes rêves. C'est une question de circonstances. Parfois, ces circonstances changent et tu t'aperçois que tu vis avec quelqu'un pour qui tu n'as plus de sentiments.

— C'est des conneries ! Je ne me marierais jamais avec quelqu'un simplement parce que c'est le moment.

— Tu as déjà été amoureux ?

— Nan ! Certainement pas !

— Et Alicia, alors ? »

Il hausse les épaules.

Je vois que je l'ai mis mal à l'aise, que j'ai poussé un peu trop loin. Il est sensible. Et pourtant tellement jeune encore.

« Je n'ai pas l'intention de foirer comme mes parents. »

À ce stade, il serait tentant d'endosser le rôle de la femme mature et sage, et de lui rétorquer que c'est ce que tout le monde pense au début, mais Jez n'a sans doute pas envie d'entendre ça. Il est persuadé, comme tous les gens de son âge, qu'il ne commettra pas les mêmes erreurs que ses parents.

« Tu sais, dis-je, quand tu es enfant et que tu te rends compte que la couleur bleue est peut-être différente de ce que voient les autres ?

— Quoi ? Que vous, vous voyez du bleu, mais que si ça se trouve, quelqu'un d'autre voit une couleur que vous ne pouvez même pas imaginer en rêve ? Oui, j'y ai déjà pensé. »

Il parle sans me regarder. Il a toujours les yeux fermés. Il apprécie notre proximité et en même temps il a peur de l'apprécier. Je comprends parfaitement.

« Eh bien, c'est la même chose avec les relations. Ce que perçoit une personne peut être totalement différent pour l'autre. Et comment le savoir ? Toutes les deux s'imaginent qu'elles voient le même bleu et qu'elles vont avancer en parallèle, avec les mêmes buts et des valeurs communes. Peut-être que ton père et ta mère ont cru qu'ils avaient rencontré quelqu'un qui voyait le même bleu.

— Ce sont des adultes. Ils devraient faire un peu plus d'efforts. Il y a d'autres gens qui arrivent à rester ensemble. Helen et Mick. Vous et votre mari. »

Il me regarde avec un drôle d'air en disant ça.

Oserai-je admettre que ma relation avec Greg a été une erreur aussi ? Que nous ne restons ensemble que pour des raisons pratiques ? Mais Jez semble avoir envie de croire que nous formons, par certains côtés, un mariage heureux, donc je me tais. Il a l'air d'aller un peu mieux. Ses joues ont repris des couleurs et sa respiration est plus fluide. Il est tellement près de moi. Je tends la main pour écarter une mèche de ses cheveux, approche ma bouche de son oreille. Il détourne la tête si violemment que je me sens blessée, honteuse.

Je me lève et me dirige vers la porte.

« Bonne nuit, Jez, dis-je.

— Non, ne partez pas ! s'écrie-t-il. S'il vous plaît. Ne me laissez pas encore. Je regrette ce que je viens de faire.

— Je regrette aussi. Mais je dois y aller, maintenant. On continuera à parler demain.

— Laissez-moi venir avec vous. »

Je le regarde tendrement. Il doit savoir à quel point j'aimerais qu'il vienne avec moi, qu'il s'asseye à la table de la cuisine comme le vendredi soir où il est arrivé, pendant que je prépare à dîner pour nous deux.

« Passe une bonne nuit. Essaie de dormir. Je reviens demain matin.

— Sonia, non ! coasse-t-il alors que j'arrive à la porte. S'il vous plaît, ne me laissez pas tout seul ici encore une nuit. J'ai froid et j'ai peur, là-dedans. Et puis je suis malade. S'il vous plaît. »

Mais j'ignore ses supplications, et je me force à m'arracher à lui et à ressortir dans la nuit.

25

Dimanche

Sonia

À 11 heures le lendemain matin, je suis attablée devant un cappuccino en terrasse au Pavilion Tea Rooms, comme ils ont rebaptisé ce qui était autrefois un simple café sans nom dans le parc de Greenwich. De minuscules pousses commencent à percer dans certaines des plates-bandes alentour, mais le vent est frisquet. Les cimes nues des arbres s'efforcent de griffer les gros nuages noirs qui filent dans le ciel.

Helen arrive quelques minutes plus tard, tel un papillon hors saison en cette journée glaciale, emmitouflée dans une magnifique écharpe cerise, un bonnet assorti et un manteau à capuche en laine bleu-vert. Contrairement à moi, elle a beaucoup de couleurs dans sa garde-robe et ça lui va bien. Elle m'embrasse sur les deux joues puis jette un œil à mon café.

« Tu ne veux pas quelque chose de plus fort ? s'étonne-t-elle.

— C'est un peu tôt pour moi, Helen. Mais vas-y si tu en as envie. »

Je me demande si une meilleure amie lui déconseillerait de boire du vin d'aussi bonne heure. Essaierait de persuader sa copine d'y aller mollo. Je ne le fais pas pour deux raisons. La première est que je déteste donner des leçons de morale. Après tout, qui suis-je pour juger des failles d'autrui ? Et c'est valable pour n'importe qui. Est-ce qu'on n'a pas tous nos points faibles, nos échecs ? Ne devrait-on pas tolérer les faiblesses des autres afin de pouvoir vivre en acceptant les nôtres ?

L'autre raison est que j'ai un intérêt à ce qu'Helen soit ivre. Ça veut dire qu'elle aura la langue plus déliée. Que je pourrai emmagasiner ce qu'elle me racontera sans qu'elle remarque ma curiosité. Alors, quand elle parle de vin, je lui propose d'aller lui en chercher un verre, une bouteille, même, si elle préfère, et elle me remercie en me disant qu'ils font des demi-bouteilles et qu'elle coupera la poire en deux comme ça.

Je viens à peine de me rasseoir et je suis en train de resserrer mon manteau pour me protéger du vent qu'elle se lance déjà.

« Alors, dit-elle. Il y a eu du nouveau. Même depuis qu'on s'est vues vendredi. Je me suis fourrée dans un beau pétrin, je vais avoir besoin de ton aide. »

Je la dévisage, ma tasse de café suspendue à mi-chemin de mes lèvres.

« Écoute, Sonia, il faut que je te raconte quelque chose, parce que je ne sais plus trop quoi faire. Le jour où Jez a disparu, vendredi, je ne suis pas allée travailler. Mais j'ai dit le contraire à tout le monde, y compris aux flics. »

Je la fixe du regard. Ma main se met à trembler. L'espace de quelques secondes épouvantables, je crois qu'elle est sur le point de me révéler qu'elle était là, à Greenwich, et qu'elle a vu Jez sonner à ma porte. Qu'elle sait qu'il habite avec moi. Et que, maintenant que la police mène l'enquête, il est temps de « cracher le morceau », comme diraient les copains de Kit. Ma tasse cliquette contre la soucoupe alors que je la repose.

« J'avais pris ma matinée, poursuit-elle. De toute façon, je ne travaille que le matin, les vendredis. Donc je me disais que ça ne dérangerait personne au boulot. »

Elle me regarde, les yeux écarquillés, visiblement certaine que j'ai deviné la suite.

« Maintenant, les flics pensent que j'ai quelque chose à voir dans la disparition de Jez. Pour le moment, ils n'ont qu'un pressentiment, une intuition, aucune preuve concrète. Mais ils essaient d'en trouver.

— Comment tu le sais ?

— Des questions ! À n'en plus finir ! Ils sont revenus m'interroger, moi, pas Mick. Deux fois. Et puis je t'ai dit, ils s'imaginent que j'ai un mobile parce que Barney voulait une place dans le même lycée que Jez. Et maintenant ils ont découvert que je n'étais pas au boulot ce matin-là. Alors que je leur avais dit l'inverse.

— Oh, mon Dieu, quelle horreur ! Et tu étais où, alors ? »

Mon rythme cardiaque a ralenti. Je l'observe attentivement tout en sirotant mon café.

« Pas là où j'ai dit, répond-elle. La vérité, mais il n'y a qu'à toi que je peux le dire, c'est tellement humiliant… J'étais dans un bar à Smithfield. Lendemain de cuite. Si Maria l'apprend, elle ne me le pardonnera jamais. Écoute. Je m'étais bourré la gueule le jeudi soir, à picoler toute seule jusque tard dans la nuit. Je sais que ça peut paraître triste. Mais parfois j'en ai besoin. Quand Mick et les garçons sont tous occupés à faire leurs trucs de leur côté. Je me sens seule, Sonia. Ça fait longtemps que je suis seule. Et, parfois, je n'ai pas la force d'affronter la solitude. »

Deux larmes coulent en parallèle sur ses joues. Elle les essuie en même temps avec ses deux index, puis prend une grande inspiration et une gorgée de vin.

« Bref. Ce jeudi, j'avais bu. Beaucoup trop. J'étais incapable d'aller travailler le vendredi matin. Alors je me suis réfugiée dans un pub. Et j'ai rebu. C'est pathétique. Et maintenant j'ai menti aux flics pour sauver la face !

— Merde, Helen, tu t'es mise dans de sacrés draps, dis donc. »

Je suis tellement soulagée qu'elle n'ait rien d'autre à me dire que j'ai presque envie de la prendre dans mes bras.

« Non, non, attends. Le truc, c'est que je crois que ça pourrait passer. Je leur ai raconté que j'étais aux bains turcs. Tout ce qu'il me faut, c'est une bonne copine. Quelqu'un sans rapport avec Jez qui pourrait attester m'avoir vue là-bas. D'ailleurs, c'est tout à fait plausible. Si j'ai pensé à toi, c'est parce que tu travailles en free lance et que tu peux très bien décider d'aller au hammam un vendredi matin.

— Écoute, Helen, je ne crois pas que je devrais m'en mêler. Je suis désolée. Et puis, de toute façon, ce n'est pas un peu tard ? Ils ont déjà dû vérifier s'ils savent que tu leur as menti la première fois. »

Helen tripote les pièces de monnaie du pourboire que j'ai laissé sur la table. Elle boit une gorgée de vin.

« Qu'est-ce que je fais, alors ? Si tu ne m'aides pas, je suis foutue !

— Mais non. Tu leur dis que tu étais dans un pub, si c'est là que tu étais. Dis-leur la vérité. »

Je commence à m'impatienter. Elle n'a rien fait, bon sang ! Elle n'a pas tout à perdre. Helen a l'air désespérée, comme si elle allait se mettre à pleurer pour de bon.

« Et Mick ? je finis par demander, plus gentiment. Comment ça va, avec lui ? »

Elle renifle, vide son verre d'un trait.

« C'est beaucoup plus compliqué que j'ai bien voulu l'admettre. Même à moi-même. La jalousie… J'ai pas mal réfléchi. Il y a eu quelqu'un… oh ! ça doit faire un an. Avec qui j'ai eu une histoire.

— D'accord. »

Je ne m'attendais pas à ça.

« Tu as envie de me dire qui ?

— C'est fini, Sonia. J'ai rompu. Pour sauver nos mariages respectifs. Le mien et le sien.

— Tu as fait ce qu'il fallait. »

J'arrive à peine à croire que ces mots puissent sortir de ma bouche. Quand ai-je jamais su « ce qu'il fallait » faire ?

« Mais, depuis, la culpabilité ne m'a pas quittée. Alors maintenant comment est-ce que je pourrais balancer à Mick que je le soupçonne de flirter avec Maria ? Ça risque de me revenir comme un boomerang ! Quand il a découvert mon infidélité, il a pris sur lui. Ça ne lui a pas plu, mais il a passé l'éponge. Et là ce truc avec Maria est en train de me bouffer. Je perds toute ma confiance en moi, toute ma dignité.

— Oh, Helen ! »

Je connais parfaitement le sentiment qu'elle décrit, cette douleur que j'ai moi aussi éprouvée avec Jasmine il y a des années. Cette terrible impasse. En avouant votre souffrance, vous vous attirez du mépris ; en la gardant pour vous, vous continuez à souffrir. C'est une malédiction. Mais je ne dis rien.

« J'avais réussi à me persuader que les choses étaient rentrées dans l'ordre avec Mick. Mais il a suffi d'un accroc pour que la façade de notre soi-disant bonheur conjugal vole en éclats. Il y avait des défauts qu'on a refusé de voir. Il a suffi d'une pichenette pour que tout s'écroule. Jez disparaît et *tout* s'est effondré. »

Nous nous taisons quelques instants.

« Un point positif, c'est que j'apprends à mieux connaître Alicia, la petite amie de Jez. Elle est souvent à la maison, évidemment, la pauvre. Elle est anéantie. Mais ça me fait de la compagnie. Elle aussi, elle trouve leur attitude révoltante. Elle ne s'est jamais entendue avec Maria. Quand elle n'est pas trop abattue à cause de Jez, on arrive même à en rire, toutes les deux. Alicia se fourre les doigts au fond de la gorge quand elle voit Mick aux petits soins avec ma sœur. D'un certain côté, ça nous distrait. Ça nous empêche de trop nous faire de souci pour Jez. C'est comme ça que j'essaie de le prendre, Sonia, même si j'ai peur que mes sentiments véritables ne rejaillissent à tout moment et ne leur révèlent ma souffrance. Pas ma souffrance. Ma colère, mon chagrin, ma culpabilité, ma détresse. Je ne sais même plus ce que je ressens. »

Elle commence à être un peu saoule, on dirait.

Je voudrais pouvoir réconforter Helen. Je l'aime bien, malgré tout. Il y a un grand plaisir, je crois me souvenir, à partager des secrets avec d'autres femmes, ça peut être presque aussi grisant qu'une liaison en soi. Je n'ai pas souvent eu ce privilège. Mes plus grandes passions se sont jouées en cachette, incapables de s'assumer au grand jour. Mais je sais de l'époque où je venais de rencontrer Greg et où j'avais des doutes sur notre histoire, puis des nombreuses soirées passées dans des bars avec des amies troublées, amoureuses mais incertaines, à quel point ces conversations peuvent être excitantes et intimes.

« Il faut que j'y aille, déclare Helen en se penchant par-dessus la table pour me prendre une main dans les siennes, me faisant respirer au passage une bouffée de son parfum vanillé. Mais tu me promets qu'on va se revoir, hein ? Maintenant qu'on a rétabli le contact. Tu es la seule personne à qui je peux vraiment parler de tout ça. Les autres sont trop impliquées. »

Je lui promets que oui, bien sûr, on va se revoir.

Une fois qu'elle est partie, je me rappuie contre le dossier de ma chaise et laisse mon regard se perdre au loin, derrière les arbres, vers le fleuve au pied du parc et, de l'autre côté, les buildings de Canary Wharf, la tour HSBC, le mini-Manhattan que ce quartier est devenu, avec ses gratte-ciel et ses myriades de fenêtres argentées soudain étincelantes dans un brusque éclat de soleil qui a réussi à se frayer un chemin entre les nuages. Je repense à ce que c'était dans le temps, quand

Seb et moi avions fait des berges notre terrain de jeu et que l'île aux Chiens nous paraissait zone interdite. J'ai l'impression d'avoir fait un pas de trop vers la rive défendue de la Tamise. Que tout ce qui se passe m'entraîne désormais de plus en plus loin dans ses ruelles sombres et ses ruines cachées. Je me demande comment je vais pouvoir faire marche arrière. Et si j'en ai vraiment envie.

26

Dimanche

Sonia

« J'y vais, Sonia. »

Greg est sur le pas de la porte. Sa valise est prête, il a revêtu le pantalon de survêtement, la veste sport et les baskets Adidas blanches qu'il met toujours pour voyager.

« Je ne t'ai pas vue autant que j'aurais voulu. Mais on a tous les deux du travail qui nous attend. Peut-être que tu pourrais réfléchir aux choses dont on a parlé. Et n'oublie pas ce que tu m'as promis.

— Quoi ?

— D'aller chez le médecin. Oh ! et j'ai téléphoné à deux agents immobiliers. Ils vont passer prendre des photos. Juste des photos, Sonia, pas la peine d'en faire une montagne.

— Quand ? Quand est-ce qu'ils vont passer ?

— Là, dans la semaine. Il y en a un mardi, je crois. Ensuite, je te dirai.

— D'accord », dis-je, souriante à l'extérieur, fulminant intérieurement.

Je me penche pour l'embrasser sur la joue. Greg effleure de ses lèvres sèches le coin de ma bouche et me tapote l'épaule avant de sortir par la cour.

Il y a une odeur fétide dans le garage, cet après-midi. Mes yeux mettent un moment pour s'habituer à la pénombre mais, une fois que c'est fait, je constate que Jez ne va vraiment pas bien. Il est allongé sur le lit dans une position étrange, comme s'il s'était contorsionné dans son sommeil, et il y a une petite tache de liquide marron sur l'oreiller au niveau de sa bouche. Il a les paupières mi-closes, le regard vitreux. Je pose une main sur son front. Il est fiévreux. Puis je m'aperçois que les draps sont souillés, malgré les couches que je lui ai mises, et qu'il y a une flaque de vomi par terre.

« Je vais bientôt te faire sortir de là, lui dis-je. Je ne comptais pas te laisser aussi longtemps. On va te nettoyer et te ramener dans le studio de musique le plus vite possible. »

Il lève les yeux vers moi.

« Le studio de musique ?

— Bien sûr. Dès que la voie est libre. Je n'ai jamais eu l'intention de t'abandonner ici. »

Regarde dans quel état ça te met, je songe. *Tu as besoin d'air, de lumière et de musique.*

« Non ! C'est en train de me noyer, va-t'en. Va-t'en ! Va-t'en ! Il y en a un autre, juste là. Oh, pitié ! »

Au début, je crois qu'il me parle, puis je me rends compte qu'il regarde fixement, terrorisé, un monstre imaginaire par-dessus mon épaule.

Il délire. Je tâte à nouveau son front, sa nuque. La peau sous ses cheveux est brûlante. J'essaie de me remémorer les conseils gravés de façon indélébile dans l'esprit de toute jeune maman. Retirer des couches de vêtements pour faire tomber la fièvre. Appliquer un gant de toilette froid sur le front. Donner du paracétamol toutes les quatre heures. Mais à quel moment doit-on appeler un médecin ? Qu'avais-je appris la fois où on avait cru que Kit faisait une méningite ? Ça me revient vaguement. Les boutons qui ne pâlissent pas quand on appuie un verre dessus. Les nausées. L'aversion pour les lumières vives.

Jez a déjà vomi. Qu'est-ce que je vais faire s'il a besoin d'antibiotiques ? S'il a quelque chose de grave ? Je me penche sur lui, tire les couvertures, l'inspecte pour voir si je repère des éruptions suspectes. Il a une petite auréole de minuscules points rouges sur l'intérieur de la cuisse. Mon cœur se met à battre la chamade. Ce n'est quand même pas une septicémie ? Les gens n'ont-ils pas souvent des boutons après une forte fièvre ? Oui, ce doit être l'explication.

Je le couvre à nouveau. Paniquer serait la pire des solutions. Je dois à tout prix rester calme, rationnelle. Réfléchir à une chose après l'autre. Je m'efforce de me souvenir des rudiments de mes études de médecine, des cours de secourisme que j'avais pris quand Kit était bébé. Il faut que j'aille remplir sa bouillotte et que je rapporte de l'eau pour le faire boire et lui rincer le visage.

La puanteur est insoutenable. J'en ai des haut-le-cœur. Ça se mélange avec une odeur qui monte du fleuve, une odeur infecte, pas l'agréable sensation d'air propre qu'apporte la marée. Quelque chose a dû mourir juste en dessous et commencer à se putréfier. On a de temps en temps des cadavres qui viennent s'échouer sur la grève. Des oiseaux de mer, bien sûr. Des sacs de chatons. Une fois, j'ai même trouvé un âne, à moitié bouffé par les produits chimiques ou peut-être les poissons, le flanc ouvert, toutes ses côtes sanguinolentes au grand jour. C'est seulement quand la chair s'est complètement décomposée que l'odeur disparaît, quand les os sont parfaitement nettoyés, comme s'il y avait enfin dans la mort un retour à la pureté. Comme les semelles de chaussures qu'on peut ramasser sur la rive. C'est drôle, on ne tombe presque jamais sur des chaussures entières. Le fleuve dévore les tissus souples de la partie supérieure mais recrache les semelles. Et elles viennent s'échouer sur la grève, par centaines, éparpillées tout le long du rivage à marée basse. Les empreintes désarticulées des égarés et des noyés.

J'avais pour projet de ramener Jez dans le studio de musique mais, maintenant qu'il est malade, ce n'est pas aussi simple. L'empêcher de s'enfuir n'est plus un problème tant qu'il est dans cet état de faiblesse. En revanche, même si je le soutiens, je ne suis pas sûre qu'il soit capable de marcher sur la courte distance d'ici à la maison. C'est devenu un infirme.

Le mot « infirme » m'inspire un de mes rares mais brillants éclairs de génie. Le fauteuil roulant de ma mère ! Je suis censée lui rendre visite aujourd'hui. Je pourrais y aller tout de suite et faire d'une pierre deux coups. Ensuite, je n'aurai plus qu'à pousser Jez le long du quai comme si je promenais simplement ma mère ; une de ces agréables flâneries du soir telles que j'en faisais régulièrement quand je suis revenue habiter aux Berges. J'emmitouflerai Jez comme je l'aurais fait pour elle, avec une couverture sur les genoux, un châle sur les épaules, une écharpe autour de la tête et nouée sous le menton.

Je dis à Jez que je reviens bientôt. Il est à peine conscient alors que je le borde, mais je vérifie que le scotch est bien serré avant de ressortir.

Je vais devoir faire vite. S'il est vraiment malade, je ne peux pas me permettre de tergiverser. Je passe à la maison prendre les clés de la voiture et repars sur le quai en sens inverse.

Je zigzague dans les rues étroites qui serpentent entre la Tamise et l'artère principale, pestant dans ma barbe contre la circulation qui a l'air de lambiner exprès devant moi. Chaque fois que j'arrive à un feu, il est rouge.

Je réussis enfin à traverser Trafalgar Road et je prends par Maze Hill en passant devant chez Helen, jusqu'à Blackheath.

Je trouve une place visiteurs sur le parking de la maison de retraite et ouvre la porte de l'appartement de ma mère avec la clé qu'elle m'a donnée.

« Tu n'es pas venue hier », commence-t-elle alors que j'ai à peine franchi le seuil.

Je lui donne la bouteille de gin que j'ai prise aux Berges pour elle, histoire de l'amadouer.

« Je suis désolée, maman. Je n'ai pas eu une minute. Kit était là, et Greg…

— Tu aurais pu téléphoner, au moins. Tu n'as pas idée de ce que c'est que de rester à attendre toute la journée sans voir personne. J'imagine que tu voudras un café.

— Oui, merci. »

Après une demi-heure à essayer de me faire pardonner, à hocher la tête et à convenir que les autres résidents doivent être terriblement ennuyeux, c'est sûr, j'annonce à ma mère que j'ai entrepris de ranger le garage et que ça m'aiderait de pouvoir emprunter son fauteuil roulant pour transporter des choses le long du quai.

« Tu ne peux pas prendre une brouette ?

— On n'en a pas. Tu sais bien. À quoi servirait une brouette dans une maison qui n'a pas de jardin ?

— Hmm. Qu'est-ce que j'aimais m'occuper de mes plantes, aux Berges ! J'ai réussi à faire pousser des choses dans cette cour en défiant les lois de la nature. Tout le monde m'avait dit que la glycine ne fleurirait jamais à l'ombre, mais je l'ai fait fleurir au mépris de toutes leurs prédictions. Et les clématites ! *Des étoiles pourpres dans l'écrin vert nuit de leurs feuilles*.

— C'est joli.

— C'est d'Oscar Wilde. Ça ne m'étonne pas que tu ne connaisses pas. Et les pivoines. Une année, j'avais même planté des tournesols le long du mur, dans la partie la moins ensoleillée de la cour, et ils m'ont fait des fleurs magnifiques, ils avaient juste besoin d'un peu d'amour et d'attention. »

Je me demande comment ma mère a pu donner autant d'amour et d'attention à ses plantes alors qu'elle en avait si peu pour moi.

« Ça n'empêche, maman. On n'a jamais eu de brouette aux Berges.

— Et donc, pourquoi tu as besoin de mon fauteuil roulant ?

— Je viens de te le dire ! Je suis en train de débarrasser le garage. J'en ai besoin pour pouvoir déplacer certaines choses lourdes jusqu'à la maison.

— Tu devrais faire comme veut Greg et vendre cette maison. Elle a fait son temps. »

Elle agite en l'air son verre aux trois quarts vide. Il est un peu tôt pour le gin, mais dehors la lumière tombe et elle a déjà allumé sa lampe, signe que, pour elle, c'est l'heure de l'apéro. Je la ressers et lui rends son verre en ajoutant au dernier moment un quartier de citron qui se met à pétiller et à crachoter dans le tonic.

« Alors en quoi je peux t'être utile ? demande-t-elle.

— Le fauteuil roulant, maman ! Je peux te l'emprunter ? Juste pour un jour ?

— Prends-le ! répond-elle. Garde-le, même. Chaque fois que je le vois, je me sens vieille et fragile. Je préférerais qu'il disparaisse de ma vue. Je me demande bien pourquoi tu m'as fait acheter cette horreur !

— Sans fauteuil roulant, tu ne pourrais plus aller faire tes promenades sur la pelouse de Blackheath, en ville ou au parc. Je te le rapporterai dès que j'aurai fini de m'en servir. »

Une fois qu'elle est installée devant la télé, je déclare que je dois partir et pousse le fauteuil sur la moquette du couloir jusqu'à l'entrée de la résidence.

Quand vous êtes pressé, on dirait toujours que le cosmos est au courant et fait tout pour vous ralentir. Alors que j'arrive dans le hall, Max sort de l'appartement de sa mère.

« Bonjour, Sonia », lance-t-il avec un grand sourire qui fait apparaître deux fossettes sur ses joues roses.

Max est le genre d'homme qui donne l'impression d'avoir été heureux toute sa vie, d'être né avec le sourire et de l'avoir toujours gardé depuis.

« Je vois que tu pars te balader avec ta maman. Quelle petite excursion secrète tu lui as préparée ? »

J'explique que je vais simplement mettre le fauteuil roulant dans mon coffre afin de l'avoir sous la main pour la prochaine fois.

« Je vais t'aider, propose-t-il aussitôt. Attends, laisse-moi faire. »

Nous sortons par la double porte coulissante. Arrivée à la voiture, je remercie Max avec effusion. Il me dévisage quelques secondes de trop, avec une insistance qui me met mal à l'aise. Est-ce qu'il va m'inviter à boire un verre ?

« C'est drôle, dit-il, parfois j'envie ma mère avec son petit appartement ici, qui n'a même pas à s'occuper de ses lessives, rien à faire de la journée, à part jouer au Scrabble et commérer sur les autres résidants. »

Il est planté devant moi, les mains sur les hanches, comme s'il avait tout le temps devant lui.

« Pardon, Max, dis-je, mais je suis un peu pressée. J'adorerais rester bavarder avec toi, mais…

— On pourrait peut-être prendre un thé ensemble, une prochaine fois. Se retrouver dans la salle commune.

— Avec plaisir.

— Je plaisantais, bien sûr, pour la salle commune. Je voulais dire, peut-être que je pourrais t'inviter à dîner ? »

Je souris.

« Pourquoi pas, si je n'ai rien de mieux à faire. »

Il me regarde comme pour essayer de trouver une façon positive d'interpréter ma réponse, puis hoche la tête, plie le fauteuil roulant et le range dans mon coffre.

« Et voilà ! dit-il en retrouvant son sourire. Parée pour la prochaine excursion. Allez, à bientôt. »

Je roule le plus vite possible pour retourner aux Berges.

27

Dimanche

Helen

Helen s'assit sur l'une des rares chaises libres du bar du marché avec son cappuccino habituel et se prit la tête entre les mains. Sonia avait refusé de l'aider, et comment le lui reprocher ?

Elle avait besoin de rester seule un moment, sans boire d'alcool, pour que ses pensées et ses émotions reprennent forme. Cette histoire avec Jez était devenue bien plus grave qu'elle n'aurait pu l'imaginer. La théorie de Sonia selon laquelle il avait peut-être une amoureuse secrète était peu crédible, vu sa relation avec Alicia. D'ailleurs, Alicia était persuadée que Jez ne serait jamais parti nulle part sans sa guitare, et elle le connaissait mieux que personne. Ce qui leur laissait trois possibilités. Ou bien il avait eu un accident, peut-être dans le fleuve et on ne l'avait pas encore retrouvé. Ou il s'était fait enlever. Ou alors, hypothèse la plus insupportable, il s'était fait assassiner. Mais il n'y avait pas de corps. Pas d'indice. Helen reposa brutalement sa tasse sur sa soucoupe. Tout cela ne la menait nulle part. En tout cas, pas plus loin que là où la police en était déjà arrivée. Sauf que la police, au moins, avait un suspect.

Moi, songea-t-elle.

L'interrogatoire de la veille avait été horrible. Les flics lui avaient demandé de confirmer une nouvelle fois son emploi du temps du vendredi matin, et elle avait été contrainte de leur raconter qu'elle était allée au hammam. Il était évident qu'ils ne l'avaient pas crue. Sans doute s'étaient-ils même renseignés depuis. Mais, au lieu d'insister là-dessus, ils lui avaient ensuite posé des tas de questions sur le lycée pour lequel avait postulé Jez. Était-il très important pour elle que Barney réussisse à y entrer ? Avait-il d'autres perspectives sinon ? En voulait-elle à Jez d'avoir compromis les chances de son fils ? Elle avait exprimé un complexe d'infériorité envers sa sœur et son neveu : cela l'avait-il déjà conduite à imaginer s'en prendre à lui ?

Helen savait qu'ils la laisseraient partir. Ils n'avaient aucune preuve, bien sûr, et n'en auraient jamais. Mais il était temps pour elle de faire le point. D'empêcher ces sentiments puérils de jalousie envers sa sœur et d'insécurité envers Mick de lui polluer le cerveau. Des sentiments qui la présentaient sous un jour très antipathique, voire dangereux.

Jamais jusque-là elle n'avait souffert d'un manque de confiance en soi aussi profond, d'une avalanche de doutes aussi violente et imprévisible. Cette semaine, elle s'était demandé qui était Mick, si elle le connaissait vraiment. À présent, elle se demandait si elle se connaissait elle-même. C'était de Jez qu'il s'agissait. Son neveu. Elle ne devait pas laisser ses histoires personnelles occulter le fait qu'il était peut-être en danger.

Une femme passa avec un nouveau-né dans un porte-bébé et, en voyant sa frimousse minuscule collée contre le manteau de sa mère, Helen se souvint brusquement et avec une clarté terrifiante de la toute première fois qu'elle avait vu Jez. Maria était folle de bonheur devant son fils qui prenait sa tétée en faisant des petits bruits mouillés avec la bouche. Helen était allée la voir le jour même de la naissance, chez elle, dans ce ravissant appartement qu'ils avaient tout en haut de Crooms Hill. Les deux sœurs étaient assises côte à côte sur le lit, adossées à des coussins, les genoux repliés. Elles étaient proches, à l'époque, comme si, une fois que Maria était tombée enceinte, le gouffre qui existait entre elles s'était refermé pour un temps. On avait une vue magnifique sur le fleuve depuis cette pièce : un ruban d'argent au loin, serpentant vers la mer entre les docks industriels.

Après avoir fini d'allaiter, Maria avait passé le bébé à Helen, qui l'avait posé sur le plat de ses cuisses, face à elle, avec ses petites jambes grassouillettes repliées sous lui. Il l'avait fixée de son regard noir hypnotisant et elle avait été submergée d'un amour qui n'avait d'égal que celui qu'elle ressentait déjà pour ses deux fils. Elle en avait eu les larmes aux yeux. Pourtant, elle avait déjà eu entre les bras beaucoup de nouveau-nés, car la plupart de ses amis avaient des enfants, mais il y avait quelque chose de différent avec les liens du sang, c'était indéniable. Jez était son neveu, le fils de sa propre sœur, et elle l'aimait. C'était toujours le cas, d'ailleurs. Elle l'aimait. Il était inimaginable qu'il lui soit arrivé quelque chose de grave.

Elle quitta le café, toujours plongée dans ses pensées, et pénétra dans le parc en franchissant les grilles en fer forgé. En passant devant le panneau « Interdit aux vendeurs de glaces ambulants », elle crut entendre Theo le lire tout haut à Jez, comme s'ils étaient là devant elle :

« Ça veut dire quoi, "ambulant" ? avait demandé Jez.

— Oui, c'est vrai ! s'était exclamé Theo. Pourquoi utiliser un mot pareil ? »

Ils couraient le long du sentier en se faisant des passes avec un caillou et en plaisantant sur les mots compliqués qu'on pouvait employer sur des panneaux adressés à des gens qui ne les comprendraient sûrement pas.

« Les gens comme moi, par exemple, avait dit Jez, qui était dyslexique.

— Ouais, avait renchéri Barney. Pour toi, le panneau dirait : "Interdit aux musiciens en état d'ébriété", et toi tu continuerais ton chemin, complètement pété, avec ta guitare en bandoulière ! »

Il n'y avait jamais aucune animosité entre ses fils et Jez. Ils semblaient évoluer dans un monde bienveillant de franche camaraderie qui n'avait pas tellement changé depuis leur enfance. Se charrier gentiment. Escalader tout ce qui leur tombait sous la main. Aller voir des concerts.

Elle arrivait juste au pied de la pente quand son portable sonna. C'était Alicia.

« Il faut que je vous parle. J'ai trouvé un indice.

— Où es-tu ?

— Sur le quai devant l'université. Vous pouvez me rejoindre ici ? Comme ça, je vous montrerai où je l'ai trouvé. »

Helen hésita. Elle avait envie de rentrer, elle avait besoin d'un bon bain et d'un verre de vin. Mais c'était peut-être l'occasion de faire quelque chose de constructif.

« Je suis dans le parc, j'arrive. Attends-moi. »

Helen trouva Alicia assise sur un banc, le regard perdu vers le fleuve. La marée était haute et l'eau clapotait contre le mur à peine un mètre plus bas. Il commençait à faire sombre, les lumières s'allumaient peu à peu, les réverbères jaunes le long du quai et des paillettes de rouge, de blanc et de bleu sur la Tamise et la rive opposée. Alicia leva la tête vers Helen et lui montra un tout petit bout de carton déchiré dans le creux de sa paume.

« Qu'est-ce que c'est ? demanda Helen en s'asseyant à côté d'elle sur le banc, qui lui parut drôlement froid.

— Un filtre, répondit Alicia. De Jez. Je l'ai trouvé un peu plus loin sur le quai, par là, dit-elle en tendant le bras vers la droite. Juste devant la centrale électrique. »

Helen se tourna dans la direction qu'indiquait Alicia. Le fleuve paraissait noir, vers l'est, sans fond, un peu menaçant dans l'obscurité croissante. De l'autre côté, vers le centre-ville, il reflétait encore les restes d'un coucher de soleil argenté.

« Comment tu sais que c'est à Jez ?

— Il est fait avec un bout d'un ticket de concert auquel on est allés ensemble. J'en suis sûre. Je le reconnais. On s'était roulé des joints le soir avant sa disparition. Mais on n'a pas pu les fumer parce que vous êtes rentrée à ce moment-là.

— Moi ?

— Ouais, on s'était dit que ça ne vous plairait pas trop.

— Et tu l'as trouvé ici ?

— Oui. Il est parti de chez vous vendredi pour venir me rejoindre dans le tunnel piétonnier. C'est forcément le chemin qu'il aurait pris. En descendant Maze Hill, en passant devant la Cutty Sark Tavern et puis le long du quai. L'entrée du tunnel est juste là, ajouta-t-elle en hochant la tête vers sa gauche. J'ai décidé de mener ma propre enquête, puisque personne d'autre ne cherche sérieusement. »

Helen doutait que le filtre soit réellement celui de Jez. Peut-être qu'Alicia avait besoin de se raccrocher à quelque chose et que ce filtre lui redonnait de l'espoir. Elle aurait préféré ne pas devoir faire semblant de croire à ce qui était vraisemblablement une fausse piste, mais en même temps il ne fallait rien négliger, c'est ce que la police avait dit.

« Donc tu l'as trouvé près de chez Sonia ? demanda-t-elle.

— Sonia ?

— Une de mes amies. Celle à qui Jez voulait emprunter un disque. Elle habite de ce côté, mais avant la centrale électrique. Il allait peut-être chez elle quand il l'a fait tomber.

— Qu'est-ce qu'on fait ?

— Écoute, on n'a qu'à rentrer par le même chemin et tu vas me montrer exactement l'endroit où tu l'as trouvé. »

Elles se levèrent et marchèrent d'un bon pas le long du quai, tournant le dos à ce qui restait de clarté. Helen frissonna au bruit de l'eau qui lapait le mur en contrebas. Les barreaux des grilles de l'université projetaient des ombres noires sur les pavés, et leurs propres silhouettes déformées surgissaient devant elles puis grandissaient démesurément avant de disparaître chaque fois qu'elles approchaient d'un réverbère. Elles passèrent devant le pub, puis devant la maison de Sonia, dont toutes les fenêtres ainsi que la lampe extérieure étaient éteintes. Il régnait une pénombre et un silence lugubres par contraste avec le Dôme du millénaire tout illuminé qu'on apercevait plus loin, dans le virage du fleuve, et les vives lumières blanches de Canary Wharf sur la rive d'en face. Elles continuèrent sur le quai jusqu'à la centrale électrique, qui les surplombait de son énorme masse sombre. Sous la jetée du débarcadère à charbon, Alicia s'arrêta.

« Là, annonça-t-elle en désignant le sol au pied du mur. C'est là que je l'ai trouvé. »

Le vent soulevait une grosse plaque de tôle qui ne cessait pas de claquer quelque part dans la structure métallique au-dessus de leurs têtes, et Helen se sentit traversée par une étrange inquiétude.

« Allons-y », dit-elle.

Puis, pour ne pas affoler Alicia, elle ajouta :

« Au moins, on sait qu'il est arrivé jusque-là. Trouvons-nous un endroit au chaud et on pourra discuter de la suite. »

28

Dimanche

Sonia

Il fait déjà presque nuit quand je reviens de chez ma mère. Des lumières clignotent le long du fleuve.

Je sors le fauteuil du coffre et le fais rouler jusqu'au garage, ouvre la porte et le pousse à l'intérieur. Jez est toujours là, étendu sur le dos, immobile, les bras attachés derrière la tête. Il est pâle et moite de sueur.

« Jez, on va retourner dans le studio de musique où je vais pouvoir bien m'occuper de toi », dis-je.

Il me regarde fixement. Sans aucune réaction. Il a les traits tirés, les lèvres bleues. Il marmonne quelque chose d'incohérent avant de refermer les yeux.

« Tu n'es pas bien, reprends-je. Il faut qu'on t'installe dans un endroit plus confortable. Essaie juste de monter sur ce fauteuil pour que je puisse te pousser jusqu'à la maison. »

Je coupe ses liens aux chevilles et aux poignets avec les gros ciseaux que j'ai pris dans ma poche puis fais pivoter ses jambes hors du lit de façon à l'obliger à s'asseoir. Je lui soutiens le dos par-derrière. Tant bien que mal, à nous deux, nous parvenons à le hisser dans le fauteuil roulant. Je le couvre avec l'anorak de Greg en m'assurant que la capuche soit bien enfoncée sur sa tête, puis je l'enveloppe de couvertures. Par précaution au cas où il tenterait de s'enfuir, même si je suis presque certaine qu'il est trop faible pour ça, je lui bande de nouveau les pieds et les mains avec du gaffer. Je l'aurais bien bâillonné, si jamais quelqu'un s'arrêtait et s'avisait de lui parler, mais j'ai peur qu'avec un foulard sur la bouche il ne puisse plus respirer du tout. Il a déjà du mal, et il tousse beaucoup. À la place, je lui cache le visage en tirant la capuche au maximum et en lui enroulant une écharpe autour du nez sans trop serrer. Quand j'ai fini, il n'a plus que les yeux de visibles. Je meurs d'impatience de le ramener à la maison. De le guérir par mes soins.

Accroupie devant les portes du garage, je les entrebâille légèrement afin de voir ce qui se passe dehors.

Un groupe de buveurs déambule dans la ruelle, ils chahutent, s'amusent à se pousser les uns les autres en riant bruyamment. Je regarde les filles vaciller sur leurs talons, se cogner contre les garçons qui chantent, plaisantent et titubent en zigzag. Ils disparaissent au bout de la rue, leurs voix s'estompant peu à peu. De nouveaux bruits de pas, les voix feutrées de deux femmes en train de discuter. Je colle un œil contre l'interstice entre les deux portes et retiens un cri de stupeur. Une des femmes ressemble à Helen. *C'est* Helen. Qu'est-ce qu'elle fait là ? Elle est avec quelqu'un de mince dont je n'arrive pas à distinguer le visage car elle est cachée par

Helen. Je tire la porte vers moi et reste tapie derrière, immobile, en essayant de contrôler ma respiration. Après plusieurs minutes, je l'entrouvre à nouveau.

La ruelle est plongée dans le noir, à présent, seules quelques portions sont éclairées par les réverbères. De nouveaux bruits de pas arrivent en provenance du pub. Deux policiers, leurs vestes jaune fluo luisant dans l'obscurité, s'approchent à grandes enjambées en papotant. Je me rétracte dans le garage.

Finalement, je referme la porte et m'appuie contre elle, le cœur battant si fort que j'ai peur qu'il n'explose. Je jette un coup d'œil à Jez. Il a la tête qui dodeline, il dort à moitié. Je touche son front sous la capuche. Oui, il a encore de la fièvre. Sa respiration est laborieuse, chuintante. Il a besoin d'un inhalateur. Il faut vite que je le ramène dans la chaleur et le confort de la maison des Berges. Je ne peux pas attendre beaucoup plus longtemps.

Le calme revient enfin dehors. Il n'y a plus que le claquement habituel de la plaque de tôle sur le débarcadère à charbon et le ressac des vagues contre le quai. J'ouvre les deux battants et pousse Jez jusqu'à la porte de la cour.

Je passe toute la nuit dans le studio de musique, assise dans un fauteuil à tenir la main de Jez. Il respire très difficilement. Certaines de ses quintes de toux semblent si éreintantes qu'on dirait qu'il n'a pas la force d'expulser l'air de ses poumons. À plusieurs reprises, je crains de devoir être obligée d'appeler une ambulance. Il a le souffle vide, comme si plus rien n'arrivait à entrer ni sortir de ses poumons. Je fouille dans les poches de la veste en cuir et du sweat-shirt qu'il portait en arrivant, y trouve un inhalateur que je lui enfonce dans la bouche et appuie sur la pompe. Cela arrange un peu les choses, mais il demeure quasi inconscient.

Vers 4 heures du matin, alors qu'il ne montre toujours aucun signe d'amélioration, je me rends compte qu'il va me falloir élaborer un plan si je veux garder Jez en sécurité. Or, désormais, en sécurité égale en vie. J'y réfléchis étape par étape, en essayant de ne pas me laisser détourner par mon chagrin ni mes regrets. Jez doit rester en vie.

Ce que je vais faire, c'est que je vais le déposer dans un hôpital avant l'aube. Je n'aurai qu'à le pousser jusqu'à la voiture dans le fauteuil roulant puis conduire jusqu'à Saint-Thomas, ou même le Royal Free Hospital à Hampstead. Je ne peux pas m'en tenir à l'hôpital du quartier, ce serait trop risqué. Quelqu'un pourrait me reconnaître et m'intercepter. Et puis il me faudra le temps de m'en aller avant que la famille débarque. Je lui donnerai des somnifères en quittant la maison, ce qui n'est plus un problème maintenant que j'ai ceux que m'a prescrits Greg. Et je le couvrirai chaudement. Je le laisserai dans le hall de l'établissement avec un petit mot demandant qu'on s'occupe de lui et indiquant les coordonnées d'Helen.

Ensuite, je devrai disparaître de sa vie. Et pas seulement de la sienne. Il faudra aussi que je prenne mes distances avec Kit, pour qu'elle n'ait pas à subir l'opprobre du *crime* de sa mère. Car je sais bien que c'est comme ça que seront qualifiés mes actes. Et je devrai enfin m'éloigner de Greg, qui voudra tout savoir du pourquoi et du comment, me sermonner et me réprimander pour n'avoir pas consulté de médecin au sujet de ma « dépression ». Ce qui veut dire que je serai contrainte de quitter les Berges.

Les larmes me montent aux yeux lorsque je songe à tout ce que je vais devoir abandonner. Kit, la maison des Berges, et Jez au plus beau moment. Je presse sa main dans la mienne et laisse mes larmes couler sur son poignet offert.

Plus tard, je comprendrai que la fatigue m'a fait voir les choses sous un jour déformé ; que l'idée d'emmener Jez à l'hôpital n'était ni nécessaire ni rationnelle. Mais là, alors que les vasistas commencent à peine à s'éclaircir dans la lueur de l'aube, je suis persuadée que c'est la fin.

29

Lundi

Sonia

Quand je me réveille, plus tard dans la matinée après m'être enfin endormie dans mon fauteuil, le soleil emplit le studio de musique d'une douce lumière dorée. J'entends que la respiration de Jez coule de façon plus fluide. Il est toujours plongé dans un profond sommeil mais il a repris des couleurs. Pour l'instant, en tout cas, il a l'air dans un état stable. Je descends au rez-de-chaussée.

À 10 heures, Simon arrive pour son cours. Il me prend la main et glisse au creux de ma paume un petit morceau enveloppé dans du film alimentaire.

« L'herbe pour ta mère, *darling*. Marijuana thérapeutique, exactement ce que tu voulais. »

Je l'embrasse pour lui dire bonjour.

« Merci, cher dealer du troisième âge.

— De rien, chérie. Tu n'auras qu'à le déduire de ma facture. »

C'est lundi. Il faut que je reprenne mes séances de coaching vocal. Je ne peux pas disparaître trop longtemps de la circulation sans que les gens commencent à se demander pourquoi.

« On va faire le cours en bas, aujourd'hui, je lui annonce. Dans la cuisine.

— Je croyais que tu préférais le studio de musique.

— On est en pleins travaux, là-haut. On a complètement désossé le parquet, c'est dangereux. »

C'est le fait d'avoir des ouvriers à la maison samedi, quand ils sont venus installer les barreaux aux fenêtres, qui m'a donné l'idée.

« Si tu as besoin des pipi-rooms, tu peux utiliser ceux du rez-de-chaussée. Assieds-toi, je te prépare un café.

— Tu es complètement guérie, maintenant, ça va ? On a tous eu peur que tu aies attrapé la grippe A. Tu m'as l'air un peu fatiguée, je dois dire. Mais tu es plus sublime que jamais. Tu as maigri, ma parole !

— Peut-être un peu.

— Non pas que tu en avais besoin, hein ! Mais une bonne grippe peut parfois te faire perdre un ou deux kilos, ce qui n'est jamais du luxe, à nos âges.

— Simon !

— À mon âge, il faut travailler son physique. Tu ne peux plus laisser faire la nature. »

Simon s'indigne du temps qui passe comme si c'était un affront personnel qui lui était fait.

« J'ai 55 ans, Sonia ! C'est un scandale ! Comment moi, Simon Swavesy, je peux avoir 55 ans ? Est-ce que je les fais ? Est-ce que c'est écrit sur mon visage ?

— Tu es le même que la dernière fois qu'on s'est vus.

— Mais mon cou, regarde ! Je suis sûr que je suis en train de développer un double menton.

— Alors nos exercices vocaux ne pourront que te faire du bien, dis-je en lui servant un café. Allez, au travail. »

Le soleil pénètre par la fenêtre de la cuisine et se réverbère sur le rebord intérieur, irradiant la pièce d'une clarté que je lui ai rarement connue. Certains détails prennent soudain un relief éclatant, les tasses pendues le long de l'étagère du vaisselier, les oranges dans la coupe à fruits. Je regarde la rangée de pots de marmelade, qui luisent d'une teinte ambrée dans la lumière. Je me sens légèrement en dehors des choses, peut-être à cause du fait que je n'ai quasiment pas dormi de la nuit.

« Et les affaires, ça va ? demande Simon. Pas trop affectées par la crise économique ? Un des points positifs, c'est que les gens ont toujours besoin d'évasion. Oh, d'ailleurs, je voulais te demander, tu étais suffisamment remise pour venir voir la générale de *Tosca* ?

— Oui. Tout juste. Et j'ai adoré ! Tu étais époustouflant, Simon, comme toujours. »

Il y a quelque chose de savoureux dans la précarité de mon secret, de cette double vie. Je ne me serais jamais doutée que ça puisse être une conséquence de la présence de Jez auprès de moi. Chaque fois que je réussis à tromper mon interlocuteur, je me sens transportée par un élan d'euphorie qui n'est comparable à rien de ce que j'ai pu ressentir depuis l'enfance.

Je détecte une nouvelle odeur dans la brise qui souffle de la Tamise. Une fraîcheur après les effluves chimiques lourds et menaçants de l'hiver.

« Quelle magnifique journée ! » déclare Simon qui, appuyé sur le rebord de la fenêtre, contemple le fleuve dehors.

L'eau semble presque solide dans cette lumière, comme du satin ou du métal poli.

« Tu crois que le printemps est enfin là ? » soupire-t-il.

C'est vrai que c'est une belle journée qui s'annonce. Je sens une sorte de légèreté dans mon cœur, comme si c'était un bébé araignée qui s'envolait dans son parachute soyeux pour se laisser planer dans le ciel printanier au-dessus du fleuve.

J'ai Jez. Il est en train de guérir grâce à moi. J'ai la même sensation que le premier jour des grandes vacances, enfant, lorsque je me réveillais en sachant que les horreurs qui m'attendaient à l'école étaient si loin que je n'avais pas besoin d'y penser. Que les journées à venir étaient de longues plages de liberté.

Quand Kit avait 6 ou 7 ans, elle nous avait affirmé avoir entendu une chauve-souris crier. Nous lui avions répondu qu'elle se trompait, que l'oreille humaine n'était pas capable de percevoir un tel son. À présent, je découvre des registres de sentiments qui étaient autrefois trop extrêmes pour m'être accessibles. Des pics d'émotion que, comme le cri de la chauve-souris, je ne croyais pas à la portée d'un être humain.

Après le départ de Simon à 11 heures, je remonte voir Jez.

« Où je suis ?

— Tout va bien, Jez. Tu es revenu dans le studio de musique. »

Même lui doit sentir cette éclaircie, cet allégement de l'atmosphère, la façon dont les rayons du soleil entrent par les vasistas et viennent réchauffer les couvertures sur son lit.

« Quel jour on est ? Quelle heure ?

— Nous sommes lundi. Fin de matinée. Tu veux du café ? »

Il ne se sent toujours pas très bien, il n'a pas envie de café, dit-il.

« Tu sais qu'il y a un savon tout neuf et des serviettes propres dans le cabinet de toilette, si tu en as besoin, hein ? Et aussi tout le matériel de musique. Des livres, la radio. Et puis tu m'as aussi, moi, à ta disposition, prête à tout pour te faire plaisir. Ce que tu veux, Jez, tu le sais.

— Mmm. »

Il est encore malade mais il respire mieux. Il arrive à peine à ouvrir les yeux, et voilà qu'il se remet à trembler.

« J'ai une douleur dans le dos, dit-il. Entre les omoplates.

— Oui. Il faut que tu te reposes. Et aussi que tu te débarbouilles et que tu te laves les dents. »

Je lui apporte un gant de toilette, une brosse à dents, et tente de le nettoyer du mieux que je peux. Il est si faible que je l'autorise à se lever et à aller se soulager aux WC, après quoi il revient en titubant jusqu'au lit et se rallonge en soupirant.

« Je vais te monter une bouillotte.

— Oui. Oui, s'il vous plaît. Il fait tellement froid. La glace m'a gelé les doigts. Regardez ! J'ai les doigts qui ont maigri ! »

Je glisse la bouillotte sous ses draps et, ce faisant, je me demande si, dans la mesure où il est clairement délirant, je ne pourrais pas en profiter pour me pencher un peu plus et l'embrasser sans qu'il s'en aperçoive. Mais ses lèvres ont l'air desséchées après sa maladie, et il s'en dégage une odeur âcre. Cela m'inquiète, il risque de perdre à nouveau connaissance.

En bas, j'allume l'ordinateur de Greg dans le couloir, qui bloque la porte principale donnant sur la rue. Celle que nous n'utilisons jamais. Je tape les symptômes de Jez dans Google. Le diagnostic le plus probable est une pneumonie. Ce qui signifie qu'il va encore être malade pendant un bout de temps, que ses forces vont diminuer. Ça expliquerait sa toux et la douleur entre ses omoplates. Cependant, même si c'est loin d'être bénin, il semblerait que, si je m'occupe très bien de lui, comme j'ai évidemment l'intention de le faire, il n'y ait pas forcément besoin d'une intervention médicale.

Maintenant que je tiens mon diagnostic, je reste encore un moment sur Internet à explorer divers sites, à surfer au hasard. Je regarde les sculptures de Nadia et clique sur le lien vers le site où elle commande ses bandes plâtrées pour les torses de femme enceinte dont Helen m'a parlé. Sur un coup de tête, j'en commande un lot pour moi. Puis je trouve la page Facebook que Mick et Maria ont créée pour Jez. Son visage, plus rebondi, plus éclatant, me sourit, entouré d'amis, d'adultes que je n'ai jamais vus ; avec une guitare ; avec toute une bande de filles. Je ne peux pas supporter ces images de Jez en compagnie d'autres gens, dans une autre vie, et je referme rapidement la fenêtre.

Quand je remonte le voir, Jez dort d'un sommeil paisible, allongé sur le côté. Comme le rouleau de gaffer est posé sur le palier, je l'attrape, en déchire un long bout et fais plusieurs fois le tour de ses poignets jusqu'à ce que ses deux mains soient solidement liées dans son dos. Je redescends vérifier les serrures, les barreaux aux fenêtres. Je m'assure que la porte d'entrée soit bien fermée à clé, ainsi que celle de la cour. Par précaution supplémentaire, j'ai aussi tiré les rideaux du salon et baissé les stores de la cuisine, ce dont je prends rarement la peine, vu que nous donnons uniquement sur le quai et le fleuve. De l'extérieur, la maison doit avoir l'air complètement barricadée, comme si nous étions partis en voyage. Je fourre le Rohypnol que Greg m'a prescrit dans un tiroir de la cuisine, à portée de main pour pouvoir en glisser un dans le verre de Jez si besoin est.

Cette fois, Jez est réveillé quand je reviens. Il se plaint qu'il a encore mal partout.

« Qu'est-ce que j'ai aux mains ? » s'affole-t-il, une expression inquiète traversant son visage blême.

Je me demande si la maladie, combinée au cocktail de médicaments que j'ai dû lui donner, a pu provoquer des dégâts dans sa mémoire. Peut-être ne se rappelle-t-il pas du tout avoir été attaché dans le garage. Si c'est le cas, tant mieux. Ni lui ni moi n'avons envie de nous souvenir de ça.

Je m'assieds sur le lit et le regarde avec toute la compassion que j'éprouve pour lui.

« Jez, je pense que je peux te faire confiance. Mais pour cette première fois où tu vas descendre, je préfère être prudente. Quand tu m'auras montré que tu ne vas pas faire de bêtise, tu pourras rester les mains libres, promis.

— Je descends ? Où ça ? »

Je souris.

« À la cuisine. Je t'en prie, n'aie pas l'air si effrayé. On va passer l'après-midi ensemble. Tu pourras me parler pendant que je cuisinerai.

— Je suis encore ici ?

— Aux Berges, oui. Tu es encore ici. Tout va bien.

— Mais je vais rentrer chez moi, non ? Vous allez me laisser partir. Vous me l'avez dit. »

J'écarte une mèche de cheveux sur son front.

« Bien sûr que tu vas rentrer chez toi. Bientôt, maintenant, je pense. Très bientôt. »

30

Lundi

Sonia

C'est un après-midi presque parfait. Jez est assis à la table, les mains liées derrière le dossier de sa chaise, pendant que je fais la cuisine. Je l'ai enveloppé dans le plaid à carreaux verts et blancs pour lui tenir chaud. Je change l'eau de sa bouillotte, que je pose sur ses genoux sous la couverture. Je mets un disque de Jeff Buckley dans le lecteur CD et on écoute « Hallelujah ».

Je lui prépare un genre de grog : du whisky et du jus de citron, du miel et de l'eau chaude. Par prudence, je le lui sers dans une timbale en plastique plutôt qu'un verre, même s'il ne peut pas le tenir lui-même et que je le lui fais boire par petites gorgées en l'approchant de ses lèvres. Je ne pense pas qu'il tentera un coup de force maintenant. Quelque chose a changé entre nous. Il a compris que j'allais le soigner. Que je ne lui voulais aucun mal.

Je roule des morceaux de poulet dans de la farine pour lui concocter un dîner que nous pourrons partager plus tard s'il a retrouvé l'appétit. J'émince des échalotes que je fais revenir dans de l'huile d'olive, j'y ajoute du bacon. Je jette un coup d'œil à Jez depuis mes fourneaux. Sans doute que je m'attendais à le trouver comme au premier jour, détendu, les pieds ballants contre le montant de la table tout en sirotant son verre de vin. C'est donc un choc de voir les larmes qui roulent en silence sur ses joues et gouttent dans son gobelet. Il a aussi le nez qui coule, de longs filaments baveux qui pendent de sa lèvre supérieure. Et, quand il voit que je le regarde, il se met à hoqueter.

« Oh ! Jez », dis-je en m'approchant de lui.

Je lui mouche le nez, lui essuie le visage avec un gant propre et lui fais boire un verre d'eau.

« Jez, écoute, tu as été très malade. Mais tu es en train de guérir, maintenant. Ne pleure pas, s'il te plaît. Je suis là pour m'occuper de toi. Pour que tout se passe bien. »

Ses sanglots finissent par s'apaiser, il prend une grande inspiration et m'adresse un petit sourire faiblard.

« Pardon, dit-il. C'est juste que je me sens tellement mal. »

La température commence à monter dans la cuisine. À présent, il se met à s'agiter en disant qu'il a trop chaud. Il réussit à se dégager du plaid que j'ai enroulé autour de lui et me demande de lui enlever son sweatshirt. Ce n'est pas facile, avec ses mains attachées dans le dos. Je lui propose de lui rouler ses manches à la place. Je suis consciente des moindres détails de son anatomie tandis que je m'y attelle : ses épais poignets, avec l'os proéminent sur le côté ; la dépression entre le radius et le cubitus. Il a un voile de sueur sur le front. Des perles de transpiration dans le pli du coude.

« Vous ne pouvez pas me l'enlever complètement ? Je crève de chaud. »

J'adorerais pouvoir lui délier les mains et lui retirer son sweat-shirt. Mais, bien qu'il soit si faible et docile, je n'ai pas envie de prendre de risque.

Quand j'ai fini de lui remonter les manches, je retourne remuer ma sauce, moudre du poivre.

« Ça va, maintenant, Jez ?

— Oui, c'est mieux. »

Après un long silence, il demande :

« C'est quoi, dans tous ces bocaux ?

— De la marmelade, je réponds, suivant son regard.

— Celle que vous étiez en train de faire le jour où je suis venu.

— Oui. J'en fais tous les mois de février, comme faisait ma mère. C'est une tradition. Cette odeur… J'adore cette odeur, même si elle me rend triste.

— Parfois, j'ai des souvenirs qui me rendent triste, moi aussi. Pas parce qu'ils étaient tristes, mais parce que le temps a passé. C'est le fait de ne pas pouvoir revenir en arrière. »

Je me tourne vers lui. Enfin, il recommence à parler comme le premier jour. On progresse.

« Quel est ton plus ancien souvenir ? »

Il réfléchit un moment. J'observe son visage pendant ce temps. Il est plus émacié, c'est certain. Mais il y a autre chose, quelque chose de méfiant dans son expression qui n'était pas là avant. Il lance des regards furtifs autour de lui. Comme s'il ne voulait surtout rien rater, comme s'il devait rester sur ses gardes à chaque instant. Je n'aime pas ça. Je voudrais qu'il se détende.

« Les cygnes sur le fleuve, finit-il par répondre. Mon père devait m'emmener les voir dans ma poussette, j'imagine. On leur jetait du pain. Il disait qu'ils appartenaient à la reine. C'est vrai ?

— Seulement les cygnes tuberculés non marqués. Et seulement ceux qui vivent ici, sur la Tamise. Ou sur ses affluents.

— Et l'odeur de la Marmite dans la brise. Encore aujourd'hui, quand je sens de la pâte à tartiner Marmite, ça me rappelle ici. Le fleuve. Avant que tout ait changé.

— Ce n'est pas vraiment de la Marmite. C'est les odeurs de levure qui viennent de la brasserie en aval. Mais, moi aussi, c'est l'un de mes premiers souvenirs. Il y a des gens qui s'en plaignent. Moi, j'aime ça. Et les cygnes sont toujours là, bien sûr. Parfois, ils disparaissent, mais ils reviennent toujours.

— Oui. Mais ce n'est plus comme avant. Mon père et ma mère ne se remettront pas ensemble. Je ne serai plus jamais le petit garçon que j'ai été. Il y a certaines choses qui sont perdues à jamais. »

Une fois de plus, il est au bord des larmes.

« Ce n'est pas vrai, Jez. »

Je pose mon couteau et m'appuie sur la table en le fixant droit dans les yeux.

« C'est ce que je pensais, moi aussi, mais plus maintenant. Rien ne se perd, le passé n'est pas perdu, le temps n'est pas linéaire comme on se l'imagine. Il fait des boucles et des spirales, et nous joue des tours incroyables. C'est quelque chose dont je me suis rendu compte récemment. Je regrette de ne pas l'avoir toujours su. »

Je contourne la table pour me rapprocher de lui. Je me penche tout près de son joli visage pâle, de ses yeux qui se sont un peu enfoncés pendant sa maladie mais qui commencent à retrouver leur éclat, et je murmure, en y mettant toute la passion que je ressens :

« Tu es venu à moi. Tu es venu pile au moment où j'avais besoin de savoir que le passé n'était pas perdu. Tu m'as montré que j'avais une seconde chance et que je ne serais plus jamais obligée de vivre une perte aussi cruelle. »

Il ne répond pas, se contente de soutenir mon regard, et l'espace d'un instant c'est comme s'il pouvait sonder les profondeurs de mon âme. Nous ne faisons plus qu'un.

Un calme paisible s'installe tandis que dehors la lumière baisse et que je retourne à ma recette. Jez et moi restons ensemble sans rien dire. Nous n'avons pas besoin des mots.

Plus tard – je ne sais pas combien d'heures plus tard car le temps s'est remis à me jouer des tours et la journée s'est écoulée en quelques secondes –, Jez dit :

« Je ne me sens pas bien. Il faut que je retourne me coucher.

— Viens par là. Je vais faire un feu et tu pourras t'étendre sur le canapé. »

Je redescends les manches de son sweat-shirt, lui enroule le plaid autour des épaules et le guide jusqu'au salon. Il s'allonge sur le canapé et je m'occupe d'allumer un feu dans la cheminée, sans rien des mauvaises ondes que cette pièce m'évoque d'ordinaire. Comme si, maintenant que Jez est avec moi, j'avais l'impression que toutes ces réminiscences du passé qui me hantaient, bien qu'indéfinissables, avaient été éradiquées. Quelque chose pourtant, peut-être son pied qui pend du canapé, la conscience que j'ai de son corps abandonné et inerte, ravive tout. Pas seulement le sentiment général, mais les moindres petits détails, l'image dans l'angle de mon champ de vision qui d'habitude s'échappe chaque fois que j'essaie de poser le regard dessus.

La pièce s'illumine soudain alors que j'approche une allumette du petit bois dans la cheminée, et s'embrase lorsque le feu prend.

Une journée au début du printemps, la lumière qui déclinait dehors. Je poussai la porte du salon. Il y avait une sorte de table au milieu de la pièce. Des bougies qui projetaient des ombres immenses sur les murs. Des adultes vêtus de noir, la tête courbée. Je savais ce qu'il y avait sur la table, ils n'avaient pas besoin de s'écarter. J'arrivais à apercevoir entre leurs silhouettes la boîte en bois verni, avec ses poignées en cuivre rutilantes. Mais je ne pouvais pas m'approcher davantage. Et personne ne me le demanda. Personne ne me parla. Je restai debout toute seule dans l'encadrement de la porte à attendre quelque chose, un geste, un mot. Mais aucune tête ne se tourna. L'odeur suffisait. Ils n'avaient pas allumé le feu. La pièce était plus froide que le fleuve lui-même.

Le téléphone se met à sonner. Il est posé sur la table basse à côté du canapé où Jez somnole. Du moins où je croyais qu'il somnolait. Il se redresse si brusquement au son de la sonnerie que je me demande à présent s'il ne faisait pas semblant. Je suis à l'autre bout de la pièce. Je mets quelques secondes à sortir de ma rêverie et à m'apercevoir que Jez est en train de décrocher le téléphone à l'aide de son menton et qu'il crie dans le combiné :

« C'est moi, Jez ! »

J'ai réussi à traverser le salon et à me jeter sur la touche « MUTE » avant qu'il ait fini de prononcer ces quatre petits mots qui pourraient bien me priver de lui pour toujours.

« Comment as-tu osé ?

— Quoi ? »

Il se recroqueville sur le canapé, apeuré.

« Jez ! Je t'ai laissé descendre. Et maintenant tu me fais ça.

— Je ne comprends pas. Qu'est-ce que j'ai fait ?

— Tu voulais essayer de m'abandonner.

— Non ! J'ai décroché sans y penser. »

Je prends une grande inspiration et fais le tour de la pièce en me passant la main dans les cheveux. Il ne faut pas que ça dégénère. Je soupire. M'assieds à côté de lui. Lui pose gentiment une main sur le genou.

« D'accord, je vais fermer les yeux pour cette fois. On oublie. Mais il est temps que tu remontes dans le studio de musique. Tu ne peux plus rester en bas. Allez, viens, debout. »

Je tremble alors que je le laisse sortir de la pièce devant moi, choquée de voir que je lui fais toujours peur. Mais que ce soit parce qu'il est encore faible ou parce qu'il regrette de m'avoir contrariée, il avance d'un air penaud, les mains solidement attachées dans le dos, la tête basse, et il n'oppose aucune résistance tandis que nous montons les escaliers.

Une fois qu'il est de nouveau enfermé là-haut, je redescends à toute vitesse écouter le message sur le répondeur. J'ai besoin de savoir si la personne a pu entendre la voix de Jez.

C'est Helen.

« Sonia, tu ne vas pas me croire… »

J'empoigne le combiné et compose son numéro. Elle décroche dans la seconde.

« Je peux passer ? » demande-t-elle.

L'espace d'un instant, je ne trouve plus mes mots. A-t-elle reconnu Jez ? Est-ce un piège ?

« Sonia, tu es là ? Tu m'entends ?

— Oui, pardon. Salut.

— Il faut que je te parle. Je peux passer chez toi ?

— Non. »

C'est trop abrupt. Je recommence avec un peu plus de douceur :

« Non. Désolée, Helen, ça tombe assez mal.

— S'il te plaît, Sonia, je suis tellement seule dans cette… »

Son ton paraît sincère. Détecter une fausse note est une chose dont j'ai l'habitude dans mon travail, et je suis quasiment sûre qu'il n'y en a pas. Bien entendu, elle *pourrait* passer. Je pourrais lui dire la même chose qu'à Simon, que l'escalier du studio de musique est interdit d'accès pendant qu'on refait le plancher. Mais Helen est du genre à ne plus repartir. C'est différent avec Simon et mes autres clients. Ils me paient pour un temps déterminé. Helen peut très bien parler des heures. Elle n'a aucune limite. Et puis le plaid est toujours dans la cuisine. La timbale en plastique dans laquelle je lui ai fait boire son grog. Le dîner que je nous ai préparé, intact dans le four.

« Quoi ? Tu as des élèves, Sonia ? Quand est-ce que je peux te voir, alors ? J'ai besoin de te parler.

— Je suis désolée, Helen, je… »

Puis elle dit quelque chose qui me fait changer d'avis.

« Alicia aussi voudrait te rencontrer. La petite amie de Jez. Elle a de nouvelles informations. Je crois qu'elle est sur le point de découvrir ce qui lui est arrivé.

— Et quel rapport avec moi ? Pourquoi est-ce qu'elle veut me rencontrer ?

— Je suis désolée si ça t'ennuie, mais on pense, elle et moi, que tu pourrais peut-être nous aider. S'il te plaît, ne te fâche pas.

— Je ne me fâche pas, Helen. Je t'ai juste demandé : pourquoi moi ? Qu'est-ce que j'ai à voir là-dedans ?

— Si, tu te fâches. Tu es irascible. Excuse-moi. Je sais que c'est un dérangement pour toi, toute cette affaire, mais elle a trouvé quelque chose qui appartenait à Jez juste à côté de chez toi et elle est persuadée que tu as pu le voir sans t'en rendre compte, le jour de sa disparition. Elle a vraiment besoin de te parler, Sonia. Et moi aussi. »

Je prends une profonde inspiration. J'ai paru fâchée ? Je fais tellement attention à contrôler ma voix, d'habitude.

« Où est-ce que tu veux qu'on se retrouve ? je demande. Je peux t'accorder une heure. Mais vous ne pouvez pas venir à la maison. J'ai du monde.

— The Anchor ? Ce n’est pas loin de chez toi, ça n’amputera pas trop ta soirée. Je peux y être dans dix minutes. Et toi ?

— D’accord, le plus tôt sera le mieux. À tout de suite. »

31

Lundi soir

Sonia

The Anchor, qui autrefois à cette heure-ci, un lundi en début de soirée, aurait été saturé de fumée de cigarette et bondé de types en costume gris se tamponnant bedaine contre bedaine, est aujourd'hui désert, glacé, et pue les produits ménagers antibactériens. Les hommes, bien que leurs visages soient plus ou moins les mêmes que toujours, semblent avoir le ventre plus plat. La fumée me manque. L'atmosphère illicite qu'elle conférait aux pubs après la sortie des bureaux. Le brouillard. Le sentiment que même le plus blasé d'entre nous pouvait quitter son job de cadre responsable et embrasser la promesse d'un monde plus libre. Pourquoi cette interdiction de fumer ? Regardez ce que sont devenus les pubs après ça. Désinfectés. Aseptisés.

Je ne vois pas Helen au bar et je me demande si elle s'est installée dans la partie restaurant qui donne directement sur le fleuve. Ce qu'elle m'a dit à propos d'Alicia m'a plongée dans un sentiment d'irréalité, comme si j'étais extérieure à mon propre corps. Mais, parfois, cet état de transe procure une lucidité exceptionnelle. Je vais me servir de ce qu'elles vont me raconter pour prendre des décisions concrètes sur le moment et la façon de relâcher Jez.

Helen n'est pas non plus dans la salle de restaurant et je commence à m'impatienter. Je me demande pourquoi elle n'était pas au travail aujourd'hui. Je retourne au bar, où je me commande un double whisky. En temps normal, je ne bois pas d'alcools forts, mais je sens que je vais en avoir besoin.

« Tu bois ! »

Je me retourne.

« Helen !

— Je te présente Alicia. »

À côté d'Helen se tient une gamine brune, maigrichonne, avec un anneau dans le nez et les dents du bonheur. En dépit de son jeune âge, il se dégage d'elle une certaine lassitude. Elle porte, malgré le froid qu'il fait, un tee-shirt avec une image de l'album *Works in Progress* de Tim Buckley imprimée sur le devant. Je la reconnais instantanément car c'est la même que celle du badge épinglé sur le sweat à capuche de Jez. La couverture de l'album qu'il était venu emprunter à Greg.

« Mon bras droit et mon seul réconfort du moment, poursuit Helen. Même si elle vit aussi un cauchemar de son côté, comme tu peux t'en douter. Elle est d'un courage et d'une loyauté incroyables. Tiens, pendant que tu es au bar, prends-moi un verre de sauvignon, tu veux bien, chérie ? Je paie la prochaine tournée. Alicia, qu'est-ce que tu bois ? »

Elle hausse les épaules.

« Vas-y, ne t'inquiète pas, personne ne va te demander ta carte d'identité si tu es avec nous, l'encourage Helen, ce dont je ne suis pas certaine, vu que cette fille, dont je crois me souvenir qu'elle a 15 ans, en paraît 12.

— Je ne bois pas d'alcool, répond-elle avec une moue boudeuse.

— Autre chose, alors. Un jus de fruits ? Un 7 Up ? Un Coca ? Il faut garder des forces, pas vrai, Sonia ?

— Bien sûr.

— Je vais prendre un jus de pamplemousse avec du Schweppes light et un paquet de chips au vinaigre », répond-elle mollement, sans me regarder.

J'aimerais bien lui donner une petite leçon de politesse. Elle ne va pas *prendre* un jus de pamplemousse, elle en *voudrait* bien un *si* ça n'embête pas Sonia, *s'il vous plaît*, et *merci beaucoup*.

Nous nous asseyons près des vitres. Dehors, le fleuve est agité. La journée avait bien commencé mais le temps a tourné, des nuages se sont amoncelés au moment où la lumière commençait à décliner et le vent s'est levé. Tout a repris une teinte monochrome : l'eau marronnasse, le ciel de plomb, les bâtiments bruns sur la rive d'en face, les oiseaux de mer grisâtres qui dodelinent sur les vagues. Ce qui était jadis la terrasse du pub a depuis longtemps été emporté par une tempête et gît désormais un peu plus loin, étrange structure en bois échouée au milieu du fleuve qui rappelle l'époque où les clients pouvaient s'y tenir et passer la soirée dessus à boire et à rire. Des paquets d'eau boueuse submergent sa balustrade, et les poteaux finement sculptés qui en formaient autrefois les angles sont déchiquetés. Rongés par les marées.

« Donc j'imagine que les choses pourraient bouger dans les prochaines vingt-quatre heures.

— Hein ?

— Tu n'as pas écouté un mot, Sonia ! Où est-ce que tu avais la tête ? Ça fait des plombes que tu regardes par cette fenêtre. »

La plate-forme. Voilà où j'avais la tête. Le jour où je les ai vus arriver sur le radeau. C'est là que j'étais ! Ici, au pub The Anchor, debout sur cette plate-forme, précisément. Dehors à attendre, attendre Seb. Penchée sur la balustrade à scruter le fleuve vers l'amont en attendant qu'il me revienne.

Les images défilent dans mon souvenir comme ces personnages du film *Fantasia*, grotesques caricatures des gens qui étaient venus aux Berges ce jour-là. Il y avait ma mère, bien sûr, grande et hautaine, sa permanente déformée en un énorme nid d'oiseau sur sa tête, les lèvres roses, et à côté d'elle le couple qu'elle me présenta comme Joyce et Roger, de la chorale. Joyce était aussi rondouillette et massive que Roger était chétif et maigrichon, et entre eux se trouvait…

« Sonia, voici Jasmine. »

Jasmine, contrairement à ses parents, était parfaitement proportionnée. Jasmine avait de longs cheveux couleur miel et des yeux en forme d'amande couleur d'herbe. Jasmine avait à peu près mon âge, mais elle était plus grande, plus développée, et dans mon imagination à présent ses yeux paraissent plus larges, ses cils plus longs et son regard plus pénétrant qu'ils ne l'ont sans doute jamais été. Jasmine portait une robe en étamine avec de très fines bretelles et des boutons en forme de marguerite sur le plastron. Sa chevelure s'enroulait autour d'elle comme celle des sirènes dans les contes de fées, s'entortillant en longues volutes autour de son corps et irradiant d'une lumière dorée qui finit presque par m'éblouir. Je restai plantée dans le salon à les dévisager tous les trois jusqu'à ce que ma mère me dise de cesser de faire l'empotée et d'aller chercher à boire à Jasmine.

Quand la voix de Seb m'appela depuis la porte de la cour, je le rejoignis avec soulagement. Il avait le pantalon mouillé et boueux, roulé au-dessus du genou, car il était retourné faire l'idiot sur notre radeau. Les cheveux en bataille. Pieds nus. De la vase séchée entre les orteils. Il était venu me chercher.

« J'ai besoin de toi, Sonia. Un problème technique avec *Tamasa*.

— On a des invités, je ne peux pas sortir maintenant.

— Je vais venir dire bonjour, alors », déclara-t-il.

Et, sans attendre mon consentement, il me suivit jusqu'au salon. Je vis Jasmine braquer ses yeux verts sur lui.

Aussitôt, il fut hypnotisé. Il ne pouvait pas détourner le regard. Les coins de ses lèvres se retroussèrent légèrement vers le haut et, de cet instant, il ne jeta plus un seul coup d'œil dans ma direction.

« Jasmine, dit ma mère d'une voix qui me parut artificiellement sirupeuse. Je te présente Sebastian.

— Salut », dit-il.

Jasmine lui sourit.

« Salut. »

Ma mère s'assit sur le canapé et servit le thé aux parents de Jasmine. Roger demanda :

« Qu'est-ce que tu as fabriqué, Sebastian, pour te mettre de la boue partout comme ça ?

— Oh, je m'amusais au bord du fleuve !

— Je peux descendre au bord du fleuve, maman ? demanda Jasmine.

— Du moment que tu ne fais pas de bêtises comme de t'aventurer sur un bateau, lui répondit sa mère.

— Ne vous en faites pas, madame… ? commença Seb.

— Harrison, Sebastian, Mme Harrison, dit-elle en lui lançant un sourire enjôleur.

— Ne vous en faites pas, madame Harrison. Ce n'est pas un bateau, juste un radeau.

— Et c'est encore plus dangereux qu'un bateau, complétai-je. Il ne flotte même pas correctement. »

Seb me fusilla du regard.

« C'était pour ça que j'avais besoin de toi, dit-il. Pour m'aider avec les flotteurs.

— Sonia s'occupera de Jasmine, intervint ma mère. Ne t'inquiète pas, Joyce. »

Je lui lançai un regard aussi noir que je pus mais elle ne s'en aperçut pas.

Ma mère avait toujours dit qu'elle était trop fatiguée pour recevoir d'autres enfants à la maison, ou que le bruit dérangerait papa. Je n'espérais plus pouvoir ramener des amis chez moi, et ils avaient cessé de m'inviter chez eux. Pourquoi ma mère avait-elle soudain sorti cette Jasmine de son chapeau ?

« Allez, les enfants, filez vous amuser. Mais soyez prudents, hein ? dit-elle.

— Et ne rentre pas après la nuit, Jasmine, précisa M. Harrison. Il faudra qu'on parte.

— Oh ! mais on vous garde à dîner », entendis-je ajouter ma mère au moment où je quittais le salon.

Personne ne venait jamais dîner non plus. Que se passait-il ?

En arrivant dans l'entrée, Seb dit :

« Suis-moi, Jasmine. »

Et je les sentais marcher derrière moi alors que je traversais le quai en direction de l'escalier qui descendait sur la grève.

Il me fallut près d'une demi-heure pour réparer les flotteurs dans l'eau froide et crasseuse. Mais ça valait la peine pour conserver le respect de Seb, et prouver à la délicate Jasmine que les filles n'avaient pas besoin de ressembler à des poupées Barbie pour attirer et garder des garçons comme Seb. J'étais persuadée qu'il ne pourrait en aucun cas emmener Jasmine sur *Tamasa* alors que c'était moi qui l'avais remis à neuf. Seb tenait le radeau et Jasmine le regardait en gloussant depuis le rivage tandis qu'il s'affairait autour des cageots et des bidons tout en m'aboyant des jurons et des ordres. Puis, quand nous fûmes certains qu'il flotterait de nouveau, Seb m'envoya chercher une torche électrique à la maison.

J'entendais les voix des adultes dans le salon et je pris la torche sans le leur demander. Je voulais retourner vérifier que Seb n'allait pas emmener Jasmine sans moi sur mon radeau.

Mais déjà quand je ressortis de la maison, à peine quelques minutes plus tard, je vis que Seb tenait Jasmine par la main et la guidait pour avancer dans l'eau. Elle poussait des petits cris perçants. Elle était pétrifiée et elle adorait ça.

C'était comme si je n'avais jamais participé ni à la fabrication ni au choix du nom de ce radeau sur lequel nous avions failli nous noyer, dans la soif de Seb d'explorer l'autre rive du fleuve. C'était comme si, pour lui, je n'existais plus.

« Vous ne pouvez pas faire ça ! hurlai-je. Ils vous l'ont interdit ! »

Je courus jusqu'aux marches et, bien qu'elles fussent glissantes ce jour-là – il avait plu et la marée venait juste de commencer à se retirer –, je les dévalai deux par deux. Celles du bas luisaient encore d'eau mais je ne pris pas le temps de faire attention et terminai dans une glissade en me cognant violemment la cuisse, sans me soucier de la douleur ni du méchant hématome qui ne tarderait pas à apparaître. Seb était en train d'aider Jasmine à grimper sur *Tamasa*, qu'il avait attaché à un des piliers du débarcadère à charbon. Elle avait laissé ses jolies espadrilles à talon compensé dans la boue au pied du mur et avait remonté sa robe sur ses longues cuisses dorées. Seb revint jusqu'au rivage me prendre la torche et repartit dans l'eau. Il bondit sur le radeau à côté de Jasmine et dénoua la corde qui le retenait au ponton. Je les regardai tandis que les courants les entraînaient vers l'amont.

« À tout à l'heure, Sonia ! me lança Seb. Attends-nous au pub. Mark y sera. Prends-nous à boire pour quand on reviendra !

— Ils ne voudront pas me servir ! » criai-je, et mes mots pathétiques furent simplement balayés par le vent.

Quel choix me restait-il ? Je n'allais pas les laisser passer la soirée en tête à tête. Je me jurai au contraire de les garder à l'œil, aussi me rendis-je directement au pub d'où je savais que je pourrais avoir une meilleure vue sur leur parcours. Mark était au comptoir. Il me proposa de m'offrir un verre et je commandai un Coca. Mark ne se faisait jamais refouler d'aucun bar. De toute façon, personne ne vous demandait votre carte d'identité, à l'époque. Nous sortîmes sur la terrasse en bois avec nos consommations. Mark se mit à essayer de me tripoter, passant le bras autour de moi pour attraper ses chips alors qu'il pouvait très bien faire autrement, me glissant un glaçon dans le décolleté. Sans doute se disait-il qu'il avait ses chances, puisqu'il m'avait vue embrasser Seb. Mais je n'ai jamais eu envie d'embrasser personne d'autre. Je m'étais promis que je ne le ferais jamais, que Seb serait le seul.

Cette heure sembla durer une éternité. Mark racontait des blagues pas drôles, essayait de me peloter, riait en me crachant des postillons à la figure, mais tous mes sens étaient tendus vers ailleurs, guettant le moindre signe, le moindre bruit du retour de *Tamasa*.

« Où sont-ils ? finis-je par demander. Ce radeau n'est pas sûr. Je suis bien placée pour le savoir, je l'ai aidé à le construire. Les flotteurs sont vraiment rudimentaires. Tout ce truc est bancal.

— Peut-être qu'ils se sont fait renverser par un yacht, suggéra Mark, et que leurs membres disloqués sont en train de dériver au milieu des épaves et des déchets. »

Je ne relevai pas et l'envoyai me chercher un autre soda.

« Ce n'est pas eux qui reviennent ? » lança enfin Mark.

Il se pencha contre la balustrade de la plate-forme. Et en effet, c'était bien le minuscule faisceau de la torche embarquée sur *Tamasa*. Le radeau tanguait vers nous. Il n'y avait qu'une personne à bord ! Je plissai les yeux. Oui. Seulement Seb. Mon cœur bondit. Il s'était débarrassé de Jasmine, l'avait jetée à l'eau, abandonnée sur l'île aux Chiens. Il avait attaché quelque chose de lourd autour d'elle et l'avait coulée. Elle gisait au fond de la Tamise, avec ses cheveux couleur miel ondulant vers le haut comme des mauvaises herbes. Son corps boursouflé s'échouerait dans quelques jours sur les rivages de Dartford ou de Tilbury, au milieu des usines automobiles. Vert et moisi.

Le radeau s'approchait, porté par la marée montante. Seb ne ramait pas, il était allongé sur le ventre.

Je descendis en courant sur la grève pour l'aider, toute sa désinvolture pardonnée à la seconde où j'avais repéré qu'il était seul.

Jasmine ne gisait pas plus au fond du fleuve qu'elle n'était naufragée sur l'île aux Chiens. Elle était à ma place, sous Seb, les bras agrippés à lui. Ce qui n'avait pas l'air de le déranger. Alors qu'ils étaient de plus en plus près et qu'il ne pouvait plus y avoir de doute, tout mon monde bascula dans les ténèbres.

« Vas-y, Alicia, dit Helen, raconte à Sonia ce que tu as trouvé. »

Alicia relève la tête et je remarque que, comme Jasmine, elle a les yeux d'un vert inhabituel. Elle plonge lentement la main dans son petit sac à bandoulière, fouille une bonne minute et en ressort une toute petite chose qu'elle me tend pour me la montrer. Je regarde. Pendant ce qui me paraît un très long moment, je n'ai aucune idée de ce que j'ai sous les yeux. Elle tient au creux de sa paume un minuscule bout de carton enroulé sur lui-même et légèrement déchiré.

« Qu'est-ce que c'est ?

— Devine ! lance Helen, surexcitée.

— Je ne vois absolument pas, désolée.

— Explique à Sonia, Alicia. C'est ton histoire. »

Alicia hausse les épaules. Se tourne vers Helen.

« Je ne sais pas ce que je suis censée dire », répond-elle.

Helen prend le relais, ravie de cette occasion de se répandre en détails.

« Elle a trouvé un mégot sur le quai près de chez toi, Sonia, et le filtre, ce petit bout de carton dans sa main, était fait avec un morceau découpé dans le ticket d'un concert où ils étaient allés la semaine d'avant. C'était quel groupe, déjà, Alicia ? Enfin bref, je m'égare, pardon. En tout cas, elle est *sûre* que c'était à Jez. Ils avaient roulé ce joint ensemble la veille du jour où il a disparu, mais, comme j'étais rentrée tôt ce soir-là, ils n'avaient pas pu le fumer. Comme si je ne savais pas qu'ils fumaient tous de l'herbe ! Elle pense que Jez a dû le fumer en marchant le long du quai ce fameux vendredi après-midi. Et qu'il est sans doute retenu en otage quelque part dans le coin. Il a dû se faire enlever ce jour-là en allant la rejoindre dans le tunnel où ils avaient rendez-vous et où il n'est jamais venu. Je lui ai dit qu'il devait passer chez toi pour t'emprunter un disque, donc qu'il avait sûrement pris par les quais. Elle voudrait savoir si tu ne l'as pas vu. »

Tout se met à tourner au ralenti, comme en prévision d'un arrêt imminent. Quand je parle, on dirait un vieux 45 tours en vitesse 33 tours.

« Comment tu sais que c'était à lui ?

— Je reconnais la place de concert. On y était allés ensemble et on s'était servis des tickets pour se faire des filtres. Jez ne serait jamais parti de son propre chef sans sa guitare, ajoute-t-elle d'une voix vacillante. Je le connais trop bien. Il me dit tout. »

Jez, lui dire tout ? Il ne lui a pas dit qu'il avait envie de venir habiter chez moi, si ? Fureter sur les bords du fleuve, renseigner la police sur les traits de la personnalité de Jez, *il aurait emporté sa guitare, il ne serait pas parti sans me prévenir*. Elle croit le connaître mieux que personne, mais elle ne le connaît pas comme moi.

« Les flics vont prendre cette théorie au sérieux, Sonia. On ne les a pas encore appelés parce qu'on veut d'abord rassembler plus de preuves. C'est sûr qu'il a dû se faire enlever en chemin vers chez toi. J'ai l'impression qu'Alicia s'est trouvé une vocation : future inspectrice en chef de la police londonienne ! »

Peut-être que c'est à cause du whisky à cette heure de la journée, mais soudain j'ai une envie ridicule de pouffer de rire. Une image m'est venue à l'esprit, celle d'un personnage des livres pour enfants d'Enid Blyton, un des méchants, qui parle des gamins qui s'improvisent détectives comme de « sales petits fouineurs ». Je voudrais pouvoir dire à Alicia de se mêler de ce qui la regarde, qu'elle n'est qu'une sale petite fouineuse.

« Alors on se demandait toutes les deux si tu ne pourrais pas nous aider, continue Helen. Tu habites au bord du fleuve. On se demandait si tu n'avais pas pu voir Jez sans te rendre compte que c'était lui. Il a dû passer près de chez toi, ce vendredi. Essaie de te souvenir. Tu n'as pas vu un adolescent ? C'est assez urgent, Sonia. Plus une personne a disparu depuis longtemps, moins il y a de chances de la retrouver vivante. Jez est peut-être en très grand danger. »

Le menton d'Helen commence à trembler.

Je me tourne de nouveau vers la fenêtre. Jasmine et Seb tanguent vers moi à la surface du fleuve, un rayon de soleil les illumine alors qu'ils accostent le long de la grève, comme si lui aussi participait à ce complot pour me jeter leur relation au visage.

« Sonia ?

— Oui, dis-je. Les policiers m'ont déjà posé la question. L'album qu'il était censé venir chercher. Je leur ai dit que non.

— Que non quoi ?

— Qu'il n'était pas venu. Je ne l'ai pas vu. Ça aussi, ils me l'ont demandé. Mais je leur ai dit que non. Que je n'avais vu personne. »

Je les regarde tour à tour. Elles ont l'air aussi angoissées l'une que l'autre. Livides et pétrifiées. Et, maintenant que j'ai répondu à leur question, abattues.

« Je suis désolée, dis-je. De ne pas pouvoir vous aider. »

Je vois bien qu'Helen non plus n'a pas dormi. Elle a une mine épouvantable.

« Comment ça va, avec Mick ? je finis par demander.

— Il y a eu quelques… »

Elle baisse la voix avant de poursuivre :

« Quelques développements. Tu sais, tous ces trucs que je t'ai racontés. Les séances d'autocontemplation dans le miroir, tout ça. Les nouilles *udon*. »

À ces mots, Alicia se fourre les doigts dans la bouche exactement comme Helen me l'avait décrit et fait un bruit de vomissement. Je la regarde froidement et me tourne à nouveau vers Helen. Alicia hausse les épaules et se lève.

« J'allais partir, de toute façon », dit-elle.

Elle ramasse son sac et s'éloigne en le traînant par la bandoulière, se retourne brièvement pour adresser un salut de la main à Helen. Puis elle sort du pub sans prendre la peine de me remercier pour le verre ni de me dire au revoir.

Je laisse échapper un soupir et reprends ma conversation avec Helen.

« La dernière fois que tu m'en as parlé, ça m'avait l'air assez…

— C'est horrible, lâche-t-elle maintenant qu'Alicia est partie. J'ai même dû prendre quelques jours de congé tellement c'est dur. Le médecin m'a arrêtée pendant deux semaines à cause du stress. C'est l'officier de liaison qui me l'avait suggéré.

— L'officier de liaison ?

— Ah ! Oui, ils nous ont mis quelqu'un à domicile tant que ce n'est pas fini. Il observe les dynamiques. Je lui en ai un peu parlé, sinon je ne crois pas qu'il s'en serait rendu compte. Il fallait que j'en parle à quelqu'un. Il dit que c'est courant de la part de gens comme Mick de réagir comme ça, en voulant devenir les "sauveurs" des proches de la victime. Il m'a conseillé de laisser faire. Mais c'est quand même dur, Sonia. De voir Mick ramper aux pieds de ma sœur.

— Et elle, tu lui en as parlé ?

— J'ai essayé. Mais elle m'en veut toujours de ne pas m'être bien occupée de son fils.

— C'est vrai que ça ne doit pas être facile pour toi. Mais cet officier de liaison m'a l'air plutôt bien avisé. Il faut que tu t'accroches tant que tu peux.

— Sonia, tu pourrais vraiment m'aider. Je sais que tu n'as pas envie de me servir d'alibi et je comprends. Mais tu pourrais faire quelques recherches. Essayer de savoir si personne n'a vu Jez cet après-midi-là. Te balader sur la grève et chercher des indices. Je ne voulais pas le dire devant Alicia, mais j'ai peur que ce soit plus grave que je ne croyais, qu'il lui soit arrivé quelque chose de vraiment terrible.

— La police n'est pas censée continuer l'enquête ?

— Oh, si, ils en parlent ! Ils veulent réinterroger tout le monde. Mais il y a certains domaines sur lesquels ils préfèrent rester un peu mystérieux, apparemment, dit Helen en me regardant bizarrement. Pardon, est-ce que ça te perturbe, Sonia ?

— Me perturbe ? Pourquoi ça me perturberait ?

— Tu m'as l'air inquiète. Personne n'aime se faire interroger par les flics. Crois-moi, j'ai suffisamment donné de mon côté depuis une semaine. Tu as toujours l'impression qu'ils doutent de ton innocence. Ça me le fait encore.

— Oh, je ne m'en fais pas pour ça ! Remarque, quand tu penses à toutes les erreurs judiciaires dont la police a été responsable au fil des années.

— Exactement, acquiesce Helen, tu ne crois pas si bien dire. Pendant un moment, j'ai cru qu'ils allaient m'arrêter quoi que je dise. J'avais des flashes où je me voyais condamnée pour le meurtre de Jez et passant le reste de ma vie en prison. Mais cette équipe-là a l'air plutôt maligne, je dois reconnaître. Ils m'ont même fait changer d'avis sur la police. Je ne sais pas, peut-être qu'ils reçoivent une formation psychologique, maintenant. »

Je me lève.

« Et tu ne leur as toujours pas dit où tu étais vendredi matin ?

— Sonia. Je ne peux pas.

— Je ferai mon possible, dis-je. Je dois y aller.

— Un dernier pour la route ? » demande Helen alors que je me dirige vers la porte.

Je lui fais non de la tête et la laisse s'aventurer seule vers le bar pour se commander un autre verre de vin.

32

Lundi soir

Sonia

Une fois rentrée, je débarrasse la cuisine aussi vite que possible et monte directement voir Jez. Je sens sa chaleur irradier contre mon visage quand je me penche sur lui. Il gémit dans son sommeil. Il se dégage de lui une odeur malade, âcre, fermentée. Je redescends chercher du paracétamol. Je le secoue pour le réveiller, lui fais avaler deux comprimés avec un peu d'eau. Il s'écroule aussitôt après et se rendort. Il y a tout juste la place pour moi sur le matelas. Je m'allonge à côté de lui pendant une heure, peut-être deux.

« Qu'est-ce qu'on va faire, Jez ? » je murmure.

J'ai peur qu'il n'ait encore maigri. Sous ma main, l'os de sa hanche semble saillant, il a perdu ses courbes suaves. Son visage aussi est plus marqué qu'avant, les ombres sous ses pommettes font comme deux taches anguleuses dans l'obscurité.

Il y a le soupir intermittent des vagues sur la grève chaque fois qu'un bateau file sur le fleuve. De temps en temps, un éclair de lumière contre le mur. Alors que je me tourne pour changer de position, libérant la boucle de ses cheveux que j'avais prise dans ma bouche, je me rends compte qu'on sonne à la porte de la cour. Je me fige, un genou entre ses jambes. Ça sonne encore, et ça ne s'arrête plus. Si ça continue, Jez va finir par se réveiller et me trouver là. Il risquerait de crier, ce qui, dans le silence de la nuit, pourrait s'entendre d'en bas. Je m'arrache à la chaleur croupie de la couette, ramasse mes chaussures et sors sur la pointe des pieds. Je referme à clé, descends les escaliers quatre à quatre. Une voix m'appelle :

« Sonia, Sonia, ouvre-moi, s'il te plaît ! Je n'ai nulle part où aller ! »

Je traverse la cour jusqu'à la porte dans le mur d'enceinte. L'odeur de soufre de la vase sur la grève est suffocante. Ça doit être marée basse. Un vent glacial entraîne un tourbillon d'ordures sur le quai. Je frissonne.

« Helen ! Qu'est-ce qu'il y a ? Parle moins fort, enfin ! »

Je tire la porte au maximum derrière moi. Elle a l'air affolée. Dans la lueur orangée des réverbères, son visage paraît défait. Elle a dû continuer à boire après mon départ.

« Je les ai surpris !

— Quoi ?

— Laisse-moi entrer, je t'en prie. »

Mon instinct me souffle qu'il sera plus simple d'accepter que de refuser, vu l'état dans lequel elle est.

Je l'invite à me suivre dans la cuisine, la fais s'asseoir et lui sers un verre de vin.

« Il faut qu'on fasse moins de bruit, Helen. Les voisins, tu comprends. »

Elle ne relève pas, se contente de poser le front dans sa main, laisse échapper un grognement puis se met à parler, plutôt doucement au début.

« J'ai bien réfléchi au pub, quand tu m'as laissée. J'ai décidé qu'il fallait que je parle à ma sœur. Mick n'acceptera jamais aucune discussion là-dessus. »

Elle avale d'un trait la moitié du verre de vin rouge que je lui ai servi.

« Il devait être 22 h 30 le temps que je rentre à la maison. Silence complet. Je monte voir si Maria est déjà couchée. Je pousse la porte… Et ils sont là tous les deux. Sur le lit. Son fils a *disparu* et elle est avec mon mari sur le lit de Jez. Donne-moi quelque chose à boire, Sonia. Je te jure, j'en ai besoin.

— Et l'officier de liaison dont tu m'as parlé ?

— Hein ? »

Elle relève la tête en traînant un poing rageur sur sa joue pour essuyer ses larmes.

« Je croyais qu'il était de bon conseil. Il t'a dit que le comportement de Mick était classique dans ce genre de circonstances. De laisser pisser.

— Ah, ah, oui ! Il était où, celui-là, quand j'avais besoin de lui ? Parti dormir au Clarendon Hotel. Du coup, et j'ai dit ça seulement parce que j'étais un peu bourrée, tu sais comme on peut dire des choses qu'on ne pense pas vraiment. J'ai dit : “C'est bon, je me tire.” Et Mick me répond, et il est à moitié à poil, Sonia, assis là sur le lit de Jez dans le caleçon Calvin Klein écossais que je lui ai offert à Noël, le bras autour des épaules de ma sœur, il me répond : “Tant mieux, parce que j’en ai marre de te voir picoler.” Mais, attends, je ne serais pas en train de picoler s’il ne s’était pas comporté comme ça dernièrement ! Et il continue : “La moitié du temps, tu ne te rendrais même pas compte si les garçons sortaient et ne revenaient jamais. Pas étonnant que Jez ait disparu sous ton nez, putain.” Comment ose-t-il dire une chose pareille ? Il était hors de lui, Sonia, c’était horrible. De la diffamation totale.

— Helen, chhhh ! Tu es choquée, mais ce n’est pas une raison pour devenir hystérique. »

Jez pourrait l’entendre, il pourrait crier. Je me sens mal, j’ai l’impression que je vais vomir, et je me souviens tout à coup que je n’ai quasiment pas dormi la nuit dernière, que j’ai les nerfs à fleur de peau.

« Mais j’en ai besoin, réplique-t-elle. J’ai envie de hurler ! Qu’est-ce que je vais faire ? Où est-ce que je vais aller ? Je le trouve tellement, tellement…

— Tiens, dis-je en lui resservant du vin pour la calmer.

— Mauviette. Comment peut-il être aussi faible, Sonia ? Il ne prend même pas ma défense. Je suis sa femme, bordel ! Il pense que, sous prétexte que les flics m’ont interrogée, ça doit vouloir dire que je suis coupable. Que Maria est la seule qui mérite sa compassion, ajoute-t-elle en se passant une main sur sa joue toute barbouillée. À moins qu’il ait toujours été attiré par elle. Il paraît qu’il n’y a que les relations pourries qui craquent sous la pression. Alors peut-être que ça nous pendait au nez de toute façon mais que j’ai été trop conne pour m’en rendre compte ! »

Elle s'affale contre le dossier du banc. Son verre de vin est englouti en deux grandes rasades.

« Je n'ai plus rien. Mes enfants sont des ratés, mon mari me trompe, mon neveu a disparu, si ça se trouve, il est déjà mort. Et tout le monde croit que c'est de ma faute !

— Mais non, Helen. Ils ne peuvent pas croire ça. Pas Mick. Pas ta sœur.

— Je t'assure. Je le vois dans leur regard. Je ne peux pas leur dire où j'étais ce matin-là, Sonia, c'est trop humiliant. Mais ça n'a rien à voir avec Jez. Tu me crois, toi, n'est-ce pas ? Je sais que ça doit paraître complètement dingue. Il vaudrait mieux qu'ils sachent que je me suis bourré la gueule plutôt qu'ils s'imaginent que j'ai quelque chose de pire à cacher. Peut-être que je devrais avouer. Qu'est-ce que tu en penses ? J'ai eu trop d'orgueil ? »

Elle s'interrompt et se recule sur le banc, les yeux rivés sur quelque chose par terre sous la table. Elle se penche, tend le doigt. Je suis son regard. Le badge Tim Buckley de Jez, celui avec l'image de la couverture de l'album *Works in Progress*, assorti au tee-shirt qu'Alicia portait aujourd'hui. Il a dû tomber de son sweat-shirt quand je lui ai roulé les manches cet après-midi. Helen en reste bouche bée. Elle me dévisage. Je soutiens son regard, paralysée, incapable de dire ni de faire quoi que ce soit.

« Qu'est-ce que... commence-t-elle, les yeux fixés sur moi, puis à nouveau sur le badge. Ce motif, c'est le même que sur le tee-shirt d'Alicia. Celui qu'elle a téléchargé sur Internet avec Jez. »

J'ai la bouche sèche, le visage figé. Pitié, pourvu que ça ne fasse pas tilt dans sa tête !

« Je le sais, reprend-elle, j'étais là, ils l'ont fait depuis mon ordinateur l'autre jour. D'où ça sort ? Il faut prévenir la police. C'est à Jez. Je suis sûre que c'est à Jez. Mais qu'est-ce que ça peut bien faire là, merde ? »

Je déglutis, aspire mes joues pour essayer de faire revenir la salive dans ma bouche.

« C'est Kit. Elle l'a trouvé sur le quai. »

Je me lève, prends le verre vide d'Helen et me dirige vers le casier à bouteilles où j'en attrape une au hasard. Je m'appuie contre l'évier un moment et ferme les yeux. *Compte*, je me dis. *Respire*. Je reste dos à elle. Je n'ai plus aucune sensation dans les mains. Je réussis enfin à m'emparer du tire-bouchon. Pourquoi n'ai-je pas plutôt choisi une bouteille avec un bouchon à vis ? Je parviens à l'ouvrir et à lui en servir un verre. J'espère qu'elle ne repérera pas les quelques gouttes de whisky que j'y ajoute. Ni le Rohypnol.

Je me refais une contenance avant de retourner m'asseoir en face d'elle. Je lui tends le verre, écarte une mèche de cheveux de ma joue.

« Vous n'avez pas prévenu la police ? demande-t-elle.

— On n'y a pas pensé. Pourquoi tu voulais qu'on y pense ?

— Il y a ce truc de Tim Buckley dessus.

— Tim Buckley ? Ah bon. »

Elle se penche en avant, s'apprête à ramasser le badge mais s'arrête au dernier moment.

« Sonia, il faut qu'on le mette dans un sac en plastique pour la police scientifique. C'est une preuve capitale ! N'y touche pas.

— Comme je t'ai dit, c'est Kit qui l'a ramassé, elle pensait que Harry le voudrait peut-être. Mais non, il n'avait jamais entendu parler de… comment il s'appelle ?

— Tout ça est vraiment très bizarre », dit-elle.

Elle lève les yeux vers moi alors que je lui tends son verre. Est-elle en train de recoller les pièces du puzzle dans sa tête, même à travers les brumes de l'alcool ?

« Ça n'a rien de bizarre, Helen, je réponds d'une voix sèche. On ne pouvait pas savoir que c'était à Jez.

— Mais réfléchis ! Un filtre sur le quai, celui qu'Alicia a trouvé. Et maintenant ça ! Où est-ce que Kit l'a ramassé ? Il faut prévenir la police. Hé, Sonia, je suis une super détective ! Je vais résoudre cette énigme, je vais retrouver mon neveu ! J'ai le sentiment que je ne suis pas loin du but. Attends, laisse-moi réfléchir. Je sais ! Il comptait passer ici emprunter un album de Tim Buckley, non ? Est-ce qu'il est venu ? Sonia !

— *Non, il n'est pas venu*, je souffle entre mes dents.

— Pas besoin de t'énerver ! dit-elle en m'observant par-dessus le bord de son verre. Pourquoi tu n'as pas fait le lien, Sonia ? Kit trouve un badge de Tim Buckley, Jez était censé venir ici chercher un album de Buckley. Tu es mon amie. Si tu sais quoi que ce soit, *quoi que ce soit* au sujet de Jez, je suis là pour toi. Mais il faut me le dire. Alors ? Tu sais quelque chose ? Tu l'as vu ce jour-là ? Ou bien Kit ?

— Non.

— Il faut qu'on appelle la police. »

Elle commence à avoir la langue pâteuse. Elle se lève et titube un peu.

« Où est mon sac ? Je vais téléphoner de mon portable.

— Helen, il est minuit passé, dis-je d'un ton aussi conciliant que possible. Les flics ne vont pas apprécier qu'on les dérange à cette heure-ci pour une histoire de badge ! Si tu es sûre que c'est à Jez, on leur dira demain.

— S'il est venu sur ce quai, s'il est venu ici, il faut qu'ils le sachent. »

Je constate avec soulagement que sa voix est en train de faiblir, qu'elle semble articuler chaque mot au prix d'un immense effort.

« Tu es chamboulée, dis-je. C'est de *toi* qu'il faut qu'on s'occupe. Est-ce que Mick sait que tu es ici ? Les garçons ? »

Mes pensées se bousculent, portées par l'urgence.

« Les pauvres, je reprends, ils doivent être dans tous leurs états après tout ce qui s'est passé dernièrement. Tu leur as dit que tu t'en allais ?

— Putain. Je suis complètement pétée. Il faut que je m'allonge. Le téléphone. Oh, mon Dieu ! Quand j'ai appelé ici cet après-midi, j'ai cru entendre la voix de Jez. Mais... Non, c'est insensé. Pas vrai ?

— Complètement. »

Elle me dévisage, le blanc de l'œil injecté de sang, le visage rougi par l'alcool. Je perçois le doute dans ses yeux. Elle a commencé à comprendre, malgré le vin et, désormais, les somnifères. Je la regarde aussi. Pourquoi m'a-t-elle mise dans cette position ? La voilà qui se dirige vers le salon. Elle n'a pas l'intention d'abandonner son idée d'appeler la police.

« Donne-moi le téléphone, marmonne-t-elle en s'effondrant sur le canapé. La police... »

Elle arrive à peine à garder les yeux ouverts.

« Arrête de t'inquiéter, dis-je.

— C'est urgent, insiste-t-elle. Ça ne peut pas attendre. »

Ses paupières tombent. Encore quelques instants et elle s'est endormie. Je me lève et viens l'observer par en dessus. Le monde se désagrège autour de moi. Quand elle se réveillera, la première chose qu'elle exigera sera d'appeler les flics pour leur parler de ce foutu badge et de la voix qu'elle croit avoir entendue au téléphone. Helen m'a placée de force dans cette position et je n'ai pas le choix. Je ramasse le coussin sur le canapé à côté de moi. Le pose doucement sur son visage. Et j'appuie. Elle se met à gigoter. Quand elle les appellera, ils voudront revenir faire un tour dans le studio de musique et je ne peux pas déplacer Jez encore une fois. Il est trop malade.

Je presse le coussin plus fort sur son nez et sa bouche.

Ils le trouveront là-haut.

Mon regard tombe sur la pile d'affaires de couture que j'ai rapportées de chez ma mère, avec le champignon à repriser. Je l'attrape d'une main tout en maintenant le coussin de l'autre.

Ils me l'enlèveront.

J'enfonce le coussin dans la bouche désormais béante d'Helen avec le pied du champignon tandis que mon autre main le comprime sur son nez.

Ils nous arracheront l'un à l'autre et je ne suis pas prête à vivre ça. Je ne le supporterais pas.

Quand on vit près du fleuve, on connaît toutes les différentes façons de le traverser. Comme il n'y a pas de pont sur ce tronçon, le choix se résume à passer sur l'eau ou sous l'eau. Demi-tour interdit. Vous ne pouvez plus changer de destination. Même le tunnel de Blackwall refuse de vous laisser rebrousser chemin une fois que vous êtes engagé dans ses entrailles toxiques. Parfois, quand je le prends, je ressens le besoin urgent de faire marche arrière, saisie d'une terreur soudaine à l'idée de passer sous la masse noire du fleuve. Mais, devant et derrière vous, le flot de la circulation vous entraîne. Vous ne pouvez pas vous arrêter. Vous êtes obligé de continuer à vous enfoncer dans les gaz d'échappement jusqu'à émerger au milieu des gratte-ciel de la rive d'en face. C'est à ça que je pense en appuyant sur le coussin et en sachant que je ne peux plus faire marche arrière. Demi-tour interdit. Je ne peux plus changer de destination.

33

Mardi matin

Sonia

Comment sait-on quand c'est fini ? Les mains d'Helen s'ouvrent, se ferment et s'agrippent à ma manche. Ses jambes tressautent. Je préférerais que ça se passe ailleurs qu'au salon. Mais je n'ai pas eu le choix. J'appuie plus fort sur le coussin. Enfonce un peu plus le champignon dans sa bouche. Le feu que j'avais allumé cet après-midi s'est éteint depuis longtemps. Un courant d'air s'engouffre par la cheminée et éparpille des cendres sur le tapis, soulève un des rideaux. La pendule posée dessus ronronne et sonne 00 h 30. Helen commence à être agitée de convulsions. De haut-le-cœur. Je ne veux pas entendre. Je ne veux pas voir. Je détourne la tête en faisant pression de tout mon poids sur elle. Enfin, ses pieds dans leurs jolies bottines en daim retombent sur les côtés. Je retire le coussin. Il est imbibé de vomi. Je tâte son pouls. Il ne faut pas réfléchir. Le froid de la pièce. L'odeur. Les voix.

Je l'abandonne une minute pour m'approcher de la fenêtre qui donne sur le quai. J'écarte le rideau et jette un œil dehors, dans l'obscurité. J'ai du mal à voir si la marée est haute. J'ai besoin que le fleuve soit plein. Descendre les marches glissantes comme du savon en la portant dans mes bras serait impossible.

Je sors dans la cour et la traverse jusqu'à la porte. C'est bien ce que je pensais. L'eau a recouvert la grève et claque contre le mur à environ deux mètres cinquante sous le quai. Je vais devoir attendre au moins deux heures, voire trois. J'aurais peut-être dû y songer avant d'attraper le coussin. Patienter un peu.

L'odeur du vomi d'Helen imprègne tout, j'ai l'impression qu'elle s'est incrustée dans mes cheveux, mes vêtements. Je vais chercher une éponge et le pschitt désinfectant dans la cuisine, reviens nettoyer ce qui a coulé sur son torse et repars avec le coussin pour le rincer dans l'évier. À la réflexion, je ferais peut-être mieux de m'en débarrasser. Mais où ? *Du calme. Respire*. Mon esprit ne veut pas se tenir tranquille. Il y a trop de choses auxquelles penser. Comme celles sur lesquelles Helen a attiré mon attention, par exemple. Les choses que la police scientifique pourrait remarquer. Il faut que je fasse beaucoup plus attention aux preuves que je laisse derrière moi.

Au bout du compte, je fourre le coussin dans la machine et lance un programme à 90. Puis je vais récupérer le fauteuil roulant de ma mère sous l'escalier. Helen me paraît si légère après Jez. Je la soulève dans mes bras et la dépose dedans. Elle sera très bien à rester assise là pendant quelques heures.

Je ramasse le badge compromettant et le remonte dans le studio de musique. Dans la faible lumière qui filtre de la cage d'escalier par les vasistas, je retrouve le sweat-shirt de Jez au pied du lit et y épingle le badge. Jez est toujours plongé dans un sommeil fiévreux, dégageant une douce odeur enfantine que j'inspire à pleins poumons pour me laver de celle d'Helen. Je soulève une boucle de ses cheveux bruns et frotte mon nez sur le fin duvet derrière son oreille, pose un doigt sur la veine bleutée de son bras que je parcours jusqu'à sa main qui gît, paume ouverte vers le ciel, comme s'il m'offrait quelque chose de précieux. J'embrasse le bout pulpeux de chacun de ses doigts, aussi soyeux que la peau d'une pêche. Je laisse mon regard se promener sur toute la longueur de son corps. Tremble d'impatience à l'idée de retrouver sa douceur, une fois qu'on sera de nouveau seuls tous les deux.

En bas, j'extirpe des gants en caoutchouc du bric-à-brac dans le placard sous l'évier et les pose sur la table en attendant la marée. Ils restent là avec leurs gros doigts roses boursouflés qui paraissent monstrueux après ceux, fins et dorés, de Jez. L'heure qui suit est interminable. J'essaie de ranger la cuisine mais elle est déjà pratiquement en ordre. Je place les bouteilles de vin vides dans la poubelle du recyclage, lave le verre d'Helen trois fois de suite en le frottant avec la brosse avant de le mettre à la machine. De temps en temps, je passe la tête par la porte du salon pour vérifier qu'elle ne s'est pas remise à respirer. J'ai soudain envie de l'envelopper d'une couverture, même si le froid ne doit plus trop la déranger. Je n'aime pas la voir avachie comme ça en plein courant d'air dans sa minijupe orange, ses collants opaques cerise, son pull ras du cou cerise et son écharpe orange. Le tout si joliment coordonné. Une jambe de son collant s'est ratatinée en accordéon autour de son genou, sans doute dans la lutte avec moi sur le canapé, et je me retiens d'aller tirer dessus pour la déplisser. Je n'aime pas du tout la voir comme ça, mais je n'avais pas le choix. Quelle autre solution avais-je ?

Je vais chercher le plaid à carreaux verts et blancs, celui avec lequel j'ai couvert Jez cet après-midi, et le lui enroule autour des épaules. La pendule sonne encore.

Je retourne à la cuisine. M'assieds, la tête entre les mains. Retourne la voir à nouveau. Me rends compte que, cette fois, j'espère qu'elle respirera peut-être. J'approche mes doigts sous sa bouche, son nez, soulève son poignet, essaie d'y trouver un pouls.

Rien.

Le téléphone sonne. Il est 2 heures du matin. Personne ne m'appelle à 2 heures du matin. Je songe un instant à décrocher, me ravise. Le répondeur s'enclenche. J'entends la voix de Mick.

« Sonia. Je suis désolé de te déranger à cette heure-ci. Mais Helen n'est pas rentrée et je me demandais si elle n'était pas avec toi. Si tu pouvais me passer un coup de fil demain matin… Je m'inquiète pour elle. »

Pourquoi les gens s'imaginent-ils que tout le monde est avec moi ? S'ils la soupçonnent d'être aux Berges, combien de temps vont-ils mettre avant de venir fouiner par ici ? Il faut que je me débarrasse d'elle.

Je sors dans la cour et m'arrête net. Il y a des voix qui s'approchent sur le quai. Un accent étranger. Russe ou polonais. Des étudiants qui rentrent de soirée. Des rires, un cri. L'un d'entre eux est sans doute en train de se pencher par-dessus le muret pour faire semblant de sauter dans le fleuve. On finit par connaître les blagues des étudiants, toujours les mêmes petits jeux, comme s'ils étaient les premiers à y penser. Il appelle ses copains, ils sont juste à quelques centimètres de moi de l'autre côté de la porte.

Partez, je marmonne, *allez-vous-en*, même si je ne crois pas qu'il y aura encore assez d'eau pour y déposer Helen.

Les pas finissent enfin par s'éloigner sur le quai, les voix s'atténuent. Je tourne la clé dans la serrure et m'avance jusqu'au parapet. Comme je m'en doutais, la surface du fleuve est encore à près de deux mètres en contrebas. Est-ce que la marée monte toujours avec autant de mauvaise volonté ?

Une vedette de police bondit à toute allure, tous gyrophares dehors, et l'eau devient folle, déferle, claque et gicle contre les briques du mur. S'enroule autour de la grosse chaîne qui pend à cet endroit. Je reconnais le gémissement lugubre du ponton un peu plus loin qui grince dans les remous.

J'ai encore une heure à attendre avant que le niveau soit suffisamment haut. Comment fait-on couler un corps ? Je vais avoir besoin de lests. L'endroit idéal pour en trouver aurait été la grève, mais ce n'est plus possible maintenant que l'eau l'a recouverte. Je récupère quelques briques cassées dans la cour, celles dont ma mère se servait pour délimiter ses plates-bandes, et les transporte dans le salon. Je regarde Helen dans le fauteuil roulant. Il n'y a nulle part où les mettre ! Puis je me souviens qu'elle portait un manteau en arrivant. Je le retrouve dans la cuisine. C'est le joli manteau à capuche en laine bleu-vert qu'elle avait au Pavilion l'autre jour. J'enlève le plaid, lui passe les bras dans les manches du manteau et fourre plusieurs briques dans les poches. Même comme ça, je ne suis pas sûre qu'elle sera assez lourde pour couler. Par précaution, je mets encore deux demi-briques dans un sac en plastique que j'attache à la petite chaîne dont la marque Boden équipe le col de ses vêtements au cas où vous n'auriez pas de cintre et devriez les suspendre à une patère. Les briques viennent se loger dans la capuche. Ça me fait penser à Seb, à la façon dont il mettait ses canettes de bière dans des filets de pêche qu'il attachait au bout d'une corde pour pouvoir nager jusqu'aux péniches en les traînant derrière lui.

Je me sens légère, extérieure à mon propre corps. Il faut que je reste calme, ne pas céder à l'hystérie. C'est comme ça qu'on commet des erreurs. Il faut que je fasse preuve de logique.

Finalement, je m'assieds à la table de la cuisine et j'écoute le tic-tac de la pendule. Mes doigts tombent sur la boucle d'oreille de Jez que j'avais gardée dans la poche de mon pantalon. La boucle d'oreille ! Tout prend sens. C'était écrit, comme je savais que ça l'était le premier jour où Jez est venu à moi.

Je fouille sous le manteau d'Helen, repère une poche dans sa jupe, place la boucle à l'intérieur. Je récupère son portable. Tape un texto. Fais défiler les numéros jusqu'à celui de Mick, appuie sur « ENVOI ». Puis je me lève et ressors voir où en est la marée. Je laisse son téléphone rejoindre celui de Jez au fond de l'eau. Cette fois, le fleuve est avec moi.

34

Mardi

Sonia

Je débloque le frein du fauteuil roulant. La tête d'Helen bascule en avant. Je la recouvre du plaid à carreaux. Pousse le fauteuil jusqu'à l'entrée, puis à travers la cour. Je colle une oreille contre la porte du mur d'enceinte. Le silence, enfin. Je sors. Les lumières sont éteintes dans les appartements le long du quai. Nous allons tout droit vers le parapet, à l'endroit exact où j'ai fait tomber les deux téléphones dans le fleuve.

Fais attention, ça devient une habitude ! se moque une petite voix dans ma tête.

C'est marée haute, l'eau roule contre la paroi du quai à moins d'un mètre en contrebas. Des branches d'arbres forment un épais treillis noir au-dessus de moi, et le mur de la maison sur ma gauche est habillé d'un tapis de lierre. Je suis abritée d'un côté au moins. L'autre est à découvert, mais désert aussi loin que je puisse voir le long du quai, jusqu'à la centrale électrique et le débarcadère à charbon.

J'ai plus de mal que je ne pensais à extirper Helen du fauteuil. Mes bras ont-ils perdu de leur force depuis que je l'ai mise dedans ? Ou bien son corps, vidé de son âme, s'est-il alourdi ? Les briques ! Je vais devoir les enlever. Mes doigts sont engourdis par le froid ou la peur. Ils ne fonctionnent plus. Je n'arrive pas à détacher le sac plastique. Je me frotte les mains pour essayer de réactiver ma circulation. Une sirène de police résonne sur l'artère principale. Je m'acharne sur le nœud du sac tout en tendant l'oreille. Est-ce un bruit de voix ? Des pas ? Je m'interromps une minute en retenant mon souffle pour mieux écouter.

Je renonce à enlever les briques et rassemble toutes mes forces pour soulever Helen dans mes bras et la hisser sur le muret. Je fais passer ses jambes par-dessus bord comme avec un enfant que je voudrais installer sur une balançoire, et pousse un grand coup. Elle plonge en avant, tête la première. Je n'ai plus que le plaid à carreaux entre les mains. Elle flotte bras écartés à la surface de l'eau, on dirait qu'elle essaie de faire l'étoile, comme ce qu'on apprenait à Kit dans ses cours de piscine à l'école primaire. Elle reste là quelques secondes. Des secondes qui se transforment en minutes.

« *Coule !* je murmure. *Coule !* »

Sa tête s'enfonce, ses fesses se soulèvent, comme si elle cherchait à apercevoir quelque chose sous l'eau. Alors les briques commencent à faire leur effet et des bulles jaillissent de quelque part. De ses poches ? De sa capuche ? De ses poumons ? Son beau manteau bleu se déploie tel un parachute. Et puis lui aussi s'assombrit alors qu'il s'imbibe d'eau, bientôt je ne distingue plus que le bas de sa jupe orange et le dessous d'un pied, la semelle en crêpe de ses jolies bottines étant le seul élément de sa tenue, si j'en juge par ce que j'ai pu observer pendant des années d'exploration de la grève, qui survivra à l'appétit du fleuve. Je déplore le gâchis de tous ces élégants vêtements.

Pourquoi ne disparaît-elle pas complètement ? Pourtant, c'est sans doute ça qui occupe autant les vedettes de police, cette tendance du corps humain à couler à pic dans le fleuve sans laisser de traces, non ?

Je retourne chercher dans la cour la houe au long manche que j'ai rapportée du garage l'autre jour. Je suis obligée de me pencher par-dessus le mur pour réussir à atteindre Helen et à lui appuyer dessus. Mais la semelle de crêpe remonte toujours. Je pousse plus fort et elle finit par s'éloigner du quai. Aussitôt, un courant l'emporte. Elle tourbillonne dans l'eau, sa bottine se livrant à un étrange solo de danse sous le clair de lune.

Enfin, après je ne sais combien de temps, la semelle disparaît au loin. Il semblerait que la marée ait tourné et l'entraîne vers l'aval, en direction de Blackwall. J'attends un peu pour être sûre qu'elle ne revienne pas. Que le fleuve ne décide pas de me jouer un tour cynique et de me la ramener. J'attends cinq, dix minutes.

La lune est haute dans le ciel et éclaire la surface d'une lueur argentée qui, le long des quais, se mêle au halo scintillant des réverbères. Je suis envahie d'un soudain sentiment de paix.

Je ne bouge pas. Un avion passe au-dessus de moi. Des lumières crépitent sur la rive d'en face, la puissante balise au sommet de la Canada Tower clignote de son pouls régulier. Un troupeau de cygnes glisse sur l'eau. Ils contemplent les profondeurs puis se regroupent près de la paroi du quai, comme s'ils avaient décidé que c'était là, pile à l'endroit de l'ensevelissement d'Helen, qu'ils voulaient se réfugier pour dormir.

Je finis par faire demi-tour. Je prends à peine le temps de regarder d'un côté puis de l'autre avant de retraverser le quai en poussant le fauteuil vers la porte de la cour et de rentrer à la maison. Je replie la couverture, la range dans le placard du couloir. En fais autant avec le fauteuil que je remets sous l'escalier. Et voilà. Je me sens curieusement déçue, comme si je méritais des applaudissements qui ne viennent pas.

Je ne vais pas pouvoir dormir tout de suite. Je ne sais pas pourquoi, mais j'ai brusquement très envie d'aller voir ce qui se passe chez Helen, si Mick a encore la lumière allumée depuis son coup de téléphone, s'il attend toujours qu'elle rentre ou s'il a renoncé et qu'il est allé se coucher.

Je ressors donc et marche d'un pas pressé jusqu'à l'endroit où j'ai laissé ma voiture. Je ne suis pas loin de chez Helen. Je roule prudemment dans les rues désertes, les yeux brûlés de fatigue. Je me gare sur le trottoir d'en face, du côté autorisé au stationnement. Je traverse et m'approche de la maison. Toutes les lumières sont éteintes. Mick a renoncé et s'est couché. Je lève les yeux vers les fenêtres noires. Laquelle est sa chambre ? Celle complètement à droite, je crois. Mick doit être seul dans leur grand lit en pensant qu'Helen va revenir d'un moment à l'autre. Il ne sait pas encore que le vide laissé dans les draps par son absence est désormais éternel, et c'est cette idée qui me fait monter un sanglot dans la gorge.

J'essaie de partir, mais mes pieds refusent de bouger. Oh, mon Dieu, mon Dieu, qu'est-ce que j'ai fait ? Je m'appuie contre le montant du portail, un pylône en béton froid au toucher, pose ma tête dessus. Je me cogne le front plusieurs fois de suite.

Je parviens finalement à retourner jusqu'à la voiture et rentre à toute vitesse. Je tremble en ouvrant la porte de la cour. Je monte directement au studio, désespérément en manque de lui.

Jez dort d'un sommeil si paisible qu'il me faut un moment avant d'être sûre qu'il est en vie. Il est pelotonné tout au bord du matelas, si bien que j'ai la place de m'y glisser sans le réveiller. Je me colle contre lui et soulève ses cheveux tout doucement. J'applique mes lèvres dans le creux de sa nuque. Inhale par le nez son odeur piquante. Pose une main sur l'os de plus en plus saillant de sa hanche. Je l'ai. Ils ne pourront pas me l'enlever. J'ai tué pour lui. Maintenant que je suis allée aussi loin, je ferai tout pour le garder tel qu'il est, avec moi, pour toujours.

35

Mardi

Sonia

Ce doit être presque l'aube quand je regagne ma chambre. Tout à coup, la fatigue me submerge. J'essaie de lutter mais mon corps ne répond plus. Finalement, je n'ai pas d'autre choix que de céder.

Lorsque je finis par me réveiller, c'est au son de l'eau. Elle dégouline du toit et dans la gouttière dehors, gargouille dans les caniveaux le long du quai. J'enfile mon kimono et m'approche de la fenêtre. Le fleuve est voilé derrière un épais rideau de pluie. C'est marée basse. Je contemple l'étendue brunâtre. Des mouettes se sont alignées sur une des péniches. Elles se réfugient là quand il y a la tempête en mer, au large des îles de Sheppey et Canvey, dans l'estuaire. Elles pensent qu'ici elles seront en sécurité.

Je sursaute en remarquant une forme orange qui flotte sur l'eau près des péniches amarrées. C'est la jupe d'Helen. Elle est remontée à la surface, elle est revenue m'accuser : *Comment as-tu pu me faire ça ? J'étais ton amie*. Je ferme les yeux. Respire profondément. Quand je les rouvre, je m'aperçois que cette chose orange est un bidon d'essence en plastique comme ceux dont Seb et moi nous étions servis pour fabriquer notre radeau. J'ai des bouffées de chaleur et des sueurs froides en même temps. J'ai attrapé le virus de Jez. Je dois avoir de la fièvre. C'est pour ça que le souvenir qui me revient est si vif et brillant. Si précis.

Le soir où je suis allée récupérer Seb, je pagayais sous la pluie, dans la lumière déclinante, le cœur gonflé d'impatience et d'excitation. Selon ses instructions, j'avais pris *Tamasa*, le radeau que nous avions construit tous les deux. Cet assemblage éclectique de pneus en caoutchouc, de bidons d'essence, de bois flotté et de cordages. De sacs en plastique remplis de polystyrène ramassé sur la grève. Nos flotteurs faits maison. J'avais réparé *Tamasa* toute seule en prévision du jour où je devrais aller chercher Seb. Maintenant, j'avais reçu sa lettre et je savais que l'heure était venue. Je tirai le radeau pour le sortir de son abri sous le débarcadère à charbon. Il aurait droit à un second baptême en bonne et due forme une fois que Seb serait revenu de ce côté-ci du fleuve. Nous le ferions ensemble avec une bouteille de quelque chose. De vin ou de cidre. Nous étions trop raffinés, désormais, pour la bière.

Je me mis en route dès que je repérai les signaux qu'il m'envoyait avec sa torche depuis l'île aux Chiens. Nous allions enfin nous retrouver après des mois de séparation forcée. Je sentis monter l'adrénaline alors que je m'élançais sur l'eau. Je quittai à grands coups de rame l'ombre du ponton pour gagner le milieu du fleuve, pleine d'une énergie que je ne me connaissais pas. J'étais prête à conquérir la Tamise ! La marée était haute, j'arrivais à me diriger sans peine, il n'y avait pas de vent, juste un calme qui, je le sais à présent, ne faisait que précéder la tempête. Grâce à ma pagaie, je réussis à traverser jusqu'à l'autre rive. Le radeau glissait avec beaucoup plus de facilité que toutes les fois où nous étions sortis tous les deux, et j'étais fière de moi, je rayonnais de fierté. Au point que je ne me rendais pas compte que le temps était en train de tourner, que l'eau continuait à monter, dépassant la limite verdâtre de son niveau maximum sur les parois du quai, venant presque recouvrir la promenade sur la berge.

J'étais grisée par mon désir de revoir Seb. Impatiente de sentir son corps calé contre le mien entre les cageots à poissons et les sacs en plastique de flottaison pendant le trajet du retour. Allongés côte à côte tandis que les vagues nous porteraient à destination. Nous remarquerions à peine l'eau froide qui nous giclerait au visage, tremperait nos vêtements.

Le jour déclinait. Des nuages qui étaient restés tapis derrière les buildings s'amoncelèrent au-dessus du fleuve alors que les derniers rayons d'un soleil bas laissaient dans le ciel une inquiétante traînée malade et jetaient tout le reste dans l'ombre. À ma droite se trouvait le ponton, dont les pilotis qui le soutenaient et les noirs interstices entre eux étaient presque engloutis par la marée. Je savais que Seb attendait. Guettait mon arrivée, prêt à sauter à bord dès que j'aurais habilement manœuvré pour m'approcher du rivage. J'avais soif de ses louanges, de son admiration tacite alors que je venais le chercher pour le ramener chez lui.

Plus tard, on me demanda pourquoi Seb n'était pas rentré comme l'aurait fait n'importe qui. En bus par le Tower Bridge ou à pied par le tunnel piétonnier depuis l'île aux Chiens. Et s'il tenait vraiment à traverser par le fleuve, pourquoi ne pas prendre un bateau-bus ? Pourquoi vouloir que je le ramène sur un radeau ? À l'époque, il y avait moins d'options qu'aujourd'hui pour passer d'une rive à l'autre sur ce tronçon-là. Le métro aérien du Docklands Light Railway n'existait pas encore ni la station de North Greenwich. Seb n'avait pas le choix. C'est ce que je leur répondis, même si je savais qu'il aurait pu trouver une autre solution s'il avait voulu. Faire du stop à l'entrée du tunnel de Blackwall, ou prendre un métro depuis le centre de Londres et descendre à Westcombe Park ou Maze Hill. Mais c'était dans sa nature de faire les choses de façon originale. Il était toujours en quête de nouvelles expériences. Le connaissant, il aurait même pu décider finalement de ne pas retourner à Greenwich. Il aurait pu choisir de remonter le fleuve vers le Tower Bridge ou bien de se laisser dériver jusqu'à Dartford quand la marée aurait tourné. La différence entre un radeau et un bateau-bus, c'est qu'avec un radeau vous êtes libre d'aller où vous voulez, pourvu que vous sachiez lire les courants.

Il y avait une autre raison, qui celle-là m'appartenait. Je voulais à tout prix prouver à Seb que je comprenais le fleuve comme personne. Que je pouvais m'y diriger sur un radeau sous la pluie à la tombée de la nuit, pas de problème. Il m'avait demandé d'apporter *Tamasa* et je ne comptais pas me dégonfler. Même en voyant les nuages qui s'amoncelaient. Ce fut mon orgueil qui me perdit, qui perdit Seb. J'avais cru pouvoir me mesurer à la volonté du fleuve.

Je me détache de la fenêtre. J'ai des vertiges, la tête qui tourne. Je suis obligée de me tenir au mur pour descendre à la cuisine. J'ai besoin d'un thé bien sucré. Le téléphone sonne au salon et ne s'arrête pas. Je n'ai plus envie d'être dérangée. Je n'ai plus envie de contact humain avec personne d'autre que Jez. Pas plus que je n'ai envie de retourner dans cette pièce, mais j'ai peur que l'odeur du vomi d'Helen ne soit encore là. Je pousse la porte et renifle. On ne sent rien, à part un léger reste de feu de bois. Je vérifie sous les fauteuils, les coussins. M'agrippe au canapé pour ne pas perdre l'équilibre. Où est son corps, à présent ? Il reviendra. Comme la mer, le fleuve rend toujours ses morts. Peut-être pas aujourd'hui. Et, si j'ai bien calculé la marée, pas ici. À Blackwall Reach, peut-être, ou plus en aval encore, à Woolwich ou à Tilbury. Mon esprit tangue, tel un bateau au bout de son amarre, et revient à cette nuit, ses jambes qui gigotaient alors que j'appuyais sur le coussin, le vomi caillé quand je l'ai retiré de sa bouche. Sa minijupe orange voguant sur l'eau noire.

Je sors, j'ai brusquement besoin d'aller me pencher sur le parapet pour voir si le fleuve n'a rien laissé. Il ne pleut plus et la marée est encore basse. Je balaie la grève du regard pour tenter d'y repérer l'écharpe cerise d'Helen, une boucle d'oreille en grenat. Une bottine. Mais il n'y a rien que des cailloux et des pipes en terre, une urne funéraire en plastique blanc. C'est assez fréquent, par ici. Les urnes jetées dans le fleuve une fois que les cendres ont été dispersées. Les cendres de gens qui sont décédés d'une mort naturelle et à qui on a dit adieu en bonne et due forme. Je frissonne. Ce n'est pas le cas d'Helen. Mais elle l'a cherché. Elle n'aurait jamais dû venir me trouver en espérant que je l'aide. J'ai déjà assez à faire.

Il fait lourd. Une mauvaise odeur émane du lit du fleuve. Du caoutchouc brûlé, peut-être. Un canot de sauvetage fend le courant, et des vagues viennent laper le rivage. Après je ne sais combien de temps, je finis par rentrer. C'est fait, je ne peux plus revenir en arrière. Les pensées se bousculent dans ma tête. Le coussin. Il faut que je le mette à sécher. Mais l'odeur ? Si elle est encore là, quelqu'un s'en apercevra. De retour dans la cuisine, je le sors de la machine à laver, le renifle, l'étends dans la buanderie.

Et puis je monte enfin voir Jez dans le studio. Tout le reste vaut la peine pour ça. Il est réveillé. Un maigre rayon de soleil qui pénètre par un des vasistas éclaire son bras mat posé derrière sa tête contre l'oreiller blanc.

Il me laisse l'approcher. Je le prends dans mes bras. Et tandis qu'il reste là, le visage blotti contre mon sein, j'imagine qu'il sait, sans que j'aie à le dire, qu'Helen est morte.

Il faut que j'aille rendre visite à ma mère, après quoi je compte passer la journée avec Jez. Mais quand, une heure plus tard, je sors par la porte de la cour, je tombe sur Alicia assise sur le muret à l'endroit même où était assise Helen avant que je la pousse. Si je poussais Alicia maintenant, elle basculerait dans le fleuve exactement comme Helen, mais à la renverse et non tête la première. Sauf qu'elle ne mourrait sans doute pas. Une chose que j'ai apprise, c'est que tout le monde ne meurt pas si facilement.

Alicia porte des mitaines et une écharpe. Elle fume une cigarette. Ses paupières sont lourdement soulignées au crayon noir. Elle saute du mur et écrase son mégot sous son pied.

« Helen a disparu », dit-elle.

Je la dévisage un moment avant de répondre :

« Comment ça, disparu ?

— Elle n'est pas rentrée cette nuit. Et elle a envoyé un texto bizarre.

— Bizarre dans quel sens ?

— Ils n'ont pas voulu me le montrer. »

Elle me fixe du regard et je vois la peur dans ses yeux, les larmes prêtes à couler.

« La police relie sa disparition à celle de Jez.

— Attends, dis-je, moi-même impressionnée par ma capacité à donner le change. Helen n'est pas rentrée cette nuit. Ce n'est pas ce que j'appelle une "disparition".

— Elle finit toujours par rentrer, d'après Mick. Même quand elle est bourrée. Il pense qu'elle a pété les plombs. Mais moi j'ai peur que ce soit quelqu'un qui cherche à s'en prendre à nous. D'abord Jez, maintenant Helen. Qui sera le prochain ? C'est flippant ! »

Sa voix s'est envolée dans les aigus.

« Hé ! Du calme, je rétorque. Reprenons les choses dans l'ordre. Qu'est-ce qu'il y avait de bizarre dans son texto ? Où est-ce que Mick pense qu'elle a pu aller ? Pourquoi il dit qu'elle a "pété les plombs" ?

— Il a peur qu'elle se soit suicidée, répond-elle en se mettant à sangloter. Moi, je n'y crois pas, mais Mick dit qu'elle était ultra-angoissée depuis que Jez a disparu. Et les flics l'avaient dans le collimateur.

— Et ta mère ? je demande. Tu ne crois pas que tu devrais en parler avec elle ?

— Ma mère n'habite plus avec nous, hoquette-t-elle.

— Ton père, alors.

— Il est au travail. J'ai pensé… dit-elle en relevant brièvement les yeux vers moi avant de les détourner aussitôt. Helen disait que vous étiez la seule personne à qui elle pouvait se confier. À part moi. Que vous saviez écouter les gens. Sans juger ni prendre parti.

— Ah bon ? »

Elle prend une grande inspiration, s'essuie les yeux d'un revers de la main.

« C'est juste que… Je ne crois pas que la police s'active réellement pour chercher Jez. J'ai trouvé ce filtre…

— Je m'en souviens.

— Mais ils n'ont pas réellement fouillé les alentours. Ils ne sont pas allés voir dans des endroits comme là ou là, dit-elle en désignant successivement la centrale électrique puis le dépôt de charbon adjacent. C'est la planque idéale. Si je voulais retenir quelqu'un en otage, je trouverais un endroit comme ça. Personne n'y va jamais. C'est abandonné, non ? »

Alicia raisonne comme Seb le faisait. Sans aucune logique. Mais avec l'intuition que l'impossible pourrait devenir réalité. Son idée est ridicule, ce qui ne veut pas dire que le concept n'est pas séduisant.

« Vous devez bien connaître une façon d'y pénétrer. C'est juste à côté de chez vous. »

Je lève la tête vers le gros bras en fer noirci qui servait autrefois à décharger les péniches de charbon. Là où il rejoint les immenses murailles blanches de la centrale, il y a une haute palissade surmontée de fil barbelé renforcé par un treillis métallique. Les fenêtres sont barrées de planches.

« Non, dis-je, elle est encore utilisée. Et très bien surveillée. La police sait que Jez n'est pas là-dedans.

— Qu'est-ce que vous en savez ?

— C'est truffé de caméras. »

Elle me dévisage à présent avec un air de défi.

C'est alors que je comprends. Tout cela n'est qu'un prétexte ! Alicia n'est pas bête. Elle est cette sale petite fouineuse que j'ai reconnue en elle au pub hier soir. Elle a fait le lien dans sa tête entre le filtre, le projet de Jez de passer emprunter un disque chez moi et la disparition d'Helen, et elle a résolu l'énigme que la police paraît si lente à élucider ! Si elle veut s'introduire dans la centrale électrique, c'est parce que les fenêtres tout en haut ont vue directement dans ma maison. Je sens mes mains devenir moites.

« D'accord, d'accord, dis-je. Si tu es tellement persuadée qu'il est là, on n'a qu'à monter voir. Allons y faire un tour. »

Ça ne prendra pas longtemps, et ensuite je serai débarrassée d'elle d'une façon ou d'une autre.

Matt acceptera de faire une entorse au règlement pour moi, j'en suis sûre. Nous échangeons toujours quelques mots quand je passe. Et je sais que, comme il me voit seule la plupart du temps, il pense que je suis libre. Ça fait des années qu'il me drague, qu'il ne manque jamais une occasion de tenter sa chance. Il me laissera emmener Alicia en « visite guidée ».

Je ne me suis pas trompée.

« Qu'est-ce que tu feras pour moi si je risque mon job en la laissant entrer ? demande-t-il, l'œil pétillant. Je ne rends pas des services sans rien en échange, tu sais.

— Une pinte la prochaine fois que je te croise au pub, ça te va ?

— Ben merde alors, c'est tout ? T'es une dure à cuire, toi, Sonia.

— Allez, Matt. C'est une gosse, elle fait un exposé sur les bâtiments insolites. Tu trouves qu'elle a une tête de terroriste ?

— Ne jamais juger sur les apparences, c'est ce qu'on nous apprend dans la sécurité, rétorque-t-il sans même jeter un seul coup d'œil à Alicia, les yeux braqués dans les miens. J'attends au moins un sourire de ta part. Faites le tour jusqu'à l'entrée principale et je vous apporte un casque à chacune. Mais t'as intérêt à la boucler, hein ? J'aurai des emmerdes si ça se sait. »

J'entre dans la centrale électrique suivie par la fille dont les lèvres enduites de gloss ont sucé le cou de Jez. Je ne suis pas du tout préparée à l'effet que cet endroit va avoir sur moi.

36

Mardi

Sonia

Les hautes murailles de la centrale électrique et ses quatre énormes cheminées en briques sont la toile de fond délabrée de ma vie depuis aussi longtemps que je m'en souvienne. Mais il y a des années que je ne suis pas entrée à l'intérieur. Nous suivons Matt qui nous fait d'abord traverser le hall de réception puis pénétrer dans le ventre obscur de la centrale. La hauteur des plafonds est impressionnante. Qu'un esprit humain ait pu concevoir puis construire un édifice d'une telle dimension est époustouflant. Tapissée de haut en bas de carreaux blancs, cette partie voûtée du bâtiment forme un vaste dôme de céramique. À côté, la Tate Modern paraît minuscule. Nous grimpons des volées successives de marches branlantes, traversons des passerelles en métal qui tanguent sous nos pas. Passons devant d'immenses cuves noires dont Matt nous dit qu'elles abritent des turbines géantes. Des griffes se balancent à des grues au-dessus de nos têtes.

« OK, il faut que je redescende, déclare Matt. Vous avez un quart d'heure, après je reviens vous chercher. Si quelqu'un vous demande ce que vous faites là, appelez-moi et laissez-moi faire, d'accord ? »

La centrale est comme un compartiment inexploré de mon cerveau. Dernièrement, je m'effraie des territoires que je découvre à l'intérieur de moi et dont je ne soupçonnais même pas l'existence. Le degré de passion suscité par Jez en est un. À l'autre extrémité du spectre, j'ai découvert de nouveaux sommets de colère. Et entre les murs de cette centrale électrique, ce grand écart de sentiments s'ouvre sur d'autres pièces encore plus vastes, encore plus hautes. Pour la première fois, je me laisse griser par le fait que j'ai été capable de tuer pour Jez. L'espace d'une minute, je suis chavirée d'euphorie. Et la détermination dont j'ai fait preuve afin de le garder près de moi m'emplit d'un intense dégoût à l'égard d'Alicia. Je suis obligée de m'appuyer à une rambarde et d'attendre un peu. Que cet étourdissement émotionnel se dissipe.

À la fin de notre visite, Alicia s'assied, désespérée, en haut d'un escalier. Elle ramasse ses genoux contre elle. Fronce les sourcils.

« On ne peut pas sortir ? demande-t-elle. Sur la plateforme qu'on voit depuis le quai.

— À quoi ça te servirait ? Puisque, de toute façon, tu la vois d'en bas. »

Elle hausse les épaules.

« Ça donne une bonne vue d'ensemble. »

Ça donne une bonne vue, c'est sûr. Sur le fleuve, mais aussi sur ma maison. Elle en sait plus que ce qu'elle veut bien montrer. Elle veut voir ce qui se passe dans le studio de musique.

Alicia a les yeux baissés vers le sol en béton, tout en bas, à une distance vertigineuse sous nos pieds. Matt et les autres techniciens qui assurent l'entretien des machines ont disparu. Une jeune fille pourrait facilement mourir en tombant d'aussi haut. Je donnerais l'alarme, les gardiens accourraient, je paraîtrais effondrée. Elle tomberait sous mes yeux, peut-être en se cognant la tête contre la cage d'escalier en métal dans sa chute, elle serait déjà morte avant de toucher le sol.

Puis une autre image apparaît.

Je les avais repérés d'en bas. Un jour étouffant de septembre. La marée était haute, remuant une frange de détritus le long des parois du quai, bâtons de sucettes, préservatifs, paquets de chips, une tétine de bébé. Je revenais de l'école. Ma sacoche pleine de livres me faisait mal à force de battre contre ma cuisse, la bandoulière me déchirait l'épaule. Quelqu'un s'était encore moqué de moi en me traitant de cinglée, de martienne. Et je n'avais pas non plus envie de rentrer à la maison parce que je savais que mon père était là.

Les ombres de la grille dessinaient des rayures sur les pavés du quai. Je faisais attention de ne pas marcher dessus car je perdais Seb à jamais si j'en touchais une. C'est seulement en arrivant près de la centrale électrique et dans l'ombre plus vaste et plus épaisse du débarcadère à charbon que je relevai la tête, et le monde entier s'obscurcit. Comme chaque fois que je voyais Seb et Jasmine ensemble. Une éclipse dans mon cerveau. Ce jour-là, à cet instant-là, je me sentis seule comme je ne pensais plus jamais pouvoir l'être.

Je les observai, immobile. Seb me repéra avant elle. Nos regards se croisèrent. Quelque chose dans mon expression dut le convaincre. Il s'avança jusqu'à l'endroit où Jasmine était assise les pieds ballants au bord de la plate-forme et la poussa par-derrière. Sa jupe se déploya tel un parachute jaune alors qu'elle tombait en hurlant, et elle fit un plat monumental en atterrissant dans le fleuve, qui était à marée haute. Seb plongea aussitôt après, comme pour la secourir. Mais, à la place, il la laissa se débattre au milieu des déchets, regagna le bord à la nage, là où une mousse d'écume beige venait lécher le sommet des marches, et resta planté là.

« Sonia ! » cria-t-il, et je le rejoignis.

Il m'attrapa par la main et me tira contre lui. L'eau trempait le bas de mon jean mais ça m'était complètement égal. Seb me mordit le cou, et mes bras s'enroulèrent autour de lui. Ses lèvres glissèrent de mon cou à ma bouche et s'y plaquèrent avec tant de force que j'en eus mal. Il me poussa en arrière de façon à me faire allonger sur la première marche émergée. J'avais la tête posée au bord, l'eau soulevait mes cheveux. Puis il vint se coucher sur moi. Je fermai les yeux pendant qu'il manœuvrait afin que nos deux corps imbriqués tiennent sur cet étroit promontoire. Je ne sentais ni le froid ni la dureté de la pierre dans mon dos. À un moment, nous entendîmes la voix geignarde de Jasmine crier depuis le quai au-dessus de nous, ulcérée :

« Comment tu oses ? Comment tu *oses* ? »

Elle pouvait dire ce qu'elle voulait. Seb ne me quitterait plus, à présent.

Nous avions dû rester là des heures car, au crépuscule, la marée avait baissé. Je descendis sur la grève m'étendre dans la boue et Seb se mit à en ramasser des poignées qu'il m'étala sur le corps. Il commença par mes pieds. La vase était chaude comme un édredon, elle ne refroidirait que plus tard, quand le fleuve se serait complètement retiré et qu'elle sécherait peu à peu dans l'air de la nuit. Il continua à m'en enduire les jambes, les cuisses, puis le torse jusqu'au cou. Je voulus lui faire pareil, pour lui procurer cette même sensation étrange de la vase tiède qui durcit sur la peau, mais je n'arrivais pas à trouver le bon angle. Alors finalement je me rallongeai et le laissai me faire ce qu'il aimait. Quand il eut terminé, il se releva et éclata de rire.

« L'homme de Tollund ! s'exclama-t-il.

— Quoi ?

— C'est un homme qu'on a découvert dans une tourbière, parfaitement conservé depuis des milliers d'années. Il n'avait jamais pourri. Jamais vieilli. C'est toi. »

Je regarde Alicia assise sur l'escalier métallique. Elle se met à parler.

« La théorie de la police, c'est qu'Helen s'est débarrassée de Jez d'une façon ou d'une autre ce matin-là, et puis qu'elle a prétendu l'avoir vu dans l'après-midi. C'est horrible. Ça fait tellement peur ! Helen n'aurait jamais fait de mal à Jez. Mais, d'après Maria, la police pense qu'elle avait un mobile. En rapport avec leur histoire. L'histoire d'Helen et de Maria, je veux dire. Alors bon, je me dis que si j'arrive à retrouver Jez, ça leur prouvera qu'ils se trompent. Je ne sais pas quoi faire d'autre. Helen n'aurait jamais touché à Jez. Pas vrai ? Je sais qu'elle boit beaucoup. Et qu'elle a menti en disant qu'elle était allée travailler. Mais c'est une gentille. Vous ne croyez pas ? »

Je la dévisage quelques secondes.

« Rentre chez toi, Alicia. Tu es trop jeune pour te mêler de tout ça. Laisse faire la police. »

Elle me regarde de ses grands yeux qui brillent, et j'ai peur qu'elle ne se remette à pleurer.

« Tiens, voilà Matt. Il faut y aller. »

Une fois que nous sommes ressorties à l'air libre, je lui dis :

« Allez, rentre, maintenant. Retourne au lycée, reprends ta vie. Et essaie d'oublier. Laisse les adultes s'en occuper. »

Je la regarde s'éloigner, penaude, le long du quai, passer devant ma maison et continuer vers l'université. Et, en la regardant, je sens quelque chose qui me fait chavirer le cœur.

Je n'aime pas l'idée de trahir une amie. Mais Helen est déjà morte. Et ils en ont déjà pratiquement tiré leurs propres conclusions. Je file à ma voiture et roule jusqu'à chez eux. Ça fait des années que je n'ai pas mis les pieds dans cette maison, depuis que Kit avait 15 ou 16 ans. Je remonte l'allée dans laquelle flotte l'odeur familière des troènes, frappe à la porte. C'est un des fils d'Helen qui vient m'ouvrir. Il s'avachit contre le chambranle, comme s'il n'avait pas l'habitude de supporter son propre poids, qui est considérable. Ses cheveux blond filasse tombent sur son visage grêlé d'acné. Comment se fait-il que certains garçons passent directement de l'enfance à l'âge adulte ? Je comprends le complexe d'infériorité d'Helen. Entre son fils et Jez, il n'y a aucune comparaison.

« Bonjour, Barney. À moins que ce soit Theo ?
— Barney.
— Je suis venue parler à ton père. Il est là ?
— Ouais. »
Il repart en me laissant sur le pas de la porte et crie : « Papa ! »
Mick sort de la cuisine, les cheveux en bataille, les yeux cernés.
« Sonia. Entre.
— J'ai eu ton message. Hier soir. Tu as des nouvelles ? »
Il me précède dans leur grande cuisine lumineuse qui donne sur le jardin à l'arrière de la maison. Il y a dans l'air la trace du parfum vanillé d'Helen, un tube de son rouge à lèvres Mac sur le plan de travail près de la coupe à fruits. Un énorme vase de gerberas. J'avais oublié la passion d'Helen pour les fleurs coupées.
« Tu veux un café ? Un thé ?
— Non, rien. Je voulais juste savoir où ça en est. Je ne peux pas rester trop longtemps. Helen a appelé ? »
Il va ramasser son portable sur la table.
« Lis ça. »
Je contemple le texto que j'ai écrit, gardant la tête baissée pour faire semblant de l'examiner.
« Comment tu comprends ça ? Je n'en ai pas encore parlé aux garçons.
— Ça sonne un peu… définitif.
— Ça sonne comme un mot d'adieu.
— Je ne voulais pas le dire comme ça.
— Tom le pense aussi.
— Tom ?
— L'officier de liaison. Il a contacté le commissariat. Ils vont lancer des recherches cet après-midi.

— Oh, mon Dieu, Mick, je suis désolée !

— Je me sens coupable.

— Non, il ne faut pas.

— Tu ne sais pas tout ce qui s'est passé, Sonia. Tu n'as pas idée du salopard que j'ai pu être. À moins que… peut-être qu'Helen t'a parlé ? »

Je pince les lèvres et il reprend en hochant la tête.

« C'est de la folie totale depuis que Jez a disparu. J'ai le cerveau complètement embrouillé, je n'arrive plus à penser. Ce n'est pas une excuse, je sais, pour se conduire comme un gros con. Mais c'est ça qui a tout déclenché. »

Il porte un jean auquel il faudrait une ceinture pour le maintenir à la bonne hauteur. Son tee-shirt lui remonte sur le ventre, laissant dépasser un bourrelet de peau blanche parsemé de poils roux. Je le vois contracter ses muscles pour rentrer sa bedaine.

« Et où en est l'enquête au sujet de…

— De Jez ? Nulle part. Ils ont fait chou blanc. »

Je hoche la tête. J'ai la bouche sèche. Mick me regarde comme s'il hésitait à me dire quelque chose. Il s'assied à table en face de moi.

« Alicia, la petite amie de Jez, a trouvé le filtre d'un joint qu'elle pense que Jez a fumé sur le quai. Mais il était trop abîmé pour donner des résultats probants. De toute façon, ils ont déjà fait une enquête de voisinage dans le quartier. Ils sont venus chez vous, non ?

— Oui, oui. »

Il se lève et va prendre la bouilloire pour la remplir à l'évier.

« Helen est convaincue qu'ils la soupçonnent de quelque chose. Ils n'ont pas arrêté de l'interroger. Je ne sais pas si elle t'en a parlé.

— Elle l'a mentionné la dernière fois qu'on s'est vues.

— C'est vrai qu'elle est la dernière personne à avoir vu Jez. Et puis il y a autre chose. Ça ne voulait rien dire, c'est typique d'Helen de tout dramatiser. Tu sais comment elle est. Beaucoup trop expansive sur ses sentiments. »

J'attends.

« Ça reste entre nous, hein ? Les flics ont tiqué sur le fait qu'elle en voulait à Jez de viser le même lycée musical que Barney. Ça ne constitue pas vraiment un mobile, je sais, mais il y a aussi un mystère non résolu. Elle n'est pas allée travailler le matin où il a disparu. Et pourtant elle ne l'a pas dit à la police. Maintenant, elle prétend qu'elle était au hammam, mais ils ont fait des vérifications et apparemment ça n'a pas l'air d'être vrai non plus. »

Il sort une boîte en fer du placard et se tient prêt, un sachet de thé posé sur le rebord d'un bol. Je remarque qu'il a des chaussettes dépareillées. Pas de chaussures.

« Elle avait ce truc avec Jez. Presque une obsession. Elle était convaincue que Maria, la mère de Jez, avait mieux réussi son éducation qu'elle. Ça paraît délirant, dit comme ça. Mais j'ai peur, Sonia… Au fait, ça ne te dérange pas que je te raconte tout ça ?

— Non, non, continue.

— Depuis que Jez a disparu, je fais mon possible pour réconforter Maria. Je crois qu'Helen a cru qu'il y avait autre chose entre nous. Évidemment, ça ne faisait qu'alimenter sa propre insécurité. Et, hier soir, elle nous a surpris. On ne faisait rien, mais ça pouvait donner l'impression du contraire. Elle est devenue hystérique. On était tous à cran. J'ai dit des choses que je n'aurais pas dû dire, et maintenant j'ai peur. Vraiment peur qu'elle l'ait pris trop à cœur. Je ne le supporterai pas si c'est moi qui ai tout foutu en l'air. Si Helen a pensé que je la laissais tomber et qu'elle a fait une connerie, et que tout est de ma faute… »

Je ne lâche pas Mick du regard, tout en essayant de rester impassible.

« Les flics traitent la disparition d'Helen comme un suicide potentiel, ou peut-être juste un coup d'esbroufe. Espérons que ce soit de l'esbroufe. D'ailleurs, je n'aurais pas de quoi lui en vouloir. »

Je voudrais parler mais je n'y arrive pas. Il a les yeux remplis de larmes. Il est clair que, malgré ce qu'Helen a pu penser qu'il éprouvait pour sa sœur, au fond c'est encore elle qu'il aime.

Je commence à paniquer. Qu'est-ce que j'ai fait à Mick ? À Helen ? À toute leur famille ? Je ne peux pas faire ce que j'étais venue faire. Balancer Helen après tout ça. C'est trop cruel. Mon cœur bat à deux cents à l'heure. Il faut que je parte d'ici.

« S'il y a quoi que ce soit… tu m'appelles. Ce serait avec plaisir que… je bredouille en me levant pour me diriger vers la porte. Helen a été tellement sympa avec moi ces derniers temps, c'était chouette de se croiser par hasard à l'opéra et de passer l'après-midi ensemble, elle avait l'air en pleine forme. Elle est toujours tellement bien habillée. Je ne connais personne qui sache aussi bien marier les couleurs. Désolée, Mick. Mais je dois y aller, maintenant. »

Alors que j'arrive devant la porte de la cuisine, elle s'ouvre et je me retrouve nez à nez avec Helen.

37

Mardi

Sonia

« Maria, je te présente Sonia, une amie d'Helen », annonce Mick.

C'est une femme brune, pas châtaine, et mince, pas voluptueuse. Elle a les yeux de Jez. Sans équivoque. Les longs sourcils, les iris marron foncé et les paupières à demi closes. Mais, à part ça, c'est le portrait d'Helen.

Maria hoche la tête sans sourire. Elle a le visage blême, les traits marqués. Elle est petite, comme Helen, moins d'un mètre soixante-cinq, difficile d'imaginer qu'elle ait pu mettre au monde Jez. Et bien sûr elle a la peau très blanche, avec ce teint terreux qui ne bronze pas. Jez a surtout hérité du physique de son père, c'est évident. Je ressens une animosité instantanée à l'égard de Maria, la façon dont elle s'est ingérée dans la vie d'Helen, dont elle a ébranlé son couple. Sans elle, Helen ne serait pas venue chez moi hier soir. À l'heure qu'il est, elle ne serait pas couchée au fond de l'eau entre les pièces détachées de voiture, les bidons d'essence et les semelles de chaussures.

« J'ai discuté avec Tom », dit-elle en s'avançant vers la bouilloire.

Elle n'a rien du style flamboyant d'Helen. Elle est habillée de manière classique, dans une jupe en laine grise et un chemisier sans doute de grande marque. *Agnès b.*, entends-je Helen me souffler. La mère envahissante dont le mari s'est lassé et dont le fils préférerait ne pas devoir vivre avec elle. Elle ne me plaît pas et je m'attends à ce que ce soit réciproque. Aussi, je suis décontenancée quand elle me propose du café.

« Non, merci. J'allais partir, dis-je en tendant de nouveau la main vers la porte.

— On est en train de vivre un cauchemar, enchaîne-t-elle avant que je sois sortie. Vous êtes au courant pour Jez, n'est-ce pas ? »

J'acquiesce.

« Évidemment, dit-elle. Tout le monde est au courant. Je ne sais pas combien de temps on va encore réussir à tenir. »

Elle abandonne la bouilloire, s'assied et lève les yeux vers moi. Elle a le visage encore plus chiffonné que je ne m'en étais rendu compte.

« Sonia habite la maison des Berges, intervient Mick. Toute la classe moyenne de Greenwich l'envie.

— Oh ! s'exclame Maria en s'égayant un peu. C'est la maison dont parlait toujours Jez. Il est allé vous rendre visite un jour avec Helen. Il disait que c'était là qu'il voulait vivre quand il serait grand. »

Elle fait une moue avec ses lèvres comme pour dire : « Ah, ces jeunes, qu'est-ce qu'ils peuvent être ridicules ! »

« L'emplacement est sensationnel, reprend Mick. Avec une vue sur l'île aux Chiens et Canary Wharf.

— Oui, je me souviens qu'il m'avait raconté. Et vous avez une collection de vinyles dans une pièce spéciale, non ?

— C'est celle de Greg, je réponds.

— Greg ! Oui. Je l'ai rencontré. À ta fête d'anniversaire, Mick.

— C'était un de ses disques, l'album de Tim Buckley, que Jez voulait passer emprunter le jour où il a disparu, précise Mick.

— C'est moi qui lui ai fait connaître Buckley, évidemment, se targue Maria. Même s'il se plaît à croire qu'il l'a découvert tout seul. L'arrogance de la jeunesse. »

Elle me regarde avec un petit sourire, cherchant la connivence.

« C'est drôle comme les adolescents d'aujourd'hui trouvent que la musique de notre époque était cool. À la maison, il écoute même mes vieux 33 tours ! Moi, à son âge, je n'aimais pas la musique de mes parents. Sans doute qu'on a été *la* génération qui a tout eu. Sexe, drogue et rock'n'roll. Ils sont jaloux. Alors ils nous copient. Mais ils ne comprennent pas aussi bien que nous. »

Tim Buckley. Qu'est-ce que Jez m'a dit sur lui ? Le jour où il est arrivé aux Berges. Le jour où il m'a joué de la guitare pendant que la nuit tombait dehors, en sifflant la bouteille de vin que j'aurais dû garder pour Kit. Que, pour lui, faire de la musique était « comme discuter ».

Pour moi aussi, c'est pareil, avait dit Jez. *Vous, vous apprenez aux gens à s'exprimer avec leur voix. Moi, je joue de la guitare pour la même raison*.

C'était sa façon d'entrer en communication avec moi, de constater cette compréhension qu'il y avait entre nous. Maria se trompe sur son compte. Les mères ne connaissent jamais leurs enfants. Je suis la seule à connaître le vrai Jez.

« Peut-être que je devrais passer avec Maria un de ces jours, suggère Mick. Ça te ferait plaisir de voir la maison de Sonia et Greg, Maria ?

— Bien sûr. Ce serait sympa, répond-elle en s'adressant directement à moi, comme si c'était mon idée. Helen aussi adore cette maison. Vous vous êtes pas mal vues, ces derniers temps, non ? Vous ne l'avez pas croisée hier soir, par hasard ?

— Je lui ai déjà demandé, indique Mick.

— Si on n'était pas tous morts d'inquiétude, je vous dirais qu'elle a vraiment du culot de se tirer comme ça, en pleine tempête. Vous savez, Sonia, c'est un *cauchemar* de ne rien savoir. Il y a un terme pour ce… ce chagrin-là. On parle de "deuil ambigu". Il n'y a jamais de point final. Vous ne savez pas quand ça va s'arrêter. Vous continuez d'espérer, tous les matins vous vous réveillez en pensant que c'est peut-être la fin. Que c'était peut-être un rêve. Qu'il va être là, dans son lit. Et puis la réalité vous revient peu à peu, la peur, la boule au ventre, c'est reparti. »

Je ne peux que hocher la tête.

« Helen ne vous a pas parlé de lui, si ? demande Maria. Parce qu'on commence sérieusement à se demander si elle…

— Absolument pas, la coupe Mick.

— Mais ce texto… Et puis où était-elle ce vendredi matin ? Elle refuse de nous le dire. Pourtant, c'est le jour où il a disparu ! »

C'est le moment. J'avale ma salive.

« Elle m'a dit qu'elle traversait une sorte de crise de confiance, dernièrement, dis-je. Que c'était pour ça qu'elle buvait autant. Elle ne se trouvait pas assez bien.

— C'est exactement la thèse de la police ! s'exclame Maria. Tu vois, Mick ! Elle avait un comportement vraiment bizarre. À toujours croire que les gens parlaient d'elle dans son dos, critiquaient son travail.

— Et toi comme moi, on était d'accord pour dire que les gens cherchent toujours un bouc émissaire, dans ce genre de circonstances, réplique Mick. Ils veulent des réponses. Et, quand ils n'ont rien à se mettre sous la dent, ils se raccrochent à ce qu'ils peuvent. C'est ce que la police est en train de faire. Et maintenant toi.

— Oh ! » s'indigne Maria.

Je vois bien qu'elle est à fleur de peau, ses émotions ont l'air de changer d'une minute à l'autre.

« Essaie de te mettre à ma place deux secondes ! poursuit-elle. Comment peux-tu imaginer que j'aie *envie* de soupçonner ma propre sœur ? C'est plus douloureux pour moi que pour n'importe qui. Mais, quand tu mets tous les éléments bout à bout, Helen a toujours été en rivalité avec moi. Jez avait un entretien pour entrer dans le même lycée que Barney et elle savait que Jez serait pris. Elle est tellement jalouse, tellement dans la compétition. Et, avec l'alcool en plus, pas toujours rationnelle. Je comprends que ce soit dur pour toi, Mick. Mais il faut regarder les choses en face.

— Je sais, et tu sais, qu'elle n'a rien à voir dans la disparition de Jez.

— Il y a toujours eu entre nous une sorte de rivalité, m'explique Maria comme si je n'avais pas compris toute seule. Ce n'est pas nouveau. Il faut connaître le contexte. Ce n'est pas complètement absurde de se demander si le fait d'avoir Jez à la maison n'a pas pu raviver tout ça. La police n'a pas forcément tort. Même si c'est terrible à imaginer.

— On n'a pas eu non plus un comportement exemplaire, rétorque Mick en la fusillant du regard.

— Personne ne peut avoir un comportement exemplaire avec un tel niveau de stress », persiste Maria.

Je suis consciente que l'heure tourne et que j'ai laissé Jez tout seul dans le studio plus longtemps que prévu. Il faut que je termine ce que j'étais venue faire, finalement.

« Tout ce que je peux dire, et je ne sais pas si ça change quelque chose, c'est qu'elle m'a demandé de mentir en prétendant que j'étais au hammam avec elle ce vendredi-là.

— Elle vous a demandé de mentir ?

— Oui.

— Donc elle n'était pas au hammam. Est-ce qu'elle vous a dit où elle était réellement ? »

Je hausse les épaules. Helen n'aimerait pas que je révèle qu'elle était au pub. Alors je me tais.

« Oh, mon Dieu ! soupire Mick. Ça s'aggrave. »

Le regard qu'il me jette est si désespéré que j'aimerais le réconforter. Mais il leur faut une explication pour Jez. Et Helen est le suspect idéal. Je suis la seule à pouvoir leur offrir ce point final dont ils ont tellement besoin.

« Ce qui l'obsédait, c'était le fait que Jez sache jouer de la guitare à douze cordes, parce que ça lui donnait un avantage déloyal sur Barney pour entrer au lycée musical, je reprends, de plus en plus à l'aise dans ma mission. Elle n'arrêtait pas d'en parler. Comme si elle n'arrivait pas à se le sortir de la tête. Elle disait que Jez aurait foutu en l'air l'avenir de Barney. Comme pour se justifier de quelque chose. »

Je sens les yeux de Maria braqués sur moi.

« C'est bizarre, dit-elle. Helen n'était pas au courant qu'il jouait de la douze cordes. C'était notre atout secret. Pour son entretien. J'avais fait promettre à Jez de ne pas en parler. »

Mon esprit bouillonne. J'en ai trop dit.

« C'est peut-être Barney qui en a parlé à Helen, suggère Mick.

— Impossible, déclare Maria en se levant, mais sans me quitter des yeux. C'est impossible qu'il ait dévoilé ses plans à personne, surtout pas à Helen et Barney.

— Pourtant, c'est bien ce qu'elle m'a dit, j'insiste.

— Elle vous a dit qu'il avait commencé à apprendre la douze cordes ? Quand est-ce qu'elle vous a parlé de ça ?

— Je ne sais plus.

— Non, vraiment. J'ai besoin de savoir. »

Je la dévisage, paralysée, en priant pour que quelque chose me vienne, n'importe quoi. Je m'efforce de retrouver ma voix afin de me sortir de cette impasse. Mais je n'arrive pas à articuler le moindre mot.

Et puis Maria reprend :

« Jez devait passer vous emprunter l'album de Tim Buckley ce jour-là, non ? Excusez-moi de vous poser cette question, Sonia, mais pourquoi êtes-vous là aujourd'hui ?

— Elle se fait du souci pour Helen, répond Mick.

— Écoutez, dis-je, ayant enfin retrouvé l'usage de la parole. Je suis désolée. Je suis sûre qu'Helen va réapparaître. Je dois y aller. Comme je l'ai déjà proposé à Mick, dites-moi si je peux faire quelque chose. »

De retour aux Berges, je monte directement voir Jez. Je m'assieds sur son lit. Me relève et fais les cent pas dans la pièce. Je ramasse la guitare à douze cordes.

« Tu sais en jouer, non ?

— Je viens juste de commencer à apprendre.

— C'était un secret ? Helen ne le savait pas ?

— Ah ! Non. Ma mère ne voulait pas que je lui dise. Je lui avais promis de ne pas en parler. Qu'est-ce qui se passe, Sonia ? Vous allez me laisser partir ? Je me sens mieux, maintenant. Je pourrais rentrer. »

Je m'avance vers le mur contre lequel sont fixées les étagères, monte sur le tabouret, regarde dehors par un des vasistas. Les navires tracent leur sillage sur le fleuve en contrebas. Un bateau à voiles en bois clair file sur l'eau dans un chuintement plaintif et je vois Seb, une main sur la barre, debout à la poupe, tenant parfaitement en équilibre malgré le roulis, qui se penche en avant pour régler le foc. Son tee-shirt rouge et son gilet de sauvetage orange sont assortis à la voile, dont la pointe désigne une traînée écarlate dans le ciel. Je contemple ce spectacle, bouche bée : trois nuances de rouge qui se mêlent et se reflètent à la surface de l'eau. Les bras puissants de Seb, et le fleuve qui fait tout ce qu'il peut pour triompher de lui. Mais il n'y arrivera jamais. J'étais sûre qu'il n'y arriverait jamais.

« Sonia ?

— Tu aimes cette vue, toi aussi, non ? Tu voulais rester quand tu es venu pour la première fois. Dis-moi que c'est vrai.

— Ne pleurez pas, Sonia. Écoutez, vous n'avez qu'à ouvrir la porte et me laisser partir, et je ne dirai rien à personne. Je dirai que j'avais besoin d'être un peu seul. Arrêtez, s'il vous plaît. Ça va aller. »

Je ne veux pas de sa pitié. Je n'avais pas l'intention de craquer et je suis furieuse après moi.

Ce n'est pas pour Helen que je pleure ni pour une noble raison. Je pleure parce que je sens qu'il est en train de m'échapper. La corde me glisse entre les doigts, mes bras perdent de leur force. Je m'accroche, mais pas à ce qu'il faudrait.

38

Mercredi

Sonia

Quelqu'un sonne à la porte. Je suis tentée de ne pas répondre, mais la peur me pousse quand même à vérifier qui ça peut être. Je jette un œil par la fenêtre du salon. Personne. Je me rince le visage, traverse la cour et entrebâille la porte qui donne sur le quai.

« On a essayé de vous téléphoner mais ça ne décrochait pas. On s'est demandé si votre ligne n'était pas en dérangement. Et on n'a pas de numéro de portable pour vous joindre. »

C'est une des gardiennes de la maison de retraite de ma mère. Elle s'est mise à parler d'emblée, avant que j'aie le temps de lui dire que j'étais occupée. Elle m'agace, à souffler comme un bœuf avec son gros visage bouffi, ses petits yeux méchants qui lancent des éclairs d'accusation.

« Votre maman a eu une attaque. Elle est vivante, ça va, pas de panique. Mais on l'a transférée au Queen

Elizabeth Hospital, à Woolwich, et on pense que vous devriez aller la voir. »

Je la dévisage. Une petite bouche pincée. Juste assez grande pour laisser passer quelques mots. *Vivante... ça va... pas de panique.*

Helen n'est pas vivante. Ça ne va pas, non. Et bien sûr que je panique.

La nausée qui s'est emparée de moi diminue et cède la place à une torpeur lugubre. L'espace de quelques secondes, j'ai peur d'être sur le point de tout avouer. De dire que je ne peux absolument pas aller voir ma mère parce que je viens de tuer quelqu'un.

« Désolée de devoir jouer les prophètes de malheur.

— Mais vous disiez que ça allait ?

— Elle parle. Ce n'était pas une attaque très grave. Mais quand même…

— D'accord, merci. »

Dégage. Allez, dégage ! La gardienne ne bouge pas. Elle reste plantée là, pantelante, les joues pourpres, comme si l'effort de parcourir à pied les quelques mètres sur le quai avait failli l'achever.

« Pardon, ma belle. »

C'est le facteur. Il me remet un colis, sourit, sort son bidule avec le stylo magique. Je signe et il repart en sifflotant. Une journée ordinaire pour tout le monde. La gardienne est toujours là.

« Merci de m'avoir prévenue, dis-je. Je vais vérifier ma ligne de téléphone. »

Et je lui referme la porte au nez.

« Vous devriez y aller le plus vite possible, me lance-t-elle à travers. Vous vous en voudrez toute votre vie si vous arrivez trop tard. On ne sait jamais, avec les attaques. »

Je rentre avec le colis que je pose sur la table de la cuisine et je la regarde depuis la fenêtre clopiner jusqu'au bout du quai.

Je vais continuer comme je l'aurais fait avant. Aller voir ma mère à l'hôpital. J'achèterai des fleurs sur le chemin. Je remercierai le portier qui me tiendra la porte dans le hall. Échangerai des plaisanteries avec les infirmières de garde. Sourirai aux autres patientes du service. Qui me souriront aussi. J'aurai une conversation sur le pronostic vital de ma mère avec la jeune et jolie doctoresse, que je remercierai abondamment pour son temps. Mais j'aurai quand même tué Helen.

Le service dans lequel est hospitalisée ma mère est plein de vieillards aux cheveux blancs. À plusieurs reprises, je crois l'avoir trouvée avant de me rendre compte que ce n'est pas le bon visage. Quand mes yeux se posent enfin sur elle, je suis submergée par un soulagement enfantin. Ma maman. C'est peut-être juste une vieille dame de plus pour les infirmières. L'enveloppe d'une dame dont la sève s'est tarie depuis longtemps. Mais pour moi elle est tellement plus que ça, comme si toutes les couches antérieures de ce qu'elle a été avant d'en arriver là étaient encore visibles par transparence. Je la vois, vêtue d'une robe droite années 1960, poussant mon landau Silver Cross le long du quai. Penchée sur mon lit, le soir, dans une odeur de gin et de Chanel. Plus tard, avec sa permanente très années 1970, faisant de la marmelade dans la cuisine, l'arôme mordant des oranges amères embaumant la pièce. Puis d'autres versions d'elle en tailleur, partant d'un pas énergique le matin pour se rendre à l'école où elle enseignait. À quel moment avait-elle cessé de m'aimer ?

Je voudrais qu'elle me prenne dans ses bras, qu'elle me berce, qu'elle me dise que tout ira bien. Qu'elle soit une vraie mère. Maintenant que j'ai failli la perdre pour toujours, j'attends d'elle plus que ce qu'elle a jamais été capable de me donner.

Je me penche vers elle, saisie par un mélange de rage et de pitié. Comment la vieillesse ose-t-elle faire ça aux gens ? Elle ouvre un œil. Met un moment à me reconnaître. Puis elle parle en ne remuant qu'un côté de la bouche. Elle a la langue pâteuse. Je ne sais pas pourquoi, mais elle est obsédée par de vieux bulletins scolaires qu'elle a rangés quelque part aux Berges et qu'elle veut que je lui rapporte.

« Je me suis trompée de valise. La Revelation. Quand je suis partie des Berges. J'avais gagné un… oh ! tu sais. En première. Il faut que je relise mon bulletin. Ça ne disait que des compliments.

— Maman. Je ne suis pas sûre de réussir à le retrouver tout de suite. Tu n'en as pas besoin. Tu devrais te reposer. »

Je jette un regard désespéré à l'infirmière qui remplit sa carafe d'eau.

« Ça donnera à votre maman un sentiment de sécurité si vous jouez le jeu. Essayez de trouver ce qu'elle vous demande, aidez-la à se sentir chez elle », me conseille-t-elle.

Me voilà donc repartie. La Sonia adulte qui s'occupe de sa vieille mère malade. Qui fait ce que la gardienne et l'infirmière lui disent. Une bonne fille. Quand j'aurai fini, je songe, quand j'aurai accompli mes devoirs, je pourrai retourner près de Jez.

Je prends l'échelle dans la cour, la monte dans ma chambre et la pose contre la trappe qui s'ouvre au plafond.

C'est impossible de se glisser dans l'espace étriqué des combles. Je ne peux que passer un bras dans l'ouverture et tâtonner en tendant la main dans l'obscurité. Je ne touche que du vide. Je sens la chatouille légère des toiles d'araignées sur ma peau. Une fine pluie de poussière alors que mes phalanges cognent contre le toit. Finalement, mes doigts se referment autour d'une grosse poignée en cuir. Je traîne la valise vers moi, la pose en équilibre au sommet de l'échelle puis descends avec tout doucement.

Il s'en dégage une odeur familière de cire d'abeille quand je l'ouvre. Le parfum de la maison du temps de ma mère. Ce qu'elle a pu garder ! Des programmes de théâtre, des carnets de recettes, des relevés de compte, des cartes postales. Une lettre d'anniversaire faite par Kit quand elle était petite, que je reste un moment à examiner. Ma mère l'avait rangée dans une enveloppe adressée à elle, avec un collier de perles en plastique enfilées selon un motif répétitif – rose, orange, bleu, rose, orange, bleu – et un dessin d'enfant représentant une petite fille dans une robe rose triangulaire portant un collier similaire. Ça me ramène dans le Norfolk, chaque fois que Kit sortait de la maternelle avec une de ses créations. Mes louanges automatiques. Le temps que je passais avec elle en rentrant à la maison à tracer des mots au crayon sur ses dessins pour qu'elle repasse dessus ensuite.

Chère mamie, tu me manques. Je t'aime. Kit ♥ ♥

J'essayais de gagner l'amour de ma mère à travers Kit. Je ne sais pas si elle était touchée par les témoignages d'affection de sa petite-fille. Si oui, elle ne me l'a jamais montré. Et pourtant je me rends compte à présent qu'elle a gardé toutes ses cartes, ses lettres. Qu'elle chérissait les gestes d'amour de ma fille tout en rejetant les miens. Cette prise de conscience allume une petite lueur de réconfort, d'espoir peut-être, tout au fond de moi.

Tout en continuant à fouiller à la recherche du bulletin que ma mère m'a réclamé, je tombe sur une liasse d'enveloppes adressées à moi, Sonia, de cette petite écriture soignée que je connaissais si bien. J'éprouve la même excitation qu'à l'époque quand une lettre de Seb apparaissait pour moi au fond de la cavité dans le mur du quai.

Mais mon ventre se noue lorsque je comprends soudain de quoi il s'agit : quelqu'un – ma mère ? – avait dû repérer notre cachette et intercepter certaines de ses lettres avant que je ne les trouve. Je me fige. Elles ont toutes été ouvertes avec un coupe-papier, la fente dans l'enveloppe bien plus nette que celle que j'aurais pu faire dans mon impatience de les déchirer. Elles sont classées dans l'ordre, avec la dernière, datée du 5 février, sur le dessus de la pile. J'écarte les bords de l'enveloppe, les doigts tremblants. Une frêle feuille de papier jaunie par le temps se trouve à l'intérieur.

Je la lis.

Je vérifie la date puis me précipite dans la chambre d'amis de l'autre côté du palier.

J'attrape la boîte à chaussures sur l'étagère, celle dans laquelle j'ai gardé les affaires de Seb. Je retrouve la lettre que j'ai lue le jour où je suis venue chercher l'harmonica pour Jez. Le tampon de la poste est daté du 1er février. J'ai toujours cru que c'était la dernière lettre que Seb m'avait écrite. Et maintenant je découvre qu'il y en a eu une après, que je n'ai jamais reçue. J'ouvre la première et la relis.

Je pédalerai jusqu'à l'île aux Chiens. Tu m'attendras là-bas. Amène Tamasa *!*

Il m'avait dit d'amener *Tamasa*, alors j'avais amené *Tamasa*. Je faisais toujours ce que Seb me disait. Je recherchais désespérément son admiration, bien sûr. Et je voulais aussi lui prouver ma connaissance du fleuve. Mais si j'avais eu cette lettre-là, sa véritable dernière lettre, datée du 5 février, ça aurait tout changé. J'étais complètement soumise à Seb. J'aurais fait n'importe quoi pour m'attirer son respect. Mais je ne l'avais pas reçue et donc j'avais pris le radeau.

Je relis les deux lettres en entier. Et quand j'ai terminé, c'est comme si toutes les images en vrac qui me sont réapparues depuis que Jez est arrivé se reclassaient dans le bon ordre, telles les perles méticuleusement alternées du collier de Kit.

Le soir où je suis allée chercher Seb me revient, d'un bout à l'autre, même les parties auxquelles je n'ai jamais réussi à repenser depuis, déferlant dans ma tête comme la marée montante.

Lorsque j'atteignis la rive opposée, le temps avait tourné. Le vent s'était levé et les nuages épaissis. Il était impossible de s'approcher des pilotis pour y amarrer *Tamasa*. Les vagues incessantes soulevaient le radeau et le projetaient contre le mur. La pluie balayait le fleuve, me fouettait le visage et crépitait sur le ponton. Je finis par réussir à passer une corde derrière un poteau et à tracter *Tamasa* à la force du poignet. Puis à me hisser sur la plate-forme. Les gros nuages faisaient que la nuit était tombée plus vite que d'habitude. Je n'avais jamais vu le fleuve aussi bruyant, le fracas des vagues, le cliquètement des chaînes et le gémissement de toute la structure en bois sur laquelle je me tenais à présent. Seb me hurlait quelque chose que je n'arrivais pas à entendre. Je me souviens vaguement qu'il avait l'air en colère, et non content de me voir comme je m'y attendais. Il cria de nouveau et je distinguai les mots « pas de temps à perdre ». Je tenais fermement la corde pour que Seb puisse sauter à bord de *Tamasa*. Il resta debout une minute, s'efforçant de retrouver l'équilibre. C'est alors que la plus grosse vague déferla, rugissante, un bruit si assourdissant qu'il couvrit nos voix respectives. Elle fut rapidement suivie par une autre, et d'autres encore arrivèrent alors que les premières refluaient, créant une collision qui souleva le radeau et le retourna comme un bateau en papier. Je me cramponnai à la corde de toutes mes forces, bien qu'elle fût mouillée et glissante et qu'elle me râpât les mains. *Tamasa* réémergea, mais Seb était déjà tombé à l'eau.

« Seb ! » criai-je.

Le vent me rabattit les cheveux sur le visage, si bien que je ne voyais plus rien. Je ne pouvais pas non plus lâcher la corde pour les écarter de mes yeux. Quand je finis par réussir à les repousser d'un coup de tête, Seb n'était plus qu'une forme indistincte dans l'obscurité, le pâle ovale de son visage apparaissant par intermittence au-dessus de l'eau. Il s'accrochait d'une main à *Tamasa*, à un de ses misérables flotteurs. Je tirais sur la corde pour essayer de ramener le radeau vers le rivage, mais les vagues tiraient dans l'autre sens. Une terrifiante partie de tir à la corde que je savais, alors que mes bras faiblissaient, perdue d'avance.

« Au secours ! »

Ses mots me parvenaient à peine à travers la clameur de l'eau, du vent et de la pluie.

« Ne lâche pas, Sonia. Tiens bon ! Je t'en supplie, tiens bon ! »

Alors, comme il s'éloignait de plus en plus en direction d'un enchevêtrement de chaînes et de cordages derrière une rangée de pilotis, je m'agrippai à la corde plus fort que jamais et tirai en y mettant tout mon poids.

39

Mercredi

Sonia

« Je t'ai apporté tes affaires.

— Passe-moi ça », répond ma mère en agitant un doigt frêle vers un miroir de poche posé sur sa table de chevet.

Une chose pour laquelle ma mère ne sera jamais trop vieille ni trop malade, c'est sa coquetterie. C'est moi qui vais devoir m'en occuper, car il n'y a personne d'autre pour le faire. Les infirmières n'ont plus le temps pour les soins personnels, de nos jours. Ce sera à moi de lui laver les cheveux, lui couper les ongles, lui brosser les dents. Une étrange intimité alors que nous nous sommes à peine touchées au cours de notre vie. Elle fronce les sourcils en tirant désespérément sur un long poil blanc qui lui pousse au menton. J'attrape sa pince à épiler. Je me demande finalement si je ne devrais pas lui épargner cette histoire de lettre. Laisser le passé enfoui dans cette vieille valise, comme nous avons toujours tacitement convenu d'enfouir tout ce qui touche à Seb.

Je lui poudre le nez et lui applique le fard à joues qu'elle porte depuis maintenant vingt-cinq ans. Elle acquiesce d'un hochement de tête quand je lui présente le miroir. Je lui sers un verre d'eau.

Je pose la liasse de bulletins scolaires sur le lit d'hôpital de ma mère à côté des autres choses que je lui ai apportées : des sous-vêtements propres, une chemise de nuit de rechange, sa crème hydratante préférée. Elle lève vers moi un œil bleu éteint. Est-ce mon imagination ou son état s'est-il déjà dégradé depuis ma dernière visite ?

Il ne lui reste peut-être pas très longtemps. Je me décide.

« Maman. Regarde ça. »

Je la laisse examiner la lettre pendant quelques minutes.

« Tu vois de qui elle est ?

— Elle est… Arrête, Sonia.

— Comment ça, "Arrête" ? C'est une lettre de Seb, maman. Ton fils. »

Elle ne dit rien. Je continue.

« Et à qui est-elle adressée ?

— Je ne vois pas. Je n'arrive pas à lire le nom. »

Elle ne *veut pas* lire le nom.

« C'est à moi qu'elle est adressée. Regarde. *Sonia*. Une lettre de ton fils, à ta fille. »

Elle me dévisage du seul œil qu'elle arrive encore à ouvrir et qu'elle écarquille de stupeur. Comme si c'était la première fois qu'elle en prenait conscience.

« De mon frère à sa sœur. Je n'ai jamais eu cette lettre. »

Je m'arrête et l'observe pour voir si mes mots lui parlent. Elle essaie de détourner la tête.

« Je vais te la lire », dis-je.

5 février

Sonia,

Je n'avais pas réalisé : il va y avoir une grande marée le 12 février. Les prévisions météo sont épouvantables. Ce sera beaucoup trop dangereux de prendre Tamasa. *Va voir Mark et venez tous les deux sur le canot, pas le radeau. J'ai parlé avec lui, il est d'accord que ça ne sert à rien de prendre des risques inutiles. À croire que j'ai mûri, ici !*

Bref, on aura plein d'autres occasions de sortir avec Tamasa *une fois que je me serai évadé d'ici. Tout l'été devant nous ! Quelle perspective !... Mais, s'il te plaît, viens en canot.*

Seb

Ma mère me prend la lettre, regarde l'écriture de Seb. Elle la contemple en silence de son œil valide pendant plusieurs minutes. Elle finit par laisser sa main retomber sur le lit et la fine feuille de papier voleter sur la couverture. Puis elle lève le bras, remet de l'ordre à ses cheveux, pose une main sur sa poitrine.

« On avait décidé d'éloigner Seb pour vous stopper. Un frère et une sœur qui faisaient ensemble des choses innommables, dit-elle, et je me sens rougir de honte. Mais ensuite vous avez persisté à vous écrire.

— Seb détestait ce pensionnat. Il m'a écrit pour me demander de venir le chercher. J'ai reçu la lettre où il me disait de prendre *Tamasa*. J'ai fait ce qu'il voulait que je fasse. En revanche, je n'ai jamais eu *cette* lettre qui lui aurait sauvé la vie, parce que quelqu'un, toi ou papa, j'imagine, me l'a cachée !

— Tout ça me contrarie. Je suis malade, Sonia. Tu vas me tuer si tu continues. »

S'ensuit un long silence. Une larme s'est échappée de l'œil de ma mère et coule sur sa joue. Son fard bave. L'espace de quelques horribles secondes, j'ai l'impression qu'elle pleure du sang.

« J'aurais pris le canot avec Mark », je murmure d'un ton plus énergique.

J'éprouve brusquement la sensation euphorique d'avoir été trompée. Que je ne suis pas la seule responsable, comme je l'ai toujours cru, de la mort affreuse de mon frère.

« Seb aurait vécu. »

Les répercussions crépitent dans mon cerveau, et s'étendent loin dans le futur.

Ma mère semble se ratatiner sous mes yeux, s'aplatir de plus en plus sous sa couverture d'hôpital, comme si son corps était en papier. Elle ne m'a jamais parlé sérieusement de rien, je m'en aperçois maintenant. Elle esquive, élude et récite de la poésie, mais elle ne dit jamais ce qu'elle pense vraiment.

« Vous l'avez éloigné. Et vous avez volé ses lettres. Alors que vous auriez pu me parler. *Nous* parler. »

Ma mère me regarde droit dans les yeux, à présent, déterminée à rétablir son autorité, reprenant son ancien personnage d'institutrice glaciale.

« Comment voulais-tu parler de ce genre de chose ? C'était obscène, c'était animal !

— Nous étions des *enfants*, maman.

— J'ai essayé, Sonia. J'ai essayé de vous arrêter tous les deux. J'ai amené Jasmine à la maison quand j'ai compris. Tu ne t'en souviens pas ? »

Je ne relève pas. Elle sait très bien ce qui s'est passé. Au moment où elle a fait apparaître Jasmine sur la scène, c'était déjà trop tard.

Soudain, elle se redresse dans son lit, fait la grimace et se met à parler.

« On ne faisait qu'intercepter les lettres. On ne les lisait pas. On ne voulait pas les lire. Évidemment que si on avait lu celle-ci, on t'aurait empêchée de prendre le radeau. On l'aurait empêché de s'enfuir tout court ! »

Elle détourne la tête. J'attends.

Quand elle finit par me regarder à nouveau, elle paraît surprise, comme si elle ne pensait pas me trouver encore là.

« Les lettres ont toutes été ouvertes, dis-je. Regarde. Avec un coupe-papier. Qui les a ouvertes ?

— Quand tu es partie à l'université, ton père a voulu les jeter, faire table rase. C'est à ce moment qu'il les a lues et qu'il a compris la terrible erreur qu'il avait commise. C'est, je pense, la raison pour laquelle il s'est suicidé.

— Et tu ne m'as jamais rien dit !

— À quoi ça servait de te le dire ? C'était trop tard. Seb était mort, de toute façon. On ne pouvait pas le faire revenir. Savoir que ça aurait pu se passer autrement n'aurait fait qu'empirer les choses pour toi. C'est ce que j'ai décidé. »

Le ciel s'assombrit par la fenêtre de la chambre d'hôpital. Dedans, l'éclairage au néon est trop cru. Elle relève les yeux sur moi, un regard implorant, le genre de regard qu'un petit enfant adresse à ses parents quand il sait qu'il a fait une bêtise. Sans doute est-elle sur le point de me donner enfin ce que j'attends. Un aveu. Une occasion de partager sa culpabilité avant de mourir. Que je puisse aussi lui pardonner.

« Ton père t'a laissé les Berges, dit-elle. Ce n'est pas suffisant ?

— *Suffisant* ? »

Je regarde ma mère, espérant autre chose de sa part, un signe d'amour, de pardon ou de réconfort. J'éprouve presque un début de compassion pour elle en voyant qu'elle trouve ça si dur.

Je voudrais lui dire quelque chose, quelque chose qui nous rapprocherait enfin. Je voudrais pouvoir partager le chagrin que nous portons chacune en nous depuis toutes ces années. Mais je ne trouve pas les mots non plus. Alors je dis juste :

« Maman, parle-moi. »

Elle se contente de me fixer de son œil valide, et les mots que j'espérais ne viennent pas. Je me lève, fais un pas vers la porte.

« Sonia. »

Je me retourne. Elle tend vers moi une vieille main tremblante.

Je m'avance jusqu'à elle. Nos doigts se touchent, brièvement. Je me penche et lui dépose un baiser sur les cheveux. Puis je m'en vais.

Il faut que j'aille voir Jez tout de suite et que je lui ouvre la porte, je n'ai jamais voulu l'obliger à rester contre son gré. Il aura sûrement repris des forces. Mais il ne voudra pas repartir. On ira se promener ensemble au bord du fleuve, on marchera dans l'eau jusqu'aux mollets sans prendre la peine de remonter nos jeans. Peut-être que lui s'aventurera un peu plus loin, plongera carrément, nagera jusqu'aux péniches et grimpera dessus. Me criera de le rejoindre. Se tournera vers la maison des Berges et me répétera à quel point il aimerait pouvoir y vivre. Le fleuve soulèvera brusquement la péniche, il se mettra à osciller en riant et il fera semblant de tomber.

« On se construira un radeau, Sonia, criera-t-il. Et on partira sans eux. »

Et on pagaiera sur l'eau lisse, couchés sur le ventre, à la recherche d'une de ces criques cachées entre les docks noirs. On passera la soirée sur une plage secrète alors que le fleuve s'embrasera dans le crépuscule. On traquera les pipes en terre cuite sur la grève. On creusera pour chercher des trésors dans la vase. On suivra les cygnes avec leurs bébés blottis sous leurs ailes. Ils ne nous trouveront pas. Il n'y aura plus que nous, les cygnes et le fleuve, pour toujours.

40

Mercredi

Sonia

Dans le bus qui me ramène de l'hôpital, je me souviens du colis que j'ai reçu aujourd'hui. Je vais monter directement voir Jez. Je ne peux plus le garder. La seule façon de les empêcher de me le prendre est de le faire moi-même, de tout arrêter. C'est la solution. Figer Jez à jamais, au stade où était Seb quand il est mort. Après ça, ils pourront me faire ce qu'ils voudront.

Dès que j'arrive à la maison, j'ouvre le colis et en sors les rouleaux de bande plâtrée. Je monte un bol dans le studio. Jez me regarde.

Je remplis le bol d'eau chaude dans le cabinet de toilette et le pose à ses pieds, à portée de main pour pouvoir y tremper les bandes au fur et à mesure.

Les fenêtres ont viré à l'orange mandarine dans la lumière du soir. Comme des bonbons acidulés. Ça arrive de temps en temps au-dessus du fleuve, le ciel paraît s'enflammer d'une teinte rouge causée par les polluants dans l'air et qui brouille le coucher de soleil. Puis ce halo chimique se réfléchit sur l'eau, colorant les berges et baignant la pièce de ce même éclat ambré éblouissant.

« Qu'est-ce que vous faites ? » demande Jez.

Il est en train de fumer un joint. J'ai mis des somnifères dans son thé car j'ai besoin de sa pleine coopération pour ce que je m'apprête à faire, bien qu'il ait cessé de m'opposer la moindre résistance depuis qu'il est revenu dans le studio, lundi. J'ai même l'impression qu'il se plaît bien, ici, du moins tant qu'il est malade. Le fait de n'avoir à s'occuper de rien.

La dernière fois que j'ai vu Seb, il était embaumé dans son cercueil sur la table du salon, sa jeunesse figée pour l'éternité. Je ne pense pas que Seb se soit jamais regardé dans un miroir ni qu'il ait eu conscience de sa propre perfection. Pourtant, même dans la mort, il était beau. Les mains croisées sur la poitrine, les commissures des lèvres légèrement courbées vers le bas, telles qu'elles l'étaient dans la vie, comme pour nous dire : « Je savais que vous me décevriez tous. Je savais que vous ne pigeriez jamais. »

J'explique à Jez que je vais devoir faire une statue de lui. Il me dévisage un moment. Tire une autre latte sur son joint.

« Vous voulez une sculpture de moi ? »

Il a l'air un peu affolé. Malgré le joint. J'ai besoin qu'il soit calme, à présent.

« Oui. C'est tout, Jez. C'est tout ce que je veux. Te fixer tel que tu es maintenant. »

Bien sûr, il a vu ma fascination pour lui. Pour ses bras, sa pomme d'Adam qui monte et descend dans sa gorge lisse comme le miel. J'ai essayé de la dissimuler. Mais, à une ou deux reprises ces derniers jours, il a cligné des yeux ou tourné la tête alors que je le croyais ailleurs. Il a surpris mon regard et, même si j'ai aussitôt bougé pour briser mon ensorcellement, il l'a compris. Je crois que, quelque part, il commence même à y prendre goût. Il est sans doute conscient du pouvoir qu'il a sur moi. Et cette vanité fraîchement découverte va m'aider dans ma tâche. Ça veut dire qu'il va se laisser faire. Mais, en même temps, elle gâche l'essence de ce que je veux capturer chez lui. Le charme inconscient de sa beauté et de sa jeunesse. Cela me frustre au point de me désespérer. J'obtiens ce que je veux et je le détruis.

« Ça ne fait pas mal, lui dis-je. C'est très doux. Les femmes utilisent ça pour mouler leur ventre quand elles sont enceintes.

— Pourquoi elles font ça ?

— Pour garder un souvenir d'elles telles qu'elles ne seront plus jamais. »

Il me regarde, les yeux écarquillés. Mes mots ont l'effet inverse de celui recherché. Il a peur à nouveau.

« Je ne vous servirai plus à rien une fois mort, dit-il. Vous le savez.

— Jez ! S'il te plaît ! Essaie de me faire confiance. C'est la dernière chose que je te demande.

— La dernière ? Comment ça ?

— La dernière avant que tu changes. »

Je sens un abîme de tristesse s'ouvrir en moi.

Il est encore si faible. La maladie l'a laissé à plat, vidé. Il arrive à peine à résister tandis que je lui enlève son jean et son tee-shirt. Tout.

« J'ai froid.

— J'ai allumé le poêle. Et tu n'auras plus froid quand j'aurai commencé. »

L'espace d'un instant, je ne peux même plus bouger, hypnotisée par la vision de son corps nu sur les draps blancs.

Puis j'entreprends de le tartiner de vaseline, d'abord sur et entre ses orteils, qui se recroquevillent machinalement. Un os tout fin tressaute sous sa peau couleur caramel. Alors que je soulève successivement ses deux pieds en les tenant tout près de mon visage pour les enduire de pommade, mon souffle tiède lui chatouille la plante, les muscles de son mollet se contractent et un sourire tremblote sur ses lèvres. On dirait un papier de tournesol : il réagit à la seconde. J'entoure chaque pied de bandelettes, remontant progressivement le long de ses jambes. Je trempe les doigts dans l'eau chaude pour les avoir humides quand je pose les bandes en appuyant bien dessus. Il faut faire pénétrer le plâtre mouillé à travers le tissu puis le lisser soigneusement afin qu'il devienne comme une deuxième peau, fine mais opaque, par-dessus la sienne.

Je repense à ces carapaces d'araignées prises dans les toiles du garage. Un clone parfait demeure après que l'araignée elle-même est partie, figée à jamais dans ses moindres détails. J'arrive maintenant à la zone concave de son pelvis, là où ses muscles plongent vers l'intérieur, et tout son corps frissonne quand je lui applique les bandelettes. J'ignore sa réaction et continue à progresser, étalant la vaseline sur ses pectoraux, sentant sous mes paumes la petite bosse dure de ses tétons, puis dans son cou où j'appuie bien les bandes dans la rigole de sa clavicule, sur laquelle je m'attarde un peu plus longtemps. Mes doigts caressent ses épaules, le tendre cartilage de sa gorge, de ses oreilles. Ils remontent sur son menton carré, son visage. Il n'est bientôt plus qu'une forme blanche dont seuls les contours sont visibles. Saisi à l'âge exact qu'avait Seb la dernière fois que je l'ai vu.

« C'est bizarre, ça devient tout lourd », dit Jez.

Sa voix commence à succomber aux somnifères, il doit avoir la langue épaisse comme du cuir. Ses yeux s'écarquillent. On dirait qu'il en a assez.

« C'est le plâtre qui sèche, je réponds.

— Je me sens prisonnier. Je ne suis pas sûr d'aimer ça. Ça chauffe.

— C'est juste la réaction chimique entre le plâtre humide et l'air. Ça va vite passer.

— Et mon visage ? demande-t-il.

— Ne parle pas. Il ne faut pas que tu bouges ou ça ne va pas marcher.

— Mais… Vous ne pouvez pas me recouvrir le visage. Je ne vais plus pouvoir respirer !

— J'ai prévu une paille. Tiens, prends-la dans ta bouche. »

J'applique les bandes sur son visage en commençant par la fossette entre son menton et ses lèvres. J'en étale d'autres sur son nez et ses joues. Puis sur ses yeux, en lissant ses paupières du bout de l'index. Le moindre creux, la moindre bosse. Voilà, c'est fini. Il est étendu là, silhouette blanche figée dans la lumière mandarine du soir. Je l'ai fait. Il m'appartient.

Ils arrivent aux Berges aux toutes premières heures le lendemain matin. Les fenêtres de ma chambre crépitent de flashes bleus. Je me lève et descends en transe. Ils ont déjà défoncé la porte de la cour et sont en train d'attaquer celle de l'entrée au pied-de-biche pendant que d'autres cognent aux barreaux des fenêtres et que des hélicoptères tournoient dans le ciel. Ils foncent dans l'escalier, bottes lourdes, vestes de protection, pistolets Taser à la ceinture, gants en cuir. Je les regarde passer. L'un d'entre eux m'immobilise par une clé de bras tandis que les autres montent jusqu'au studio. Je les entends tambouriner à la porte, la secouer. L'ouvrir d'un coup de pied. Je souris car je sais ce qu'ils vont trouver. Le Jez du studio de musique est statique et inerte, chaque pore de sa peau reproduit dans une réplique parfaite. Une coque d'araignée suspendue dans une toile de soie, de sorte qu'il ne vieillira jamais. Le corps en chair et en os a disparu. Il ne reste aucune trace du vrai Jez, comme s'il n'avait jamais été là. Je les suis sans rien dire, car désormais il n'y a plus rien à faire.

41

Un an plus tard

Sonia

On ne sait pas en quelle saison on est, là-dedans, ni même quel temps il fait. Dehors, la lumière était blafarde toute la journée, mais à présent elle est en train de décliner. Les branches du petit arbre trapu sont à nouveau dénudées. Et c'est à peu près tout ce qu'il y a à voir. Une haute clôture surmontée de fil barbelé, le mur en béton d'un parking à étages. Pas de fleuve. Ils m'ont séparée du fleuve.

Il vient à moi après que les plateaux du thé de l'après-midi ont été débarrassés. Il entre dans la pièce emmitouflé dans un manteau en laine et une écharpe, et je me rends compte que l'hiver est bel et bien là. Il s'assied dans le fauteuil en plastique vert et me dévisage avec ce même regard qu'avant, les yeux à demi clos, comme s'il essayait de comprendre quelque chose. Je ne parle pas, je me contente de le regarder moi aussi. Je me souviens de la caresse de ses cils sous mes doigts. De sa peau brûlante sous mes lèvres. De l'odeur tiède derrière son oreille. Mais ce n'est pas le garçon que j'ai quitté presque inconscient entre les pilotis où je lui ai rendu sa liberté. Il est plus large d'épaules, plus épais. Je me souviens du duvet à peine visible sur son menton et constate qu'il est désormais plus noir, plus dru. Sa jeunesse est passée, comme le bateau-bus qui file sur le fleuve et dont le bruit s'estompe en même temps que la vue, remuant tout dans son sillage avant de disparaître derrière la courbe du méandre.

Il reste un long moment. Me raconte qu'il a souvent besoin de retourner voir la maison des Berges. Qu'il s'assied en face, sur le parapet. Il a l'impression que c'est un prolongement de lui-même. Il ne connaît pas les gens qui y vivent à présent. Évidemment, Greg et Kit sont partis s'installer à Genève. Je n'ai de leurs nouvelles qu'épisodiquement.

J'ouvre la bouche pour expliquer que, même si je l'avais gardé là-bas, même si la police n'avait pas fini par déduire que Jez devait être aux Berges d'après les déclarations de Maria, de Mick et d'Alicia, ça n'aurait pas pu marcher. Ce que je désirais était en train de se dissoudre entre mes propres mains. Mais les mots ne viennent pas.

Alors il me demande ce qui s'est passé le soir où je l'ai relâché. Et j'essaie de lui raconter.

Il faisait presque nuit lorsque je remontai dans le studio. J'avais attaché le canot à la chaîne d'amarrage qui pendait près des marches en pierre. La marée était haute. Jez était avachi dans le fauteuil roulant, prêt à partir. Il s'affaissa vers l'avant quand je le poussai sur le quai. J'avais posé les rames en travers des deux poignées du fauteuil. Passant sous l'ombre noire du débarcadère à charbon, je l'acheminai jusqu'en haut des marches, là où mon bateau attendait. Je me sentais légère, confiante ; contrairement au soir où j'avais laissé le corps d'Helen sombrer dans les eaux avides du fleuve, pétrifiée par mes propres actes. La lueur mandarine du couchant s'était dissipée depuis un moment. Il faisait noir. Les lumières orange des buildings de la rive d'en face criblaient la surface de l'eau. Au bout de sa corde, le canot hochait doucement la tête comme s'il était impatient de nous voir.

Jez glissa facilement à bord. J'abandonnai le fauteuil roulant en haut des marches, je n'en avais plus besoin. Quelqu'un ne tarderait sans doute pas à le récupérer, rien ne restait jamais longtemps sur le quai. Il finirait au marché de Deptford, à moins qu'une âme en peine ne s'en fasse un caddie ou un landau.

Je grimpai dans le canot derrière lui, passai les rames dans les tolets, puis je pris quelques instants pour mieux l'arranger. Je l'avais sorti de son moulage en plâtre. Sa peau était encore tiède de cet emprisonnement passager, gluante de vaseline. Je le disposai de façon symétrique, la tête à la proue, les pieds touchant presque la poupe. C'était un petit canot.

Je m'aidai d'une rame pour nous propulser vers le milieu du fleuve. Nous glissâmes aisément vers l'amont comme je l'avais prévu puisque la marée montait. La nuit était douce. Une de ces journées exceptionnelles de février où on se dit que le printemps n'est pas loin. Les bars bondés, les gens dehors sur les plates-formes en bois. J'entendais des rires, des bribes de conversations sur notre passage. Tous les pubs qui m'étaient devenus familiers après tant d'années vécues au bord du fleuve : le Trafalgar et le Prospect of Whitby côté nord, le Mayflower côté sud. Des souvenirs de Seb et moi se reflétaient dans l'eau, mêlés aux lumières de la rive. Je me mis à pagayer, toujours vers l'amont, l'eau qui dégoulinait des rames illuminée par le halo des réverbères qui scintillaient sur les quais. J'étais dans un état de paix profonde. Jez à mes pieds, allongé sur le dos. J'aurais voulu que ce voyage dure toujours. Le fleuve nous berçait tendrement. Jez et moi ensemble sur ce bateau, unis. Puis nous commençâmes à dériver vers l'est alors que la marée tournait.

Quand nous eûmes atteint la rive nord, sous le surplomb de la rue, je manœuvrai pour nous faufiler dans l'ombre des pilotis. De nos jours, il y aurait eu d'affreuses couronnes de fleurs flétries accrochées aux poteaux pour commémorer l'endroit. Mais nous n'y étions jamais retournés une fois que les secours avaient libéré Seb de la corde qui s'était enroulée autour de son cou. La corde qui était en train de l'étrangler alors même qu'il me criait de ne pas lâcher prise. Alors que le radeau coulait, submergé par la marée. Je tirais dans le noir. Les vagues soulevées par un bateau-bus le recouvrirent, et je tirai de plus belle pour l'empêcher d'être emporté. Je ne savais pas que la corde à laquelle je me cramponnais était en train de le tuer.

« Tire, Sonia, criait-il. Tire. Retiens-moi. Au secours. »

Et j'avais obéi. J'avais tiré pour lui sauver la vie.

Je m'arrête. Relève la tête. Jez est parti en silence, sans me dire au revoir.

C'est drôle, parfois j'ai l'impression d'entendre le fleuve d'ici, même s'ils me disent que c'est forcément dans mon imagination car nous sommes à des kilomètres de route. Il faut traverser une succession de zones industrielles et de banlieues avant d'arriver au parc de Greenwich d'où, par beau temps, depuis le haut de la colline, entouré de verdure, vous pouvez contempler tout Londres. Ce n'est que de là que vous pouvez apercevoir un bout du fleuve, coincé entre la maison de la reine et les horribles constructions des années 1980 sur la rive d'en face, surplombées par les gratte-ciel de Canary Wharf. Et il y a encore une bonne trotte pour descendre entre les majestueux cèdres du parc, dépasser la maisonnette en briques rouges et ressortir en bas entre les imposantes grilles en fer forgé. Ensuite, il faut couper par le marché de Greenwich, passer le long du *Cutty Sark* enveloppé de plastique blanc le temps des travaux de rénovation, et alors seulement vous arrivez sur le quai, où les grilles du Old Royal Naval College projettent sur les pavés de longues ombres noires comme des barreaux. Ça fait un bout de chemin.

C'est généralement la nuit ou le matin au réveil, avant qu'ils ne passent avec le chariot de médicaments, que je crois entendre des cornes de brume, leur profonde plainte mélancolique. L'espace de quelques secondes, je sens même l'humidité glacée du fleuve sur ma peau, l'odeur chimique qui s'élève de l'eau, et j'aperçois un éclat de lumière, comme quand elle ricochait à la surface et que tout était baigné d'un halo argenté les soirs de pleine lune. Alors je devine la marée qui tire le fleuve en arrière, et tout ce que je croyais avoir perdu est là, mêlé à la vase, comme si ça n'avait jamais bougé.

REMERCIEMENTS

Ce roman n'aurait pas pu voir le jour sans les encouragements et l'accompagnement de toute l'équipe des ateliers d'écriture de l'université Anglia-Ruskin à Cambridge, aussi bien les professeurs que les autres élèves. En particulier, je tiens à remercier Martyn Waites, Anna D'Andrea et John Davy pour avoir lu mes premières versions, auxquelles ils ont apporté leurs commentaires et leur précieux soutien.

Je voue une éternelle reconnaissance à mon amie Suzanne Dominian, dont les conversations passionnantes m'ont inspiré la première ébauche du roman et qui est restée à mes côtés tout du long.

J'adresse également mes remerciements à :

Toute l'équipe de Gregory and Company, en particulier Jane Gregory, pour m'avoir accueillie parmi eux et Stephanie Glencross pour ses idées et ses conseils éditoriaux.

L'équipe de Simon & Schuster, notamment Francesca Main pour tout son travail et son expertise.

Jethro Pemberton pour sa documentation sur les Buckley et ses connaissances musicales. Victoria Rance pour m'avoir aidée dans mes recherches et m'avoir fourni un point de chute à Greenwich pour les mener à bien.

Pip Tabor et Matthew Hancock pour leurs souvenirs de la Tamise dans les années 1970 et 1980.

Polly, Emma et Jem Hancock-Taylor pour m'avoir accompagnée dans mes balades sur le fleuve et avoir su se débrouiller tout seuls quand j'étais trop distraite pour me souvenir de les nourrir. Andy Taylor pour sa patience à toute épreuve et pour avoir étendu le linge.

Merci à Eliot et à Mohammed à la centrale électrique de Greenwich.

Je dois beaucoup au livre de Peter Ackroyd, *Londres, la biographie*, pour ses informations sur l'histoire de la Tamise.

L'histoire du petit glaneur au chapitre 12 est inspirée du film *Moineau de la Tamise* (*The Mudlark*) de Jean Negulesco, lui-même adapté du roman éponyme de Theodore Bonnet (1908-1983) paru en 1949.

PAPIER À BASE DE
FIBRES CERTIFIÉES

Le Livre de Poche s'engage pour
l'environnement en réduisant
l'empreinte carbone de ses livres.
Celle de cet exemplaire est de :
400 g éq. CO_2
Rendez-vous sur
www.livredepoche-durable.fr

Composition réalisée par Belle Page

Achevé d'imprimer en mars 2014 en France par
CPI – BRODARD ET TAUPIN
La Flèche (Sarthe)
N° d'impression : 3004475
Dépôt légal 1re publication : avril 2014
LIBRAIRIE GÉNÉRALE FRANÇAISE
31, rue de Fleurus – 75278 Paris Cedex 06

31/6492/8